原诗

古今与新旧的对话

第二辑

刘强 主编

CNS 岳麓书社·长沙

新诗研究

比较诗学

诗人观点

新书评

序与跋

道并行而不相悖

——《原诗》第二辑前言

刘 强

2015年2月，上海书店出版社出版了《原诗》第一辑，副题是“汉语诗学融通的可能性”。同年6月，由同济大学诗学中心编选的《中华新诗档案》第一辑，也由长江文艺出版社出版。这两部书，无心插柳地成为当年度汉语诗坛的一个事件，忝列《非非》《非非评论》联合评选的“2015年中国诗歌界十大新闻”之一。作为一部学院派的诗学集刊，《原诗》的努力，被誉为“开辟汉诗学术和研究新模式”；而旨在为全球华语诗人立此存照的《中华新诗档案》，则被称作“一部诗学视野广阔和开放的汉诗选本”。这些不虞之誉，我们从来不敢自诩，只是觉得路还很长，不能就此止步。

一晃两年过去，2017年，《原诗》第二辑将由岳麓书社推出。颇有纪念意义的是，2017年，距离胡適在《新青年》上发表第一首新诗的1917年，正好一百年！所以，这一辑《原诗》的副题是——“古今与新旧的对话”。

说实话，在组稿时，我们并未刻意集中于某一视角和论域，而是依旧延续当初的办刊思路：辨异玄同，折衷弥缝，希望能在古今、新旧、中西之间，寻找汉语诗学的转圜余地与共生空间。尽管，这样一种看似暧昧或骑墙的诗学姿态，或为执着己见的诗人学者们所不取，但我们立意已定，且已在诗坛和学界看到了某种从容商量、平情讨论的端倪，故甚望沿着既定方向走下去，至于能否曲径通幽，柳暗花明，则只好听天由命。

众所周知，自新诗诞生以来，围绕新诗与旧诗的争论甚至争吵，就一直没有消停过，至今依然不绝于耳。对此，我们不愿意、也未必有资格充当仲裁者，更不想“意必固我”地为任何一方背书。我们想做的只是一种类似“搭桥”的工作。正如三国时的天才哲学家王弼在诠释“言意之辨”时，别出心裁地添加一“象”的范畴，遂在“言”、“意”之间架起了一座沟通彼我的桥梁一样，我们愿意在“新诗”与“旧诗”的二元对立中，植入一个“古诗”的视角，以求缓冲前二者之间的紧张关系。而且，我们并非空口无凭。揆诸中国诗歌的形式发展史，恐怕谁都不会否认，在“新旧诗”泾渭分明的体式对立背后，其实还隐含着一个作为大背景的“古今”分野。拈出这一个“古”字，真可谓境界全出！你会发现，中国诗歌史完全可以分成三个阶段，且相应地形成了三个传统：自上古以迄六朝是第一阶段，形成了近两千年的古诗传统；自隋唐降及清末民初是第二阶段，形成了一千五百年的近体诗或曰旧诗传统；而自1917年以来的整整一百年，则是第三阶段——无论你承认与否，也已形成了百年新诗的小传统。我曾在拙著《古诗写意》的自序中说：

> 新诗—旧诗—古诗，这是一条上行的线索。古体诗—近体诗—新体诗，这是一条下行的长河。……溯源，不是为了截流，而是为了引水——下游正是枯水期。鉴古，不是为了泥古，而是为了察今——当下不缺古样板。你会发现，古诗和新诗，其实有着某种基因的相似性。而真正的诗性、诗意、诗境，从来没有古今之分。有的古诗，不分行，还是诗；有的新诗，分了行，

也未必是诗。[1]

仔细打量汉语诗歌的这三个传统，我们会发现，这好比是一个不易觉察的“洋流循环”，新诗在近体格律诗那里找不到的“同质性”，反倒可以在古体诗中寻觅到形式或者语言上的“基因”。所不同的是，古体诗和近体诗的共同传统——音乐性——正在被新诗当作“包袱”而彻底扬弃，仅此而已。

有趣的是，本辑的好几篇文章，如臧棣、董辑、李国华等人的论文，在论及新诗发展中的重要诗人和作品时，都不约而同地涉及了新诗相对于传统诗词，其性质、前途、合法性乃至特殊性等问题。而著名旧体诗人杨启宇先生和新旧诗兼善的青年诗人朱钦运（茱萸）的两篇文章，则被放在“诗人观点”一栏中“示众”，以便突显古今与新旧对话这一议题的现实张力。类似的争论对关注诗歌的读者而言也许并不陌生，但相信本刊的视角和立场，还是能够提供一种“静观”和“圆照”的可能性。

顺便说一句，今年春节期间引发收视热潮的《中国诗词大会》，通过国家媒体的强势宣导，引起坊间热议势所必然。然而，如果以为全民诵读诗词就必然能够迎来传统诗词的春天，则显然属于高烧不退的胡话了。事实上，个别评委在本该曲终奏雅时的“荒”不择言，捉襟见肘，恰恰证明了《礼记·学记》“记问之学，不可以为人师”这一古训的颠扑不破的真理性。换言之，如果传统诗词仅仅停留在口头的记诵上，而疏于教育的普及、技法的操练和现实的感怀，则终究不过是一场脂粉气浓厚的多媒体娱乐表演，只能堕入“被消费”的尴尬命运而不自知罢了。不过，

1　刘强：《古诗写意》，岳麓书社，2016，第3页。

这都是题外话，不宜在此展开。

关于新旧古今的诗学博弈，我们看到的情况往往超出既定的成见。比如，新诗派因为已经占据诗坛或者当代诗歌史书写的泰半江山，故对传统诗词派并无太大偏见，只是执着于阐释新诗的合法性与现代性。在为新诗辩护的文章中，董辑的《他山有玉》一文值得注意。作者借助两位台湾著名诗人余光中和洛夫对于新诗的不同理解，阐明了即便在新诗人中，对于古典诗歌传统的态度也是多元的，并非千人一面，冰炭不容。如余光中在《先我而飞：诗歌选集自序》中就说：

> 从我笔尖潺潺泻出的蓝墨水，远以汨罗江为其上游。在民族诗歌的接力赛中，我手里这一棒是远从李白和苏轼的那头传过来的，上面似乎还留有他们的掌温，可不能在我手中落地。
>
> 不过另一方面，无论在主题、诗体或是句法上，我的诗艺之中又贯串着一股外来的支流，时起时伏，交错于主流之间，或推波助澜，或反客为主。我出身于外文系，又教了 20 多年英诗，从莎士比亚到丁尼生，从叶芝到佛洛斯特，那“抑扬五步格”的节奏，那倒装或穿插的句法，弥尔顿的功架，华兹华斯的旷远，济慈的精致，惠特曼的浩然，早已渗入了我的感性尤其是听觉的深处。同时我又译过将近两百首英美作品，那锻炼的功夫，说得文些，好像是在临帖，说得武些，简直就是用中文作兵器，天天跟那些西方武士近身搏斗一般，总会

学来几招管用的吧。[1]

余光中认为：“古典的影响是承继，但必须夺胎换骨。西洋的影响是观摩，但必须取舍有方。”

相比于余光中的左右逢源，古今都不得罪，洛夫则认为，新诗难以格律化，但是新诗自有其形式，这种形式就是“一诗一形式”，新诗是形式和内容不可分割的一次性艺术创作，其形式因素很难被反复使用和上升、定型为“格律”。他说：

我一向钟情于自由诗，我以为一个作品的偶然性是决定其艺术性的重大因素之一，而自由诗的偶然性远远大过格律诗。格律当然也有它的优点，否则不可能流传数千年，但不可否认的是每种诗体用久了势必趋于僵化，不但内在情感变得陈腐，对事物感受的方式也日渐机械化。抒情语言更是带有浓烈的樟脑味。一般人仍留恋旧诗，是出于心理的“固定反应”（Stock response），读起来和写起来都很方便，就像买鞋子，因有固定的型号，穿上合脚就行了。韵文时代已一去不返，用散文体写格律诗，读起来怪别扭的。语体诗还要押韵，感觉十分做作，很不自然。

不可否认，任何一首诗都有它的形式，它被创作出来的那个样子就是它的形式，每首诗本身就是一种形式，它并不排斥“中国韵味”，它同样可以具有汉语诗

1　余光中：《先我而飞：诗歌选集自序》，《余光中诗歌选集》第1辑，时代文艺出版社，1997，第3页。

> 歌的优良品质。格律本身是一个机械性的载体，而一首诗的存在是形式与内容不可分割的有机体。我赞成诗应有形式感，但那不是格律，我也承认典律的重要性，但并不以为典律必须依附于某种固定的形式。[1]

应该说，洛夫的“一诗一形式”和“诗歌偶然性”的论说，非常具有理论上的革命意义。其革命性并非在于反对传统的格律和既定的程式化，而在于，他为每一首诗赋予了新的生命和独特意义。洛夫甚至说，“诗，永远是一种语言的破坏与重建，一重新形式的发现”。相比于旧体诗只有依赖于格律和形式才能存活并获得尊严这一事实，洛夫的观点不仅在空间维度上直面当下，而且也在时间维度上拥抱了未来。

无独有偶，在废名的《谈新诗》一文中，也提到了“偶然的”问题：

> 让我说一句公平话，而且替中国的新诗作一个总评判，像郭沫若的《夕暮》，是新诗的杰作，如果中国的新诗只准我选一首，我只好选它，因为它是天然的，是偶然的，是整个的不是零星的，比我的诗却又容易与人人接近，故我取它而不取我自己的诗，我的诗也因为是天然的，是偶然的，是整个的不是零星的，故又较卞之琳、林庚、冯至的任何诗为完全了。[2]

1　洛夫：《洛夫谈诗：有关诗美学暨人文哲思之访谈》，江苏文艺出版社，2015，第161页。转引自董辑论文。

2　废名：《谈新诗》，《废名集》第4卷，第1822页。转引自李国华论文。

请注意，废名说新诗“是天然的，是偶然的，是整个的不是零星的”，无意中道出了新诗乍一出世，带给世人的新鲜感和错愕感。废名还把新诗的创作喻为“生命的偶尔的冲击”，这颇类似于陆游所谓“文章本天成，妙手偶得之”。相比之下，旧诗因为必须“习得”，即便“偶得”之后也必须经过格律的严格检验，不得漫漶于传统的河床之外，自然就成了“应然的，必须的，是全体的一部分而非整个的”了。

可见，至少在新诗人看来，新诗之所谓“新”，本来就是要摆脱某种既定的模式，比如句式、格律等的束缚，尽情地、自由地展开生命和语言的偶然之舞。从这个意义上说，“新诗”之“新”，并非仅仅是时间上或诗歌体式上的一个概念，更多的恐怕还是文化精神上或者说诗歌生命上的一种“新变”追求。这在中外文学史和诗歌史的宏观视野注视下，似乎是一个十分常见而无须自证其合法性的现象。

然而，新诗是否就应该罔顾母语的千年传统，一如脱缰的野马一样狂顾顿缨、一往无前了呢？百年新诗的实验现场到底如何？如果不是借助中小学语文课本以及现代大学中文系教科书的强势渗透，新诗的所谓经典作品，又有多少真正堪称经典而无愧色？特别是，新诗占据学术的庙堂之高，却在江湖之远上应者寥寥，新诗的各种活动、刊物、诗人等也越来越成为一种不以职业为诉求的特殊“专业”，特别是，新诗人们在精英品格和自我期许上，倒是和旧体诗词的作者们同样“曲高和寡”。这些问题背后的深层原因，无疑值得深入探讨。

很少有人注意到，中国现代史上作为政治人物被聚焦的汪精卫，其实也是一位十分重要的旧体诗人。他1923年写给胡适的一封信，涉及新旧诗之争的段落，读之令人眼前一亮。汪精卫说：

> 适之先生：
>
> 接到了你的信，和几首诗，读了几遍，觉得极有趣味。
>
> 到底是我没有读新体诗的习惯呢，还是新体诗不是诗，另是一种好玩的东西呢？抑或是两样都有呢？这些疑问，还是梗在我的心头。
>
> 只是我还有一个见解，我以为花样是层出不穷的，新花样出来，旧花样仍然存在，谁也替不了谁，例如曲替不了词，词替不了诗，故此我和那绝对主张旧体诗仇视新体诗的人，固然不对，但是对于那些绝对主张新体诗抹杀旧体诗的人，也觉得太过。……

作为编者，我不能不说，汪精卫的话，与我心有戚戚焉。让人略感遗憾的是，时过将近百年，今天的诗人们依然没有走出“新旧古今”的形式陷阱和话语魔障。孔子说：“过犹不及。”《礼记·中庸》亦有言：“万物并育而不相害，道并行而不相悖。”无论是新诗诗人还是传统诗词作者，于此皆当有所反思。新诗也好，旧诗也罢，虽同为语言的艺术，却各有其写作宗旨、审美标准与受众期待，正如流行歌曲之与京剧昆曲，各行其道，各遵其理可也。如果各自强分轩轾，甚至以己所长，轻人所短，甚至必欲置对方于死地而后快，恕我直言，此皆非诗人应该有的大心量与大情怀。

还是用余光中的话结束这篇小文吧！他说：

> 古典的影响是承继，但必须夺胎换骨。西洋的影响是观摩，但必须取舍有方。30 多年前我早就醒悟，株守传

统最多成为孝子，一味西化必然沦为浪子，不过浪子若能回头，就有希望调和古今，贯串中外，做一个真有出息的子孙。学了西方的冶金术，还得回来开自己的金矿。[1]

——“调和古今，贯串中外，做一个真有出息的子孙。”诚哉是言也！

编完这本集刊，再次感叹光阴的无情。两年光阴倏忽而逝，忙忙碌碌的我，只能交出这么一份微薄的答卷。感谢同济大学诗学研究中心的顾问团队，感谢《原诗》的新老作者，更感谢因为种种缘分而阅读过《原诗》的读者朋友们，没有你们的支持，我们无法走到今天。

2017 年 5 月 8 日初稿，6 月 8 日修改于守中斋

1　余光中：《先我而飞：诗歌选集自序》，第 3 页。

王国维之词与词论[1]

叶嘉莹

我对于王国维的词与词话感觉到兴趣，它对我有所启发，是早在我刚刚考上初中的时候，我母亲给我买了一部开明书店出版的《词学小丛书》作为奖励。我虽然从小在家里边读诗，可是没有正式地学过词。读了王国维先生的《人间词话》，我感觉到真的是对我有很多启发，跟我读其他人的诗词欣赏评说的文字有不同的感觉。因为我觉得那真的是他用自己的体会和感受说出来的话，使我有一种共鸣的感动。我开始写有关王国维的文字，那是20世纪50年代在台湾的时候。有一次，台湾的“教育部”举办了一个暑期的诗词讲座，那个时候我还很年轻，刚到台大教书不久。当时台大的“词选课”本来是一位前辈的学者郑骞先生在教，所以当时的台湾“教育部”就请郑骞先生去担任那个暑期讲习班的关于词的讲座。可是郑先生因为太忙不能够去参加，就让我代替他去参加这个词的讲座。而讲座结束以后，台湾“教育部”就让我们这些讲课的人各写一篇文章，在他们“教育部”的刊物上发表。我当时真的很年轻，也没有什么著作，所以就想不起来要写什么。我能想起来的就是我小时候读到的王国维先生的词与词话。我在台湾第一篇发表的“文字”，也不敢说“文章”，

1　本文根据叶嘉莹先生2002年1月23日在香港浸会大学的演讲整理而成，获得叶先生授权，在本刊发表。钟锦先生供稿。

就是《说静安词〈浣溪沙〉一首》[1]。那是我在台湾写的第一篇文章，而后来就有一些考入台大的建中校友来问我：王国维先生在《人间词话》里讲，“古今成大事业、大学问者，必经过三种之境界”，那是什么意思呢？我就又写了一篇文稿，发表在建中的刊物上。从此我就有了研读王国维《人间词话》的兴趣，所以相继就写了很多篇关于王国维的《人间词》和《人间词话》的作品。

我今天要讲的题目，就是“王国维之词与词论”。本来题目上先说了“词”，应该先讲词，可是我想实在应该先讲“词论”，然后再用他的作品来印证他的词论。或者是说，根据我们从他词论里面得到的一些启示和线索，来探索他词里边的含义。

一、王国维的词论

王国维的《人间词话》，当然最有名的就是他的“境界说”。王国维的“境界说”，自从《人间词话》发表以来，引起过不少人的讨论。历来研究“境界”是什么意思的著作可以说连篇累牍，研究的人非常多。我在60年代曾经写了一本书就叫《王国维及其文学批评》，在那本书里我把当时我所见到的有关王国维“境界”的解说稍微整理了一下，真是议论纷纭。我今天想做的是越过《人间词话》关于词之“境界”的开篇九则，而直接地来看《人间词话》关于“词之特质”的五则：

一、词之为体，要眇宜修。能言诗之所不能言，而

1　按：即评说王国维《浣溪沙·山寺微茫背夕曛》的文稿，收入《迦陵论词丛稿》。

不能尽言诗之所能言。诗之境阔，词之言长。（《人间词话删稿·第十二则》）

二、词之雅郑，在神不在貌。永叔少游虽作艳语，终有品格。方之美成，便有淑女与倡伎之别。（《人间词话·第三十二则》）

三、南唐中主词“菡萏香销翠叶残，西风愁起绿波间”，大有众芳芜秽，美人迟暮之感。乃古今独赏其“细雨梦回鸡塞远，小楼吹彻玉笙寒”，故知解人正不易得。（《人间词话·第十三则》）

四、古今之成大事业、大学问者，必经过三种之境界。“昨夜西风凋碧树，独上高楼，望尽天涯路”，此第一境也。“衣带渐宽终不悔，为伊消得人憔悴”，此第二境也。“众里寻他千百度，回头蓦见，那人正在，灯火阑珊处”，此第三境也。此等语皆非大词人不能道。然遽以此意解释诸词，恐为晏欧诸公所不许也。（《人间词话·第二十六则》）

五、“我瞻四方，蹙蹙靡所骋”，诗人之忧生也。“昨夜西风凋碧树，独上高楼，望尽天涯路”似之。“终日驰车走，不见所问津”，诗人之忧世也。“百草千花寒食路，香车系在谁家树”似之。（《人间词话·第二十五则》）

我说越过《人间词话》开篇的九则，当然也不能完全越过，因为《人间词话》的第一条就说：“词以境界为最上。有境界则自成高格，自有名句。五代北宋之词所以独绝者在此。”[1] 我们从第一条来看，他所提出的“境界”两个字，是专门对于“词”这种文学体式的评赏而言的，所以他说“词以境界为最上”，并不是“诗词以境界为最上”。而且他特别提出来，是五代北宋的词最合乎他所提出来的所谓词中要有“境界”的这个衡量的标准。可是我觉得，可能是我们中国一向的诗话、词话，都是古代的这些学者、诗人，真正读书内心有所领悟，心领神会，偶然写下来的，所以常常都是一段一段的话，没有像西方文学理论那种思辨性的、逻辑性的，很有条理的论说。在他提出来“词以境界为最上”以后，他后边所提的几条，所谓“造境”“写境”“有我之境”“无我之境”，还有他说“境界有大小，不以是而分优劣”，那里边他所举的很多的例证，比如“采菊东篱下，悠然见南山”，“寒波澹澹起，白鸟悠悠下”，还有“落日照大旗，马鸣风萧萧”，“细雨鱼儿出，微风燕子斜”，这些例证并不是词里边的句子，而是诗里边的句子。所以我以为，他的“境界”的义界所包含内容的范畴，有大小广狭、专指泛指的种种不同。作为泛指之词，这个“境界”可以兼指诗词，就是文学作品里所显示的一个情境。在《王国维及其文学批评》那本书里，当我罗列了当日诸家的说法以后，最后我曾经举引佛教的《俱舍论颂疏》里边的一个说法。佛教说我们有“六根”，有“六识”，有“六境”，《俱舍论颂疏》说，“眼能见色，识能了色，唤色为‘境界’”[2]，我们眼睛能够看到外界的一切色象，眼睛有一种看的功能。你眼睛见到色以后，色来到你的意识之中。“眼能见色，识能了色”，你眼睛

1 王国维：《人间词话》，载唐圭璋《词话丛编·人间词话》，中华书局，1986，第4239页。

2 《佛教大系》第17函《俱舍论颂疏》上册论本第二分别界品第一之二，第156页，日本大正六年佛教大系刊行会版。

见到的外界的种种的色象，而且你里边那个根本的识别能力的“识”能够辨别这个“色”，“了”就是清楚地辨别，“唤色为境界”，如果你眼睛没有见到，或者你虽然见了，但是它在你内心的那个意识上没有起作用以前，都不能算作“境界”。所以“眼能见色”，而且要“识能了色，唤色为境界”。如果用西方的现象学来说，就是当你眼睛接触到外界的现象以后，而现象引起你内心的一种活动，而且是一种 Conscious 的，有一定的意向的活动。有这样的情况的时候才是“境界”。所以王国维说“能写真景物、真感情者，谓之有境界”[1]，你“眼能见色”以后，还要能够把你意识之中的感受真正写出来的，那才是“境界”。如果只是“见”了，没有内心之中的一种感动，没有内心之中的那个“识”的活动，这样的还不算是“境界”，所以“能写真景物、真感情者谓之有境界”，我那时是用这个说法来解释了“境界”。可是这样说，我就觉得那不够完美，因为这种“境界”，就不仅说词里边要“能写真景物、真感情”，诗里边也要“写真景物、真感情”的。就是都要有一种感动兴发的作用。在仇兆鳌的《杜诗详注》里边，讲到杜甫一些写景的诗，比如杜甫曾经写过“穿花蛱蝶深深见，点水蜻蜓款款飞”，而晚唐人也写过两句诗，说“鱼跃练川抛玉尺，莺穿丝柳织金梭”[2]，白鱼跳过一条像白绸子般的水上，好像是一个白玉的量尺在一匹丝绢上抛过去一样；黄莺鸟在像丝线一样的柳条之间，往来穿梭地飞过，就好像一个黄金的金梭在织布机上穿梭地编织一样。这个何尝写得不精美呢？有的人认为只要这样雕琢刻画得很美的句子就是好的作品，其实不见得，因为这只是一个外表的形象，如同一个照相机，你可以把它

1　王国维：《人间词话》，载唐圭璋《词话丛编·人间词话》，第 4240 页。
2　仇兆鳌：《杜诗详注》，中华书局，1979，第 2 册，第 447—449 页。

照下来，但是你内心之中对于这个景色，这个形象，这个色象，没有你内心之中的一种兴发感动，没有你的生命在里边，那就是死板的，像照相机照下来的一样。所以前人还说过："鸟啼花落，皆与神通，人不能悟，付之飘风。"外面的鸟啼花落，都与你的精神心灵有相通之处。可是你如果不能够有所感受，就如同"飘风"一样，很浮浅地掠过了，那不成。所以主要是说你内心之中要有一种真正的兴发感动，这样写出来，才是有生命的作品。词是如此的，诗又何尝不是如此的呢？而且他说"有我"的境界、"无我"的境界，也举了陶渊明的诗来作为例证。这都是兼指诗词来说的。"大"的境界，"小"的境界，说"落日照大旗，马鸣风萧萧"，"细雨鱼儿出，微风燕子斜"，这都是杜甫的诗，一个写得那么高远雄壮，一个这样的纤细精微，可是同样是有一种真切的感受在里边的。他又说"'红杏枝头春意闹'，着一'闹'字，而境界全出。'云破月来花弄影'，着一'弄'字，而境界全出矣"[1]，就因为那个"弄"字和"闹"字是把他内心的一种感动表现出来了。如果说"云破月来花有影"，这是科学家的话，"云破月来"，月亮一照，花就有影子。"云破月来花弄影"，就是这个诗人的一种感受。说"红杏枝头春意在"，就很平常，"闹"是诗人兴发感动的内心的作用。截止到现在我所说的都是王国维"境界"的泛指的含义。

同时王国维也用"境界"来代表一种阶段和层次。他的"境界"的范畴有时是泛指作为文学作品的诗词，有的时候他用来表示一个阶段，一个层次，比如他说古今成大事业、大学问的人，要经过三种境界："'昨夜西风凋碧树，独上高楼，望尽天涯路'，此第一境也。'衣带渐宽终不悔，为伊消得人憔悴'，此第二境

1 王国维：《人间词话》，载唐圭璋《词话丛编·人间词话》，第4240页。

也。‘众里寻他千百度，回头蓦见，那人正在，灯火阑珊处’，此第三境也。”[1] 这是三种不同的层次。所以“境界”的范畴，在王国维使用的时候，常常有很多的变化，而其实呢，中国文化里描述最微妙的那种体会，不管是哲学还是美术，常常用的那个词的范畴都是可大可小，包容量非常广，有多种涵容的意思的可能。比如“道”，孔子说“士志于道，而耻恶衣恶食者，未足与议也”，“朝闻道，夕死可矣”（《论语·里仁》），老子说“道可道，非常道”（《老子》），什么都是“道”，有“书道”，有“茶道”，“道”是什么？中国有很多真是微妙的，“与神通”的，与你的心灵精神能够相通的那种难以言说的感受。这个词语的意义范畴常常是变化无律，包容无边的。所以这个“境界”从广义上来说，是有多层的意思的。但是我现在就要把它限定来说，否则牵扯的问题就太多了。

限定来说，只是“词以境界为最上”，“词”为什么以境界为最上呢？王国维在《人间词话》里有关于词的特质的五则，我们就集中到这五则来看。他说“词之为体，要眇宜修。能言诗之所不能言，而不能尽言诗之所能言。诗之境阔，词之言长”[2]。他说词这种文学体式“要眇宜修”，“要眇”本来见于《楚辞》的《九歌·湘君》，写湘水之中的一个女神，说她“美要眇兮宜修”。湘水之中的这个女神的美，不是寻常的我们人间的女子之美，是一种“要眇”之美，“要眇”是由里而外的一种美，不是只是外表的形貌上的美，内在也有一种美，而且是非常精致、非常深微的一种美。“修”就是修饰，屈原总是追求高洁好修，“修”就是修容自饰，一种对自己的美的一种珍重，一种爱惜。“词之为体，

1 王国维：《人间词话》，载唐圭璋《词话丛编·人间词话》，第4245页。
2 同1，第4258页。

要眇宜修”，词是非常精微美妙的一种文学体式，所以“能言诗之所不能言”，词里边常常能够表现出诗所不能表现的一种情境。因为诗常常都是显意识的一种活动，杜甫说《闻官军收河南河北》，他这题目说得很清楚，诗是显意识的，有一个题目，要说什么说得很清楚。可是词不是，特别是王国维所说的“独绝”的“五代北宋之词”。那就因为五代北宋的词是处在词这种文学体式刚刚兴起来的时候。我常常以为中国“词”这种文学体式的兴起是非常微妙的一件事情，为什么它很微妙呢？因为词在早期就是伴随着当时流行的音乐——宴乐，来歌唱的歌词。本来这个歌词就是市井之间大家配合着俗曲来传唱的歌词。可是等到诗人文士插手来写这个歌词的时候，他们是给那歌筵酒席之间的歌女来写的，他没有诗那样言志的用心。因为中国诗的传统，是“诗者，志之所之也，在心为志，发言为诗”[1]，诗是言志的。诗人写诗的时候，他就想，我这诗是言志的，言志的时候，他自己就要显露出来。这样创作有它的好处，杜甫说“致君尧舜上，再使风俗淳”（杜甫《奉赠韦左丞丈二十二韵》），“许身一何愚，窃比稷与契”（《自京赴奉先县咏怀五百字》），有这样的志意，而且这样地真诚，这样地热情表现出来，当然足以打动我们，杜甫的博大深厚，他的感情，他的关怀，是使我们感动的。可是有的时候，一般诗人写诗常常不免想到诗是言志的，自己的心思意念都要在诗里曝露出来让大家看到，就像一个人在大庭广众之间，比如今天我要给大家作一个报告，我就不得不把我的衣服穿得整齐一点，而我在家里可以很随便，在大庭广众之间揖让进退、你就要有一种矜持，就算不是虚伪，也总要有一种矜持。可是词就不然，它就是给歌女写的一首歌词，与作者完全没有关系，宋人的

1 《毛诗序》，阮元刻《十三经注疏》本《毛诗正义》卷一。

笔记《冷斋夜话》就记载着法云秀跟黄庭坚的一次谈话，说“诗多作无害，艳歌小词可罢之”。法云秀对黄山谷说，你的诗写得很好，多写一点是没有坏处的，而那些“艳歌小词”，写男女相思怨别的“小词”“可罢之”，不要再写了，这可能是道学家觉得有伤风化了。黄山谷就回答了一句话，说“空中语耳”，他说我说的是“空中语”，“空中语”就是没有那回事！我就是为歌者写一个歌词，与我黄山谷全然无关。我写了爱情，不见得我就有什么爱情的故事，说“空中语耳。非杀非偷”[1]，也不杀人也不偷窃，有什么相干！从这段宋人笔记就可以看到，宋人写词的时候的意识跟写诗的时候是不一样的。写诗，是我写了要给人看；写词，就信笔写来。可是呢，王国维就说宋人的诗不如词，说宋人写的诗没有他们写的词好。为什么呢？王国维说的很妙，他说宋人诗不如词，“以其写之于诗者，不若写之于词者之真也”[2]，他说就因为宋人在诗里边所写没有他在词里边所写的那样真诚。这不是与刚才所说的不合吗？因为诗才是言志的，说的才是自己的话，词是给歌女写的歌词，为什么写在诗里边的反而没有写在词里边的更真诚，更是发自内心的呢？因为你写诗的时候想到要给人看，不得不有些矜持作态。可是词，我就写个歌词，完全与我无关，就可以随便写。可是就是在随便写的时候，才更把你的真性情流露出来了。俗话说“观人于揖让，不若观人于游戏”。你看一个人，如果是在揖让进退、大庭广众之间，“观人于揖让”，就不如你“观人于游戏”，不如看他在没有造作的游戏的时候，那更真实。所以词的好处，就是真正的生命，真正的感情，不是

---

1 释惠洪：《冷斋夜话》卷十，《笔记小说大观》，第 22 编，第 1 册，台北新兴书局，1978，第 642 页。

2 王国维：《人间词话》，载唐圭璋《词话丛编・人间词话》，第 4256 页。

在矜持作态的诗里边表现出来，而是放松了自己，全然无所谓的一种本心的、自然的流露，所以更真诚地表现了诗人真正的心灵、真正的感情的一种品质。可是呢，那所有的这些个词，都是歌辞的词，就是这种新兴的配合当时流行音乐歌唱的曲子词，当它流入到士大夫的手里以后，又有了种种微妙的变化。流入到士大夫手中之前，所谓“敦煌曲子词”，贩夫走卒，只要你会唱俗曲，你都可以按照这个小曲唱出一首作品来。所以你看敦煌的曲子，有写战争兵书的，有写医药口诀的，那些都可以编到词里边。当然也有写战场上的征夫，写闺房中的思妇，所以那是多方面的。可是自从这个流行歌曲的歌词流入到诗人文士的手中以后，他们都是在特别的场合来写歌的。中国第一本文人的词集就是《花间集》，前面有欧阳炯写的序文，他说“因集近来诗客曲子词”。这一本《花间集》所编的也是歌词，但是这里的歌词与市井间的歌词不同，是“诗客”的“曲子词”，就是诗人文士给歌曲写的歌词。那为什么要编一本诗人的曲子词呢？他说“庶使西园英哲，用资羽盖之欢；南国婵娟，休唱莲舟之引”[1]。“西园”是代表文士的集会。曹植的诗说“清夜游西园，飞盖相追随”（曹植《公宴诗》），那是建安曹氏兄弟跟建安七子游乐的地方。我只是希望这本词集编成了以后，“庶使西园”的“英哲”，那些有才华的文人诗客，“用资羽盖之欢”，就可以增加他们“羽盖”的欢乐，“羽盖”就指“飞盖相追随”。“白日既匿，继以朗月，同乘共载，以游后园”，白天的时候，“浮甘瓜于清泉，沉朱李于寒水”（曹丕《与朝歌令吴质书》），白天有白天文士聚集的快乐，晚上的时候，我们说“昼短苦夜长，何不秉烛

1　欧阳炯：《花间集叙》，《花间集·花间集补·尊前集》，辽宁教育出版社，1998，第 1 页。

游”，所以晚上我们就“同乘共载”，大家都坐着车，“以游后园”，就到后面的花园去游赏。而车上呢，是“飞盖相追随”，“盖”就是车篷，“羽盖”是有翠羽为饰的车篷。车在跑的时候羽盖就跟着移动。这个歌词就是使得那西园的文人诗客，能够增加他们的“羽盖之欢”，增加他们宴集游赏时候的欢乐。“南国婵娟，休唱莲舟之引”，那美丽的歌女，不再唱那采莲的通俗的曲调，现在就有了文人诗客写的更美的歌词给她们去唱了，所以《花间集》完全是歌词。从五代直到北宋初年，晏殊、欧阳修所写的词大都是可以交给歌女去歌唱的歌词，比如欧阳修就写了一组十首的《采桑子》，他前面有一段“致语”，他说“因翻旧阕之辞，写以新声之调，敢陈薄伎，聊佐清欢”（欧阳修《西湖念语》）。歌妓舞女，有的会唱歌，有的会跳舞，我一个“醉翁”，能够贡献什么呢？我就写一些新的歌词，把我的技能也表现出来，我不能唱也不能舞，只好写个歌词，“聊佐清欢”，也增加你们歌舞之间的欢乐。所以五代北宋的词其实都是歌辞之词，而王国维所特别欣赏的就正是这些五代北宋的歌辞之词。如果说《人间词话》有一个遗憾，就是王国维不会欣赏南宋的词，他一直没有找到欣赏南宋词的一个入门的途径。其实各种不同风格的词，就如同现在的运动会上各种不同的比赛，有女子的排球，有男子的足球，你总是用欣赏男子足球的眼光来欣赏女子的排球，就什么都不对，你用评赏女子排球的眼光来看男子的足球，也觉得什么都不对。就是不同类型、不同风格的作品是要用不同的欣赏的Approach，不同的途径去接近才能欣赏。我觉得很遗憾的一点，是王国维晚年去研究一些历史、考古了，把文学的研究放下来了，不然也许他后来会欣赏南宋的词的。总而言之，他在写《人间词话》的时候，王国维还不知道怎么样欣赏南宋的词，我们今天就只讲王国维所欣赏的五代北宋的词，它们的好处是在哪里。

我们讲到《人间词话》关于词之特质的五则，那么五代北宋词的特质是在哪里呢？词不是都是给歌妓酒女写的歌词吗？都是那些“南国婵娟”所唱的歌词，那么你给这些妙龄的歌妓、舞女来写歌词，能够写杜甫的“朱门酒肉臭，路有冻死骨”吗？这不是大煞风景的事情？在这样的场合，当然只能写美女和爱情，《花间集》十之八九都是写美女跟爱情。那么这样的词有什么高下，应该怎么样去欣赏它呢？这里边就有一种很微妙的现象产生了。就是说，有的歌词，它的美女跟爱情的内涵就比较浅，格调就比较低，有的歌词，内涵就比较幽深，格调就比较高，所以王国维接下来就说了，“词之雅郑，在神不在貌”[1]。词是“雅”，它的品格是雅正的，内涵意蕴是丰富的；或者是“郑”，《诗经》所谓“郑卫之音”，“郑卫之音”就是比较淫靡的。所以它是“雅”的或者是“淫”的，是雅正的还是淫靡的，“在神不在貌”，在它的精神而不在它的外表。因为你从外表来看，都是写美女跟爱情。什么是高下浅深的分别呢？是在它的精神。那么精神怎么样来看？你要看到这个词里边的精神的高低，有的词你读了以后就能够有一种很丰富的联想，给你很大的一种兴发感动的触引；可是有的词写美女跟爱情就不给人这样的联想。其实在北宋的时代就已经有人发现到这一点了。像李之仪有一篇《跋吴思道小词》，他说小令是最难写的，小令要有不尽的余味，“超出意表”[2]，才是好的作品，这是在北宋的时候很早就有人发现了，提出来好的令词要有言外不尽的余韵。这种感觉后来的人体会得越来越多，越来越发现这个小词不是外表的美女跟爱情所能够限

1 王国维：《人间词话》，载唐圭璋《词话丛编·人间词话》，第4246页。

2 李之仪：《跋吴思道小词》，载《姑溪居士全集》卷四〇，商务印书馆，1935，第310页。

制，它里边可以包含很多很丰富的东西。这种从隋唐以来新兴的文学体式，我们要给它找到一个文学的批评的术语，说它是什么呢？词里边表面上都是美女跟爱情，可是好的作品就在美女跟爱情以外，引起来读者一种——你很难说是兴发感动的作用——很丰富的感动和联想。但那个东西是什么呢？很多人都慢慢地越来越真切地感受到这一点。它不是“意义”，不是像诗里边一样，比如杜甫的《自京赴奉先县咏怀五百字》因为写了“窃比稷与契”了不起，《奉赠韦左丞丈二十二韵》因为写了“致君尧舜上，再使风俗淳”了不起，词不是！那是一个什么东西，使你觉得它有如此幽微深远的意蕴，而且你有的时候还不能够明白地说出来它是什么？杜甫说得很清楚，我是要“致君尧舜”，我是要“窃比稷契”。那词都是美女跟爱情，为什么你读这个人的作品让你有一种深微的感动，读那个人的就没有，那这个东西是什么？大家慢慢地，在词的演化发展之中，对于词的美感特质有了一个反省，就想，是什么呢？找不到一个话来说。到常州词派的张惠言编《词选》的时候，他说“极命风谣里巷男女哀乐，以道贤人君子幽约怨悱不能自言之情”[1]。词是里巷男女的哀乐之词，就是里巷之间男女爱情的悲欢离合的哀乐之词，却可以“道贤人君子幽约怨悱不能自言之情”。他说就是这里巷之间写男女哀乐的歌词，可是它居然可以说出来，说出贤人君子的情意来就好了？还不只是如此。张惠言所以说得妙，是贤人君子的情意，而且是贤人君子的“幽约怨悱”，他最幽深、最含蓄的，最哀怨的，最悱恻的，这样的一种感情，还不只如此。张惠言说可以“道贤人君子幽约怨悱”还“不能自言之情”，是他自己在别的文体里边没有办法说出来的感情。那真是妙！这是什么东西呢？张惠言找不到一个

1　张惠言：《词选序》，载唐圭璋《词话丛编·张惠言论词》，第 1617 页。

词语说明这个东西，可他是体会了，他说词的好处就是可以说出“贤人君子幽约怨悱”还“不能自言”的一种情思来。他说“盖诗之比兴，变风之义，骚人之歌，则近之矣”[1]。他没有办法说词里边是什么，所以他说就是诗里边的比兴，就是《离骚》的喻托。其实大家都以为张惠言提出来“比兴”的说法，不错，他是说“变风”“比兴”，是“骚人之歌”，他是提出来了，但是他最后还有四个字呢！他说是“诗之比兴，变风之义，骚人之歌，则近之矣”，他说“则近之矣”，这是非常微妙的。其实张惠言并没有说词里边就是“比兴”，而是跟“比兴”相近的那么一个东西吧。因为中国传统上找不到一个词语可以说明这个歌词的小令言外给你的感发，只有想到中国的传统，就是“比兴”。“比兴”就是说以此例彼，见到政治的美好，嫌于阿谀，所以就用“兴”；见到政治有错误，言之恐怕有危险，所以就用“比”。而一说到“比兴”，就一定是有政治上的喻托了。而这其实就把词里边这种最难以言说的东西的范围缩小了，只局限在政治上的比兴喻托。所以王国维说，“固哉，皋文之为词也”，说张惠言太顽固了，说得这么拘执，这么狭隘，这么死板，这样王国维才自己编出来一个词——“境界”。词里边的东西，大家都说不出来，只好就说它是一种“境界”。张惠言是看到了，词里边是可以有美女跟爱情以外的很多意思，王国维也看到了，也体会了，词可以在男女爱情以外有很多的意思。比如张惠言说温庭筠《菩萨蛮》词的“小山重叠金明灭，鬓云欲度香腮雪。懒起画蛾眉，弄妆梳洗迟。

照花前后镜，花面交相映。新贴绣罗襦，双双金鹧鸪”，他说“‘照花’四句，《离骚》初服之意”[2]。“照花前后镜，花面交

1 王国维：《人间词话》，载唐圭璋《词话丛编·人间词话》，第4246页。

2 张惠言：《词选序》，载唐圭璋《词话丛编·张惠言论词》，第1609页。

相映。新贴绣罗襦，双双金鹧鸪"，这本来是写一个美女起床、梳妆、穿衣、照镜的一个过程，但是张惠言说，这就是《离骚》"初服"的意思。因为《离骚》里边屈原说了，"进不入以离尤兮，退将复修吾初服"，说我想要进用，给朝廷进言，可是楚王不但不能够接受，而且听信了别人的谄毁，《史记》上说屈原"忠而见疑，信而被谤"，忧愁忧思才作了《离骚》，所以《离骚》是因为有这样的一种寄托才写的。《离骚》里边的"初服"一句是说，我既然不能够进用，让朝廷听信我忠言的劝告，而且还遭遇到怨尤毁谤，所以"退"，可是退下来，我并没有自暴自弃，"退将复修吾初服"，退下来我要修整我最早的那件没有被污染过的我的"初服"，我本来的那个洁白的衣服。屈原接下来写了很多，形容他的衣服，"制芰荷以为衣兮，集芙蓉以为裳"，"佩缤纷其繁饰兮，芳菲菲其弥章"。屈原是写他的修容自饰，是对于品节高洁美好的追求。那么温庭筠也写美女的化妆，"照花前后镜，花面交相映。新贴绣罗襦，双双金鹧鸪"，而且这首词的前边说"懒起画蛾眉"，而"蛾眉"也是《离骚》里的语词，屈原说"众女嫉余之蛾眉兮，谣诼谓余以善淫"。就是说温庭筠的这首词里边写的是美女的化妆，但是他所用的语言很多可以让人联想到屈原的《离骚》，所以张惠言就认为温庭筠的《菩萨蛮》也有《离骚》的喻托。但是屈子《离骚》的忠爱缠绵与温庭筠的风流浪漫的生活是不相配的，你不能勉强那样地说。可张惠言这样说了，这是张惠言给小词增加言外丰富内涵的一个办法。因为温庭筠所用的"蛾眉""画眉"之类，跟《离骚》里边有相近之处。用西方的符号学、语言学来说，那是一种"语码"，用俄国符号学家洛特曼的说法就是，那是一个文化的语码，Cultural Code。当一种语言在一个国家民族被使用而有了一个悠久的历史传统以后，这个语言就有了它一个悠久的历史文化传统的背景，一说“蛾眉”，大家就想到“众女嫉余之蛾眉”，说簪花照镜，就想到屈原的高洁好修，这是从文化的语码联想的。所以你如果从西方的文学理论来说，可以给它找到一个理由，就是说温庭筠的作品，在文本里边包含了这种可能性，如果我们用西方沃尔夫冈·依塞尔的接受美学来说，它有一种 Potential Effect，就是有这样一种作用，可以引起你的联想。那作者有没有这个意思？不一定有。谭献就说了“作者之用心未必然，而读者之用心何必不然”[1]，周济也说“临渊窥鱼，意为鲂鲤，中宵惊电，罔识东西”[2]，在一个深渊上面看水里，你分明看见有很多鱼在那里游，却说不清它是鲂鱼还是鲤鱼，但是明明有个鱼在那里游。它有引起你这样想的一种作用，一种“Potential Effect”。但是张惠言的缺点就是说，他说作者有这样的用心，这就错了，作者有没有这个用心，是另外一件事情。一个 Text，一个文本的 Original Meaning，按照西方的语言学、符号学来说，是根本找不到的。每个人都是从读者出发，所以是读者的接受，接受的时候引起的联想。

我们现在要说王国维了。王国维也跟张惠言一样，看到了小词里边有一种微妙的作用，张惠言说那就是“比兴”，王国维也找不到一个合适的词语来说明这种作用，就说是一种“境界”。我们来看《人间词话》关于词之特质的第三条，他说“南唐中主词‘菡萏香销翠叶残，西风愁起绿波间’，大有众芳芜秽，美人迟暮之感。乃古今独赏其‘细雨梦回鸡塞远，小楼吹彻玉笙寒’，故知解人正不易得”[3]。南唐中主的《摊破浣溪沙》：“菡萏香销

1　谭献：《复堂词话》，载《介存斋论词杂著·复堂词话·蒿庵论词》，人民文学出版社，1959，第 19 页。

2　周济：《宋四家词选目录序论》，载《介存斋论词杂著》，第 12 页。

3　王国维：《人间词话》，载唐圭璋《词话丛编·人间词话》，第 4242 页。

翠叶残，西风愁起绿波间。还与韶光共憔悴，不堪看。 细雨梦回鸡塞远，小楼吹彻玉笙寒。多少泪珠何限恨，倚阑干。”如果你从它表面的 Meaning 来说，就是闺中思妇之词，而且根据《南唐书》的记载，那时有一个乐师叫王感化，中主就是写了这首词叫王感化去歌唱的，所以中主写的就是歌辞之词。而且他所写的内容是当时最流行的内容——也不只是当时最流行，古今中外都一直流行的，就是——征夫思妇之词。所以以它的意义的主题来说，重点在“细雨梦回鸡塞远，小楼吹彻玉笙寒”，是在这两句，思妇在梦里边见到征夫了。可是王国维说“菡萏香销翠叶残，西风愁起绿波间”这两句才好，为什么呢？因为这两句引起来读者的“众芳芜秽，美人迟暮”的一种感动感慨，那不是 Meaning，而是言外引起来读者的一种感动。而且王国维说“众芳芜秽，美人迟暮”，他不赞成张惠言用《离骚》来讲温庭筠的词，可是他这里举引的“众芳芜秽，美人迟暮”岂不也是《离骚》的句子吗？屈原说“余既滋兰之九畹兮，又树蕙之百亩。畦留夷与揭车兮，杂杜衡与芳芷。冀枝叶之峻茂兮，愿俟时乎吾将刈。虽萎绝其亦何伤兮，哀众芳之芜秽”。屈原说我是希望种出来九畹的兰花，我希望种出来百亩的蕙草，可是没有想到我种的兰花，我种的蕙草都枯萎凋零了，但是我所悲哀的，不是我种的兰花、蕙草凋零了，是为什么在这个世界之上，在国家之中没有一个人种出一片兰花和蕙草来，这才是我的悲哀。本来你可以说“荷花凋零荷叶残”，这很清楚明白，但是“荷花凋零荷叶残”就没有这个“众芳芜秽，美人迟暮”的感慨，是“菡萏香销翠叶残”才引起你的悲慨。所以不是在于你说的是什么，是在你怎样去说。诗词的好坏，不在你写什么，不在你写美女跟爱情，而是在你怎样去写。那“菡萏”跟“荷花”有什么不一样呢？我们说荷花，这是一个 Daily language，日常的话就变得很现实，“荷花凋零”就是很现实的，荷花凋零了。而“菡萏”出自《尔雅》，说“荷，其花菡萏”。王国维也写过一篇《古雅在美学上之价值》，就是说“古雅”有一种距离，那么崇高那么遥远的这样的一种想象的空间。“荷叶残”就荷叶残，为何要“翠叶残”呢？因为“翠”字就加深了它的颜色。为什么“春风又过江南岸”就没有“春风又绿江南岸”好呢？因为它有一个颜色，有一个鲜明的形象，不只是“荷叶”，“荷叶”就是说明，“翠叶”不但是“翠”字有绿的颜色，而且“翠”这个语言、符号，让我们联想到翡翠、翠玉、珠翠，不只是美好，而且也有非常珍贵的一种想象。西方诠释学、符号学的学者艾考在其《一个符号学的理论》（*A Theory of Semiotics*）一书中曾经提出来一个术语叫 Micro-structure，显微结构，最精微最细致的结构。就是说在语言文字文法之中，不只是名词、动词、形容词这种主语、述语的粗糙的分别，是这个语言有一种本质的分别。比如这个木头的桌子，那么它是什么木呢？它是檀木的，是黄梨木的，是什么木，有什么样的花纹，什么样的颜色，这种很精致的，很仔细的，它的品质的那种很细微的感觉。诗词的用字带出来一种细微的感觉。所以你看“菡萏”那种古雅的，那种距离的美感，“翠”字的那种美好，那种珍贵，而且还有“香”的芬芳，当然也是美好的了。而在这所有的美丽的词语之间，有两个动词，一个是“销”，一个是“残”，这很多的美好珍贵的东西集中在一起，而两个动词是“销”跟“残”，“众芳芜秽”啊！所以王国维所得到的这种感动兴发，跟张惠言不同。张惠言是从 Cultural Code——文化语码得到的，王国维是从 Micro-structure——显微结构得到的。可是王国维还更妙了，他说我说它是“众芳芜秽，美人迟暮”，我讲的才是这一首词的主要的意思，大家只欣赏它那个思妇之词的“细雨梦回鸡塞远”，就是“解人正不易得”，真正懂得词、欣赏词的人，真是不容易找到的。大家都只知道欣赏外表，不知道欣赏它真正的好处。所以王国维认为他的说法是对的。

可是第四条他又说了，他说："古今之成大事业、大学问者，必经过三种之境界。'昨夜西风凋碧树，独上高楼，望尽天涯路'，此第一境也。'衣带渐宽终不悔，为伊消得人憔悴'，此第二境也。'众里寻他千百度，回头蓦见，那人正在，灯火阑珊处'，此第三境也。"当年这些个写词的人，"昨夜西风凋碧树"，晏殊的词，"衣带渐宽终不悔"，柳永的词，"众里寻他千百度"，辛弃疾的词，这些个词人写的时候，说我要写的是成大事业、大学问的一种境界吗？没有。晏殊、柳永从来没有想到这件事情。晏殊所写的是一个相思怨别的歌词，"明月不谙离恨苦，斜光到晓穿朱户"，天上的明月不知道我们离别的人的悲苦，一夜都照进来在我的床头，这是写的相思离别。第二天早晨，要瞻望远人，盼望看到远人回来，说"昨夜西风凋碧树，独上高楼，望尽天涯路"，王国维说这是成大事业、大学问的第一种境界。但是我要说的还不是只说王国维看出来成大事业、大学问的三种境界，他后边还说了："此等语皆非大词人不能道。然遽以此意解释诸词，恐为晏欧诸公所不许也。"[1] "此等语"，何等语？就是能够引起读者丰富的联想的这样的语言，"非大词人不能道"，不是最伟大、最好的词人，不能够写出来。带着这样丰富的 Potential Effect，里边包含了这么多潜在的能力、作用的，这样的语句，不是伟大的作者是不会写出来的。"然"，可是，"遽以此意解释诸词，恐为晏欧诸公所不许也"，可是我说晏殊这个词就是写的成大事业、大学问的一种境界，那恐怕作者不会同意的。所以王国维跟张惠言就分出一个层次来。张惠言是把读者的想象跟作者的意思结合在一起，说我读者的想象就是你作者的用意，

---

1 王国维：《人间词话》，载唐圭璋《词话丛编·人间词话》，第 4245 页。

王国维就比较合乎西方接受美学的说法，就是作者不一定有这个意思，是我读者读出来这样的意思。而且他今天读了，说“昨夜西风凋碧树”是成大事业、大学问的第一种境界，可他第五条说：“‘我瞻四方，蹙蹙靡所骋’，诗人之忧生也。‘昨夜西风凋碧树，独上高楼，望尽天涯路’似之。”[1] 刚才说“独上高楼”是成大事业、大学问的第一种境界，现在他又说那是诗人的“忧生”。所以这个大词人的作品，有很丰富的 Potential Effect 的作用，你今天看可以看出这个意思来，明天看可以看出那个意思来，仁者见之谓之仁，智者见之谓之智。

二、王国维的词

现在就要用我所说的王国维的词论，来看一看王国维的词。王国维对于古人就是猜测，我对于王国维当然也是猜测，我现在要说他的一首《浣溪沙》：

山寺微茫背夕曛。鸟飞不到半山昏，上方孤磬定行云。　试上高峰窥皓月。偶开天眼觑红尘，可怜身是眼中人。

这首词就有很多人辩论了，说他所写的“山寺微茫背夕曛”，是现实中所有的景物，还是他制造出来的景物呢？如果只从第一句来看，很像是写境。傍晚黄昏，西天有一点朦朦胧胧的昏昏的那种红的颜色，山上有一座庙，那真是“山寺微茫背夕曛”，所以他可能是写境。什么是“曛”？它不是“背夕阳”，如果是

1　王国维：《人间词话》，载唐圭璋《词话丛编·人间词话》，第4244页。

“夕阳”，那么那个太阳还在那里，但是它不是夕阳，是“夕曛”，“曛”是那日光的余晖，太阳已经不在了，是太阳余晖的光色在那里。所以这真是“昏”，已经是日暮黄昏。所以“微茫”，因为它是山上的庙，你远远看那个庙，那么幽微，那么渺茫，所以“山寺微茫”。更妙的，“山寺微茫”可以是“对”着夕曛，可是它不是。山寺微茫“背”夕曛，就是黄昏时候仅存的那一点光色还在那山寺的背后，那真的是幽微，真的是渺茫，真的是恍惚之间若有所见，“山寺微茫背夕曛”。那么高，那么远，那么地昏茫，“鸟飞不到半山昏”，不用说我们在这种微茫的昏暗的暮色之中，不能够登到那个山顶，它是那么高远渺茫，只在山的一半就已经非常昏暗了，连鸟都飞不到的。那到底有那个山寺还是没有那个山寺，你看也看不清楚了。后面一句也很妙，“上方孤磬定行云”，可是就是从那高远的山寺之中，上方有一声孤磬的声音，这孤磬的声音虽然是遥远，虽然是孤单，可是这个磬的声音真的是有一种感动，有一种微妙的力量，不用说我们人受感动，“行云”都为这一声“孤磬”而定止在那里了。那么既然是你仿佛若有所见，而且你觉得那里真是这样的美好，对你有这种呼唤，所以你就应该上去寻，“试上高峰窥皓月”，就努力地要爬上去，而且要上到绝顶的高峰，我不爬则矣，要爬就要登到最高的地方去，我不但要登到最高的地方去，还要在最高的山峰上看天上那一轮皓洁的明月。“试上高峰窥皓月”，写的是一种追寻，一种向往。可是他说，“试上高峰窥皓月”，我就“偶开天眼觑红尘”。我上到高空，要用“窥皓月”的眼睛向上看，但是我偶然向下一看，看一看那红尘的世界，“可怜身是眼中人”，我是想离开这个尘世出去的，可是我睁开眼睛向下一看，看到尘世间蠕蠕而动的众生，我发现我毕竟没有逃开，我也是这蠕蠕而动的众生之中的一个人，我又如何能够脱离一般人的生活，我也是一个凡夫，一样有世俗人的各种感情，各种缺点。

第二首，还是《浣溪沙》：

> 月底栖鸦当叶看。推窗跕跕堕枝间，霜高风定独凭栏。　　觅句心肝终复在，掩书涕泪苦无端。可怜衣带为谁宽。

“月底栖鸦当叶看”，这写得真的是妙，他有很多的意思在里边。你也可以说这就是写境，可能王国维住的那栋房子前面就有一棵树，那棵树上那天晚上有很多乌鸦落在上面，天上有月光，所以是“月底栖鸦”，后边这三个字其实是非常妙的三个字，“月底栖鸦”还比较是写实，这“当叶看”三个字真是写得妙，真是写得无可奈何，这是王国维才写这样的词。当作叶子看，是有叶子还是没有叶子？是树上没有叶子，已经到了深秋，木叶尽脱，所有树上的叶子都落光了，没有了。你看这个真的是无可奈何，王国维这一份努力，他说：我何尝，我何尝愿意对人生有这样悲观的看法，我是要勉强地找到一个安慰，找到一个寄托，找到一个凭借，我真的尽了我的努力啊。就是没有叶子的树，枯树上落着几只乌鸦，我就把它“当叶看”，就当作叶子来看。没有叶子，我要把树上的乌鸦当作叶子来看，你想想看，真是写得这么深沉的悲哀，而且这么追寻的努力。我是看到了那个树上有叶子，要追寻那个叶子，那是真的叶子吗？我一开窗户，“推窗跕跕堕枝间”，所有的乌鸦都飞走了，没有，树上什么也没有。我们说既然是乌鸦，应该是飞走了，他为什么说“堕枝间”呢？乌鸦是飞走，当然不会掉下来。可是你要知道，这“跕跕”两个字，他用了一个典故：说的是汉朝的马援出征到交趾，那是很南方的一个地方了。交趾那个地方，深山茂林，属于原始的森林，潮湿有瘴气，不用说人在里边不能够生活，鸟、飞鸢飞过这一片地方碰到了这个瘴气，就跕跕而堕，一个一个都掉下来了，都被毒气给毒死了。这个王国维实在是无可奈何，我觉得他真的是非要自杀不可的。“月底栖鸦当叶看”，我觉得那树上有叶子是很美好的，我要欣赏它，我一推窗，“推窗跕跕堕枝间”。鸟是飞走了，他为什么要用这个“跕跕堕枝间”？先说为什么说“堕枝间”，因为他已经“当叶看”了，叶是向下落的。乌鸦不见了，他以为那是叶子，叶子当然是掉下去了。而用了马援这个典故，是说那环境的恶劣，所以连鸟都活不成。“月底栖鸦当叶看。推窗跕跕堕枝间”，现在剩下什么？那我现在何所有啊？不用说树上的叶子都光了，连落在树上的乌鸦都不见了，“霜高风定独凭栏”，现在天地之间只有严霜。“霜高风定”，你为什么不说是霜高风“烈”，从我们一般人来说，都以为是狂风之中，才更代表了一种摧折和打击，可是我不是在狂风之中，是“霜高风定”，已经是夜深，风都停了，“霜高风定独凭栏”，我一个人靠在那个楼的栏杆那儿，这个“定”字实在是非常好，一切都过去了，就像《红楼梦》里边所唱的那支曲子，“恰一似食尽鸟投林，落了片白茫茫大地真干净”。“霜高”，风已经吹过了，所有的挫折，所有的这种摧毁都早已完成了，没有了，什么都没有了，所以“霜高风定独凭栏”。就一个人靠在那栏杆上，你想那是什么感觉？所有的追寻都落空了，什么都没有留下来，所以“霜高风定独凭栏”。下半阕“觅句心肝终复在”，说得真的是好，是“觅句”，我要寻觅，我要寻觅一个最美好最恰当的字，而且“觅句”什么？你本来可以说觅句“心情”，也可以吧？他不说觅句心情，是“觅句心肝终复在”。这“心肝”两个字说得血淋淋的，是非常真切的。我用我所有的感情、所有内心的心血去寻找，“觅句心肝”。可是当我读书读了若有所得，掩卷才沉思，所以人要背诵，人也要吟唱，因为你前面有一本书都是文字，你的心思都在那些文字上，你是读了以后，把书合起来的时候，然后它都融化在你的感情意念之中去了。所以“掩书”，你有了感动以后，“掩书涕泪苦无端”，就是感动，不知道为什么，无端就流下泪来。因为社会上，如贾谊说的，“可为痛哭者一，可为流涕者二，可为长太息者六”，人生岂不也有很多值得我们痛哭的事情吗？所以“掩书涕泪苦无端”。但是你为什么？人家都觉得你是傻瓜，人人吃饭睡觉，追求名位利禄，不是活得都很好很快乐吗？你“可怜衣带为谁宽”，你为什么？为什么而憔悴？为什么而消瘦？为什么而痛苦？你为什么有这样关怀的心肝？所以“可怜衣带为谁宽”，这是王国维。

第三首，也是很妙的一首《浣溪沙》：

> 本事新词定有无。这般绮语太胡卢，灯前肠断为谁书。　　隐几窥君新制作，背灯数妾旧欢娱，区区情事总难符。

这也是写美女跟爱情的词，写的是一个男子跟一个女子。这个男子在桌上填一首词，女子就在旁边看，就看他里边写的相思怨别，“本事新词定有无”，他新写的这首词里边，这些爱情的本事，是真的有这么回事吗？“这般绮语太胡卢”，他写的词这么缠绵悱恻，这么多情美丽，可是“太胡卢”，说得不清楚，我不知道他说的究竟是什么。他写的是我吗？这个女子就想。“灯前肠断为谁书”，在灯前写这首词写得这么缠绵悱恻，感情这么投入，心伤肠断的是为了谁？这个男子在写词的时候他脸上的表情，这样的沉重，这样的悲哀，这样的多情，是为谁写的这样一首多情的词呢？所以这个女子就想，写的是不是我？“隐几”，她就靠着这个书案，“窥君”，她靠在书案旁边就偷偷地看，看这个男子新写的这首词，“隐几窥君新制作”，然后转过脸去，“背灯数妾旧欢娱”，就计算一下，说我跟他在一起见面的时候我们有过什么样的往事，跟他现在所写的词是不是相符合，他写的是我还是另外一个人呢？“背灯数妾旧欢娱，区区情事总难符”，“区区”，最细微的，只有我跟他才能够知道和体会的那些感情，那些故事，好像跟他所写的词并不是完全一致相符合，“区区情事总难符”。这当然也是一首写爱情的小词，很像《花间集》的小词，我对于他的这个词也有我的联想，当然我的联想也不一定对，谭献就说过“作者之用心未必然”，我“读者之用心何必不然”。何况西方的接受美学也认为，读者自己有猜想的自由。我想这是很妙的一首词！在中国文学史中历代有很有名的文学批评的作品，像陆机的《文赋》，他就用赋的体裁来写文章创作的种种体会和经验，就是用文学的体式来写文学创作的体会，真是写得精微美妙。我以为这首词就是王国维用词的体式来写词之创作的一种体会，是很妙的，我觉得词就是如此。这首词妙就妙在它非常奇妙，也非常切合地表现了一种词的美感的特质。词这种文学体式，不用说读者说不清，作者自己写完了以后，甚至于也说不出来自己真正要写的是什么。陆机说创作的时候，“恒患意不称物，文不逮意”（陆机《文赋》），我的意思跟我所写的主题不符合，我的语言跟我所想的内容也不符合。像王国维所说的成大事业、大学问的三种境界，我们能够想象出这么多东西来，这个词里边有这样的含义吗？张惠言说温庭筠的《菩萨蛮》有《离骚》的意思，有还是没有呢？“本事新词定有无”，这是词的一种特质。好的词，“以境界为最上，有境界则自成高格，自有名句”，它能够给我们读者一种 Potentialeffect（潜能），一种感发的作用。你可以有种种的感发，也不一定都给它实指。“这般绮语太胡卢”，很多小词就是说得不清楚，所以“灯前肠断为谁书”，到底这个词它真正的感情的那个感动的原始在哪里？“隐几窥君新制作，背灯数妾旧欢娱”，不用说这个女子的“妾”窥不到那个男子的“君”所写的是什么，很多时候，作者在创作的同时也分出一个读者来，你自己看你的作品，你同时在衡量你的作品，所以你同时是作者，也是读者，所以那个“君”和“妾”就是一个人，可以是读者也可以是作者。表面上是两个人，一个是妾，一个是君。其实每一个作者，在创作的时候，常常一边是在写作的作者，一边同时也是自己的读者。“隐几窥君新制作，背灯数妾旧欢娱，区区情事总难符。”所以陆机的《文赋》说“恒患意不称物，文不逮意”，自己都疑惑我写的是不是恰好。所以这首小词之妙就妙在它好像是写境，又好像是造境，而且可以由我来“附会”，讲成一种词的美感的特质。如果说陆机用赋的体式写出文学创作欣赏的体会，那么王国维是用一首小词写出词的创作和欣赏的美感特质的境界。

我最后给大家读一首我自己最近的一首词。我2001年的秋天去到南开大学，南开大学有一个马蹄湖。湖里面种的都是荷花，因为我的小名叫“荷”，所以我就对于荷花有一种特殊的喜好。我小时候写诗就常常写荷花，对她有一种特别的感情。可是我每年去南开大学，都是在秋天开学的八、九月份，我本来以为今年为了一个暑期班，我会来得早一点，可以看见更多的荷花，这是我本来的期待。可是没想到，今年的荷花凋落得特别早，我到了南开的时候，已经只剩下田田的翠叶，荷花已经没有一两朵了，都零落了。我当时就很感慨，但是我没有马上写一首词，因为我这个人从来不勉强写诗词，都是伫兴而作，来者不拒，我也不特别去找。那后来又过了很久，差不多十月了，我就从我住的那个专家楼走到我的研究所，在路上，看见天上有鸿雁在飞，偶然地就写了一首词：“又到长空过雁时。云天字字写相思。荷花凋尽我来迟。　莲实有心应不死，人生易老梦偏痴。千春犹待发华滋。”我说“又到长空过雁时”，就是又到了鸿雁飞过长空的日子。“云天字字写相思”，在白云青天之上，因为雁常常排成“人”字形，诗人常以为雁书人字代表了怀人的相思之情。“荷花凋尽我来迟”，荷花都凋落了，我来得晚了。有一个学生就说老师啊，你是到第三句才突然间给人一种很新鲜的感动，前边两句好像是一般人写悲秋的作品都会说的。可是我觉得，这个词它要有一个引起的过程。曹丕说“秋风萧瑟天气凉，草木摇落露为霜，群燕辞归雁南翔”，他是慢慢地写下来的。有的人一开头就给你一种非常惊奇的感觉，有的人是平淡，他把你带进来：是因为有“又到长空过雁时”，那种时光的流逝，往事的追怀，“又到长空过雁时。云天字字写相思”，是因为你在“云天”之中，触处可以引起来你一种感情。这“相思”也很难说，是一种追寻，一种向往，一种期待，不管你的对象是什么，“云天字字写相思”，是由于这两句平淡的话引入，才会写出“荷花凋尽我来迟”，这才是值得悲哀的。因为你有了“又到长空过雁时”，你也有了“云天字字写相思”的这样的一种感情，所以你才觉得“荷花凋尽我来迟”是值得悲哀的。人，有很多不能巧合的事情，很多你的期待，很多你的愿望都不是真的能够实现的。冯延巳说的，“天教心愿与身违”。“荷花凋尽我来迟”就是一种参差，一种失误。不过我这个人也还不是什么悲观的人，所以我下半首就把它翻过来了。“莲实有心应不死”，“莲实”就是莲花结的果实，就是莲子，莲子里边当然有莲心了，我很多年以前看到过一个考古的报告，说是从一个千年的古墓之中找到一颗干枯的古莲子，后来拿去种，就发了芽，长了叶，开了花。所以我就在想，“荷花凋尽我来迟”，因为从我个人来说，我真是错过了很多美好的事情，美好的东西，“荷花凋尽我来迟”。但是“莲实有心应不死”，只要你有这点愿望，这个莲花，她“莲实有心应不死”。我平生其实真是投注在我的诗词教学之中了，因为诗词这么美好的东西，这样美好的一种感觉，人的心灵和感情，是不应该消失的，我觉得应该让青年人有这样的体会，不管你是学理科、工科、商科，有这样一种对于宇宙、人心的体会，那都是美好的事情。我当然很快就会从世界上消失，但是诗词是不会消失的。“莲实有心应不死，人生易老梦偏痴”，人生有限，但是我希望诗词是恒久的。所以我现在八十岁了，还到处讲课，我就想这诗词总是可以传下去的。古人说“野人献曝”，就是说，自己觉得是好的，就希望介绍给大家。“莲实有心应不死，人生易老梦偏痴”，我说“千春犹待发华滋”，千百年以后，只要诗词还在，世界上一定有人，能够欣赏，能够在古人的诗词里边得到兴发，得到感动，得到共鸣。这个生命是绵延不死的。所以我说“千春”以后，我总会盼望、等到有一天我们的古诗，就像《古诗十九首》说的，“中庭有奇树，绿叶发华滋”，如果你有这个奇树，总有绿叶繁茂的一天，所以千春以后，我还会盼望她有“发华滋”的这样的一天。

作者简介

叶嘉莹（1924—），号迦陵，北京人。南开大学中华古典文化研究所所长，博士生导师，加拿大籍中国古典文学专家，加拿大皇家学会院士。曾任台湾大学教授，美国哈佛大学、密歇根大学及哥伦比亚大学客座教授，加拿大不列颠哥伦比亚大学终身教授，并受聘于国内多所大学客座教授及中国社会科学院文学所名誉研究员。2012 年 6 月被聘任为中央文史研究馆馆员。2015 年 10 月 18 日，阿尔伯塔大学授予叶嘉莹荣誉博士学位，成为该校文学荣誉博士。2016 年 3 月 21 日，华人盛典组委会公布叶嘉莹获得 2015—2016 年度“影响世界华人大奖”终身成就奖。

我们在《这里》
——阅读辛波斯卡生前最后一本诗集

陈　黎　张芬龄

【内容提要】《这里》（*Tutaj*，2009）是波兰女诗人辛波斯卡（1923—2012）生前出版的最后一本诗集，收诗十九首。2010年美国 Houghton Mifflin Harcourt 公司波兰文与英译双语版《这里》则收诗二十七首，八首选自2005年诗集《冒号》（*Dwukropek*）。本文试图揭示八十余岁的辛波斯卡如何以其一贯精准、简洁的语言，敏锐的观察，生动的叙述方式，书写所见所闻与所想所思。高龄诗人的想象力、幽默感和机智始终处于丰沛状态，对世界依旧保持童真的好奇，犀利的嘲讽里更增添几许宽容的理解。

【关键词】辛波斯卡；诗集；《这里》

波兰女诗人辛波斯卡（Wisława Szymborska，1923—2012）于1996年获颁诺贝尔文学奖，瑞典学院给予她的授奖辞是："通过精确的反讽将生物法则和历史活动展示在人类现实的片段中。"评委会称她为"诗界莫扎特"，一位将语言的优雅融入"贝多芬式的愤怒"，以幽默来处理严肃话题的女性。她的诗作题材甚广：大如死亡、政治或社会议题，小如微小的生物，常人忽视的物品，边缘人物，日常习惯，被遗忘的感觉。她用字精练，诗风明朗，沉潜之中颇具张力，她敏于观察，往往能从独特的角度观照平凡事物，在简单平易的语言中暗藏机锋，传递耐人玩味的思想，以看似不经意的小隐喻为读者开启宽阔的想象空间，寓严肃于幽默、机智，堪称以小搏大、举重若轻的语言大师。

《这里》（*Tutaj*）一书出版于 2009 年，是辛波斯卡生前出版的最后一本诗集，收诗十九首（2012 年问世的《足矣》（*Wystarczy*）收诗十三首，是死后出版之作；我们中译的这本 2010 年由美国 Houghton Mifflin Harcourt 公司出版的波兰文与英译双语版诗集《这里》，收诗二十七首，最后八首选自 2005 年诗集《冒号》（*Dwukropek*）。虽有论者认为《这里》一书未见惊人之作，谓读此书似乎像重游著名旅游景点，未觉太多新魅力和神秘感，但绝大多数论者、读者皆持正面评价，甚至以惊叹语气赞道："为何她的诗总是越来越好？"在这本诗集里，我们看到八十余岁的辛波斯卡以其一贯精准、简洁的语言，敏锐的观察，生动的叙述方式，书写所见所闻与所想所思。高龄诗人的想象力、幽默感和机智始终处于丰沛状态，对世界依旧保持童真的好奇，犀利的嘲讽里更增添几许宽容的理解。读这些诗让我们重温辛波斯卡曾经带给我们的惊喜与感动，的确是欢欢喜喜地到著名景点进行了一趟内涵丰富的深度人生之旅。我们感受苦涩的人类经验（譬如离婚、恐怖分子、认尸），我们探索梦境、回忆、微生物（有孔虫）、迷宫、写作灵感（点子）的本质与奥秘，我们在空间也在时间旅行，我们见到了辛波斯卡喜欢的画家维梅尔、黑人歌手埃拉·费兹洁拉、波兰诗人尤利乌什·斯沃瓦茨基，我们看到辛波斯卡与青少年时期的自己对望、交谈，我们听见辛波斯卡与主宰死亡的命运女神对话……每一首诗就是一个小宇宙，只要我们和老年的辛波斯卡一样仍然对世界充满好奇和想象，就可以在小宇宙发现"空间宽裕，可恣意妄为"的新天地。

在这本诗集的第一首诗——也是标题诗——《这里》，辛波斯卡发表了她居住地球多年的感言：地球有哀愁、剪刀、小提琴、感性、晶体管、水坝、玩笑和茶杯，还有其他地方缺乏的画作、阴极映像管、饺子和拭泪用的纸巾；地球各地息息相关，许多地方彼此相邻（“这里有无数周围另有地方的地方”），每个人都是独立个体，却也彼此交融成更大的群体（“将自己的孩子加入别人的孩子中”）；无知的人类不断为各种事件和现象“下结论，找原因”；人类会死亡是自然定律；幸好战争不是永无休止，有“中场休息”的时候，人类得以休养生息；人类可尽情做梦，因为进入梦境无须付费，幻想破灭时，才需付出伤心的代价，而向地球租用的身体就“以身体支付”，身体器官一一消耗殆尽之时，便是租赁关系结束之时；居住于自转、公转的地球上，如同免费搭乘行星旋转木马，安稳妥适，无虞风雨吹袭。在地球上居住了八十多年、经历磨难和战乱、看尽悲欢离合的辛波斯卡对地球毫无怨尤，反而以近乎童稚的天真想象和口吻述说居住地球的诸多好处，语带感激和谅解。这或许是辛波斯卡热爱生命的极致表现——情到深处无怨尤。

只要换个角度，地球上有太多美好的事物足以与其阴郁或阴暗面抗衡，譬如一幅充满生之气息的赏心悦目画作：“只要阿姆斯特丹国家美术馆画里/那位静默而专注的女子/日复一日把牛奶从瓶子/倒进碗里/这世界就不该有/世界末日。”（《维梅尔》）譬如对刺客或炸弹客这类危险人物的另类想象：撇开他们的职业不谈，他们平常也祷告，洗脚，喂鸟，为小伤口止血，讲电话，买卫生棉、眼影和花（如果是女性的话），开玩笑，喝柳橙汁，晚上不出任务时会看星空，听轻音乐入眠，与一般人无异，也无害（《恐怖分子》），这样的人为何会是杀人不眨眼的恶魔，其善良的人性何以向邪恶臣服，或许是辛波斯卡没说出口的困惑。譬如一夜狂风来袭，树叶落尽，只剩一片孤叶尚存，你不必感慨大自然赶尽杀绝的粗暴无情，该学习辛波斯卡，不仅将孤叶看成是大难过后幸存的活口，还能笑看无知的它自得其乐在枝丫上搔首弄姿的滑稽模样，并将此一景象解读为暴力在人类面前展现的“小幽默”（《例子》）。譬如一心祈祷来世投胎成为白种女孩或身材苗条的黑人女歌手，殊不知她想改变的今生弱点，在上帝眼中却是值得欢喜的“黑松弛剂，歌唱的圆木头”（肥胖的身材外加黑人歌唱的天赋让埃拉成为疗愈心灵的歌手埃拉）。我们应该感激仁慈的上帝否决了埃拉的愿望，为人间的未来留下美好的音乐种子（《埃拉在天堂》）。

但辛波斯卡绝非天真烂漫的乐观主义者，她对生命的本质有深切的体会。在《迷宫》一诗，她不厌其烦地为读者解说迷宫的复杂设计以及破解迷宫的要领。整首诗有多处句子与句法大同小异，像是枝丫不断岔出，抉择无所不在，看似峰回路转，实则危机四伏：

> 一条路接一条路，
> 但却没有退路。
> 可以走的唯有
> 在你前面的路，
> 那儿，仿佛给你安慰，
> 一个弯角接一个弯角，
> 惊奇后还有惊奇，
> 景色后还有景色。
> 你可以选择
> 在哪里或不在哪里，
> 跳过，绕道，
> 但不可以视而不见……
> 一座悬崖骤现，

悬崖，但有条小桥，
小桥，却摇摇晃晃，
摇晃，但仅此一条，
因为别无他条……

迷宫，正是人生的隐喻：希望、错误、失败、努力、计划和希望会在某处交会而后分道扬镳；人生没有退路，因为无法重来；你可凭直觉、预感、理智、运气做出选择；幸福和辛苦只一步之隔，不快乐如影随形地跟着快乐……此诗道出了苦乐参半而苦又多于乐的人生本质，每个人都有自己专属的迷宫，不假外求的迷宫出口。反复读之，发现此诗仿如一首安魂曲或连祷文，以节制——有时甚且近乎单调——的语言，让我们在跟随诗人游历其为我们打造的人生迷宫的样本屋后，得以安心、耐心地面对、接纳暗藏于迷宫角落的黑暗、困惑和狂喜。

对于创作者而言，“如何表达”和“表达什么”同等重要。辛波斯卡似乎总是能自日常生活中找到出人意表的方式去呈现她的题材，传达令人惊喜的意念。在《离婚》一诗，她不从当事人着手，反而从猫的、狗的、家具的、汽车的、邻居的、等待被均分的书籍的角度切入，只在最后画龙点睛式地触及两人的状态。在《不读》一诗，她嘲讽现代人几乎都不阅读了，一如旅行带回的不是深刻的回忆而是印象模糊的投影片。说话者是这个年代的典型代表，她希望像贩卖普鲁斯特《追忆似水年华》的书店可随书附赠遥控，让她可随时将阅读频道转换到体育或有奖征答的娱乐节目，她甚至希望可以概述或简化或图解长篇巨作，还笑称写那么多册书的人八成是因为长年卧床行动不便，除了书写无事可做吧！辛波斯卡感慨：“我们的寿命变长，/精确度却减少/句子也变得更短。”短短数语道出现代人的通病——讲求速度，思想空洞，生命的长度增加，厚度与深度却变得短小轻薄。《在熙攘的街上想到的》有着顽童式的幽默。她在街上看到许多脸孔，发现有些人长得像阿基米德、凯瑟琳女皇、法老王、野蛮的汪达尔人、蒙特祖马、孔子、尼布甲尼撒、赛密拉米斯等历史人物，居然认为这是怠工的大自然为了满足地表上数十亿人口的需求所想出的偷懒方法：自遗忘的镜子打捞沉没已久的脸孔，“把曾经用过的脸/放到我们脸上”。于是，每当发现某些人长得像某些人时，我们便会想起这首绝妙好诗，想起此刻大自然可能正在世界的某个角落打盹偷懒而发出会心微笑。在《希腊雕像》一诗，偷懒的时间反而对保存人类文化有所贡献。通常雕像都经不起大自然（风吹日晒雨淋）的摧残，随着时间推移，各部位逐渐残缺、剥离，最终化为沙砾。但诗中所提到的这尊大理石希腊雕像虽然年代久远，日渐残破，却依然保有躯体，为仅余的优雅和庄严而苦撑着，辛波斯卡说这得感谢时间“提早结束工作”。以此逻辑继续推想，我们希望时间失忆，忘记尚待完成的工作，让雕像逃过化为乌有的劫数。《凭记忆画出的画像》一诗的说话者用了三十多个问句企图厘清这张“一切似乎吻合却无相似之处”的画像和真实人物究竟差异何在：姿势？色调？穿着？场景？人际关系？生活作息？社交关系？内心想法？……这些自说自话的问题没有任何答案，辛波斯卡用一句话破解：“那么前景该画什么呢？/喔，什么都行。/只要是一只/刚好飞过的鸟。”即便融入所有考虑让画像变得更传神，都只是模拟受限的人生，无法像只飞鸟自由翱翔。

辛波斯卡擅用提问、对话或戏剧独白的手法切入主题，将抽象的概念具象化，生动又深刻地传递她想表达的讯息。譬如《认领》一诗以戏剧独白的手法讲述一个女人的丈夫遭遇空难，她去认尸回来后与来访朋友的谈话。她拒绝相信那个尸肉焦黑的倒霉鬼与自己有任何关联，一再强调那只是同名同姓的人，故作轻松镇定地说要去烧水泡茶、洗头，然后睡一觉忘掉这件事，她找各种理由自欺欺人，自我安慰。但倒数第二行的口误：“烧星期四，洗茶”，暴露出她内心隐忍的伤痛与焦虑不安，她拒绝承认，但心里明白丈夫已死是难以逃避的残酷现实。诗里无任何悲伤的字眼，读者却对该女子的遭遇有着许多不舍。这种既深入又抽离的诗的张力，辛波斯卡拿捏得宜。在《与阿特洛波斯的访谈》一诗，辛波斯卡以轻松的氛围触及严肃的政治话题。她访问命运三女神中负责剪短人类寿命纱线的阿特洛波斯（死神的分身），向她提出若干问题。在问答的过程中，我们发现人类之所以死亡人数众多，不仅仅因为命运女神阿特洛波斯是个工作狂，还因为她在人间有许多自动自发的帮手——发动战争的各种独裁者，数不清的狂热分子。“多亏了他们，我才能跟上潮流”，暗示随着武器的不断精进，战争的死亡人数倍增。访谈最后，阿特洛波斯拒绝回答与退休相关的提问，还一派轻松地道别，这可让我们一点也轻松不了。在《点子》一诗，辛波斯卡以拟人化和戏剧独白的手法描述写作灵感的到访与离去的过程。点子来找她，希望她能将之书写成诗，而她有太多的顾虑：精练的短诗难写，能力和才气不足，难以完整呈现诸多特质……最后点子只能叹气，消失无踪。相信有写作经验的作家读完此诗必然会心一笑。在《与回忆共处的艰辛时光》，回忆被形塑成老爱旧事重提、翻旧账而且操控欲极强的强势女人，她逼你认错，形同绑架地强迫你只能与她生活在上锁的阴暗房间，你若提出分手，她会露出怜悯的微笑，因为她知道你若离开她会饱受折磨——她已然成为你生活中不可或缺的一部分。辛波斯卡用这样的关系影射笼罩于回忆阴影的人类的普遍困境：无论面对或逃离，都辛苦。

对于描写的对象和想呈现的主题，辛波斯卡往往表现得若即若离，不带强烈情绪，也不完全冷漠超然；即便深切关注，也必定巧妙地腾出距离。譬如在《事件》一诗，辛波斯卡以冷静的旁观者口吻描述一则发生于热带草原即将演变成弱肉强食的血腥事件：母狮追猎羚羊，羚羊被树根绊倒，由优势转居劣势。我们接着会联想到在“动物星球”频道看到的羚羊被撕裂、吞噬的残忍画面，但辛波斯卡就此打住，话锋一转，要读者不必扮演法官的角色去论断谁是谁非，这本是大自然生态舞台上演的生活剧，所有的演出者（天空、大地、时间、羚羊、母狮、黑檀木）与透过望远镜观看的人类都是无辜的。她列出若干拉丁文学名，就是刻意让熟悉的事物“陌生化”，为习以为常的事物提供新的观点。又譬如《离婚》一诗，前八行以简短的词组，明快的节奏，言简意赅地界定离婚，但在最后几行却大有玄机：“还有那本《正确拼写指南》，里头/大概对两个名字的用法略有指点——/依然用‘和’连接呢/还是用句点分开。”共同生活多年的两人离婚，物质层面的东西或可潇洒地达成某种还算公平的协议，精神层面的东西就得费心思量一番了。离婚的两人当真从此一拍两散（“用句点分开”），还是仍潜藏剪不断理还乱的情感牵绊（“依然用‘和’连接”）？辛波斯卡留给读者线索各自想象、解读。《公路事故》是另一佳例。半个钟头前高速公路发生了一桩事故，不在现场、与发生事故者无关之人，或尚未获得通知的亲属，继续过着原本的生活，吃饭的吃饭，打扫的打扫，看电视的看电视，哭的哭，吵的吵，闹的闹……唯一让人联想起车祸的或许是自车祸现场飘来的云朵：“若有人站在窗口/望向天空，/他可能会看到自车祸现场/飘来的云朵。/虽已碎烂零散，/对它们却稀松平常。”“已碎烂零散”的云朵，或许暗喻车祸现场肉体模糊的惨状，或许暗喻散涣憔悴的心神状态。无时无刻不俯瞰在地球上所上演的悲剧的云朵，对此早已见怪不怪。比起因为无知才得以不受苦的人类，大自然“稀松平常”的冷静、超然或冷漠，或许是一种值得人类羡慕的功力。

在处理死亡或忧伤的题材时，辛波斯卡很多时候是以大自然为师，以超然、抽离的眼光观照人世。《第二天——我们不在了》读来像是每日例行的气象预报：今天天气阴晴不定，凉爽多雾，可能放晴，但时有强风，也可能出现暴雨。在最后一节，预报员善意提醒听众：虽然明日艳阳高照，出门时最好还是携带雨具，以备不时之需。而此一提醒针对的对象竟是第二天“还活着的人”，这让原本对标题感到纳闷的我们顿时豁然开朗：原来辛波斯卡以多变的气候暗喻无常的人生，今日健在的我们有可能明天已不在人世。这样的主题屡见不鲜，但以如此简洁的语言、淡定的口吻和超然的态度处理如此严肃沉重的题材，是辛波斯卡的拿手绝活，一如她在其他许多作品里所展现的。

此书所译原收于《冒号》中的最后一首诗《事实上每一首诗》具体而微地揭示出辛波斯卡的诗观：

事实上每一首诗
或可称为“瞬间”。

只要一个词组就够了，
以现在式，
过去式，甚至未来式；

这样就够了，文字所承载的
事物
会开始抖擞，发光，
飞翔，流动，

看似
固定不变
却有着变化有致的影子
……

如果在书写之手下方出现，
也许，一样名之为
某人风格的东西；

如果以白纸黑字，
或者至少在脑中，
基于严肃或无聊的理由，
放上问号，
且如果答之以——
冒号：

诗是留白的艺术，诗歌文字必须自身俱足，自成一格，诗人发掘问题，但不提供特定答案。诗末的未完待续（“冒号：”）可由诗人，也可由读者，继续书写。

辛波斯卡在诺贝尔文学奖致辞时曾说：“诗人——真正的诗人——也必须不断地说‘我不知道’。每一首诗都可视为响应这句话所做的努力，但是他在纸页上才刚写下最后一个句点，便开始犹豫，开始体悟到眼前这个答复是绝对不完满而可被摒弃的纯代用品。于是诗人继续尝试，他们这份对自我的不满所发展出来的一连串的成果，迟早会被文学史家用巨大的纸夹夹放在一起，命名为他们的‘作品全集’。”因为对世界永葆感到惊叹的好奇心，因为将作品视为有待持续修改的未成品，辛波斯卡的诗始终蕴含新意和感动，绝对是没有新鲜事的太阳底下最新鲜也永久保鲜的诗人。在她“书写之手下方”，已确然出现一样，让中文世界（以及全世界）读者惊艳的，名之为“辛波斯卡风格”的东西。

作者简介

陈黎（1954—），本名陈膺文，台湾花莲人，台湾师范大学英语系毕业。著有诗集、散文集、音乐评介集等二十余种。译有《万物静默如谜：辛波斯卡诗选》，聂鲁达《二十首情诗和一首绝望的歌》《疑问集》《精灵：普拉斯诗集》《拉丁美洲现代诗选》《世界当代诗抄》等逾二十种。一年一度在花莲举行的“太平洋诗歌节”策划人。曾获“国家”文艺奖，时报文学奖叙事诗首奖、新诗首奖，联合报文学奖新诗首奖，台湾文学奖新诗金典奖，梁实秋文学奖翻译奖等。1999 年受邀参加鹿特丹国际诗歌节。2004 年受邀参加巴黎书展中国文学主题展。2005 年与周梦蝶、洛夫、余光中、商禽、痖弦、郑愁予、白萩、杨牧、夏宇同获选“台湾当代十大诗人”。2012 年获邀参加伦敦奥林匹克诗歌节。2014 年受邀参加美国爱荷华大学国际写作计划。2015 年受邀参加雅典世界诗歌节、新加坡作家节及香港国际诗歌之夜。

张芬龄（1954—），台湾师大英语系毕业。著有评论集《现代诗启示录》，与陈黎合译书十余种。曾多次获得梁实秋文学奖翻译奖。

附录

辛波斯卡诗新译三首

陈　黎　张芬龄　译

这　　里

噢我无法代其他地方发言，
但在这里在地球上我们各项物资充裕。
在这里我们制造椅子和哀愁，
剪刀，小提琴，感性，晶体管，
水坝，玩笑和茶杯。

别的地方各项物资也许更丰，
但基于非特定原因他们缺乏画作，
阴极映像管，饺子和拭泪用的纸巾。

这里有无数周围另有地方的地方。
你或许对其中一些情有独钟，
可以为给它们取个昵称，
以收避邪之效。

别处也许有类似的地点，
但没有人觉得它们美丽。

没有其他任何地方，或几乎无任何地方
你可以像在这里一样拥有自己的躯体，

以及必要的配备，
将自己的孩子加入别人的孩子中。
外加手，腿和倍感惊奇的脑。

无知在这里超时工作，
不断地计算，比较，测量，
下结论，找原因。

我知道，我知道你在想什么。
这里无一物恒久，
因为自远古以来皆受大自然的力量主宰。
而你知道——大自然的力量容易疲劳
有时需长时间休息
才重新启动。

我知道你接下来会想什么。
战争，战争，战争。
但还是有中场休息的时候。
立正——人类是邪恶的。
稍息——人类是善良的。
立正时创造了荒原。
稍息时挥汗建造了房屋，
然后尽快入住。

在地球上生活花费不多。
譬如，梦境不收入场费。
幻想只有在破灭时才需付出代价。

身体的租用费——用身体支付。

再补充一点，
你可免费在行星的旋转木马上旋转，
而且和它一起搭乘星际暴风雪的便车，
令人眩目的光年如此迅捷
地球上无一物来得及颤抖。

请仔细看：
桌子还立在原本的位置，
纸张依然在原先摊开的地方，
唯微风吹进半开的窗户，
墙壁上没有任何可怕的裂缝，
会让风把你吹向乌有。

离　　婚

对孩子而言：第一个世界末日。
对猫而言：新的男主人。
对狗而言：新的女主人。
对家具而言：楼梯，砰砰声，卡车与运送。
对墙壁而言：画作取下后留下的方块。
对楼下邻居而言：稍解生之无聊的新话题。
对车而言：如果有两部就好了。
对小说、诗集而言——可以，你要的都拿走。
百科全书和影音器材的情况就比较糟了，
还有那本《正确拼写指南》，里头

大概对两个名字的用法略有指点——
依然用“和”连接呢
还是用句点分开。

驿马车上

我的想象力判处我踏上这趟旅程。
驿马车车顶上的箱子和包裹湿透了。
车内拥挤不堪，喧闹，窒闷。
有一个满身是汗的矮胖主妇，
一个抽着烟斗，带着一只死野兔的猎人，
紧抱着一坛酒，打着鼾的修道院长，
一个抱着哭红了脸的婴孩的保姆，
一个不停打嗝的微醺商人，
一个因上述原因恼怒的女士，
此外，还有一个拿着小喇叭的男孩，
一只被虱子叮咬的大狗，
和一只关在笼子里的鹦鹉。

还有那个我因他而搭上车的人，
几乎淹没于其他人的包裹当中，
但他在那里，他名叫尤利乌什·斯沃瓦茨基。

他显然一点都不热衷交谈。
他自皱巴巴的信封拿出一封信，
他一定看过很多遍了，
因为信纸边缘有磨损的痕迹。

一朵干掉的紫罗兰自纸页间掉落
啊！我俩同声叹息，飞快将之接住。

或许我该趁此大好时机告诉他
久藏于我心中的想法。
抱歉，先生，这事既急迫又重要。
我来自未来，我知道后来的发展。
你的诗将广受喜爱和赏识，
你将与君王们同葬于瓦维尔城堡。

可惜，我的想象功力不足以
让他听到或起码看到我。
他甚至未察觉我拉他的衣袖。
他平静地将紫罗兰轻放回纸页间，
将信纸装入信封，再放进行李箱内，
他看了一眼雨痕斑斑的窗户，
起身，扣上斗篷，挤到门边，
然后呢——在下一站下车。

我盯着他看了好几分钟。
他带着他那个行李箱离去，身形瘦小，
直往前行，低垂着头，
仿佛知道自己是个
无人等候的人。

眼前如今只剩临时演员。
撑着雨伞的大家族。

拿着哨子的班长，跟在身后气喘吁吁的新兵们，
满载猪仔的马车，
以及两匹精力充沛等待上套的马。

译注：尤利乌什·斯沃瓦茨基（Juliusz Słowacki，1809—1849），波兰最伟大的浪漫主义诗人。

试帖诗简论与精品选评

刘梦芙

一

关于试帖诗之历史及写作格式，网上已有多篇文字予以介绍，百度可查，本文不拟赘述。有人认为："试帖诗有着严格的格式和规范，比之八股文，其程序化更为严重。""由于受韵的限制，比八股文还难作，也更没有味道。"并举一首合格的试帖诗为例说："内容重复，没有任何意境可言，是典型的文字游戏或文字垃圾。""试帖诗比八股文还要僵化，其程序化程度可称科举文体之冠了。"[1] 笔者以为，这是以现代人的心态看待传统文化，动辄批判，实为偏颇之见。众所周知，考试之目的是选拔人才，而试题必须有严格的要求和相对客观统一的评判标准，阅卷者方能依据标准判定优劣，不致因主观倾向性而使判卷不公。传统诗歌体式甚多，为何选用五言六韵至八韵的排律作为考试之诗体，是经过许多饱学之士充分酝酿、讨论的，古人的智力不比今人差。试帖诗篇幅不长，中间六联需对仗，内容要求切题，字句高

1　邓瑞全：《清代科考另一卷——试帖诗》，http：//blog. sina. com. cn/s/blog_ 5805bf1a0102dubb. html。

度洗练，章法严谨，这就迫使应试的士子自幼既要大量诵读群经子史以及名家诗文，积累词汇与典故；又要大量习作，在构思立意和锻炼字句上苦下功夫，科举考试切实有力地推动了诗教。具备丰厚的学养和扎实的试帖诗写作基本功后，写其他诗体更能得心应手，变化自如。八股文考试，其理相同，重点则要求士子纯熟理解儒家经典深蕴的义理。科举考试绵延一千数百年，为国家选出无数优秀的人才，古代士大夫的人文修养与品格，非常人所及。至于说“试帖诗和八股文一样，都是求取功名利禄的敲门砖”，更不值一驳，今人参加各级学校考试以及公务员考试，乃至评学术职称，所考科目与所交论文、著作不都是“求取功名利禄的敲门砖”吗？不都有严格的程序和评判标准吗？古代士子考试帖诗，丝毫不妨碍他成为杰出的诗人，所谓“僵化的程序”未曾束缚其艺术想象力，朝廷也从未规定诗人在考试帖诗之外不得写作任何诗体。将考试手段与目的混为一谈，不考察历史实际，主观臆测，自以为进步高明，是今日学界的通病。

杜甫是中国诗史上被尊为“诗圣”的伟大诗人，诗集中有大量五言长篇排律，诸如《投赠哥舒开府翰二十韵》《上韦左相二十韵》《奉赠太常张卿二十韵》《奉赠鲜于京兆二十韵》《赠特进汝阳王二十韵》《奉送郭中丞兼太仆卿充陇右节度使三十韵》《喜闻官军已临贼寇二十韵》《赠王二十四侍御契四十韵》《遣闷奉呈严公二十韵》《谒先主庙》《偶题》《秋日夔府咏怀奉寄郑监审李宾客之芳一百韵》《寄刘峡州伯华使君四十韵》《夔府书怀四十韵》《哭王彭州抡》《大历三年春白帝城放船出瞿塘峡久居夔府将适江陵漂泊有诗凡四十韵》《水宿遣兴奉呈群公》《秋日荆南述怀三十韵》《秋日荆南送石首薛明府辞满告别奉寄薛尚书颂德叙怀斐然之作三十韵》《风疾舟中伏枕书怀三十六韵奉呈湖南亲友》《奉赠萧二十使君》等等，举之不尽。中唐诗人元稹作《唐故检校工部员外郎杜君墓系铭》，以李白诗与杜诗比较："余观其壮浪纵恣，摆去拘束，模写物象，及乐府歌诗，诚亦差肩于子美矣。至若铺陈终始，排比声韵，大或千言，次犹数百，辞气豪迈，而风调清深；属对律切，而脱弃凡近，则李尚不能历其藩翰，况堂奥乎！"高度肯定杜甫五言长篇排律的成就。杜甫正是以"读书破万卷"的学养和掣鲸碧海的才力，在唐人试帖诗的基础上大大扩展了篇幅，开拓出前无古人的意境，森严的格律未曾束缚其思想。杜甫以后的历代诗家，不乏五排长篇，清人诗集中力作尤多。对古人厚重的文学遗产，我们应该全面继承，才能有所创新，继承越多，创新之力越大，切忌不顾史实、不加研究，随意贴上"糟粕"的标签。国诗大赛采用试帖诗这种体式，目的在于选拔才华、学养、工力兼备的诗人，要求在考试前大量读书习作。在诗教中断、元气凋伤的今天，借鉴古代科举考试的办法，不失为一种良方。何况古代士子应试，是在考场规定的时间内完篇，有考官监考；现因条件所限，无法请参赛者当场考试，出题后在家中写作，可查阅数据并反复修改后交卷，其难度与古时不可相提并论。

清代在文学方面有集大成之概。古近体诗、词、古文、骈文、赋以及楹联的创作都达到高峰，试帖诗亦不例外。清人林辛山《馆阁诗话》云："唐诗各体俱高越前古，惟五言、六韵、八韵试律之作，不若我朝为尤盛。盖我朝法律之细、裁对之工，意境日辟而日新，锤炼愈精而愈密，虚神实理，诠发入微，洵为古今极则。"[1] 作为科举文体，其技法之圆熟远越唐代，大量指导写作的试帖诗话和范本应运而生。《四库全书》总纂官纪昀著有《唐人试律说》《我法集》《课馆存稿》《庚辰集》等，风行一时；

---

1 梁章钜：《制艺丛话 试律丛话》卷之一，上海书店，2001，第514页。

其门人梁章钜著有《试律丛话》。试帖诗选本如嘉庆初《九家试帖》，其后的《七家试帖》《后九家诗》，都是优秀的范本。我家存《七家试帖》残本，兹选出若干首，并附简评，或可为广大诗友提供借鉴。

二

天台仙子送刘阮还家

已作天台客，如何转念差。同来游福地，不惯住仙家。送汝乘云去，还乡落日斜。两行新眷属，一路古烟霞。丹诀防人问，红颜莫我嗟。离踪飘柳絮，别泪洒桃花。迢递归春色，团圆让月华。石梁重采药，休被晚峰遮。（其一）

懒作神仙婿，商量欲转家。郎心多世故，洞口即天涯。春好留难住，云深去莫嗟。御风还梓里，流水送桃花。携手离情诉，回头别路赊。可添唯岁月，相赠只烟霞。犬吠泉声乱，桥通石径斜。再寻苔迹到，长与饭胡麻。（其二）

【简评】《列仙传》载：刘晨、阮肇入天台山采药，遇二仙女邀还家，停半年而归，家中见七世孙矣。诗以此神话为题，无史实依据，凡手甚难下笔。作者想象丰富，写出天台仙子送刘阮时亦嗔亦怨、依依难舍之缠绵心态，并以景物烘托，诗句清畅如话，对仗精工而灵动，通篇若行云流水。原评云：“‘别泪洒桃花’五字，真是锦绣罗胸、历劫不磨之句，学者当从此等处用心。”“二首深情远韵，工力悉敌。”诸如“两行”与“一路”、“迢递”与“团圆”、“郎心”与“洞口”、“御风”与“流水”、“可添”与“相赠”诸联，第二首之起联，皆颇为佳妙，炼字极工而浑化无痕。

对酒当歌

一槊功名老，楼船涌暮涛。江山余夏口，星月射秋毫。不有杯中物，谁为席上豪？酒须千日醉，歌定五云高。跌宕挥金斗，淋漓看锦袍。远天惊夜鹊，沧海汲神鳌。逝水怀前事，雄风属我曹。莫随原上露，空自滴蓬蒿。

【简评】曹操举兵征吴，屯军江夏，秋夜与麾下谋士诸将赏月饮酒，横槊赋诗。此诗笔力雄浑，境界广阔，化入曹操诗意，极写老瞒不可一世之气概。“夏口”与“秋毫”，“逝水”与“雄风”，皆为活对，炼字炼句皆精当。

吴季子挂剑

挂剑当年事，高风说至今。纵横三尺影，生死两人心。秋水寒芒动，斜阳宿草深。赠原同缟带，诺早贱黄金。拂拭余虹气，苍茫托树阴。难凭双鲤报，长剩一龙吟。交谊因之重，斯人不可寻。几时凭绣铗，弹出泪沾襟。

【简评】《史记·吴太伯世家》：“季札之初使，北过徐君，徐君好季札剑，口弗敢言。季札心知之，为使上国，未献。还至徐，徐君已死。于是乃解其宝剑，系之徐君冢树而去。”诗写古贤风义，情怀沉郁，警句珠联。

严子陵钓台

一钓严陵濑，名山孰与争。台曾传后代，地竟属先生。鱼国藏踪迹，羊裘变姓名。别联仙眷属，俯视汉公卿。诏速三征起，星占一刻明。狂奴高士节，天子故人情。祠事千秋肃，滩流七里清。富春江畔路，不住画眉声。

【简评】严光（子陵）与汉光武帝早年同学，光武即帝位后召见，不肯出仕，隐居终老，世称高士。诗写子陵风骨，颇见笔力。尾联写景以衬钓台，尤有悠扬不尽之韵味。

人淡如菊

淡极篱边菊，翛然世外人。此花宜此客，相似转相亲。品拟秋容净，芳兼晚节新。寒香篱下梦，瘦影画中身。自觉无言契，偏怜有味真。白衣同寂寞，乌帽想风神。竹古堪医俗，兰芬愿卜邻。一般诗致好，如此益超尘。

【简评】诗题出自司空图《诗品》：“落花无言，人淡如菊。”诗人以菊花与高士合写，人菊浑融，形神兼备，扣住题中“淡”字传神写影，可见诗人襟抱。

醉卧沙场君莫笑

放胆沙场卧，全拼一醉休。粗豪君莫笑，酩酊我浇愁。磷火余青闪，烽烟大白浮。孤身偎虎豹，短梦叫鸱鹠。痛饮楼兰血，狂惊吐谷头。碗红盛琥珀，月黑枕骷髅。块垒何人识，揶揄与鬼俦。封侯多少将，生入玉门不？

【简评】题目选自唐人七绝。诗中前四句破题，三四五六诸联写沙场之险恶环境与战士志在杀敌、视死如归之英雄气概，淋漓悲壮。形容颜色的字词锤炼极精，交织成色泽斑斓而阴森可怖的画面，情景浑融。以“大白”（酒杯）借对“余青”，构思巧妙。尾联作旷达语，呼应首联，章法圆合。

易水送荆卿

衔杯浇浊酒，匹马去燕山。发指三千客，心经百二关。有图藏匕首，无梦卜刀环。落日愁云黯，西风老泪斑。将军惟死报，壮士肯生还？气贯长虹外，魂销短筑间。寒心衣尽白，热血剑能殷。遗恨看流水，潇潇冷一湾。

【简评】试帖诗首句一般仄起（第二字仄声），此为平起格。诗写战国时荆轲入秦、易水饯别之场景与心态，笔势腾骞，风格苍凉悲壮。

似曾相识燕归来

绝似多情客，年年作伴来。相逢新燕到，如见故人回。社雨关心处，春风识面才。从新安壁垒，依旧认楼台。门巷凭谁问，帘栊为尔开。红丝如有约，白屋不须猜。芳径抄能熟，香巢倦欲偎。画梁刚小住，安稳莫徘徊。

【简评】诗题取自宋人晏殊《浣溪纱》词句，凡手作之，易落纤巧。此诗写春燕归来，紧扣“似曾相识”展开描绘，语工韵稳，笔调委婉而落落大方。

商人重利轻别离

悔作商人妇，含愁托四弦。别离成我恨，老大有谁怜？计为蝇头误，书难雁足传。无情抛玉镜，如命惜金钱。路每三千隔，腰常十万缠。熏心真俗物，结发负良缘。夜雨萧娘曲，秋风估客船。琵琶羞再抱，回首一凄然。

【简评】题出自白居易名篇《琵琶行》，诗句平实，很不易写。作者代“商人妇”立言，曲传心绪，辛辣讥讽商人无情重利，入木三分，无穷怨愤，无限悲凉。

山月照弹琴

万古清高气，都归此夜琴。月华弹不落，山影照来深。镜寂蟾窥座，弦幽鹤避林。人谁天上听，秋是曲中心。冰玉当头鉴，星辰满指音。数峰青了了，孤籁自沉沉。调逸难为谱，霜多欲上襟。四更斜汉转，余韵尚松阴。

【简评】此为陈沆《简学斋试律》中作品。梁章钜评云：“苍莽沉雄，声律俱足，是冠集之作。”形式虽为试帖诗体，但极见诗人幽洁之怀、孤高之性，试帖诗岂专为功名利禄而作耶！

韩蕲王湖上骑驴

驴背西湖客，鹃声北狩年。英雄嗟末路，山水了前缘。壮志仍千里，余生付一鞭。中原悲赤地，战垒失黄天。尽我寻诗去，同谁载酒便。落花双袖泪，衰柳六桥烟。短策堪忘世，长城孰捍边？东南偏半壁，光景尚流连。

【简评】韩蕲王即韩世忠，南宋抗金名将，曾大破金兵，困其首领兀术于黄天荡。岳飞被害后，权奸得势，韩世忠退隐，骑驴于西湖，以遣余生。此诗写英雄末路之悲，笔力深切，“落花”与“衰柳”一联，堪称名句。尾联于南宋小朝廷深致讽刺。

其人如玉

空谷高人往，风流想见之。每当吟宛在，辄欲赋温其。缅彼千金宝，萧然一褐披。谁家生玉树，之子是琼枝。洁白平生许，雕镂几度施。蒹葭空见倚，琬琰最堪思。好识连城璧，休言无当卮。凭看裴叔则，朗朗照人时。

【简评】这是清代大学者纪昀的作品，诗题取自《诗经》“言念君子，温其如玉”。诗中化用经史，写出士君子高贵的品质和清俊的丰采。尾联“裴叔则”指裴楷，西晋河东人，容仪俊爽，时称“玉人”，《晋书》有传。

嫦娥奔月

莫挽嫦娥驾，丹偷九转成。竟教奔月去，直欲御风行。搔首君王恨，回头姊妹情。霓裳应有泪，环佩渐无声。迅速扶鸾杳，徘徊顾兔惊。六宫仙子迹，万古美人名。玉阙排新侍，金钿忆旧盟。年年秋思落，应悔觅长生。

【简评】诗写上古神话，刻画嫦娥窃不死药飞往月宫之心情与动态，“搔首”与“六宫”诸联一气流转，精彩传神。

赤壁烧兵

此壁何由赤？周郎一炬红。火船飞北岸，战鼓促东风。烟涨人声沸，江翻夜色空。大旗销烈焰，折戟落残虹。失计舟曾缆，当歌槊不雄。蛟龙思水外，乌鹊散云中。焦骨横流乱，苍山剩日烘。清箫谁吊古，坡老自孤篷。

【简评】诗写周瑜纵火、大破曹军的历史故事，紧扣题中“烧”字落墨，有声有色，画面精彩，笔锋雄劲。“蛟龙”与“乌鹊”一联，侧面烘托，构思奇特，且化入曹操诗“乌鹊南飞，无枝可依”，写出火热之烈，妙在自然。尾联以苏东坡游赤壁吊古作结，与前文战争场景对照，一片苍凉，无穷感喟。

木兰从军

十二频年戍，黄河黑水滩。铅华销甲帐，巾帼出丁兰。挥泪爷娘老，操戈弟妹难。柳腰拖宝剑，莲步蹑雕鞍。跋涉惭乌哺，骄憨惯马盘。人呼花当字，天铸铁为肝。貌纵红尘黦，颜犹白发安。何期东阁返，依旧髻云蟠。

【简评】诗据《木兰辞》写木兰代父从军，穿插其家庭状况，以突出木兰忠于国孝于亲之女英雄形象，全诗婀娜刚健，一体浑融。诗中诸联炼句炼字与对仗，均见匠心；结句愈添丰采。

以上引述清人试帖诗十多首，可见其艺术成就。作者围绕诗题展开想象，抒发情感，描绘景色与人物，诸作字句的锻炼、章法的安排，都达到极为精湛的程度。在语言运用方面，炉火纯青，自然浑化，配合和谐的声韵，汉字之美得到淋漓尽致的发挥。风格上则因题而异，多姿多彩。这是作者呕心沥血的结果，应作为精美的艺术品细加欣赏，岂能以“文字垃圾”视之。限于篇幅，不能遍举，以后将陆续介绍试帖诗佳作。

三

今人蔺德生、赵萍合著《御用文体试帖诗》（语文出版社

2011年版）一书，对试帖诗的相关知识，多有论介（惜校对不精，多有误字），赏析佳作与注释，多引自古人范本。言及试帖诗的基本特征，第三点为“讲究格调”，略述于下：

中国历来就有重视诗化教育的传统，清真雅正一直是诗文创作所崇尚的行文标准。无论是八股文还是试帖诗，都必须符合其雅正的思想要求。换句话说，学子们创作的试帖诗，必须格调高雅，健康向上。有清一代一直提倡着这种雅正的文风。梁章钜在《试律丛话·例言》中称：“国朝自康熙以逮今兹，中间制艺流派不无小异，而清真雅正之轨则屡变而不离其宗。”陶镜堂（鉴）《试帖标法·凡例》云：“诗总六义，试律则多赋体而少比、兴，其咏民间事物尚为风，应试应制半属雅，而朝庙礼乐则骎骎乎入颂矣。赞美处勿涉阿谀，干请处勿失身分。即有规勉，亦当温厚和平，言之无罪，闻之足戒。一切不吉之语，衰飒之字，慎勿犯其笔端。”姚文田也说：“科举之五言排律，其体实兼赋颂，依题敷绎，惟在意切词明。所谓赋也，言必庄雅，无取纤佻，虽源本风雅，而闺房情好之词、里巷忧愁之作，不容一字阑入行间。”[1]这就要求学子在试帖诗的写作中，必须具有高雅的情趣，就是在平常的写作训练中，也要从“清真雅正”上着眼，避免使用一些格调不健康的词汇，只有这样，日后在考场上才能写出符合朝廷衡文标准的试帖诗来。

考场上的衡文标准，也同样适用于各种试帖诗集的刊刻。选家往往以朝廷倡导的这一宗旨而标榜，认为只有选择符合这一标准的诗，才能有益于教化，才能培养出高素质的人才来。如果不符合标准的诗，即便写得再工巧，也一概不予选录。《硃批七家诗选·凡例》云：“试帖诗属对自当以典雅庄重为主，即大家偶有游戏之

---

1 梁章钜：《制艺丛话 试律丛话》卷之一，第514—515页。

作，亦须立言有则，巧不伤雅。近见坊间选本及各家集中，闲涉香奁题目，狎亵之言，殊乖风雅。倘后生转相仿效，弊将安穷。兹选七家中莫不各具典型，一归庄雅，实足以维持诗教。”[1]

这里首先要辨析的是，试帖诗固然是所谓“御用”即皇家用以选拔人才的考试文体，但根本目的在于维持诗教，培养士子良好的素质与诗风。世界上没有哪一个国家不希望英才济济，长治久安，古代如此，今天也不例外。追求民主自由，也需要德治与法治的保障，否则天下大乱，民不聊生。浏览《七家诗选》，颂圣之诗只有开卷寥寥数首，绝大部分诗题都是古诗名句、经史典故或神话；而清辞警句，俯拾即是，无愧诗人吐属。一味批判“御用”与“程序化”，无视绝大部分作品中诗人丰富的情感和精美的艺术，属于无知的偏见。其次，传统诗歌千古以来融贯中华文化精英高贵的人文精神，体现高雅的审美情趣，诗教培育了无数文质彬彬的士君子，文化因此维持不断，“清真雅正”的标准没错。如果以虚伪粉饰、放僻淫邪取代这一标准，才是诗歌的堕落。在今天，爱好诗歌的朋友应该批判帝王专制，挺立人格；但又需继承“大雅正声”的优良传统，修身律己，追求优美崇高的精神境界，成为知行合一、名符其实的诗人。当今社会，诗词界黄钟毁弃，瓦釜雷鸣，做一名真正的诗人极为困难，然而放弃艰辛的努力，随波逐浪，包括诗歌在内的中华文化之复兴，永无希望。

今人诟病试帖诗的理由，除认为它是皇家取士的“御用文体”外，还认为它受命题的约束，不能表现诗人自家的性情，内涵贫乏，流于徒有形式的文字游戏，这也是肤浅之见。清人王廷绍曰：“或问试帖与古近体有以异乎？余曰：同而异，异而同，

1　蔺德生，赵萍：《御用文体试帖诗》，语文出版社，2011，第67—68页。

惟善学者参之耳。古近体义在于我，试帖义在于题。古近体诗不可无我，试帖诗不可无题。古近体之我，随地现形；试帖诗之题，随方现化。泥之者土偶也，失之者游魂也。此同而异、异而同之说也。曰然则为试帖者，何以基之？曰法必老，气必空，词欲其灵，笔欲其卓，四者相需，缺一不可。舍是而以虚夸藻缋为工，失之远矣。”[1] 正因为是考试，必须有统一的题目，但在高手笔下，同样能寄托自家的情思志趣，如前引诗《吴季子挂剑》《严子陵钓台》《山月照弹琴》《其人如玉》《人淡如菊》即是。所谓借古人酒杯浇自家块垒，试帖诗范本中有大量佳作。八股文出题，限于四书五经，试帖诗之题则不拘何书，需要士子有广博的学养，否则不明题意，不知出处，无法下笔。郑光策曰：“八股与古文虽判为两途，然不能古文者，其八股必凡近纤靡，不足以自立。试律亦然，试律虽以用法诂题为主，然无性情、学问、风格以纬于其间，则亦俗作而已。深于风雅者，当自得之。”纪昀云：“此当寝馈于古人，培养其根柢，陶镕其意境，而后得其神明变化，自在流行之妙，不但求之试律间也。”[2] 总之，试帖诗深深植根于中华传统文化之沃土，是无数风雅之士心血的结晶，应该深入理解其存在价值。国诗大赛参与者如能写出质量上乘的试帖诗，必然也能写出各类古近体诗佳作，这是毫无疑问的。

作者简介

刘梦芙（1951—），号啸云楼主，原籍安徽岳西。现任安徽

---

1 梁章钜：《制艺丛话 试律丛话》卷之一，第515—516页。

2 同1，第512页。

省社会科学院文学研究所研究员、安徽省政府文史研究馆馆员、首都师范大学中国诗歌研究中心兼职研究员、安徽师范大学中国诗学研究中心兼职研究员、安徽大学文学院兼职教授。少年时代从父亲刘凤梧先生学诗，中年师事中央文史研究馆孔凡章先生，并向缪钺、施蛰存、钱仲联诸前辈学者问学。已发表学术论文200多万字，诗词1000多首，获“李杜杯”海内外诗词大赛一等奖第一名及各种诗词大赛一、二、三等奖共十多次。著有《啸云楼诗词》《啸云楼文丛》《二十世纪名家词述评》《近现代诗词论丛》《二钱诗学之研究》（国家社会科学基金项目阶段成果）、《选堂诗词论稿》（与人合著）、《近百年名家旧体诗词及其流变研究》（国家社会科学项目项目最终成果），编有《二十世纪中华词选》（上中下三册）、《中国现代词选》，另有古代诗词评注、古文译注、古籍点校共6种。主编并校勘《二十世纪诗词文献汇编·文论》《二十世纪诗词名家别集丛书》《当代诗词家别集丛书》《安徽近百年诗词名家丛书》（1—2辑）共60余种。

嵇康美学思想的探访历程

——从《声无哀乐论》出发

吴冠宏

【内容提要】作者曾以文本解文本的做法，为嵇康美学思想勾勒出三层声情关系，成为化解《声无哀乐论》与魏晋尚情士风看似矛盾的关键密码，作者视此内在理路的发现有如天命与原型的召唤般，使嵇康与他缔结深缘。本文如实地揭示二十年来作者研究嵇康的美学思想，如何从疑到解与不断精进的学术历程，透过“情”与“气”的前呼后应、携手并进，使玄学得以突破魏晋有无玄论的樊篱，落实为真正的生活哲学，进而为嵇康在魏晋玄学史与中国思想史上找到理解的新坐标。如作者指出其突破《宅论》之理解争议的钥匙即在嵇康与阮德如的《赠答诗》，“诗”成为探索嵇康美学思想的重要媒介。本文亦提供不少与当代嵇康研究者的对话，足供未来研究嵇康或魏晋文化者参考与深思。

【关键词】声无哀乐论；嵇康；情；气；美学思想

一、豁然贯通，邂逅始末

犹记在台大中文博士班深造时，第一次读到嵇康的《声无哀乐论》，对于七难七答的论辩体式，被嵇康经营得栩栩如生，秦客与东野主人的数度交锋，高潮迭起，颇能展现对话的欣趣与论辩的气氛，可谓清谈实录的再现。继而参阅学界研究《声论》的文章，如曾春海教授以儒道乐论分析两派说法进行思想史的探源[1]，以及蔡仲德教授以《中国音乐美学史》贯穿中国音乐美学史中的主要思潮与基本问题[2]等，皆能丰富相关知识，辽阔我的视域；然针对代表嵇康主张的东野主人之意见，即使援引西方美学的理解进路—美的本质、美感经验的关系、美的社会功能加以探入，也一直无法贞定其理路，学界对此的判读亦见分歧，为了一次美学课程的口头报告，我曾在图书馆阅读室里反复浏览《声论》，仍苦思不得其解，总是停留在“共嗟咏二家之美，不辩其理之所在”的状况。

回想最初构思的雏形仅在《声论》文本中找到三句各自成理的文字，如“声情异轨，不相经纬”，“无主哀乐，总发众情”，“随曲之情，尽于和域”，皆零星而片断，不成系统，也还没有找到如何缔结彼此关系的方式，后思及《声论》如此复杂的论述，有必要为它梳理一内在理路的结构，无意间遂有如灵光乍现般，三层声情关系便就此敞开，成为足以解我惑释我疑的一把钥匙：

(1) 破：声情分判，各定其位：声情异轨，不相经纬；和声无象，哀心有主

(2) 立：和乐似道，宣发众情：无主哀乐，总发众情；至和之声，发滞导情

(3) 合：主客相济，共臻道境：随曲之情，尽于和域；乐之为体，以心为主

此“破—立—合”之三层声情关系及其发展理路的发现，当

1 曾春海：《竹林玄学的典范——嵇康》，辅仁大学出版社，1994。

2 蔡仲德：《中国音乐美学史》，人民音乐出版社，1995。

可视为我踏入学术的探路之作，并由此开启“嵇康美学”的探访之旅，其重要性可想而知，如同朱熹《大学格致补传》所述：“至于用力之久，而一旦豁然贯通，则众物之表里精粗无不到，而吾心之全体大用无不明矣。”迟至今日，依然认为不论是《声论》研究或魏晋玄论与士风的关系界定[1]，乃至魏晋文化的系列探索，都是奠基于此三层声情关系之结构的揭示，《声论》判读之困难与分歧、嵇康于魏晋思想地位之隐而未显，都肇因于未能注意到这三层结构各有论据且环环相扣的内在理序使然。

回眸此一关键时刻，有如原型般立在根源处[2]，除了反复推敲《声论》的文本之外，生命的文本也一直相映于此，处在认真探访的阶段，如每日晨跑从有我至无我的转化、从人籁到天籁的体验，潜移默化间都成为建构此三层声情关系的助缘，正是《声论》文本与生命文本的共济并进，“用力之久”才有后续“一旦豁然贯通”的发现，虽然尔后在不同的因缘下仍使我不免反省构设这三层声情关系所造成的问题，但如果没有当天的“一旦豁然贯通”，如今说不定也未必能与魏晋及嵇康结下如此深的因缘，我视这一场邂逅有如天命的召唤般，一路的奇风异景，令我受益良多，在此就让我以感恩的心分享传述这一段学术成长的历程。

1　博论问题的缘起即是“在重情之时尚下深爱音乐如嵇康者却有《声无哀乐论》的主张，此玄论与士风之间何以存在着矛盾与鸿沟？欲释此疑不仅宜深入《声论》之声情关系来寻索，也当对尚情士风有一更为深入的理解”。（《魏晋玄论与士风新探——以“情”为绾合及其诠释进路》，1997 台大中文博士论文）

2　按照荣格的假设，“原型”是人类心灵中深刻固着的模式，力量强大而永恒存在。

二、以文本为宗，辨异与玄同

这一段透过《声论》文本的探访以发现其潜藏的理路与复杂的义涵，并试图解决《声论》文意表面上的相互矛盾，成为我尔后展读精进的方法与态度，它甚至在各种阅读经验中发酵，先秦儒道的经典诠释姑且不论，即如分析嵇康《明胆论》之明胆关系，指陈其具有三层结构的论述（1. 明胆殊用，不能相生；2. 二气同一体，明能运胆；3. 明胆相经，进退相扶）也都是《声论》此一做法的横向移植，由于作者同为嵇康，使这样的联结不惟具有合法性，更可以扩展为嵇论普遍的思维特征。如《明胆论》所言的"相须之理"，即是嵇康诸论的共法，我并将此视之为嵇康美学落实玄学有无辩证性思维的表现[1]，在此脉络下，嵇康美学便足以和玄论有无的王弼（贵无派）与郭象（崇有）分庭抗礼，如此的会通与对照，亦使我得以统摄出"辨异与玄同"的诠释进路，在常论的有无之玄外，为嵇康美学与魏晋文化研究另辟学术新猷。

文哲学界着重嵇康思维之方法者如台湾的戴琏璋教授[2]、岑溢成教授[3]、大陆的童强教授[4]等，都已有可观的论述成绩，我提出"辨异与玄同"之方法进路，一则立基于《声论》，视其为

---

1 吴冠宏：《嵇康〈明胆论〉之明胆关系试探》一文，曾刊载于《东华汉学》创刊号2003年第2期。

2 戴琏璋：《嵇康思想的玄理与名理》，《文哲所集刊》1994年第4期。

3 岑溢成：《嵇康的思维方式与魏晋玄学》，《鹅湖学志》1992年第9期，第27—54页。

4 童强：《嵇康评传》，南京大学出版社，2006。

魏晋我物关系的理论展演及钟情与玄智的辩证交会[1]，另也将之应用在魏晋名士两种义涵——清逸与狂痴的对话上，并且又透过三则《世说新语》之精读另诠以彰显魏晋的时代精神与文化底蕴，此一阶段的发声由于力主论述当以文本为依归，并每自恃为嵇康千古之知音，由是立足《声论》文本以探向嵇康的初衷本怀遂衍成一种学术信仰，在此心境下，如 1. 声—音—乐的辨名分析 2. 各师其解的接受美学 3. 躁静情绪说等，都成为我立己破他之强势判读下质疑商榷的当代论点。[2]

由于曾撰多篇论文矛头都指向谢大宁教授《历史的嵇康与玄学的嵇康》的说法[3]，他也不甘示弱，曾在 2007 年 4 月 14 日，台师大中文系主办“第三届儒道国际学术研讨会——魏晋南北朝”之际，以专文批判我的《声论》研究，认为我虽能从“情”的角度指出嵇康在魏晋玄学与美学上的重要角色，却仍停留在汤用彤有无玄论的典范论述中，未能再跨出一步，另立嵇康为魏晋玄学的新典范。[4] 当场彼我论辩的战火相当热络，主客数番攻难，但显然流于各说各话的僵局，现在回想当时只能各唱各的调并没有展开更深入的对话，主持人魏晋清谈专家唐翼明教授亦受限于时间，无法使我们彼此俱畅，两情相得，终是有憾。撰写博论以来，我总习惯站在文献的基础上发论，因此不太能掌握谢氏这种跳跃式的说法以及转移典范的苦心，纵使其质疑汤氏的典范论述

---

1 嵇康跳脱不论是儒或道的经典传统，直接从其钟情之物——音乐出发，以将「情」与「智」这原本各有所擅或可能相互消减的对立特质，援引并进，交映生辉，进而激荡出精彩绝伦的惊人之作。

2 吴冠宏：《魏晋玄义与声论新探》，里仁书局，2006。

3 谢大宁：《历史的嵇康与玄学的嵇康——从玄学史看嵇康思想的两个侧面》，文史哲出版社，1997。

4 谢大宁：《乐理与玄理之间——对吴冠宏教授〈声无哀乐论〉诠释之商榷》，2007 年台湾师范大学儒道思想国际学术研讨会论文。

转以嵇康取代王弼的异议未必能成立，但他在众口同声下提出具有前瞻性的见解，亦属难能可贵。

这种以文本为宗的诉求，也使我开始商榷余英时《名教危机与魏晋士风的演变》一文中有关“情”的论述，我认为余英时由于为其社会史立论，故诠释魏晋有关“情”的文献时每有断章取义之嫌疑[1]，这篇论文个人以为指证历历，纵使余氏未必能知晓，但其《中国知识阶层史论》一书流传极广，仍有必要加以澄清纠谬，然此篇对余英时大作提出质疑的论文，却遭到一位审查者颇为严厉的批评：

> ……作者充分注意玄学的解释，但并未从社会、历史角度给予梳理，提供新的可能性，例如作者区分“圣人论”和“我辈说”两个层次，本来很有见解，但这两者都隐含高度的社会意含，却并未进一步发挥。我们可以不同意余英时的解释，但任何思想问题都不是抽象真空的产物，试问圣人有情说的社会史意义为何？抑或没有社会意义？其次余英时著作距今已有二三十年，从现在看来，他的历史学、社会学颇有简化牵强之感，我们自然可以质疑，但晚近对思想、权力、文本的论述远远较当时细腻复杂，作者只从玄学内部作出批评，说服力有限。……再如作者认为郭象意在调和方外与俗内，从玄学内部来说这是对的，但大部分传统哲学都宣称表里如一，兼具内外，难道我们就真的相信这个哲学就内外

1　吴冠宏：《从余英时〈名教危机与魏晋士风的演变〉一文中“情”之论述及其商榷谈玄论与魏晋士风的合理关涉》，《东华人文学报》2006 年第 8 期。

> 统一，没有冲突？作者似乎相信哲学的纯净，相信哲学家所宣称的话，余英时可能不令人满意，但重要如何发展更具说服力以展示哲学隐含的盲点，意识形态的方法，而非很快地放弃批判立场。……作者强调玄学内在的理解，用意可嘉，但代价是继续思想史研究的封闭倾向，较有建设性的做法或许是，发展一种跨越内在与外在、文本与历史、哲学与权力的论述，实际上这正是晚近哲学的一个重要面向。

这样的审查意见是颇具杀伤力的，其实评论余英时此篇著作之得失并非笔者当时真正措意所在，目的也仅在借题发挥而已，由于问题的缘起始于余氏对玄论文本的望文生义，因此整个着力点才会回到玄学的内在理路去厘清，所论虽侧重在定调玄论与分判其别，但后续将使“玄论”与“士风”之关涉在“情”这一条路上断然分手又重新言合，以联结出更为合适的对象。然而面对审查者一针见血的批判，也使我开始自省原先立足于文本的解读是否已走到了瓶颈与尽头，如何进一步从封闭式的视域迈出，势必成为我下一阶段应该调整与修正的方向。

三、“情”与“气”携手，从有无玄论中走出

审查者指出“作者似乎相信哲学的纯净”一语道破我何以始终沉缅于汤用彤玄学与圣人论之圆融理境的原因，在探索嵇康《声论》的义涵时，我也总是不离这般的心境祈向，即试图与现实保持某种距离，进而勤植于远离尘嚣的理想沃土，这也是朱晓海教授透过扎实之史料论述嵇康性格的盲点与缺失，撰写《嵇康

仄窥》一文却始终无法获得我心认同之故[1]，起初对于什么是“跨越内在与外在、文本与历史、哲学与权力”之学术图像勾勒仍是懵懂未知的，但这样的期许却使我两头并进，不惟检讨余氏立足于社会史视域下对玄论文献误读所造成的问题，也开始反省汤氏玄论与横向社会脱节的限制，由是逐渐形成“滞有：我辈说”（普遍的文化现象）与“贵无：圣人论”（玄学的内在理路）这两种理路的比较与对话[2]，并引领自己迎向新思潮的洗礼，在诠释学的路上，从以同情理解传统之伽达玛关注到批判理论的哈伯玛斯，就人物品鉴学而言，亦依蒋年丰形体觉与语文觉的进路，反省牟宗三人学之内在理路的框架与限制[3]，而不再停留于原先的文本视域，意图以更持平的方式看待不同意识形态下的差别论述，并尝试透过充分对话的过程，以寻绎如何整合会通两端说法的可能，虽然真理往往不是在中间，而是在两端才能被发现。

这样的调整与转向协助我重新梳理魏晋圣凡关系的理路，以往为了彰显嵇康《声论》的最高理境，总是反对各种有附会之嫌的他说，采嵇康犀利批判的立场，认为那些皆非究竟义，当力驳以还原其文本的本来义涵，如商榷以《声论》之“各师其解”连结当今的接受美学等，如今发现从常辈到至人之聆乐体道的实践上，“各师其解”正是过程中不可或缺的一环，由是《琴赋》中“情志”与“神气”的分判，遂成为重新理解嵇康音乐思想的重要分水岭，因为《琴赋》导入“心志”的不同面向，伯夷、颜

1　朱晓海：《嵇康仄窥》，《台大中文学报》，1999 年第 11 期。

2　吴冠宏：《贵无与滞有——王弼“圣人有情说”之两种诠释向度的检视及其对话》，《中正大学中文学术年刊》2007 年第 1 期。

3　吴冠宏：《人物品鉴之新向度的探索——从蒋年丰〈品鉴人格气象之解释学〉一文谈起》，《成大中文学报》2009 年第 27 期。

回、比干、尾生、惠施、万石等人，都可以在琴声的熏陶下，体现其廉洁、仁爱、忠贞、信实、善辩、谨慎的特质，在此脉络下，“心志”似已从“情志”的范畴中抽离出来，别出于“哀乐情感”之外。

过往每从“常人/至人”来殊异之，遂造成哀乐与躁静断成两截的问题，无法真正形成一动态的聆乐历程，以致难以展现《声论》在音乐疗愈上忘俗情以入声情的功夫，若回到聆乐体道的动态修养历程以观，重新关注“各师其解”的闻乐状态，视“各师其解”乃人情不同附丽于气的表现，于是“哀乐之发滞导情”与“躁静之气声相应”正相应于聆乐体道前后两个阶段，如同《庄子》“心斋”：“听之以耳—听之以心—听之以气”的进程般，起初的哀乐与心志，可视为气的不同状况，最后才走向纯气之守的境界，可见以气之视域通贯之，对于原先三层声情关系的理论，当有其进一步具体落实的意义。[1]

李美燕教授曾以《琴道与美学》为儒道思想与古琴作一跨越性的研究以拓深琴学文化[2]，立基于此，我进一步对《声论》与《琴赋》展开对照，《声论》比较关注于听者，《琴赋》则能照应制琴者、弹奏者、聆乐者三个面向，尤侧重主体奏乐、聆乐以发显心志的状态，即透过“宣和情志”与“导养神气”之历程性与动态性的考察，可使“心志”扮演从“哀乐”至“躁静”之历程性的中介角色，亦显示着体道者风格化的差异，进而相应于魏晋重视个体性的时代特征，如此便能使侧重名理玄理的《声论》与承载钟情肆志的《琴赋》，各定其位又相辅并济，进而携手体

---

1 吴冠宏：《从庄子到嵇康——声与气之视域的开启》，《清华学报》2014 年 44 卷第 1 期。

2 李美燕：《琴道与美学——琴道之思想基础与美学价值之研究》，社会科学文献出版社，2002。

现嵇康对音声的师心独见及一往情深。[1]

此一转进更深刻的意义，当是进一步开启“气”的视域以连结庄子与嵇康，成为我另一阶段的研究成果。在以本末有无为玄学架构的主流思潮之下，魏晋的气论向来被视为一种汉儒旧思维的残留，而没有受到应有的重视，是以拉出“气”的线索，除了协助我重新认识嵇康的音乐思想之外，也引领我跳开三层明胆关系的思维向度，进一步转向依气之才性论史的脉络来重新定调《明胆论》的角色，若与原先论证“相须之理”乃魏晋有无玄论的落实加以绾合，嵇康思想兼涵才性名理与玄学名理的特殊地位便可昭然若揭。

另一个自我的跃进是处理嵇论中篇幅最长、争论最多的《宅论》（即阮德如与嵇康“宅有无吉凶摄生论”等四篇难答），其难度绝不下于《声论》，我来回展读往返难答的《宅论》多次，在前贤莫衷一是的讨论中始终未减纷扰与迷惑，没想到竟是透过嵇康与阮德如之《赠答诗》才找到足以解密的线索[2]，不正印证文学与思想可以秘响旁通！“诗”成为探索嵇康美学思想的重要媒介，这一对知己向来以“养生”作为彼此共同关怀的议题，所谓“疑义相与析”，可见原先我们老是把两者的对立关键点置于“社会风俗”的层次是一大失策，有必要重新回到两者对摄生问题的不同理解上，在论学的路上，何尝不是如此。

于是我定位阮德如的思路重在息末以立本，此一思维最能与牟宗三一无所傍的主体哲学相契合，而嵇康则考虑将主客两端予

1　吴冠宏：《嵇康〈琴赋〉中以乐体道之义涵探析：兼论与〈声无哀乐论〉的互补关系》，《中山文与哲学报》2012 年第 21 期。

2　此包括《与阮德如一首》《阮德如答二首》，戴明扬：《嵇康集校注》，河洛图书出版社，1978。

以主辅式的通贯及统合，因此《宅论》应该是嵇康透过与知己论辩养生议题的产物，其间有从“自足于内”到“气通内外”的发展，检视此一论题最后能有所突破的关键，除嵇康与阮德如的《赠答诗》之外，实是以“气”的视域贯通主体与空间，由是将牟氏所肯定阮德如的意见安置在“自足于内”静态之意识主体的脉络，嵇康养生哲学中对此有所修正与批判，最后方能转向气通内外的动态实践。我将两者从两相对立调整为一种发展的进程关系[1]，此一突破让我有如拾回十九年前在《声论》中发现三层声情关系的喜悦般，找到关键密码后，即使面对暧昧的文义与历解的分歧便可迎刃而解了。

过去在汤用彤玄学典范论述的笼罩下，后继之学者向来难以逾越其论述之宏规，我受林丽真教授的启发[2]，先开之以“情”，使汤氏玄学远离世俗的抽象形态，向人间性格跨出一大步，魏晋论“情”的合法性，由于有何、王“无情有情之辨”论之在前，王衍“情之所钟，正在我辈”尾随其后，以“情”作为魏晋时代特征较为明显，但魏晋论“气”，则仍有待诠与澄清的空间，然而先前没有“气”的视域作为人学的基源，独“情”难鸣，而今终于可以透过“情”与“气”的前呼后应，携手再造嵇康美学成为魏晋玄学的另一座高峰。

回想谢大宁早先试图依牟宗三主观境界之形上学来取代汤用彤以形上学论玄学的进路，并希冀从“玄学的嵇康”身上建构一

1　吴冠宏：《从自足于内到气通内外——嵇康宅无吉凶论等四篇试解》，《台大中文学报》2014 年第 45 期。

2　见林丽真：《魏晋人论“情”的几个面向》，《语文·情性·义理——中国文学的多层面探讨国际学术会议论文集》1996 年第 4 期。

返发宋以降艺术精神发展的美学世界[1]，综观牟宗三对嵇康的讨论，皆非从境界形态之形上学的角度立说[2]，可见谢大宁策略性地舍此取彼，实有借牟说攻汤说以自成己说之嫌，我固然不同意他在玄学上取消王弼的激进做法，但我们在肯定嵇康美学的共同关怀上可谓殊途同归。

“情”与“气”不惟在中国思想史的观念丛中不如“性”与“理”那般受到重视，于魏晋玄学史上亦始终无法与“有/无”范畴相提并论，其实“情”与“气”在东方文化中一直都有很强的传统与生命力，然由于过往的理解视域存在着本体论高于宇宙论、心性心灵高于形体肉体、永恒不变胜过短暂流变、感性不如理性、特殊性不及普遍性的等级意识，由是“情”与“气”的价值难免被轻忽。晚近强调创造性的当代思维，已意图将过往如形而上与形而下的关系“去等级化”[3]，有如解构思潮下翻转上下位阶而以具体存有与现象本身当道般，我们有必要重新省视过去偏取一端的框限，开始挖掘以往隐而未显的面向，相信倒着走，仍可以柳暗花明又一村。

---

1 谢大宁：《历史的嵇康与玄学的嵇康——从玄学史看嵇康思想的两个侧面》（文史哲出版社，1997）；另有《汤用彤玄学理论的典范地位及其危机》一文，发表于《中正大学中文学术年刊》2003 年第 5 期，另有《讨论玄学的分期问题》一文收入《含章光化——戴琏璋先生七秩哲诞论文集》（里仁书局，2012）第 285—329 页。三者皆有类似的观点。

2 若依《才性与玄理》论嵇康的两篇名篇以观，牟先生认为嵇康以其哲学之心灵，在《声无哀乐论》论声时突接触“存有形态”或“客观性形态”之格局，此是西方学术之所长，并视《养生论》从第二义着眼，即落在自然生命上，实有别于以第一义为着眼之原始道家及向郭注的立场。见《才性与玄理》，第 208、356 页。

3 何乏笔：《何谓“兼体无累”的工夫——论牟宗三与创造性的问题化》一文，收入杨儒宾、祝平次编《儒学的气论与工夫论》，台大出版社，2005，第 79—82 页。

“情”与“气”携手，除从有无玄论中走出之外，它可否能进一步提供我与西方相关思潮展开对话的空间？相较于学界喜欢拿汉斯立克（Eduard Hanslick）形式主义的音乐美学思想与嵇康相提并论，我反而认为符号论美学的苏珊·郎格（Susanne. K. Langer）在《情感与形式》中的论述更具参照的价值[1]，因为形式主义对反于情感主义，如同把躁静之气与哀乐之情对立起来或断成两截来处理一般，我向来不同意牟宗三先生以“客观性形态”之格局论嵇康哲学之心灵[2]，毕竟嵇康“声—情”“我—物”的复杂关系，都必须在超越主客之“气”与“道”的视域下，才能有更为真切的掌握，苏珊·郎格说：“音乐的音调结构，与人类的情感形式……在逻辑上有着惊人的一致……音乐是情感生活的音调摹写”，“我们对音乐的兴趣，来自音乐与各种重要情感生活的密切关系”，显然不直接谈音乐与情感的关系，而是从两者形式的共同特征入手，观其论生命形式的四大特征，如“有机统一性”“运动性”“节奏性”“生长性”，经此对照与洗礼，我若能从“气”的角度重新予以掘发，未来在情与气的关系路上，当可以走得更远。

四、倾听反传统的声音

几年前邀请萧驰教授客座东华大学，起因于浏览萧教授《中国思想与抒情传统》三大册，格局恢宏，令人赞叹，其中《玄智与诗兴》一书尤鞭辟入理，别出心裁，每闪烁慧解的智光，此书第四章探索嵇康与庄子之关系，一反过去侧重嵇康“清峻”“感

1 苏珊·郎格：《情感与形式》，商鼎文化出版社，1991。

2 牟宗三：《才性与玄理》，学生书局，1993，第356页。

愤”之性格，乃从其“恬和渊淡”的超越诗境入手，并借此联结庄子与嵇康，他认为“对于中国抒情诗歌传统而言，能从沮丧或困顿的人生瞬间开启此一地上乐园者，却非嵇康莫属”[1]，可谓丰富了嵇康的思想视域及历史图像，是以文学往往能反映生命的复杂，呈显我们进行抉择时的茫然幽暗之感，而庄子不偶俗的批判精神及其圆融和境的理想诉求亦是不相冲突的。

犹记一位好友曾问及“温柔敦厚”如我者，何以会去研究“恃才傲物”的嵇康？其实在我体贴包容的性格里，仍始终潜藏着叛逆的种子，是以对于嵇康多面向的研究，正是发现更复杂的自我，成为另一种丰富自我的生活方式。一路走来，我始终相信，学术与生命必须辗转回旋地交错往返，才能不断涌现能量与生机，是以透过他者理解的曲折道理，反而能使我们更了解自己，诚如海德格尔（Martin Heidegger）所说：“哲学所探讨的东西是与我们本身关涉的，触动着我们的，而且是在我们的本质深处触动着我们。”

江建俊教授曾以“出位之思”定调嵇康诸论的思想方法与特征[2]，可见嵇康的创造性，也正表现在他言行的异议与另类，他的《管蔡论》向来被视为历史的翻案文章，并且与批判当权者司马氏攸契相关，他的《释私论》以“显情无匿”作为君子人格的新义涵，进而对“公/私”范畴展现新思考。近来台湾整体的环境亦处在某种对抗威权、伸张正义的氛围里，很自然地使我阅读

1　萧驰：《玄智与诗兴》，联经出版社，2011，第四章《嵇康与庄学超越境界在抒情传统中之开启》，第 195 页。

2　嵇康《难自然好学者》中有“思不出位”一语，江建俊则进一步以“出位之思”来定调嵇康的师心与独见。见氏著：《嵇康之‘出位之思’——从‘师心’谈起》，收入江建俊主编：《竹林名士的智慧与诗情》，里仁书局，2008，第 95—136 页。

嵇作时更能感受到这股“越名教而任自然”之反传统的声音。其实这股贵真的力道，不惟对治虚矫文化与僵化体制，更要于日常生活间不断挑战根深蒂固的旧习与成见，如此才能让“出位之思”转化为勇于探索与开创的生命力。

相较于郭象注《庄》的显赫，嵇康与庄子之联结向来是隐而不显的，其实“庄—郭”与“庄—嵇”可视为魏晋两个道—玄发展的不同系统，郭象启自生独化的玄理，推演适性逍遥的个殊性向度，嵇康承工夫义涵的气论，发展声气相应的体道进路，他们虽同承于《庄子》，但两者最大的差异应该在郭象的妥协性格与嵇康的批判性格上，我认为嵇康“非汤武而薄周孔”的言与行，特能承继开展庄子这种批判的精神，知识分子是否当与无所不在的政治保持某种距离的清醒？这也是倾听庄嵇齐鸣后的自我叮咛。

寻绎历史此一反传统的声音，我开始留意“嵇康—李贽—鲁迅”这一条清晰可见的脉络，晚近被维护旧道德人士诬蔑为“拾李卓吾之余唾”的鲁迅[1]，对于嵇康的文章，可谓垂爱有加，故先后校勘《嵇康集》达十余遍[2]，尤喜其“思想新颖，往往与古时旧说反对，并再现嵇康批判议论笔力[3]，至于李贽与嵇康，走

1 维护旧传统与旧文学的林纾（林琴南）曾写信给蔡元培，曾以“必覆孔孟，铲伦常为快”、“卓吾有禽兽行”……之语攻击参与新文化运动者。鲁迅亦曾在《我们现在怎样做父亲》一文中提及“中国的‘圣人之徒’，最恨人动摇他的两样东西。一样不必说，也与我辈绝不相干；一样便是他的伦常，我辈却不免偶然发几句议论，所以株连牵扯，很得了许多‘铲伦常’、‘禽兽行’之类的恶名”。见《鲁迅全集》第一卷，唐山出版社，1989，第114页。

2 鲁迅整理《嵇康集》的具体经过，请参阅赵英：《籍海探珍——鲁迅整理祖国文化遗产撷华》中国文史出版社，1991，第9—33页。

3 陈平原云：“鲁迅之接近魏晋文章，得益于章太炎的提倡及刘师培的阐发。至于在魏晋文章中独重嵇康，则更显示鲁迅的心迹与趣味”，《现代中国的“魏晋风度”与“六朝散文”》，《中国现代学术之建立——以章太炎、胡適之为中心》，麦田出版社，2000，第353页。

在“越名教而任自然”的路上，更是遥相契合，余英时曾提出魏晋与晚明有颇多相似之处，但我阅读李贽《焚书·读史》中有四篇评议嵇康作品的文章，其中有三篇如《绝交书》《幽愤诗》《养生论》都存在着李贽肯定嵇康其人却质疑其文的现象，此一矛盾遂勾起我一探究竟的兴趣。

有鉴于此，我尝试由此契人与不契文的问题探入，初步掌握的理解线索是其间的落差乃晚明特重五伦中“朋友”一伦使然，故李贽始终无法理解嵇康何以能写给知友山涛《绝交书》？既能为吕安慷慨赴义，临死前又何以撰写自责有悔的《幽愤诗》？观其所契，在嵇康为吕安挺身相护、直道而行、为义殉生的作为，而所以不契于《幽愤诗》与《绝交书》，依旧是他可为知己死的不悔信念使然。至于另一篇《琴赋》为李贽读嵇康《琴赋》而产生的议论，李贽“琴者，心也”将一切收摄于心的心学论述模式，显然与嵇康“声心异轨”的音乐主张有别，于是对照比较两篇《琴赋》，可以帮助我进一步了解嵇康与李贽在音乐思想上的异同。[1]

依此看来，倾听“嵇康—李贽—鲁迅”此一反传统的批判声音以及前后呼应出来的异同交响，可否成为我下一阶段的学术旅程？目前尚不得而知，但在辗转阅读三者的作品与时代之际，似乎已在摸索：以嵇康作为思想史的进路乃至古典与近现代沟通之桥梁是否可行的问题。雅斯培（Karl Jaspers）有云：“哲学的要素并不在真理的‘拥有’，而在真理的‘探求’，在哲学中‘问题’比‘答案’来得重要，并且每个答案的本身又变成了新的问题。”（《智慧之路》）如果学术可以是一种终身志业，在不断以

1　吴冠宏：《李贽对嵇康的评议及两者在音乐思想上的异同——以〈琴赋〉为讨论中心》，未刊稿。

生命叩问经典，以经典召唤生命之际，我殷切期待下一场美丽的邂逅！

作者简介

吴冠宏（1965—），台湾花莲人。台湾大学中国文学研究所博士，现任东华大学中文系教授、《东华汉学》主编、台湾中文学会副理事长。研究领域为魏晋学术、儒道思想、中国思想史。著有《魏晋玄论与士风新探——以“情”为绾合及诠释进路》《圣贤典型的儒道义蕴》《走向嵇康：从情之有无到气通内外》及多篇学术论文著作。曾任东华大学中文系主任、“人社院”副院长、“教育部”系所评鉴委员、高中四书教材编辑委员、台湾作家协会监事等。

柳永及其词研究之反思

欧明俊

【内容提要】柳永许多词是“代言”的，是“虚拟性”情感，并非完全是词人的真实自我情感，不能轻易将词中抒情主人公形象等同于柳永自己。其许多词作其实是“商业化”的“制作”，而不是个性化的文艺“创作”。柳永一生中有太多的不如意，但他不会认为自己是“悲剧”的一生。柳永的“文学”形象与“历史”形象往往是错位的，历代“重塑”的风流倜傥的柳永形象，只是柳永“历史”形象的一种放大，如同漫画，突出某一或某些特征，但绝不是原形和全部。宋人眼中，词人中唯有柳永享有“词中杜甫”的殊荣，历代论者将柳词比拟杜诗，只是看重其某一或某些侧面，并没有将柳永在词史上的地位比作杜甫在诗史上的地位，这种比拟是较合理的。

【关键词】柳永；词；“虚拟性”情感；“文学”形象；“词中杜甫”；反思

柳永及其词的研究已非常成熟，取得的成绩首先应充分肯定。但仍有一些问题值得进一步探讨，且有反思的必要。本文拟就以下四个方面略抒浅见，以求教于学界方家。

一、柳永词中的真实自我情感和"虚拟性"情感

如何评价柳永词中的情感，特别是与歌妓的感情？柳永的特殊经历决定了他词作的感染力。不过要注意的是，是否是词人的真实自我情感？按词史演进实际，柳永许多词是"代言"的，是为"应歌"而作，并非完全是个人真实情感的抒发。分开剖析和评价柳永词情感的复杂性是必要的。柳永与歌妓交往很密切，很多研究者认为柳永尊重女性，他与歌妓之间有真正的爱情。应该承认，柳永词中表达自我爱情的词是一定有的，但是否每首词都是，就值得怀疑了。不能说没有爱情，也不能说没有玩弄女性的性欲成分，过分指斥不对，现在绝大多数研究者则一味肯定，认为皆是真正的爱情，也是片面的。要慎用"爱情"一词，应该说，用"恋情"一词比较合理，至少比"爱情"概念客观。因无法判断究竟是"言志"词还是"代言"词，因此，分析和评价柳永词时，最好用"抒情主人公"概念代替"作者"概念。

"诗言志"，诗歌是表达作者内心真实的思想感情的，那么，词也是如此吗？柳永词有些确实是表达真实的自我感情，而有些就不是。《雨霖铃》写男女分别痛苦相思之情，并不一定是词人自己和真爱的情人"执手相看泪眼"，完全可能"虚拟性"的，是想象出来的；《八声甘州》写羁旅行役，抒发漂泊不定、思念故乡之情，引起接受者的共鸣。这些词究竟抒发的是词人的真实自我情感，还是"虚拟性"情感？因词中不如诗、文记载具体清晰，其实我们是无法确切判断的。分析和评价柳永词时，不应轻易将词中抒情主人公形象等同于柳永自己，将词中"虚拟性"情感视为柳永自己的真实情感。

唐宋词中多"代言"，"男子作闺音"，以男性作者的身份写

出女性的情感，爱得死去活来，并不一定是词人自己的真实情感经历，而是虚拟别人的情感。这是一种文艺生产方式，不必亲身经历，实有其情，词人的生花妙笔，也可虚拟出情感，甚至表现得比真实的还要“真实”，此即文艺的特性和魅力。出于商业目的，商业包装，柳永许多词作其实是“商业化”的“制作”，而不是个性化的文艺“创作”，不过，同样可达到打动人的艺术效果。

我们分析和评价作家作品时，习惯于信奉“风格即人”之说，将人品与文品完全划等号。其实，唐宋词中，人品与词品有时是不能划等号的，词人在词作中表达的往往是虚拟性的情感，与词人自己人格并没有必然关系。“言为心声”，但词人与词中“抒情主人公”有时候是分离的，不应混为一谈，应区别看待，我们有时有必要跳出习惯思维的束缚。

二、柳永是“悲剧”的一生吗？

不少学者认为柳永命运坎坷，他的一生是“悲剧”的一生。柳永的生命意义究竟如何？或者说，以那样的方式度过一生，值不值得？何为“悲剧”的一生？笔者理解，一个人最想得到的却得不到，最有能力做的却做不成，一辈子如此，就叫“悲剧”的一生。柳永一生官场失意，没有显赫功名，正史无传，其人生价值没有得到官方认可。按世俗观念，他的人生是惨淡的，是失败的，从这一角度看，他是“悲剧”的一生。

但这只是世俗人的观念，柳永自己会如何看？人的本能是趋利避害，总是认为自己的选择是对的，是有价值和意义的。柳永是天才词人，潇洒风流，个性鲜明，经常穿梭于秦楼楚馆间，是风流才子的形象。“才子词人”是柳永自封的，《鹤冲天》写道：

“才子词人，自是白衣卿相。”自负虽是布衣，没有官职，但在词中的地位可以与宰相大臣比肩。“才子”常与“风流”联系在一起，曰“风流才子”，风流是才子创作的原动力，只有不受束缚，任情感和思想的野马狂奔，才能创作出优秀感人的作品。文艺天才最不愿受到世俗清规戒律的束缚，他为艺术而生，文艺等于他的生命，为了文艺，他需要与世俗观念对抗，需要忍受世人的白眼，忍受生活的磨难。柳永得到了许多歌妓的欢心，但也给自己的人生带来许多坎坷磨难。柳永最看重的是个体情感和生活享受，他选择了为歌妓“写心”的文艺家的人生道路，他是自己选择的，没人强迫他。他本来完全可以压抑自己的个性，压抑才情，只混日子，但他认为那样的人生意义不大，他更看重作词，在意他人崇拜自己的感觉，认为这样的人生才是最有意义、最值得的。重要的是，他创作了许多优秀词作，奉献给世人和后代丰富的精神产品。柳永词不仅受到青楼歌妓的欢迎，还广泛传播，甚至流传到“国外”。“柳永热”成为宋代一种文化时尚，成为当时一大文化景观，充分说明柳永的自我价值实现。柳永可能会带着遗憾离开人世，但许多人也都如此，生命是一次性的，不可重复的，自己选择，便是正确，是一种人生感觉，永远觉得“今是而昨非”，不断否定自己，最后否定自己的一生，是另一种感觉。

古代绝大多数文人都经历过许多人生磨难，所以说“穷而后工”，但磨难成就了文名。柳永的精神生命长存，与庸庸碌碌、饱食终日，死后“身与名俱灭”的人相比，谁的生命更有意义呢？比起那些官场得意，享尽荣华，却留下千古骂名的“反面”人物，柳永的一生真的是“悲剧”吗？

三、柳永的“文学”形象和“历史”形象

经过文学虚构、加工的柳永“文学”形象与真实的“历史”形象是不同的。从古至今，不少人将柳永“文学”形象等同于“历史”形象，正如普通百姓从《三国演义》中认识历史上的曹操、诸葛亮等人一样。柳永的“文学”形象与“历史”形象往往是错位的。史书没有记载其生平事迹，笔记、戏曲、小说演义的柳永风流韵事，多不足为凭。柳永的形象在传播过程中发生一些变异，后人放大了柳永与歌妓间的风流韵事，强化了柳永风流倜傥、放荡浪漫的“文学”形象，轻视甚至忽视了柳永热衷“功名”、积极入世的一面，淡化了柳永真实的“历史”形象。

首先应认识清楚柳永真实的“历史”形象。柳永原名柳三变，“三变”源于《论语·子张》：“君子有三变：望之俨然，即之也温，听其言也厉。”他的名字即是严肃雅正的。《中国大百科全书·中国文学卷》中吴世昌撰写的“柳永”条说：“柳永大概没有结婚，他死后没有家属为之营丧葬……把柳水恋爱故事的传说写成剧本的，有元曲《钱大尹智宠谢天香》，关汉卿著，剧本说明他赴考以前尚未结婚。”[1] 其实，历史上的柳永是有子孙的，康熙《崇安县志》卷七载：“柳永有子名涚，字温之，庆历六年贾黯榜，官至著作郎。”崇宁元年（1102），黄庭坚《书赠日者柳彦辅》一文曰：“（柳）彦辅是耆卿之孙，决王公贵人生死祸福。尝面道郓州刘相国蕲春之祸，未已，必且播迁岭表，已而皆

1　中国大百科全书编辑委员会：《中国大百科全书·中国文学卷》（第一册），中国大百科全书出版社，1998，第 405 页。

然。”[1] 这是柳永有子孙最确凿的证据。将戏曲、小说视为真实可信的史料，是对柳永真实“历史”形象的误解。[2]

柳永《鹤冲天》“忍把功名，换了浅斟低唱”，自称淡泊功名，与世无争。其词多超凡脱俗的尘外之想，如“向此免名缰利锁，虚费光阴”（《夏云峰》）、“干名利禄终无益”（《轮台子》）、“蝇头利禄，蜗角功名，毕竟成何事”（《凤归云》）、“念利名、憔悴长萦绊”（《戚氏》）、“图利禄，殆非长策”（《尾犯》），等等，学界多认定柳永淡泊功名。其实，柳永出生于官宦人家，“奉儒守官”是其家风，他也执着地博取功名，一直到50岁左右才考中进士，步入仕途，官至“屯田员外郎”。柳永多次科场受挫，遂表现出清高的样子，内心其实一直对功名充满渴望，他并不是一直鄙视功名。柳永词中表现出的淡泊名利，其实有“酸葡萄心理”的成分。[3]

宋、金以来，一些笔记、戏曲、小说喜写柳永风流韵事，甚至将其低俗化。如金院本《变柳七爨》、话本《柳耆卿诗酒玩江楼记》、杂剧《钱大尹智宠谢天香》《风流冢》《变柳七》等。祝穆说柳永去世后，是青楼女子出资所葬，《方舆胜览》卷十载：“（柳永）卒于襄阳，死之日，家无余财，群妓合金葬之于南门外。每春月上冢，谓之‘吊柳会’。”[4]《喻世明言》第十二卷有《众名姬春风吊柳七》。事实是，“吊柳会”确实出现过，但与青楼女子并没有关系，曾敏行《独醒杂志》卷四曰：“柳耆卿风流俊迈，闻于一时，既死，葬于枣阳县花山，远近之人，每遇清明

---

1 黄庭坚：《豫章先生遗文》卷十，清乾隆四十五年刻本。

2 参见曾大兴：《柳永“辨正”》，《辞书研究》2000年第6期。

3 参见欧明俊：《柳永评价“热点”“盲点”透视》，《福建师范大学学报》2002年第1期。

4 祝穆：《方舆胜览》卷十，上海古籍出版社，1991年影印宋刻本。

日，多载酒肴饮于耆卿墓侧，谓之‘吊柳会’。”[1] 柳永的形象一直不断有文学作品演义“重塑”。后世文人实际上把柳永“重塑”为纯然风流浪荡的才子文人，渐渐与原来真实的“历史”形象拉开距离。柳永的“叛逆”形象也多虚构、夸张成分。可是，许多研究者不加深思，轻易接受已经“变形”了的柳永形象，因此评价失真，“误读”“曲解”了柳永其人。也就是说，后人心目中柳永的优点或缺点，有些已不是柳永自身的，而是后人“追认”上去的。我们应将两种形象分开评价，努力“还原”其真实的“历史”形象。

柳永形象“重塑”史上，风流倜傥只是其真实“历史”形象的一种放大和夸张，如同漫画，突出某一或某些方面特征，但绝不是原型和全部。文学史上，后世文人往往不断选择性“重塑”文人形象，如王维的“诗佛”形象、李白的“诗仙”形象、杜甫的“诗圣”形象、陆龟蒙的“隐士”形象，等等，后人往往看重其某一或某些侧面，津津乐道，反复言说。

真实的柳永影响主要在词体内部，在文学史上的实际影响，“文学”形象的柳永已大大超越词体本身，柳永“故事”成为戏曲、小说津津乐道的题材，柳永及其词的“跨文体”影响，是一般词人无法比拟的。柳永“文学”形象“塑造”史研究，已突破词学研究本身。

四、如何看待柳永被誉为“词中杜甫”？

历代词人被誉为“词中杜甫”的，宋代有柳永、苏轼、周邦彦、辛弃疾、姜夔、刘克庄、吴文英、王沂孙、张炎，清代则有

1 曾敏行：《独醒杂志》卷四，上海古籍出版社，1986，第33页。

陈维崧、蒋春霖、郑文焯等。“词中杜甫”说主要是清人推尊词体观念的体现，是论者对所推崇词人的最高评价。

北宋末，黄裳明确将柳永比拟杜甫，他是以宋词人比拟杜甫的第一人。《书〈乐章集〉后》曰：“予观柳氏《乐章》，喜其能道嘉祐中太平气象，如观杜甫诗，典雅文华，无所不有。是时予方为儿，犹想见其风俗，欢声和气，洋溢道路之间，动植咸若。令人歌柳词，闻其声，听其词，如丁斯时，使人慨然所感。呜呼，太平气象，柳能一写于《乐章》，所谓词人盛世之黼藻，岂可废耶？”[1] 黄氏怀念昔日“盛世”，情感上高度认同柳永词描写的“嘉祐中太平气象”，他是从歌咏“盛世”的“太平气象”方面称赏肯定柳永词并与杜甫诗相比的，认为柳词与杜诗中描写“安史之乱”前盛唐“太平气象”的内容相似，读后可想见当时“风俗”，又认为风格上皆“典雅文华”。黄裳也只在这两方面将柳词与杜诗比拟，就是说，柳词与杜诗只有部分相似性，黄裳并没有认为柳永有杜甫那样的崇高地位。其实，与柳永同时稍后的范镇早就称赏柳永词歌咏“太平气象”的特色和成就。他说：“仁宗四十二年太平，镇在翰苑十余载，不能出一语咏叹，乃于耆卿词见之。”[2] 李之仪《跋〈吴思道小词〉》盛赞柳永词“形容盛明，千载如逢当日”[3]。南宋时，陈振孙也称赞柳永词于“承平景象，形容曲尽”[4]。宋人是从歌咏“太平气象”、反映世人心态和时代精神风貌角度将柳词与杜诗相提并论的。柳永词如《望海潮》等，多描写都市繁华、人民安居乐业，可谓“盛世之音”，

1　黄裳：《演山集》卷三十五，《文渊阁四库全书》本。

2　祝穆：《方舆胜览》卷十一，上海古籍出版社，1991，第 136 页。

3　李之仪：《姑溪居士文集》卷四十，商务印书馆，1935，第 2 页。

4　陈振孙：《直斋书录解题》卷二十一，上海古籍出版社，1987，第 616 页。

是时代的赞歌和欢歌。宋代词人歌咏升平的词作很多，柳永处于北宋盛世，社会较为安定繁荣，其词“形容盛明”，基本符合历史事实，当无可指责，若是生活在徽宗朝，内忧外患，国之将亡，那就是纯粹的“歌功颂德”了。

南宋张端义《贵耳集》载：“项平斋自号江陵病叟，余侍先君往荆南，所训学诗当学杜诗，学词当学柳词。扣其所以，云：‘杜诗、柳词皆无表德，只是实说。’”[1] 古人有名有字，《颜氏家训》曰：“名以正体，字以表德。”名和字，一为表面意，一为深层意，“无表德”意谓不在深层意蕴上着力。项平斋（安世）是从“实说”即词作白描、质朴、真实角度将柳词与杜诗并论的，他也只是从此方面肯定柳永词的特色和价值。刘熙载《艺概·词曲概》曰：“柳耆卿词，昔人比之杜诗，为其实说，无表德也。余谓此论其体则然，若论其旨，少陵恐不许之。”[2] 刘氏认为，柳词只在体制上可比拟杜诗，思想内容上是没有资格与杜诗相提并论的。胡薇元《岁寒居词话》则认为：“宋人云：‘诗当学杜，词当学柳。’盖词入管弦，柳实能手。”[3] 又从“可歌”角度肯定柳永是宋代词人的代表，可比唐诗人中的杜甫。谭献《复堂词话》评柳永《倾杯乐》（木落霜洲）云：“耆卿正锋，以当杜诗。”[4] “正锋”为书法用语，意谓书写字时，毛笔宜紧直，笔尖在纸上垂直运行，易渗水，如此写出的字厚重有力，不轻佻，不散漫，易产生浑厚劲健的效果。谭献认为柳永词中的浑朴厚重之作可比拟杜甫诗。朱祖谋《手书〈柳永词〉》曰：“屯田词，自李端叔、刘潜夫、黄叔旸诸家评泊，多以其俳体为诟病久矣。惟

1　张端义：《贵耳集》卷上，中华书局，1985，第 16 页。
2　刘熙载：《艺概》，上海古籍出版社，1978，第 107—108 页。
3　唐圭璋：《词话丛编》（第 5 册），中华书局，1986，第 4027 页。
4　唐圭璋：《词话丛编》（第 4 册），中华书局，1986，第 3990 页。

张端义《贵耳集》引项平斋言‘诗当学杜，词当学柳，杜诗柳词，皆无表德，只是实说’云云，柳得一知音，不惜歌苦矣。”[1]朱氏特别欣赏推崇柳永词，因此认同项安世的观点。王国维《清真先生遗事·尚论》则认为：“昔人以耆卿比少陵，犹为未当也。”[2] 王氏晚年对周邦彦词推崇备至，《清真先生遗事·尚论》中“以宋词比唐诗”，认为“词中老杜，则非先生（即周邦彦）不可”，他以“精工博大”“浑然天成”“模写物态，曲尽其妙”为标准，认为周邦彦在宋词中地位最高，“两宋之间，一人而已”[3]，论定只有周邦彦词可比拟杜甫诗，所以认为前人以柳词比拟杜诗是不妥当的。

有宋一代，只以柳永词比拟杜甫诗，也就是说，宋人眼中，词人中唯有柳永享有“词中杜甫”的殊荣，可以看出柳永及其词在宋代影响之广泛及在部分人心目中的崇高地位，这是我们在评价柳永及其词时应特别注意的。历代论者欣赏柳词，比拟杜诗，只是看重其某一或某些侧面，皆没有将柳词与杜诗进行整体上比拟，更没有将柳永在词史上的地位比作杜甫在诗史上的地位，这种比拟是较合理的。将柳永比拟为“词中杜甫”，只是宋代和清代个别学者的观点，并没有被学界广泛接受。[4]

1　孙克强：《唐宋人词话》，河南文艺出版社，1999，第 145 页。

2　王国维：《王国维遗书》（第 11 册），上海古籍书店，1983，第 23 页。

3　同 2。

4　参见欧明俊：《“词中杜甫”说总检讨》，《中国韵文学刊》2007 年第 2 期。

作者简介

欧明俊（1962—），安徽五河人。博士，福建师范大学文学院教授、博士生导师、博士后合作导师、古典文献学硕士点学科带头人。主要从事唐宋诗词和古代散文研究，著有《词学思辨录》《唐宋词史论》《宋代文学四大家研究》《陆游研究》《古代文体学思辨录》《古代散文史论》等。在《文学遗产》《北京大学学报》《中语中文学》（韩国）、《中国散文研究集刊》（韩国）、《宋代文学研究丛刊》（台湾）、《文学论衡》（香港）等刊物发表论文100余篇。兼任中国词学研究会常务理事、中国古代散文学会常务理事、中国欧阳修研究会副会长、中国陆游研究会副会长等。

一笔不应当拒绝的遗产

——比兴寄托阐释传统的现代解读

周　茜

【内容提要】以张惠言为祖师的常州词派以“比兴寄托”阐释法，对温庭筠的艳词进行了革命性的解读。这一源自于先秦两汉儒家诗学传统的阐释法，在现当代遭到了冷遇，原因在于其政治性、隐晦性。“比兴寄托”作为中国诗歌的“金科玉律”和词学理论的最高成就，我们不能不对此进行深入研究和现代观照。兼具中西文化眼光的叶嘉莹先生对“比兴寄托”问题高度重视，为此提出了立足于作者、作品和历史的三个标准来加以判定。三标准既有其传统性、合理性，同时又存在着显而易见的困境，因此我们需要以现代视角来探究立足于读者的阐释之路，即常州词派作为一个阐释共同体，建立了以读者为核心的阐释原则和常派家法，极大地拓展了阐释的空间。“比兴寄托”这一传统通过我们的现代解读，以冀能够历久弥新。

【关键词】比兴寄托；阐释传统；常州词派；叶嘉莹

一

被誉为《花间集》之冠的温庭筠词作，以抒写美女与爱情、相思与别离著称，奠定了“词为艳科”的基础。清代常州词派开山祖师张惠言对温氏代表作《菩萨蛮》（小山重叠金明灭）的阐释，则惊世骇俗，具有划时代的意义。请看：

> 小山重叠金明灭，鬓云欲度香腮雪。懒起画蛾眉，弄妆梳洗迟。　　照花前后镜，花面交相映。新贴绣罗襦，双双金鹧鸪。

这样一首闺阁绮怨之作，张惠言《词选》释曰：

> 此感士不遇也。篇法仿佛《长门赋》……“照花”四句，《离骚》初服之意。[1]

《长门赋》据说是司马相如为汉武帝失宠的陈皇后所写怨情之作。“《离骚》初服”典出屈原《离骚》：“进不入以离尤兮，退将复修吾初服”，“初服”即当初的美好服饰，屈原遭谗被疏后以此喻托原来的高洁志愿。可见，张氏认为此词如屈子《离骚》一样以“花面”“绣罗”即容颜服饰的美好寄寓自身不遇的悲怨。

张惠言的解读得到了常派后继者的一致响应，如周济、谭献、陈廷焯等，他们对温飞卿词作的评价与之如出一辙。

周济《介存斋论词杂著》云：

> 皋文（张惠言）曰“飞卿之词，深美闳约”信然。飞卿酝酿最深，故其言不怒不慑，备刚柔之气。[2]

1　张惠言：《词选》，见唐圭璋《词话丛编》第2册，中华书局，1986（下文《词话丛编》与此同），第1609页。

2　周济：《介存斋论词杂著》，《词话丛编》第2册，第1631页。

谭献《词辨》云：

以士不遇读之，最确。[1]

陈廷焯《白雨斋词话》云：

飞卿词全祖《离骚》，所以独绝千古。《菩萨蛮》《更漏子》诸阕，已臻绝诣，后来无能为继。（卷一）

飞卿《菩萨蛮》十四章，全是变化《楚》《骚》，古今之极轨也。徒赏其芊丽，误矣。[2]

要之，常州词派认为温庭筠词通于《离骚》，借美人绮情别思的叙写，寄寓自身不能自言的幽怨之情。此种解读即是“比兴寄托”阐释法，它源自先秦两汉的儒家诗学传统，具有强大的生命力，而对于飞卿词的此种解读在其接受史上则是空前的。

对于温庭筠词的阐释是否接受张惠言之说几乎构成了常州词派与非常州词派的一个分水岭。

古典词学的终结者王国维就是反对派的代表，其《人间词话》批评云：

固哉，皋文之为词也！飞卿《菩萨蛮》、永叔《蝶恋花》、子瞻《卜算子》，皆兴到之作，有何命意？皆被

1 转引自李冰若：《花间集评注》，河北教育出版社，1999，第 11 页。
2 陈廷焯：《白雨斋词话》，《词话丛编》第 4 册，第 3777—3778 页。

皋文深文罗织……[1]

《人间词话》对后世词学产生了巨大的影响，此后，现当代学者大多赞同王国维的批评，反对常州词派的“深文罗织”，认为飞卿词所写不过是怨女思妇，哪有什么“酝酿最深”的寓托之意。如李冰若《栩庄漫记》评云：

统观全词意，谀之则为盛年独处，顾影自怜；抑之则侈陈服饰，搔首弄姿。“初服”之意，蒙所不解。[2]

周汝昌释曰：

本篇通体一气，精整无只字杂言，所写只是一件事，若为之拟一题目增入，便是“梳妆”二字。领会此二字，一切迎刃而解。[3]

李、周两先生皆认为温词所写无非服饰、梳妆，别无深意。此种解读在现当代是最具代表性的。

其实不独飞卿词，整个 20 世纪以迄于今，对词作的赏析品评，无论是各类鉴赏辞典，还是不计其数的解析文章，大多数情况下都摒弃了以比兴寄托论词，阐释其微言大义的方法。

那么，究竟为什么现当代人要抛弃这一源远流长的阐释传统

1 王国维：《人间词话》，《词话丛编》第 5 册，第 4261 页。
2 李冰若：《花间集评注》，河北教育出版社，1999，第 12 页。
3 周汝昌：《千秋一寸心——周汝昌说唐诗宋词》，中华书局，2006，第 183 页。

呢？原因主要有二个。

其一，“比兴寄托”的阐释法源自儒家诗学传统，原本是与政教美刺联系在一起的，如汉儒郑玄云：“比，见今之失，不敢斥言，取比类以言之。兴，见今之美，嫌于媚谀，取善事以喻劝之。”[1] 即比与刺相关，兴与美相连，以比兴来表现美刺，也就是间接地象征性地表现君臣忠爱、政教善恶，是一种政治道德的诠释。近代以来世变时移，发生了翻天覆地的变化，这种与封建政治伦理紧密相关的阐释方式，现代人自然会弃之如敝屣。

其二，词原是起于胡夷里巷、用于娱宾遣兴的言情之作，不必如言志载道的诗文一般担当道义。同时，词又是一种最为深隐幽微的文学样式，言情讲究含蓄蕴藉、意内言外。因此这种以抒写男女之情为本色，“发之又必若隐若现，欲露不露，反复缠绵，终不许一语道破”（陈廷焯《白雨斋词话》）的词作，其中是否含有比兴寄托的深意，除非作者自己道破，否则其所具有的隐晦性、模糊性很难让人判定证实那深衷隐情，如果一味地探赜索隐，就难免主观臆断，无法取信于人。

二

虽然现代人由于上述两方面的原因几乎放弃了“比兴寄托”论词的方法，然而，“比兴寄托”在中国文学传统中是极其重要、不容忽视的文化遗产。朱自清在《诗言志辨》中云：“在诗论上，我们有三个重要的，也可说是基本的观念：‘诗言志’，‘比兴’，

1　孔颖达：《毛诗正义》（《十三经注疏》整理本），北京大学出版社，2000，第 13 页。

‘温柔敦厚’的‘诗教’。后世论诗，都以这三者为金科玉律。”[1]当代学者胡晓明先生更谓“比兴，乃是中国诗歌的根本大法”[2]。是故，我们不能不对此进行一番立足于传统又超拔于传统的深入研究和现代观照。

兼具中西文化开阔眼光的叶嘉莹对常州词派的比兴寄托词论极为重视，认为常州派词论“实在乃是中国传统文学批评中传世最晚却保留有传统观念最深，因而也最值得我们研讨和重视的一派词论”[3]。为此，叶先生在其论著中多次探讨相关问题，并对词作中比兴寄托难以判定的情况提出了三个标准来加以解决，其《常州词派比兴寄托之说的新检讨》曰：

第一当就作者生平之为人来作判断；第二当就作品叙写之口吻及表现之神情来作判断；第三当就作品所产生之环境背景来作判断。关于此一问题，任二北在其《词学研究法》一书中，也曾经提出过“比兴之确定，必以作者之身世、词意之全部、词外之本事三者为准”[4]。

叶先生和任先生的标准是相近的，但有广狭之分。叶先生以温庭筠和辛弃疾为例，揆之上述标准，认为从《唐书》上所载温庭筠为无行文人的情况看，他的词作有寄托的可能性是极小的。辛弃疾的《菩萨蛮·书江西造口壁》则是完全符合以上三项标准的寄托之作。然而即便如此，其中到底寄托了何事何意，解说者的意见也各不相同，难有定论。因此，叶先生还提出应当讨论“说词者所当取的态度”。

---

1 朱自清：《诗言志辨》，岳麓书社，2011，第44页。

2 胡晓明：《中国诗学之精神》，江西人民出版社，2001，第3页。

3 叶嘉莹：《清词丛论》，河北教育出版社，1997，第175页。

4 叶嘉莹：《常州词派比兴寄托之说的新检讨》，《清词丛论》，第187页。

实际上，叶、任两先生的标准也是来自于儒家阐释学的古老传统，即孟子的“知人论世”“以意逆志”。了解“作者生平之为人”“作者之身世”便是“知人”，考察“作品所产生之环境背景”“词外之本事”便是“论世”。就“作品叙写之口吻及表现之神情”、“词意之全部”加以判断，可谓“以意逆志”。

“知人论世”“以意逆志”是中国文学批评的圭臬，源远流长，从古至今，无不用之，前者立足于作者、社会，属于社会历史批评，后者立足于作品，属于文本批评。叶先生、任先生的三个标准实质上就是“知人论世”与“以意逆志”两者结合、互为补充的判断，其权威性、合理性自不待言。若以之考量产生时期较晚、作者口碑较好的作品通常是可行的，但是对于早期词体文学的“娱宾遣兴”之作以及如温庭筠那样“士行尘杂”的词人便行不通了。

要之，叶先生、任先生的标准，是一种符合中国文学批评传统的，以历史、作者、作品为中心的阐释方式，这种方法是我们一直都在沿用且永远都会需要的，但是其局限性也是显而易见的。首先，就立足于历史而论，以“知人论世”法考察作者之生平为人或词外之本事，有着如下难题：

第一，尽管有的史实确实可以求证，但作品内涵仍然无法指实确认。

如苏轼《卜算子·黄州定惠院寓居作》，是东坡在“乌台诗案”后被贬黄州所作，与此相关的史实都是明确的，但对其意蕴的阐释仍然莫衷一是，以下仅例举几个著名的解读：

南宋鲖阳居士云：

> “缺月”，刺明微也。“漏断”，暗时也。“幽人”，不得志也。“独往来”，无助也。“惊鸿”，贤人不安也。

> “回头”，爱君不忘也。“无人省”，君不察也。“拣尽寒枝不肯栖”，不偷安于高位也。“寂寞沙洲冷”，非所安也。此词与《考槃》诗极相似。[1]

常州词派的张惠言、谭献等对鲖阳居士的解释曾加以引述并深表赞同。

此外，南宋还有曾丰《知稼翁词集序》曰：

> 缺月疏桐一章，触兴于惊鸿，发乎情也；收思于冷洲，归乎礼义也。[2]

俞文豹《吹剑录》云：

> “缺月挂疏桐”，明小不见察也。“漏断人初静”，群谤稍息也。“时见幽人独往来”，进退无处也。“缥缈孤鸿影”，悄然孤立也。“惊起却回头”，犹恐谗慝也。“有恨无人省”，谁其知我也。“拣尽寒枝不肯栖”，不苟依附也。“寂寞沙洲冷”，宁甘冷淡也。[3]

清人黄苏《蓼园词评》则曰：“此词乃东坡自写在黄州之寂寞耳。”[4]

以上的阐释各有侧重，有强调政治者、情礼者、进退无处者以及寂寞者。如果“知人论世”，上述的说法不能不说都有其合

---

1 鲖阳居士：《复雅歌词》，《词话丛编》第1册，第60页。

2 张惠民编《宋代词学资料汇编》，汕头大学出版社，1993，第217页。

3 施蛰存、陈如江辑录《宋元词话》，上海书店出版社，1999，第502页。

4 黄苏：《蓼园词评》，《词话丛编》第4册，第3032页。

理之处，但同时又确实让人不知何去何从。

第二，作者以及作品之有关史实无法考索。

历史上生平事迹湮没无闻而仅存文本者大有人在，如南宋名家吴文英，才秀人微，行事不彰，正史无传，其他传记材料亦罕有其迹，唯流传下来词作三百四十余首，词风密丽晦涩，难以索解，我们既无法“知人”而论其词，也很难通过“论世”以解其词。再如宋季著名的咏物词集《乐府补题》，元明两代均无踪影，至清代才被偶然发现问世，其中的作者大多数生平事迹不详，词集本身的创作背景也模糊难知。以上两例还是名家名作，更遑论不计其数的无时代无名氏之辈了。

那么，再退一步说，即使历史材料齐备，然而历史叙述则有它的虚构性，也不能保证就是一种完全客观的叙述。

美国学者乔伊斯·阿普尔比等在《历史的真相》一书中指出：“历史不是以直线形式展现，不会在进展过程中逐渐揭示真实。……因为人类做不到与自己研究对象保持距离的地步，只会把自己的价值加到研究对象上。”[1] 例如德里达就认为阅读文章和作者的真实为人是毫无关系的。即使身为历史学家者也有不少人认为对往事作确定而客观的重构根本是异想天开，事实不会自己直接呈现给历史学家看，而是历史学家在意识形态预设的导引下，在事实中挑选材料。因此，历史文献所提供的内容也会是片面的、主观的，以此为据来探究作品的本事、托意等自然是可疑不可靠的。

此外，就立足于作品而论，根据“作品叙写之口吻及表现之神情”或“词意之全部”来判断有无寄托，即是用“以意逆志”

---

1 乔伊斯·阿普尔比等：《历史的真相》，刘北城、薛绚译，中央编译出版社，1999，第192—193页。

的方法寻求作者的原意。对于孟子的“以意逆志”说，后人的理解主要可归结为两种：一是以读者自己的心意去体会作者的创作意图；一是以古人作品中的意旨去推测作者的创作意图。叶先生、任先生的方法无疑是后者。且勿论这两种理解孰是孰非，其目的都在于通过对作品的解读去了解领会作者的原意。然而无论是“作品叙写之口吻”“表现之神情”或是“词意之全部”都是通过作品的“文辞”间接地与读者对话，正如周裕锴先生所言：“‘文辞’以冷冰冰的纸墨为媒介，没有物理的声波，只有抽象的符号，失去了与语境的联系，对话者之间横亘着不可逾越的时空距离，因此读者只能猜测而不能断定作者的真实意图和可靠人品。‘心画心声总失真’，然而，‘心声’多少还能根据口吻表情来辨别真假，而‘心画’则很难根据字面意义来判断其诚伪。”[1]

综上所述，无论立足于历史还是作品，上述难题的存在都是无可置疑的。那么，在这样的困境下还有没有别的道路可走、别的方法可寻呢？

三

其实，叶嘉莹在有关文章中多次谈到作品的美学价值要透过读者的解释和欣赏才可以成立，也就是前文提到的还应当讨论“说词者所当取的态度”，与此同时，叶先生还运用西方阐释学、现象学、符号学等理论提出了读者的联想及语码问题，并由此说明张惠言之所以能够把温庭筠的《菩萨蛮》解读为“感士不遇”、“《离骚》初服之意”，是因为“蛾眉”一词作为“语码”在中国

1　周裕锴：《中国古代阐释学研究》，上海人民出版社，2003，第52页。

文化传统中蕴含了多种可以引发读者联想的信息。的确，中国文学有着悠久的文化传统，在历史的长河中，艺术意象的积淀已经非常丰厚，与西方文化颇不相同的是，多数情况下这些艺术意象不是再现性的，例如梅花，作者关注的不是梅花本身的形态、颜色、气味等，而是借用梅花来寄托诗人高洁的情志。这一以物象托喻的传统早自《诗经》《楚辞》便已开启，日久成习，物象与意义之间产生了固定的联系，如“香草美人”的寓意，东汉王逸解说云：

> 《离骚》之文，依《诗》取兴，引类譬喻。故善鸟香草，以配忠贞，恶禽臭物，以比谗佞，灵修美人，以媲于君，宓妃佚女，以譬贤臣，虬龙鸾凤，以托君子，飘风云霓，以为小人。[1]

由此，“香草美人”的传统被沿袭稳固下来，以致于成为后世指导作诗的诗格诗法之一，如唐代僧虚中撰《流类手鉴》，其中“物象流类”条有云：

> 日午、春日，比圣明也。残阳、落日，比乱国也。昼，比明时也。夜，比暗时也。春风、和风、雨露，比君恩也。朔风、霜霰，比君失德也。秋风、秋霜，比肃杀也。雷电，比威令也。霹雳，比不时暴令也。寺宇、河海、川泽、山岳，比于国也。……金石、松竹、嘉鱼，比贤人也。孤云、白鹤，比贞士也。鸿雁，比孤进

1 王逸：《离骚经章句》，见洪兴祖《楚辞补注》，中华书局，1983，第2—3页。

也。野花，比未得时君子也。故人，比上贤也。夫妻、父子，比君臣也。[1]

宋代魏庆之《诗人玉屑》卷九“托物取况”条亦云：

诗之取况，日月比君后，龙比君位，雨露比德泽，雷霆比刑威，山河比邦国，阴阳比君臣，金玉比忠烈，松竹比节义，鸾凤比君子，燕雀比小人。[2]

上述例子中的意象如“春日”“残阳”“松竹”“鸾凤”等等，在中国文化传统中已经成为俄国符号学家洛特曼所说的“语码”。只有在同一文化背景中生活的人才能懂得这些“语码”，才能通过这些“语码”产生一种约定俗成的联想。是故，叶先生指出张惠言、陈廷焯等正是由于温庭筠“懒起画蛾眉”之“蛾眉”这一语码，可引发屈原《离骚》之“众女嫉余之蛾眉兮，谣诼谓余以善淫”的联想，从而读出了飞卿词的风骚比兴、“感士不遇”之意，因为尽管他们相隔千年，但他们仍然存在于同样的文化传统中，熏染于同样的书香文明中。可见，叶先生在研讨张惠言“比兴寄托”说词方式时已经越出了自己列出的立足于作者、作品的标准，已经把目光转向了读者。在此，叶先生以其中西融通的才识洞见了另一条道路，只是她还没有深入走下去，没有明确地把“读者”上升为一种理论标准，此其一。其二，即使处于同一文化传统之中，同样具备了高度的文化学养，同样懂得那些意

1 张伯伟：《全唐五代诗格汇考》，江苏古籍出版社，2002，第418—419页。

2 魏庆之：《诗人玉屑》，上海古籍出版社，1978，第195页。

象语码的喻托之意，可是为什么王国维还是站在了与常州词派相对的立场呢？

我们先来说明第二个问题。在此，我们必须指出中国文化传统中的语码虽然是一种程式化的套路，但不是完全僵化不变的，它们是历史性的累积与变异所得，在不同的语境中，与历史、与读者相结合，就会有着不同的取舍和解读。如刘永济先生在《默识录卷二·诗人托兴之言不可泥看》中云：

> 诗词中有托物寄兴之辞，每变化无方。晏殊有《踏莎行》二首，皆用春风、行人、杨柳，而意有别。其一曰："垂杨只解惹春风，何曾系得行人住。"其一曰："春风不解禁杨花，蒙蒙乱扑行人面。"二词皆有春风、行人，所指者同，惟一用"垂杨只解惹春风"，一用"春风不解禁杨花"，一用"何曾系得行人住"，一用"蒙蒙乱扑行人面"，二语迥然不同。盖皆托意韩琦、范仲淹被谪之事，非泛泛咏杨花、垂杨也。曰"垂杨只解惹春风"乃指言官虽有谏阻人君者，终难救谪去之人。曰杨花"蒙蒙乱扑"而"春风不解禁止"之，则此杨花乃进谗之人，观"蒙蒙乱扑"可知。杨花如此猖狂，而春风不解禁止，此春风亦指人君，意自分明。盖古人有折柳赠别之习，故怨垂杨不能系别去之人。另一首虽亦用柳，却改作杨花，杨花轻薄，因风飞舞，故以"蒙蒙乱扑"四字托意馋人肆毒之情状。[1]

可见，同样的"春风""杨柳"意象，作者的运用与读者的

1 刘永济：《文学论·默识录》，中华书局，2010，第 282 页。

解读都并非一成不变的，熟悉中国文化传统者无不了解“春风”多比君恩，“杨柳”常喻离别，即便如此，遭遇不同的人与事、情与境，其解读也随之不同，变化多端。王国维指责张惠言“深文罗织”，但在其《人间词话》中也不乏入于传统又变化传统的“深文罗织”，如他对南唐中主李璟《浣溪沙》之“菡萏香销翠叶残，西风愁起绿波间”解读出“大有众芳芜秽，美人迟暮之感”。于晏殊、柳永、辛弃疾词句中引发出“古今之成大事业、大学问者，必经过三种之境界”：

> “昨夜西风凋碧树，独上高楼，望尽天涯路”，此第一境也。“衣带渐宽终不悔，为伊消得人憔悴”，此第二境也。“众里寻他千百度，回头蓦见，那人正在，灯火阑珊处”，此第三境也。此等语皆非大词人不能道。然遽以此意解释诸词，恐为晏欧诸公所不许也。[1]

以上无论是张惠言、刘永济还是王国维的解读，都无一不是深谙“比兴寄托”阐释法的，无疑都使读者的主观能动性得到了极大地发挥。

四

实际上，上述以“读者之心”为核心的解读即是叶先生没有深入走下去的道路，然而这条路早在常州词派那里已经开启。笔者认为，常州词派建立了以读者为中心的标准。无论是张惠言充分彰显读者主观意识的“义有幽隐，并为指发”的解读

---

1 王国维：《人间词话》，《词话丛编》第 5 册，第 4242、4245 页。

法，还是周济“见仁见知”“触类多通”的通达发挥，抑或是谭献“作者之用心未必然，而读者之用心何必不然”的至理名言，以及况周颐“即性灵，即寄托”的最具普适性的理念，一路而来，都无不重视“读者之心”，并且经过不断修正完善，最终使读者自由联想解释词意的主动权得到了理论支持。这种立足于读者的阐释批评，是在作品与读者之间建立起一种联系，作品是开放性的，其意义是由读者不断地注入、不断生成的，作品因此而具有了持续的生命力。这与西方现代接受美学、读者反应批评相暗合。

这一以读者为中心的标准其实并非常州词派的发明创造，也是古已有之，是在《周易》之“仁者见之谓之仁，知者见之谓之知”，《春秋繁露》之“诗无达诂”以及王夫之“作者用一致之思，读者各以其情而自得”的基础上的进一步发展和成熟。

然而，事物往往具有两面性，在强调对读者重视的同时容易走向相对主义和主观臆断，仁者见仁、智者见智，是不是读者就可以爱怎么说就怎么说呢？即使有了“语码”，也有相当大的灵活性、变异性，那么标准何在呢？这就不能不涉及到阐释的有效性问题。

首先，常州词派以“比兴寄托”为阐释原则。美国学者斯坦利·费什提出了一个“阐释共同体”的概念。费什认为读者虽然享有阐释的权利，但是那些太主观主义的东西会遭到限制，因为读者并非自由的、随意的文学生产主体，而是一个社会共同体的成员。这个共同体成员在文学标准诸问题上做出了集体的决定，从而形成一个“阐释共同体”，而集体的决定在共同体的成员遵守它的时候便会产生效力。[1] 借用费什的理论，那么我们可以说

1　参见 Stanley F.: *Is There a Text in This Class? The Authority of Interpretive Communities*, Cambridge Harvard University Press, 1980。

常州词派就是一个有着共同的文学标准的“阐释共同体”，在这一共同体中，成员们信奉并遵守着“比兴寄托”这一阐释原则，这是他们判断词的艺术高下的共同标准。以这一集体的标准论词，一方面既不是客观的，因为他们并不追求来自历史文献、作者生平和作品中的客观历史证据，同时又不是纯粹主观的，因为这些判断并不出自于批评家个人的好恶，而是取决于一种为整个阐释共同体所共同信奉的阐释原则，因此它不是个人性而是社会性的。尽管没有历史依据，但常州派词论家都众口一词地认为温词有比兴寄托，这对他们而言并非主观随意的个人之见，正是“比兴寄托”这一共同的阐释原则保证了他们阐释的一致性和有效性。

第二，常州词派的阐释有着共同的方法，即“常派家法”。尽管比兴寄托的阐释方式较之叶先生等依据客观历史的方式大大扩展了阐释空间，但还是有限度的，在常派那里也并不是所有的词作都可以用比兴寄托的方式来解读的，所谓“常派家法”指向的主要有二大类：闺情和咏物。在古代诗歌传统中这两者都是比兴寄托的大类。朱自清《诗言志辨》论“比兴”认为，后世的“比体诗”有四类，其中就有：艳情，以男女比主臣；咏物，以物比人。

众所周知，男女之情的抒写是词之传统本色，男女之情在诗教中则是与君臣之义相通的，陆以谦《词林纪事序》有曰：

昔京山郝氏论诗曰：“诗多男女之咏，何也？曰：夫妇，人道之始也。故情欲莫甚于男女，廉耻莫大于中闺。礼义养于闺门者最深，而声音发于男女者易感。故凡托兴男女者，和动之音，性情之始，非尽男女之事也。”得此意以读是书，则闺房琐屑之事，皆可作忠孝节义之事观，又岂特偎红倚翠，滴粉搓酥，供酒边花下低唱也哉。[1]

陆氏所言代表了清人的共同认识：闺情词应该是借助比兴寄托的手法来表达端正而庄重的情志的。如朱彝尊云："善言词者，假闺房儿女之言，通之于《离骚》、变《雅》之义。"（《红盐词序》）；张惠言云："极命风谣里巷男女哀乐，以道贤人君子幽约怨诽不能自言之情"（《词选序》）；庄棫云："托志帷房，睠怀君国，温、韦以下，有迹可寻"（《复堂词序》）。

正因如此，本文开端的飞卿情词，在常派看来就并非单纯的女子闺怨之作了。实际上，常派家法的阐释并不关心飞卿词有没有历史依据，只是遵从共同的比兴寄托阐释法则。因此，常派在诠释闺情词时，很少从纯粹的男女之情着眼，而是多阐发其中的托意，对闺情词作出了根本性的变革。如谭献评韦庄抒写别情的《菩萨蛮》（红楼别夜堪惆怅）等五首曰："强颜作愉快语，怕断肠，肠亦断矣。项庄舞剑，怨而不怒之义"[2]，谭氏以"项庄舞剑"作喻，揭示该词的家国身世之感。陈廷焯《白雨斋词话》亦云"端已（韦庄）《菩萨蛮》四章，惓惓故国之思"[3]。再如，周济评秦观《满庭芳》（山抹微云）："将身世之感打并入艳情。"[4] 正所谓"越是香艳的体式，乃越有被用为托喻的可能"（叶嘉莹）。

至于咏物，原本多出自于文人结社时的体物赋形而已，未必都有深厚的感发。然而从南宋姜夔、吴文英开始，咏物词的发展出现了转折，他们刻意要在其中追求比兴寄托的运用，以"托物喻志"的方式使国恨家愁等难言之隐、难赋之情能够含蓄深婉地

---

1 陆以谦：《词林纪事序》，《词林纪事》，成都古籍书店，1982，第 2 页。

2 谭献：《复堂词话》，《词话丛编》第 4 册，第 3989 页。

3 陈廷焯：《白雨斋词话》，《词话丛编》第 4 册，第 3779 页。

4 周济：《宋四家词选》，《词话丛编》第 2 册，第 1652 页。

表达出来，从而拓展了咏物词的抒怀寄志空间，此后，“寄托”几乎成为了咏物词中应有之意，请看：

词原于诗，即小小咏物，亦贵得风人比兴之旨。唐、五代、北宋人词，不甚咏物，南渡诸公有之，皆有寄托。……即间有咏物，未有无所寄托而可成名作者。[1]

咏物之作，在借物以寓性情。凡身世之感，君国之忧，隐然蕴于其内，斯寄托遥深，非沾沾焉咏一物矣。[2]

例如南宋姜夔咏梅名作《疏影》：

苔枝缀玉，有翠禽小小，枝上同宿。客里相逢，篱角黄昏，无言自倚修竹。昭君不惯胡沙远，但暗忆、江南江北。想佩环、月夜归来，化作此花幽独。　犹记深宫旧事，那人正睡里，飞近蛾绿。莫似春风，不管盈盈，早与安排金屋。还教一片随波去，又却怨、玉龙哀曲。等恁时、重觅幽香，已入小窗横幅。

《疏影》连用历史上五位美女的典故来写梅花，“昭君”四句，设想傲雪凌霜的梅花是塞北沙漠的昭君灵魂所化，又把昭君与“江南江北”相连，极易使人联想北宋沦亡后南北分裂的局面。因此，早在南宋就有人指出其蕴含寄托，柴望曰：

1　蒋敦复：《芬陀利室词话》，《词话丛编》第四册，第 3675 页。

2　沈祥龙：《论词随笔》，《词话丛编》第五册，第 4058 页。

> 近世姜白石一洗而更之，《暗香》《疏影》等作，当别家数也。大抵词以隽永委婉为上……

> 唯白石词登高眺远，慨然感今悼往之趣，悠然托物寄兴之思，殆与古《西河》《桂枝香》同风致，视青楼歌红窗曲万万矣。[1]

此中之《西河》《桂枝香》都为金陵怀古词，前者为周邦彦檃栝刘禹锡《石头城》《乌衣巷》诗意而成，后者为王安石作，两者皆是吊古伤今寄寓无限荣辱悲恨之作。而“同风致”的《疏影》在柴望看来自然是“托物寄兴”的。常州词派更是无不以寄托释之：“此章更以二帝之愤发之”（张惠言《词选》）；“寄意题外，包蕴无穷”（周济《介存斋论词杂著》）；“南渡以后，国势日非，白石目击伤心，多于词中寄慨，不独《暗香》《疏影》二章，发二帝之幽愤，伤在位之无人也”（陈廷焯《白雨斋词话》）；“此盖伤心二帝蒙尘，诸后妃相从北辕，沦落胡地，故以昭君托喻，发言哀断”（郑文焯《郑校白石道人歌曲》）。

此外，在抒写伤春悲秋的节序词中亦适宜寄托法，所谓“悲落叶于劲秋，喜柔条于芳春”（陆机《文赋》），这是中国文学传统中一个古老而永恒的主题，以此寄寓家国天下之情怀者不计其数，此不辞费。

综上所述，“比兴寄托”，这一中国诗歌的“金科玉律”、“根本大法”，以其无孔不入的顽强生命力从诗歌领域渗透到词学领域，常州词派以此作为理论核心，使词之创作和阐释都发生了

1　柴望：《凉州鼓吹自序》，张惠民编《宋代词学资料汇编》，汕头大学出版社，1993，第239—240页。

革命性的转变，取得了中国词学的最高成就。比兴寄托阐释法的重要性毋庸置疑，然而，这笔宝贵的文化遗产却在现当代遭受冷遇，令人遗憾深思。如果我们不带扣盘揣龠之见，以现代视角对这一遗产重新加以观照审视，既结合文化传统又放眼异域世界，给予读者阐释理论更多的关注、探究和完善，那么文本就可以永远保持开放，保持流动，让我们读者去揭示各种各样的可能性，“比兴寄托”这一源远流长的传统也才会历久弥新。

作者简介

周茜（1966—），重庆市人。文学博士，同济大学中文系副教授。研究方向为词学及唐宋文学。著有《映梦窗凌乱碧——吴文英及其词研究》（广东教育出版社，2006 年）等专著论文多种。

张溥诗歌艺术特点刍议

陆岩军

【内容提要】张溥为晚明复社主盟、著名学者、文学家，长于散文，并不以诗名。然好咏不辍，文集中现有诗五卷，凡八百七十四首，其诗非才人之诗，而为学人之诗。晚明时人、清人、近现代学人对张溥诗歌成就与艺术特点的评析寥寥无几，仅为片语只言。纵观张溥近九百首诗歌，其诗歌创作亦“有其自得”之艺术特点，主要表现在语言趋求平易、取法对象多元、诗歌风格多样等三方面。

【关键词】张溥；诗歌；艺术特点

张溥（1602—1641），字天如，号西铭，明南直隶苏州太仓（今太仓市）人，复社主盟、著名学者、文学家，在晚明党社、学术及文学方面兼领一时风气，颇具影响。身为中国古代第一大文社——复社主盟，张溥长于散文，其文在当时颇有影响。[1] 张溥不以诗名，曾自云“学诗非予能也”[2]，然好咏不辍，集中现有诗歌五卷，凡八百七十四首，见诸《七录斋诗文合集》和《七录斋近集》。[3] 张溥诗中有《辽师大捷奏凯四章》，据蒋逸雪先生系

1　陆岩军：《论张溥的散文观》，《兰州学刊》2015 年第 5 期。

2　张溥：《七录斋诗文合集·古文近稿》卷四《宋九青诗序》。

3　张溥：《七录斋诗文合集》，《续修四库全书》丛刊集部第 1387 册；张溥：《七录斋近集》，明崇祯十五年刻本，复旦大学图书馆藏。

年是在天启六年（1626）。[1] 此诗写宁远大捷，应是张溥最早诗歌之一。据其诗歌初步系年，张溥开始大量写诗较晚，是在崇祯四年（1631）考中进士后由于应酬需要，才开始大量学作诗，此时张溥已经三十岁了。《王与游诗稿序》云："予初不作诗，至长安不免酬答，间亦有咏。适孟朴、惠常来，九一、骏公皆作诗以见志。孟朴故诗家，善品量，予喜有助，遂多所作，大都怀人伤别之辞，欲汇之以寄与游。"[2] 此处，张溥所说的"初不作诗"并非此前不作诗，盖亦偶尔为之而已。在京期间，张溥常追随马世奇学诵读。《五兄稿序》云："辛未（1631）春，予追随君常后，连舍学诵读。"[3] "学诵读"盖学作诗及吟唱。

明代以八股文取士，程朱理学在思想界占统治地位，诗歌创作遭到普遍轻视乃至贬斥。陆深亲耳听到阁老刘健云："好笑后生辈，才得科第，却去学做诗。做诗何用？好是李、杜，李、杜也只是两个醉汉。撇下许多好人不学，却去学醉汉！"[4] 王世贞亦云其年轻时，"朝士相戒毋治诗，治诗即害吏治"[5]。何良俊亦云："世有谓诗无益于治，天子在上，可无用于诗。"[6] 复社文人以举业和治学为重，自亦难免有重文轻诗之倾向。朱彝尊《静志居诗话》卷二十一"周岐"条谓："复社诸君多以文章经济自负，韵语不甚专心。"[7] 加之当时普遍认为"作诗有妨举业"，换言之，"只是以举业为正事，而余力及诗，诗不工，反是举业有妨作诗

---

1 蒋逸雪：《张溥年谱》，齐鲁书社，1982，第 14 页。

2 张溥：《七录斋集续刻》卷三《王与游诗稿序》，天一阁藏。

3 张溥：《七录斋近集》卷四《五兄稿序》。

4 陆深：《停骖录》，参见《古代文学理论研究丛刊》第九辑赵永纪：《明七子派的崛起》，上海古籍出版社，第 100 页。

5 王世贞：《弇州山人续稿》卷四十三《山泽吟稿集序》。

6 何良俊：《何翰林集》卷八《唐雅序》。

7 朱彝尊：《静志居诗话》，人民文学出版社，1990，第 663 页。

矣。故复社诸人年少时大都致力于治举子业而无暇作诗，写诗大多较晚。李维桢《桃花社集序》云："缙绅治举子业，经术通明而不暇为诗；布衣不习举子业而为诗，经术缺如。缙绅折节布衣，以取好士声，耻于见短，而时假手布衣，以文其陋。"[1] 沈季友《槜李诗序》复云："当万、天时，风雅衰落，经生有不知四声者。"[2] 张溥之交游者大多写诗亦较晚，如张采是在崇祯元年(1628)三十三岁中进士后才开始写诗的。《张受先稿再序》云："离别之多，未有甚于兹岁（崇祯元年）者也。……逾旬日，予又先受先归，受先与九一、宗玉送予及都门之外，九一赋五言律二章。受先初未为诗，亦赋五言古体一章。"[3] 张溥高弟吴伟业也是在二十三岁中进士后才大量写诗的。乾隆《镇洋县志》卷十四《杂缀类》云："《焚余补笔》云：工中翰昊述吴梅村语：'余初第时不知诗，而多求赠者，因转乞吾师西铭。西铭一日漫题云：半夜挑灯梦伏羲。异而问之，西铭曰：尔不知诗，何用索解。因退而讲声韵之学。'"[4] 对于此说，冯其庸、叶君远先生《吴梅村年谱》曾有所辩证，认为当有其事。[5] 再结合张溥《王与游诗稿序》中所云"适孟朴、惠常来，九一、骏公皆作诗以见志"等语来看，吴伟业确是在中进士后因为应酬需要才开始大量作诗

1　李维桢：《大泌山房集》卷二十二《桃花社集序》，《四库全书存目丛书》集部第150册。

2　转引自何宗美：《明末清初文人结社研究》，南开大学出版社，2003，第145页。

3　张溥：《七录斋集论略》卷二《张受先稿再序》。

4　乾隆：《镇洋县志》卷十四《杂缀类》。

5　冯其庸、叶君远：《吴梅村年谱》，文化艺术出版社，2007，第42—43页。

的。[1] 又如张溥门人董说是在二十七岁才开始作诗歌的。[2] 当然，张溥交游中亦有学诗较早者，如好友陈子龙十五岁“始学诗赋，日诵数千言”[3]。但相比唐人幼年就学诗者，已经算较晚的了。[4] 明代诗歌衰落，应与文士重视举子业而轻视诗歌、大多科举中式或落第后才开始学习诗歌创作大有关系。

张溥写诗较晚，其志在大儒的人生志向和重经轻文的学术旨趣也是决定因素之一。《元文类删序》云：“生斯世不为儒者，即为狂人，各有不得已也。狂者逃于诗歌，如信陵公子饮酒近妇人，以求速老。”[5] 可见张溥志为大儒，愿意弘道而求不朽，至于“逃于诗歌”则只是此愿望无法实现下寄托性情的解脱之举。故张溥以经史为本，诗歌为末，《宋赵清献公文集序》云：“朱子称邵康节先生之学云：其体骨在《皇极经世书》，其花草是诗，读《清献集》，致亦犹是。”[6] 张溥对经史与诗歌的态度由此可略窥一斑。又如《寿沈养仁年伯序》云：“余少失父，悲不及侍。常设想象，令余父假以长年至今日，亲见诸子成立，少者皆壮，四方贤者轩骑过从，分庭列豆，时出鲜旨，讽论道义，既以诗歌，

---

1 张溥：《七录斋集续刻》卷三《王与游诗稿序》，天一阁藏。

2 刘承幹《丰草庵诗集跋》：“（董说）少未尝作诗，丙戌始为诗。”见董说《丰草庵诗集》，《续修四库全书》本。又据赵红娟《明遗民董说研究·董说简谱》（上海古籍出版社，2006，第 499 页），丙戌为顺治三年，董说时二十七岁。

3 陈子龙：《自撰年谱》天启二年条，见《陈子龙诗集》，上海古籍出版社，2006，第 633 页。

4 《新唐书·杜甫传》：“十岁，通诗书。”《新唐书·李白传》：“（杜甫）自七岁属辞。”《新唐书·王维传》：“九岁知属辞。”《旧唐书·骆宾王传》：“少善属文，尤妙于五言诗。”

5 张溥：《七录斋近集》卷三《元文类删序》。

6 张溥：《七录斋近集》卷三《宋赵清献公文集序》。

意必愉愉称善，或可忘老。”[1] 也可以看出，张溥是将诗歌列于“道义”之后的，即亦以经史为体骨，而以诗歌为花草的。

清人章学诚云：“大抵学人之诗，才人之诗，诗人之诗，文人之诗，各有所长，亦各有其流弊。但要酝酿于中，有其自得，而不袭于形貌，不矜于声名，即其所以不朽之质。”[2] 张溥在建立应社时，与十一位创始人“分主五经文字”[3]，后在建立复社时亦积极倡导“兴复古学，将使异日者务为有用”[4]。在论诗时，张溥亦明确主张：“夫惟学立于诗之上者，偶发为诗，无乎不神。”[5] 显然，张溥之诗为学人之诗，其诗歌成就整体上亦不如其散文成就。

晚明时人、清人、近现代学人对张溥诗歌成就与艺术特点的评析寥寥无几，片语只言。张采《庶常天如张公行状》云：“（张溥）诗率笔题咏，皆三唐风格。”[6] 其后邹漪《启祯野乘》亦沿袭张采的观点：“天如为文，融洽经史，诗皆三唐风格。”[7] 陈子龙《皇明诗选》选张溥《孟门行》，李雯评曰：“得崔颢之神。”[8] 李圣华《晚明诗歌研究》有一小节专论张溥的诗歌，认为其诗

---

1 张溥：《七录斋诗文合集·近稿》卷一《寿沈养仁年伯序》。

2 章学诚：《韩诗编年笺注书后》，《章氏遗书》卷十三，吴兴刘氏嘉业堂本。

3 朱彝尊：《静志居诗话》，人民文学出版社，1990，第 649 页。又计东《上太仓吴祭酒书一》云：“孟朴但为应社五经征文之人尔。”

4 吴应箕：《复社纪略》卷一，见《东林本末》（外七种），北京古籍出版社，2002，第 210 页。

5 张溥：《七录斋集续刻》卷三《王与游诗稿序》，天一阁藏。

6 张采：《知畏堂文存》卷八《庶常天如张公行状》，《四库禁毁书丛刊》集部第 81 册。

7 邹漪：《启祯野乘》卷七《张庶常传》，周骏富辑《明人传记丛刊》第 127 册，明文书局，1991，第 268 页。

8 陈子龙：《皇明诗选》，华东师范大学出版社，1991，第 35 页。

“以‘适远’为宗，不屑雕琢语言”，“古健、奇奥”。[1]

纵观张溥近九百首诗歌，其诗歌创作亦“有其自得”之艺术特点，主要表现在以下三个方面。

一、语言趋求平易

张溥诗歌在诗风上表现出“有意趋于平易”[2] 的特点。其诗风趋于平易，一方面是因为不满于竟陵派幽僻峭诡的诗风，而以平易雅正予以拨正；另一方面也是受其史学观的影响。张溥认为经史皆文，他对史学语言提出的标准是“贵核”“欲清”“文无多言，清通简明”[3]，对史学语言的这种要求，也自然影响到了他对诗歌语言的要求，故其诗歌语言趋于简明平易。若再联系他主张先质后文的文学思想来看，则其诗歌语言趋于质素平易也就更容易理解了。

如《题画梅》云：“静树同君立，清心夜入钟。遥怜一枝意，对与隔溪松。”语言清新自然，明白如话，无需典故，无需藻饰，用白描之法将画面再现于读者眼前。全诗既是对画面的深度复现，更是对其中意蕴的提升，梅之清幽高洁跃然纸上。又如《过严先生钓台》云：“依然西汉水，肃手拜先民。一饭皆天子，山头属故人。浙江今日有，文叔布衣新。非我披裘傲，丝竿不肯臣。”此诗就刘秀（字文叔）与严光之事成文，没有铺陈典故，而是用尽量平易的言辞将严子陵的精神气韵表现出来，尾联“非

1　李圣华：《晚明诗歌研究》，人民文学出版社，2002，第 310 页。

2　郭预衡：《中国古代文学史长编》第四册，上海古籍出版社，2007，第 182 页。

3　张溥：《七录斋集论略》卷二《史绪序》。

我披裘傲，丝竿不肯臣”词易句警，很能表现严子陵不慕荣华、甘于隐逸的思想。又如《送谭服膺之德清》云：“独有春云下，相持各夜心。人方视薮泽，君自托中林。吴楚分江势，衣冠待树阴。诗名吾友在，温雨故园寻。”谭服膺即谭元礼，谭元春之弟，兄弟二人均入复社，与张溥有来往。全诗平易自然，淡泊温润，无雕琢之迹，既表送别之情，又寄期待之意，感情平静深沉，尾联韵味悠长。又如《送王复完大夫之开州》云：“同此严邦内，安危视子身。诗书诚上理，盗贼亦生民。牧马知何地，家租愿有人。旄丘葛正长，风物及今亲。”全诗明白如话，为王复完赴任之际对其叮咛之语，希其体恤民情，宽仁待民。又如《送钟百里之任山阴》云：“著作盈高宇，枯心静不删。崎岖向岁暮，郁雅坐书间。误字刊当净，奇人缘自悭。风霜开夜悟，草木待朝班。不识河梁道，无忘虀菜颜。箕冠称盛会，应接始著山。”全诗较为古朴平易，其中“河梁道”“虀菜颜”等语，颇能显示出平易的特色。又如《寄张受先时闻其内艰》中云：“七月风雷疑告梦，六州痛哭别倚闾。诗成不忍存朱记，扇上啼痕月上初。”直诉悲情，语言平易，扇上泪痕如初升之月的比喻，取诸目前，十分贴切。又如《寄怀马君常》云：“怀君不可说，明月应自知。温饱非所志，艰难幸勿辞。高秋慎风露，正色修文词。报答千里意，忧乐无穷期。”没有艰深的典故和怪僻的词语，而是用平易的话语表达对好友的思念和叮嘱：我之思君，明月可证；君须奋进，勿辞艰难。多多保重，文须尚节；虽隔千里，忧乐俱同。又如《江雨怀受先》云：“别君几两月，草草待江浔。新雨知无恙，他乡共一心。读书防骤暑，话汝在高岑。却寄还愁促，今宵恐没参。”全诗描述作者在雨夜怀念已分别数月的好友张采，絮絮道来，如诉家常，提醒友人防止中暑，此时纸短情长，临近拂晓，仍觉得时间仓促，未表达完心中的思念，全诗内容平易，感情温婉。又如《送侯豫瞻北上》其一云："春气吴山早，风来水国徐。社村今日酒，床笏旧时书。燕子迎新舫，桃花奉板舆。尚持司马节，矜重佩金鱼。"此诗为送别侯豫瞻北上应考，前六句点名送别的季节与地点，末二句寄以期冀，希望考中得官，全诗较为清新平易。

二、取法对象多元

邹漪云张溥"诗皆三唐风格"[1]，实际上，张溥的诗歌风格于唐诗之外，还受到汉魏、六朝诗风的影响。如《甘霖应祷诗》为五言古诗，是张溥诗中最长的一首，凡六百六十字。此诗列于《七录斋诗稿》卷一首篇，应是张溥早年的一首诗作。大抵说明张溥早年作诗时是以汉魏古诗为学习对象的。古诗一般没有格律，不限长短，不讲平仄，用韵也相当自由，比较适合初学者。但从这首五言古诗押韵比较严格来看，作者显然在用韵方面刻意做过努力。

张溥的乐府艳歌诗，亦表现出深受汉魏乐府及齐梁宫体诗影响。如《惜行》三首、《惜舟》三首，其格调及韵味极类汉魏乐府诗。又如《赠管君售艳诗》《赠陈君伟艳诗》《次周勒卣艳诗赠陈卧子》等艳诗则又表现出受齐梁宫体诗的影响。再如一些五言、七言古诗，如《寿计母汝太君七十》等，风格古朴，也可以看出明显地受到汉魏古诗的影响。

当然，张溥诗歌更多的是表现出近体的气息，受到唐诗的影响较多。如《哭沈青屿先生五言排律三十二韵偶读杜律依律和

---

1 邹漪：《启祯野乘》卷七《张庶常传》，周骏富辑《明人传记丛刊》第127册，明文书局，1991，第268页。

之》为五言排律，系模仿杜甫排律，证明了张溥对唐代诗歌的着意接受。又如《孟门行》系模仿崔颢《孟门行》，无论从内容还是神韵，都颇为相似。如崔颢《孟门行》首四句为："黄雀衔黄花，翩翩傍檐隙。本拟报君恩，如何反弹射！"张溥《孟门行》首四句为："双丝系玉环，宛转生光泽。本以结同心，何知反弃掷！"崔颢《孟门行》中云："金罍美酒满座春，平原爱才多众宾。"张溥《孟门行》中云："君家美酒琥珀光，红颜少年空满堂。"故而李雯评张溥的《孟门行》为"得崔颢之神"[1]。张溥又有《拟唐人六赠诗十二首》，则已完全是唐人风味了，如《花篮》云："一筐烟露为春携，可许流丝障绿泥。料得醒时将斫草，好人衣服也提提。"《梳奁》云："试掠新年不敢啼，春归薄练燕风低。漆光照得同心结，此日萧娘正及笄。"清灵明快，无雕琢之痕迹。又如《送申素公之任万安》云："高调吹寒别路深，名城缓带坐天琛。庐陵文圣来传草，江右诗宗弹入琴。每爱同声称座下，偏怜细语到廧荫。桑园少长愁人各，春水来时送客襟。"对仗工整，用律纯熟，很有些唐人的意味。又如《再赋送孙孟朴》云："君来携得许多情，君去无端托姓名。尽夜酒来伤语促，连朝花发及秋清。频呼装剑愁风厉，欲往停车听鸟鸣。此去论心期四月，逼寒拨火岁将盈。"清新自然，亦是典型的三唐风格。张采云张溥"诗率笔题咏，皆三唐风格"[2]，大概也是就这一类诗歌而言。

三、诗歌风格多样

张溥诗歌在题材方面较为多样，如对于友情、气节、义士的

---

1 陈子龙：《皇明诗选》，华东师范大学出版社，1991，第35页。

2 张采：《知畏堂文存》卷八《庶常天如张公行状》。

赞美，对于亲友、名将、忠臣、义士、才女的哀挽，对于朝廷事功的描写，对于亲友的祝福，对于爱情、美人委婉的描摹等，其诗歌风格亦相应地表现出多样化的特点，既有激昂刚健、不屑雕琢语言的一面，又有典雅崇正的一面，还有清丽细腻、唯美动人的一面。

与其散文风貌有某种一致性，张溥诗歌风格较为突出的一点是激昂刚健。如《辽师大捷奏凯四章》其二："明月城头击筑中，大旗云外白杨风。师行吉日旋抽马，夷乐钲铙贡雁翁。"全诗风格古朴刚健，在短短的几句中揭示了将士勇猛作战、凯旋而归的情景。此外，吊祭爱国将领及义士的一系列诗歌在整体上也表现出激昂慷慨的风格，颇具艺术感染力。如《吊岳武穆祠》云："万古悲凉君未终，至今野老哭江东。寻常将相谁为死，草率华夷不再雄。铁铸狐狸羞石马，坟如明月向西风。将携热酒浇磷白，松柏声来欲射熊。"诗中对于南宋抗金英雄岳飞冤屈而死深表悲痛，感慨名将亡而战事殆，用"万古""悲凉""江东""明月""西风"等意向表现出激昂刚健的风格。又如《吊高景逸先生四首》吊祭投水而亡的东林党人高攀龙，其一云："屈平遗则在秋澜，此日君归天地寒。止水须眉同白月，孤山草木尽芳兰。魂游北禁思先帝，身入黄泉愧百官。数卷流行凭后死，恨无芒剑筑京观。"用屈原自沉汨罗的典故及香草美人的传统意向，表现了高攀龙的气节，全诗悲慨深沉，风格劲健。又如《吊于忠肃公祠》："栝柏风严对月明，至今两袖识书生。青山魂魄分夷夏，白日须眉见太平。一死钱塘潮尚怒，孤坟鄂渚水同清。莫言软美人如土，夜夜天河望帝京。"此诗吊祭明代爱国将领于谦。于谦曾以石灰自喻，其《石灰吟》云："粉身碎骨浑不怕，要留清白在人间。"张溥此诗以激昂刚健之风格从一个侧面表现了人们对于一代儒将于谦的推重和伤悼。又如《吊卢大司马》为一长篇五古，在描述卢象昇洒血沙场、壮烈牺牲的过程中，表现出激昂慷慨的风貌。“慷慨出九门，猛气噉狐獏”“十六骏骑腾，五千人饮血”“绝粮已历旬，士气吞金铁”“盥面貌若生，箭镞犹贯额”，传神地表现出卢大司马勇猛悲壮和将士破釜沉舟的精神。又如《哭刘与欧少司马十首》哭祭在与清军激战中牺牲的本朝少司马刘之纶，“矢竭疮痍怒，颜生沙木红”“吊尽中原客，惟兹独夏春”“岂为蓬飞尽，精神到土荄”“雄毅犹堪鬼，岨峨不是台”“揽辔山河在，浇坟蝇蚋贪”“莫饮荆轲酒，空留司马衫”等语表现出慷慨激昂的风格。又如《吊五人墓二首》吊祭在与阉党斗争中献身的五位普通市民，风格亦激昂刚健。其一云：“歌舞亭台一土坟，愁听鬼哭日方曛。要离枯骨城头月，伍相精灵江上云。南北人来祠青草，白衣冠送出河汾。豺狼从此收牙吻，不愧吴中君子军。”诗中用春秋时期侠士要离、具有豪侠精神的吴国大夫伍子胥的典故，以及“愁听鬼哭”“枯骨”“精灵”等意向表现出五人的侠义慷慨精神，全诗于悲悼中透出激昂刚健之气。

张溥送别友人诗中亦表现出激昂慷慨的风格。如《送黄石斋先生》为送别外贬之友人黄道周，感情强烈，风格激昂刚健。“先成骨性忧天步，历尽艰危耻鸠媒”“张褒长啸山难负，赵概修书字未灰”等语传达出对黄道周遭遇不平的愤慨。又如《送魏中严给谏归闽》中“欲回天地心，万言岂云赘。西钟戒履霜，今且悲日噎”亦表达出对魏呈润直言进谏而遭贬的忧愤。

张溥诗歌于激昂刚健之外亦表现出典雅崇正的一面，这主要表现在一些对朝廷盛典的描写、对亲友的祝寿以及与同人的雅集诗上。如《朝日歌》颂赞帝王祭日盛典，全诗写得典雅肃穆，如“大次虔周典，成山肃汉仪”“制作严三正，功劳感四时”“光华沐宝鼎，志气格神芝”“王宫星夜炳，群祀礼相随”等句描摹出祭日大典上隆重端肃的气氛。又如《宋位宇年伯六十偕序》为宋位宇祝寿，全诗亦写得典雅崇正，如“酬雅情何际，称人辞有余”“风来志清穆，礼至息华雕”“典章开赤囿，烟水度青绡”“策府弘苍字，词家丽汉箫”“凭楼迎绛气，齐案罪明霄”等句很能表现这一面。又如《夏日陪刘映薇父母集弇山次受先二律》云：“胜水烟鱼任主宾，莲花选静得高人。园非旧日名偏古，山近天然石不尘。薜屐三峰闲竹杖，凉舟一叶放秋麟。纵恣宇宙存风雅，新露蕉香念北辰。”全诗表现夏日与刘士斗、张采雅集情景，写得典雅清正。

在表现一些女性题材时，张溥的诗歌则表现出清丽唯美的一面。如《惜行》三首，仿汉乐府而作，表现一位女子对游子痴痴的相思，清新唯美，为张溥诗中之佳作。其一云：“门前即大路，之子应未知。行役薇或止，秋期日已亏。君虽携弓矢，妾仅食粥糜。但愿巾车疾，三朝新结褵。”全诗写一位痴情少女盼望客游情郎早日归家完婚的微妙心理活动。因为热切地盼望情郎归来，所以期望中交织着娇嗔的埋怨。其二云：“花开莺去日，石烂水清时。不惮山川阻，空劳风雨随。车中呼小字，桑下问柔荑。一别无杨柳，临流应赋诗。”全诗写女子的痴痴的等候与相思。《惜舟》三首亦是这种风格，表现女子与游子的分别与思念，清丽感人。如其三云：“日出君勿顾，妾心如长河。东山非所慕，蓬首不能歌。水至千里曲，人难一日过。盟津击舟楫，絺绤犹绮罗。”又如《宋九青赋秋千诗三十章索序答十章以代弁言》其二：“最怜春风不胜争，别有幽弹畏月明。金烬余香留惜惜，玉痕压臂任卿卿。女墙短见榴花影，高阁无言棋子声。写入清篁曲未半，凤凰虽小合呼名。”诗中“金烬余香”“玉痕压臂”“惜惜”“卿卿”“榴花”“清篁”等语将诗中女主人公烘托而出，全诗清丽唯美。其五又云：“新年杨柳怯莺争，络索风吹墙外明。油壁不来空苑囿，裙钗自古薄公卿。深心欲逐青山见，长叹微闻红豆声。堤上回车零落影，杏花如雨不知名。”全诗描摹出一幅清丽唯美的画面：春天的杨柳，空空的苑囿，痴痴的等待，淡淡的失落，茫茫的细雨，渐行渐远的油壁车。又如《题画美人》其二：“目小矜庄是内衙，博山赢得佛前茶。真人不向丹青立，犹恨朦胧隔一纱。”清丽朦胧，唯美感人，勾勒出无限的遐想空间。又如《和吴中翰虞姬墓诗》云：“墓头诗满墨余腥，一剑芳魂目不瞑。自是史迁成小记，到今文字似排青。”抒发淡淡的哀伤，唯美感人，陷入历史的沉思之中。又如《吊苏小小墓》《吊小青》《和吊小青》，表达对前代才女的追怀和伤感，清丽唯美，“不见人来绿尽封，碧泥红草即君容”“平生不惯灯前泪，为子孤心碎百红”“青青词日立风前，镜里潮生落处怜”等句颇能传达出这种神韵。

张溥的一些题画诗，亦写得清丽唯美，如《题文寿承姑苏画景三首·半塘寺》云：“何地无芳草，离城折木华。临桥三笑影，系树七香车。塔贮名经字，莲开女子花。西湖如仿佛，浓淡自成家。”用文字表现出来的苏州半塘寺，似乎比画更唯美。又如《题祁世培侍御寓山诸景三十二首·小斜川》：“偏于曲径见垂虹，一片疏梅四望同。滴露清晨怀淡漠，石钟山下起秋风。”此为祁彪佳寓园里小景小斜川所题，画面清丽唯美。

综上所述，张溥长于散文，并不以诗名，其诗非才人之诗，而为学人之诗，其诗歌表现出语言趋求平易、取法对象多元、诗歌风格多样等突出的艺术特点。

作者简介

陆岩军（1976—），甘肃榆中人。文学博士，上海交通大学人文学院副教授、硕士生导师，主要从事明代文学与文献研究。

本文系国家社科基金一般项目“张溥《七录斋集》四种校笺”（项目编号：14BZW088）、上海交通大学文理交叉项目“基于本体知识库的复社张溥年谱长编研究”（项目编号：15JCZY03）阶段性成果。

胡先骕与同光体

张　煜

【内容提要】胡先骕先生是近代文坛非常独特的一位批评家、教育家与诗人。他自小接受传统文化教育，1908 年考入京师大学堂，后赴美留学，加入南社。因为赞誉同光体，遭柳亚子奚落，导致南社内讧。对于胡适等提倡的新文化运动，他由于受到哈佛大学白璧德等的影响，与当时的学衡派一起，站在文化保守主义的立场，予以批评。他又是较早对近代诗歌开展研究的学者，其个人诗作，也受同光体影响至深。从胡先骕先生身上，我们可以更加清楚地看到，民国以后新旧思想的交锋与激荡。

【关键词】胡先骕；胡适；同光体

胡先骕（1894—1968），字步曾，号忏盦，江西省新建县人，著名植物分类学家，又是中国近代文坛非常独特的一位批评家、教育家与诗人。他自小接受传统文化教育，1904 年赴童子试，曾得曾祖门生同光体元老沈曾植的照应。1909 年考入京师大学堂，被学校选派朝见慈禧太后，后又参加慈禧与光绪的出殡。辛亥革命后，赴美留学。后加入南社，因为赞誉同光体诗，遭柳亚子奚落，导致南社内讧。1919 年，又著《中国文学改良论》一文，对陈独秀、胡適倡导的白话文运动提出批评。1921 年，与梅光迪、吴宓等创办《学衡》杂志，宣传文化复古主义。1923 年，再赴哈佛大学学习植物学，于 1925 年得博士学位。回国后，在中国科学社生物研究所专职从事植物学研究，后参与创建了北平静生生物调查所。1940 年，出任国立中正大学首任校长。新中国成立后，于中国科学院植物研究所任研究员。

胡先骕先生的一生，从晚清入民国，既有传统封建思想影响，对传统文化有极深的感情；又追求科学，关心国家命运，晚年拥护北平解放，积极投身到新中国的建设之中，是一个正直知识分子奋斗与求索的一生。他对古典诗学有着较深的造诣，是较早的清诗研究者，并追随于同光体诗人之后，胡迎建《同光体诗派研究》中，直接将他归为同光体“赣派学人之诗”[1]。他的文化态度，也与同光体诗人的文化保守主义若合符契。故此本文拟从文化态度、清诗研究、交游与诗歌创作诸方面，对胡先骕先生与同光体之联系略作梳理。这也可以帮助我们对于同光体入民国后的地位、性质及影响，有更明晰的了解。

胡先骕先生站在文化保守主义的立场，对于新文化运动的很多批评，并不都是消极与反动的，很多其实可以纠文化激进主义之偏。如 1919 年发表于《东方杂志》十六卷三期的《中国文学改良论》一文，作者是颇为自得的：

> 我虽是一个科学家，但对于中国旧学有相当深的研究，所以我十分珍惜这种封建文化，我认为胡適、陈独秀这些人竟敢创造白话，又来打倒文言，我虽不问政治，但对这个毁灭中国民族的崇高文化的运动，是不能坐视的。胡適诸人欺侮林琴南等老先生不懂英文，我却引经据典，以西文的矛来陷胡適西文的盾。在当时我是

1　胡迎建：《同光体诗派研究》，学苑出版社，2013，第 175 页。

自鸣得意的。[1]

文中称“彼故作堆砌艰涩之文者，固以艰深以文其浅陋，而此等文学革命家，则以浅陋以文其浅陋，均一失也”[2]。力主评价文学价值的标准，并不在于文言或白话。且推崇诗尚典雅，博引古今中外，以证“且诗家必不能尽用白话，征诸中外皆然”[3]。又论继承与创新之关系：“陈陈相因，是谓模仿；去陈出新，是谓脱胎。故史汉创造而非模仿者也，然必脱胎于周秦之文；俪文创造而非模仿者也，亦必脱胎于周秦之文；韩柳创造而革俪文之弊者也，亦必脱胎于周秦之文。他若五言七言古诗、五律七律乐府歌谣词曲，何者非创造，亦何者非脱胎者乎？故欲创造新文学，必浸淫于古籍，尽得其精华，而遗其糟粕，乃能应时势之所趋，而创造一时之新文学。”[4] 即使在今日看来，亦皆足以成立。

1921、1922 年又于《学衡》第一、二期发表《评〈尝试集〉》。其中论“声调格律音韵与诗之关系”，批驳胡適“不察此理，妄谓句法整齐为不自然，乃以语言为证”[5]，并引“西人对于 meter 之评论。主张解放之大诗家威至威斯（Wordsworth）以为‘可悲之境况与情感，用整齐之句法，尤以叶韵为甚，较用散文可使其效力更为久远’”。而“五言古诗实为吾国高格诗最佳之体裁”[6]。又批“胡君所主张改良诗体之一事，为不讲对仗，则又

---

1 胡宗刚：《胡先骕先生年谱长编》，江西教育出版社，2008，第 70 页。

2 张大为、胡德熙、胡德焜合编《胡先骕文存》，江西高校出版社，1995，第 1 页。

3 同 2，第 3 页。

4 同 2，第 5 页。

5 同 2，第 29 页。

6 同 2，第 30 页。

不知诗歌之原理矣”[1]。“至若不用韵以为又可脱去一项‘枷锁镣铐’，则实不知韵之功用。英国席得黎爵士以为叶韵可助记忆，上文固已言之，英诗人德来登（Dryden）以为‘韵之最大之利益，即在限制范围诗人之幻想’。”[2]“罗德教授云：‘每每诗中思想言辞最巧之转变，即为在韵之指导之下一霎时之神悟所得之结果。’”

又论“文言白话用典与诗之关系”，“用典之习，不特中国有之，西国诗人亦莫不然。荷马诗中之神话，已为文艺复兴以后诗人所用滥；至莎士比亚、弥尔敦之著作出，则又群起引用二氏著作中之情事。……盖历史与昔人之著作，后人之遗产也。弃遗产而不顾，徒手起家，而欲致巨万之富，不亦难哉”[3]？“有清一代诗人最特殊者，莫如咸丰间之郑子尹。苟胡君得读其《巢经巢诗》，将益以为吾道不孤矣。然其过人处，正在以俗话俗字入诗，而能语语新颖，不嫌其俗。”[4] 不过作者也承认“清末郑子尹、陈伯严、郑太夷，虽能各开一派，然不能自异于宋人，日后之发展不可知。在今日观之，中国诗之技术，恐百尺竿头，断难再进一步也。或者宋诗已穷正变之极，乃不得不别拓疆域以开宋词、元曲乎”[5]？并对《尝试集》予以了一定的肯定：“是胡君者，真正新诗人之前锋，亦犹创乱者为陈胜、吴广而享其成者为汉高，此或《尝试集》真正价值之所在欤？”[6]

1923 年于《学衡》第十八期发表的《评胡適〈五十年来中

---

1 张大为、胡德熙、胡德焜合编《胡先骕文存》，第 30—31 页。
2 同 1，第 36 页。
3 同 1，第 38 页。
4 同 1，第 41 页。
5 同 1，第 58 页。
6 同 1，第 59 页。

国之文学〉》，又对以上观点进行了重申。他推崇林译小说，“然以古文译长篇小说实林氏为之创，是在中国文学界中创一新体(genre)，其功之伟，远非时下操觚者所能翘企。……‘林译的小说往往有他自己的风味’是即创造，而不仅‘有点文学天才’而已也”[1]。而对于梁启超的散文，则认为“梁氏在文学上之地位，不过为报章文字之先导。其能传诸久远者，尚在其研究学术之著作，而不在其文也”[2]。而对于同光体诗人，则推崇备至：“郑（孝胥）诗出于柳宗元、王安石，虽貌似清切，而骨实遒劲。虽喜用白描，为之殊不易也。陈（三立）诗有骨有肉，似尚为郑所不及。尝有一喻，郑诗如长江上游，虽奔湍怪石，力可移山，然时有水清见底之病；至陈诗则如长江下游，烟波浩渺，一望无际，非管窥蠡酌，所能测其涯涘者。胡君乃深致不满，可见其但知诗面，不知诗骨也。”[3] 要之，“中国文言与白话之别，非古今之别而雅俗之别也。夫雅俗之别辩，何国文字蔑有。……胡君死活文学之说毫无充分之理由”[4]。

《学衡》派在文化上信奉白璧德主义，“美国哈佛大学文学教授白璧德（Irving Babbitt），以为欧洲文艺复兴运动之鄙弃古学，不免有倾水弃儿之病。吾则谓吾人之习西学，亦适得买椟还珠之结果。不但买欧人之椟而还其珠也，且以尚椟弃珠之故，至将固有之珠而亦弃之”[5]。“梁任公以为吾民族之成绩，为能扩张版图，同化异族，使成为一大民族。此但就表面观察而言，至吾族真正

1 张大为、胡德熙、胡德焜合编《胡先骕文存》，第196页。

2 同1，第198页。

3 同1，第202—203页。

4 同1，第212页。

5 胡先骕：《说今日教育之危机感》，《胡先骕文存》，江西高校出版社，1995，第83页。

之大成绩，则在数千年能创造保持一种非宗教而以道德为根据之人文主义，终始勿渝也。”《学衡》派虽多有出国留洋经历，但这种文化上的对于固有传统的珍视，其实与同光体诗人，存在着内在的一致性。

胡先骕先生又是入民国后，继陈衍《石遗室诗话》之后，有意识地对清诗尤其是近代诗、同光体诗人进行集中研究的批评家。这其中还应该包括对于近代词的研究，不仅因为诗词相通，而且其批评的标准是一脉相承的。这些文章也大多发表在《学衡》杂志上。

《评赵尧生香宋词》一文，贵在能够联系晚清政治，来作艺术的批评。“晚清名流，同情于戊戌党人者半，非之者亦半。同情于戊戌政变者，诗人中最著者有陈伯严、郑太夷，词人中最著者为文芸阁。张广雅则反对变法者也。……然戊戌实为中国维新之唯一机遇。戊戌变法成，必无庚子之辱，清室之终于颠覆与否，固不可知，然革命必不至于发难于辛亥。此戊戌党人始终痛恨那拉后之误国也。”[1] 而对于赵熙香宋词之孤忠思想，作者也能作一较为客观的分析：“在今日而美孤忠，一若与时世异趣，实则不然。盖忠者，实为人类之美德。忠于国，忠于君，忠于友朋，忠于其事，忠于所学，皆一贯之道也。……故以吾辈青年而抱忠于清室之志，则为妄谬；在清室旧臣则反以入民国仕版为可鄙矣。”[2]

《读郑子尹〈巢经巢诗集〉》，则继陈衍之后，对于宋诗派、甚至整个清诗的冠冕诗人郑珍予以了充分的肯定和更加细致的艺

1　张大为、胡德熙、胡德焜合编《胡先骕文存》，1995，第 102—103 页。

2　同 1，第 102—103 页。

术分析。“郑珍（子尹）卓然大家，为有清一代冠冕。纵观历代诗人，除李杜苏黄外，鲜有能远驾乎其上者。”[1] “巢经巢诗最足令人注意之处，即其纯用白战之法，善于驱使俗语俗事以入诗也。……然其事虽故取材于庸俗，而绝非元白颓唐率易之可比。盖以苏黄韩杜之风骨，而饰以元白之面目者。故愈用俗语俗事，愈见其笔力之雄浑，气势之矫健。……又尝出程春海侍郎门下，治学之方，受其影响者亦至大。而程春海之诗雄奇奥奡，亦昌黎山谷之流。其渊源所自，明眼人固能辨之也。”[2] “至其描写叙述极平易庸俗之事，而生动空灵，尤征作者想象力之强，初不待雕琢堆砌以炫人耳目也。……如《完未场卷矮屋无聊成诗数十韵，揭晓后因续成之》……将科举时代应试情形，如候门、唱名、搜检、携食具、钉号板、出题、盖关防诸步骤，曲曲绘出，令人读之有如身历，诚科举之一绝佳史迹也。”[3]

《读张文襄〈广雅堂诗〉》，别具只眼，看到了张之洞以方面大吏，对于晚清诗坛的提倡之功。“有清一代达官能诗者，推王渔洋与阮文达，然亦不以政事功业著。曾文正以古文中兴，诗亦规抚杜韩，能自树立，然究为功业所分心，不能尽其所能诣。张文襄独以国家之柱石，而以诗领袖群英，颉颃湖湘、西江两派之首领王壬秋、陈伯严，而别开雍容雅缓之格局，此所以难能而足称也。当其督鄂督粤时，幕府中网罗之盛，可拟曾文正。其最著者如陈伯严、郑太夷、杨惺吾、郑伯更、梁节庵，其弟子则有樊樊山、易实甫、袁爽秋、杨叔峤、顾印伯，皆一时之彦，方之苏门之盛，不多让焉。至其少年交游，则有李莼客、宝竹坡、张幼

---

1 张大为、胡德熙、胡德焜合编《胡先骕文存》，1995，第 114 页。

2 同 1，第 114—115 页。

3 同 1，第 116 页。

樵、黄漱兰诸名流，即不以功业论，晚清三十年文物之盛，殆与公有形声影响之密矣。”[1]

1947年，胡先骕又作有《四十年来北京之旧诗人》，其中多有对于同光体诗人的揄扬。该文虽未发表，然很多观点散见于此前已发表的诸文内，实可视为先生晚年对于清诗研究的一个总结。

就师承、交游与诗歌创作角度而言，胡先骕也受到同光体影响至深。

《忏盦丛话·沈乙庵师》云：“余九岁丧父，十一岁甲辰（1904）春服阕，先母命赴童子试观场，时县试已过，乃赴府试。时知南昌府事者为浙江嘉兴沈乙庵师曾植，先曾祖门下士也，知余赴试喜甚，场场录取，至于团覆，而见黜于院试。”[2] 次年（1905），胡先骕赴南昌府试，又蒙沈曾植关照，以保送幼童录取。试后，至府署拜谢沈曾植。此后科举停废而办新式学校，沈又咨送胡为府办洪都中学插班生。此后直到1916年，胡从海外归来，才又得以拜谒沈于上海旅居之海日楼。胡先骕一生都感激与尊敬沈曾植，不仅是因为沈对自己早期的提携，更出于对沈一代通儒的才学的崇拜。《四十年来北京之旧诗人》中这样评价沈曾植：“乙庵师学至赅博，于书无所不窥，夙以研究北魏辽金元史与西北地理著名，尤精研佛学。治佛学者多知法相宗之盛行，由于杨仁山先生之提倡，与欧阳竟无之发扬光大，而不知启发杨仁山者乙庵师也。乙庵又曾指示李证刚（翌灼）先生研究三论宗，证刚先生遂为三论宗之宗匠，是三论宗亦乙师所提倡者也。”[3] 1922年沈曾植病逝，胡作有《哭沈乙庵师》诗：“博览综百家，

---

1 张大为、胡德熙、胡德焜合编《胡先骕文存》，第181页。

2 同1，第503页。

3 同1，第480页。

闻修到初地。余事为文章，海涵尽妙义。巍然一大儒，欧苏逊其粹。时宣出世法，唯识阐玄诣。”[1]

1918 年，胡先骕任教于南京高等师范学校，始得与乡贤前辈、诗坛祭酒陈三立游。陈三立为胡的《忏盦诗稿》题识：“摆落浮俗，往往能骋才思于古人清深之境。具此异禀，锲而不舍，成就何可量？陈三立读，戊午九月。”[2] “意理、气格俱胜。三立再识。”1934 年，陈三立再次为胡诗题识：“戊午后所未见诗，本学识以抒胸臆，高掌远跖，磊砢不群。其纪游诸作，牢笼万象，奥邃苍坚，尤近杜陵。甲午寒食三立识。时年八十有二，同客旧都。”

胡先骕 1924 年所作《读陈石遗先生所辑〈近代诗钞〉率成论诗绝句四十首诸家颇有未经见录者》，其中也多为推辑宋诗派与同光体诗人之作。如：“手戡巨难振儒风，勋业文章孰与同？神韵性灵空喋喋，杜韩诗笔世朝宗。——曾文正”“沥血能为忠孝辞，休从训诂认经师。即论句法世无敌，白放韩豪并一奇。——郑子尹”“垂天巨翼待培风，决起枋榆敢与同。六艺百家淹一贯，漫从诗学论诗功。——沈乙庵师傅”“樊榭余风久莫稽，涪翁堂奥独能跻。同光两浙开山手，端属先生与浙西。——沈乙庵师与袁爽秋”“诗情敦厚义春秋，一代名贤孰与俦。肯共群儿论门户，杜陵初祖是前修。——陈伯严”“据鞍短后善谈兵，艺事精微亦莫京。一代闽诗此初祖，海藏楼下拜先生。——郑苏堪”“元和元祐世难企，儇薄空疏俗所夸。继起随园辑诗话，同光终见胜乾嘉。——陈石遗”。[3]

1963 年，马宗霍序《忏盦诗稿》，这样评价胡先骕的诗：

---

1 张大为、胡德熙、胡德焜合编《胡先骕文存·忏盦诗》，第 544 页。

2 胡先骕：《胡先骕诗文集》，黄山书社，2013，第 6—7 页。

3 同 1，第 630—631 页。

“君于诗自云宗宋，初从山谷入，微觉律度过严，无以自骋，转而向东坡，又惧其纵驶或轶衔也。于是亦苏亦黄，靡之呴之，久之颇欲融而为一。其于他家虽或旁有所挹，归趣终不越是也。既复念宋出于唐，唐之杜韩则苏黄之所哺乳，则又由苏黄以撢杜韩，而于少陵浸馈尤深云。”[1] 其诗则纪事、纪游、述怀、忆友，格律老成，骨脉坚劲，尤擅五言古诗与七言歌行，有江西诗派之遗风。晚年所作《水杉歌》《宇宙航行歌》等，熔科学、考订等新旧名词于一炉，自谓“较人境庐之仅知剽窃新名词者，尚有一日之长”[2]，诚不虚也。

作者简介

张煜（1971—），江苏无锡人。南京大学中国古代文学专业“近代诗学”方向硕士，复旦大学中国古代文学“佛教与中国文学”方向博士，哈佛大学东亚系访问学者。现为上海外国语大学文学研究院中国文学研究员，研究方向佛教与中国文学、近代诗学。出版有《心性与诗禅：北宋文人与佛教论稿》《同光体诗人研究》，发表论文四十余篇。

1 张大为、胡德熙、胡德焜合编《胡先骕文存·忏盦诗》，第 6 页。
2 胡宗刚：《胡先骕先生年谱长编》，第 614 页。

《卫风·竹竿》与《邶风·泉水》诗旨及关系考论

汪进超

【内容提要】由于时代遥远，《诗经》中大多数作品的诗旨已不可确考，自汉末“毛诗”彰盛以来，后人解诗多承此派，但《毛诗序》对诗旨多有曲解，不少前贤对其早已颇有异议。在摆脱《毛诗序》束缚的前提下，通过“以诗证诗”“沿坡探源”等方法，对《卫风·竹竿》和《邶风·泉水》二诗进行重新考论后可发现，《竹竿》本为“卫女怀人”之作，而《泉水》则是男子因思念女子却不得相见而作；此外，两首诗在意象、用韵及诗旨等方面有着极大的相关性，可据此推测二诗极有可能是我国最早的一组唱和诗。

【关键词】诗经；竹竿；泉水；唱和

《诗经》十五“国风”中，“邶”“鄘”“卫”三国诗歌在先秦时期皆属于“卫诗”，“齐、鲁、韩”三家诗均将此三国诗歌汇于 卷，直至毛公解诗时才“以此诗之简独多”而将其分为三卷。马瑞辰《毛诗传笺通释》中有《邶鄘卫三国考》一篇，专门考证此问题。[1] 王先谦《诗三家义集疏》中依照“三家”解诗传统，将三国诗歌归于一卷，并于卷首列案语对此进行论述。[2] 由

1 马瑞辰：《毛诗传笺通释》，中华书局，1989，第16—17页。
2 王先谦：《诗三家义集疏》，中华书局，1987，第124—126页。

此可见，“邶”“鄘”“卫”三国的诗歌有着颇为密切的关系。其中《卫风·竹竿》和《邶风·泉水》尤其值得注意。“毛诗”于此二诗前的“小序”皆为“卫女思归也……”[1]，但其并未注意到二诗的联系。直至明代，学者何楷才发现这两首诗的相似性，并认为二诗均为《鄘风·载驰》的作者许穆夫人，其于《竹竿》诗题后论述如下：

> 此诗之语多与《泉水》相出入，彼曰：“毖彼泉水，亦流于淇”，此曰：“泉源在左，淇水在右”；彼曰：“女子有行，远兄弟父母”，此曰：“女子有行，远父母兄弟”；且末皆曰：“驾言出游，以写我忧”。其出于一人之手明矣……当属之穆姬……[2]

何楷首先根据《竹竿》《泉水》二诗在语句上多有相似而认定二诗为一人所作，又因二诗所述之事与《载驰》类似，故根据《左传》中所载“许穆夫人作《载驰》”一事，认定三首诗皆为许穆夫人所作。清人姚际恒极力反对此观点，并对何楷所列的论据进行了逐一辩驳。而后他自己则提出了这两首诗皆是许穆夫人的媵女为和其《载驰》而作的观点：

> 凡夫人嫁必有媵。即如何氏以卫侯失国之事言之，安知此诗非许穆夫人之媵所赋乎？许穆夫人赋《载驰》，其媵赋《泉水》，奚不可者……然终以诗无实证，不敢

---

1 孔颖达：《毛诗正义》，中华书局，1980，影印《十三经注疏》，第309、325页。

2 何楷：《诗经世本古义》，台北“商务印书馆”，1986，影印《文渊阁四库全书》，第81册，第744、778页。

附会。

夫两人之作，或前或后，用其语可也，必无一人之作而两篇重复者……故愚于两篇重句，益知主许穆夫人之说为非，而信其媵之作者或是也。[1]

姚际恒对何楷“二诗皆为许穆夫人所作”的观点的反驳颇有见地，可资借鉴。但他自己在提出“媵女所作”的观点时用词颇为犹疑，这表明他本人对自己的观点也只是推测，尚无确证。此后方玉润《诗经原始》又通过对比，认为《泉水》为“卫媵女和《载驰》作也”，而《竹竿》则仅为“卫女思归也”，并认为该诗“自足以擅美一时，不必定求其人以实之也”。[2]

以上观点虽然都只是一家之言，尚缺乏确切的证据，但由此可见《竹竿》与《泉水》二诗确实有可能存在着密切的关系，前人已经注意到了这一点。因此，有必要对这两首诗的诗旨进行探讨，并在此基础上重新审视二诗的关系。

一、《竹竿》为怀人之作

《卫风·竹竿》诗云：

籊籊竹竿，以钓于淇。岂不尔思？远莫致之。
泉源在左，淇水在右。女子有行，远兄弟父母。
淇水在右，泉源在左。巧笑之瑳，佩玉之傩。

---

1 姚际恒：《诗经通论》，中华书局，1958，第65、86页。
2 方玉润：《诗经原始》，中华书局，1986，第142、182页。

淇水滺滺，桧楫松舟。驾言出游，以写我忧。

此诗第三章有“巧笑之瑳，佩玉之傩”二句，与“思归”的主题不相符合，因而略显突兀，明人姚舜牧在其《诗经疑问》中就对此表示了怀疑：

> 《诗序》“卫女思归也，适异国而不见答，思而能以礼者也”，亦不应说到“巧笑之瑳，佩玉之傩”。何卫女思归之多也？岂其少时相与游翱于泉淇之间，终身不能忘耶？思归宁之诗似不如是。[1]

古代治《诗》者也大都注意到了这一点，但各家解说不一，郑玄笺曰：“己虽不见答，犹不恶君子，美其容貌”[2]；而欧阳修认为：“思卫女在其国者，巧笑佩玉，威仪闲暇，乐然于二水之上，念己有所不如也”[3]；近人程俊英则将之视为“示现”的写作手法，认为是卫女对过往之事的怀念[4]。但此二句语焉未详，并没有明确表明所指，前人解释都是在“卫女思归”这一先入为主的观点下进行的，故尔难以跳出《诗序》的窠臼。若抛开“思归主题”，在全诗中细品此二句，则能够明显地感受到作者的无奈之感。后世《古诗十九首》中《冉冉孤生竹》一诗云：

---

1 姚舜牧：《重订诗经疑问》，台北“商务印书馆”，1986，影印《文渊阁四库全书》，第80册，第625页。

2 孔颖达：《毛诗正义》，第326页。

3 欧阳修：《诗本义》，台北“商务印书馆”，1986，影印《文渊阁四库全书》，第70册，第202页。

4 程俊英、蒋见元：《诗经注析》，中华书局，1991，第178页。

千里远结婚，悠悠隔山陂。思君令人老，轩车来何迟！

伤彼蕙兰花，含英扬光辉。过时而不采，将随秋草萎。[1]

以上几句与《竹竿》第三章所表达的情感颇为相似。“巧笑之瑳，佩玉之傩”同“伤彼蕙兰花，含英扬光辉”均可理解为女子自言其美貌，但同时又因对方迟迟未来而感叹容颜易逝。钟嵘《诗品》认为“古诗”之体源出于《国风》[2]，《国风》之垂范后世、“古诗”之渊源有自，于此可见一斑，历来解诗者多未注意到二者的联系，因此便也未能揭橥“巧笑”二句之本意。

此外，研究者多据“岂不尔思？远莫致之”二句和“淇水”“泉源”等意象而认为该诗是思卫之作。但诗中提及“淇水”“泉源”时并没有表现出对二者的思念之意。首章虽有“岂不尔思？远莫致之”二句，但作者思念的对象也并不确定。据笔者粗略统计，“尔”字在《诗经》中出现近二百次，其中大部分用作指示代词，但其指示对象皆为个人或群体，并没有用来代指某一地点。因此，《竹竿》中卫女所思念的对象不应是具体区域，即卫国；且“岂不尔思”一句除了在《竹竿》一诗中出现，还见于《王风·大车》《郑风·东门之墠》和《桧风·羔裘》，在这三首诗中，“岂不尔思”一句皆是女子所言，且都是用来表达自己对所企慕的男子的思念。若《竹竿》作者的思念对象是其家人，则用此句也有所不妥。因此，《竹竿》当是一首怀人之作，作者想要表达的是“思君”而不是“思归”的主旨。

---

1 萧统：《昭明文选》，中华书局，1977 年影印版，第 410—411 页。

2 曹旭：《诗品笺注》，人民文学出版社，2009，第 45 页。

二、《泉水》为男性所作

《邶风·泉水》诗云：

> 毖彼泉水，亦流于淇。有怀于卫，靡日不思。娈彼诸姬，聊与之谋。
>
> 出宿于泲，饮饯于祢。女子有行，远父母兄弟。问我诸姑，遂及伯姊。
>
> 出宿于干，饮饯于言。载脂载舝，还车言迈。遄臻于卫，不瑕有害？
>
> 我思肥泉，兹之永叹。思须与漕，我心悠悠。驾言出游，以写我忧。

该诗表达着一种浓烈的思念情绪，一般认为是女子所作。清人方玉润对作者做了进一步确认，将其定为“卫媵女”，并认为此诗是“卫媵女和《载驰》作也”[1]。朱熹作《诗集传》时对“小序”多有怀疑，但对于此诗的作者及事本也并无异议。可见，虽然后人解诗虽不一味盲从《毛诗序》，但很难不受其影响，许多注解颇有为“序”作注的意味。若细读《泉水》，便会发现此诗作者的性别还有待进一步商榷。

（一）原解驳辩

朱熹在《诗集传》中《泉水》首章后注以为“卫女嫁于诸侯，父母终，思归宁而不得，故作此诗”[2]。这一说法承袭于《毛

---

1 方玉润：《诗经原始》，第 142 页。

2 朱熹：《诗集传》，中华书局，2011，第 32 页。

诗序》，从“毛传”至“孔疏”都对此诗有着较详尽的阐释，虽然颇为曲折，但尚能自圆，所以朱熹并未提出新解。笔者拟对原解进行驳辩，进而提出新的阐释。

首先，历来学者将其认定为卫女之作的最主要依据是“女子有行，远父母兄弟”二句。清人王先谦解诗时征引杜预《春秋左氏经传集解》中的注解：“《左桓九年传》‘凡诸侯之女行’，杜注：‘行，嫁也。’”[1] 可见此句确是与女子出嫁有关，但若仅仅依据这一点而断定作者为女子则略有牵强。《诗经》中，“女子有行”共出现三次，除《泉水》外，其他两处分别见于《鄘风·蝃蝀》和《卫风·竹竿》，《竹竿》一诗毋需多言，但《蝃蝀》一诗的作者性别尚难以确定，且“女子有行”句在《蝃蝀》中显然只是提及与婚姻有关的事实而已，并不能断定其一定出于女子之口。清人钱澄之认为：“‘女子有行’二句，似是当时陈语，故多引用之。”[2] 既为陈语，则诗中出现此二句便只是诗人引用以言及婚姻之事，其引用者可以是女性，也可以是男性。且该诗二、三两章中的“出宿”“饮饯”等也可能只是诗人提及的与婚姻有关的相关事宜，而不一定确有其事。这种手法在《诗经》中已有他例，如《周南·汉广》中提及的“之子于归”也是与婚姻有关，但其作者却是男性；其“言秣其马”“言秣其驹”同“出宿”“饮饯”等句一样，只是表明作者在积极地筹划婚礼的相关事宜，并不能证明婚礼已经举行。

其次，“嫁于诸侯”一事，又无从考据。前人仅凭“诸姬”二字而断定作者的身份，是不可确信的。一般观点为：“姬”为

1　王先谦：《诗三家义集疏》，第 193 页。

2　钱澄之：《田间诗学》，台北“商务印书馆”，1986，影印文《渊阁四库全书》，第 84 册，第 451 页。

姓氏，也即卫国统治者的姓氏，“诸姬”就是同姓之女，姬姓女子地位高贵，故而自当嫁于诸侯。但是，在姓氏前加“诸”字以指代某个群体的用法在《诗经》中并未见于他处。“诸”字在《诗经》中共有十二次用在称谓名词前，但皆非姓氏，在《左传》等其他先秦文献中，“诸姬”也只是用来代指“姬”姓诸侯国，而并未见有“姬姓诸女子”的意义。故而“毛传”中的“同姓之女”的注解不可确信。此外，若此诗中“诸姬”的意思同其他先秦文献中的“姬姓诸侯国”相同，则“娈彼诸姬”一句又难以解释。娈，有美好之意，且显然是对女子的赞美，用来形容“诸侯国”则不妥。因此“姬”字当仅仅是一个单纯的称谓名词，是对女性的美称。《陈风·东门之池》中有“彼美淑姬”句，《毛诗正义》中孔颖达疏曰：“美女而谓之姬者，以黄帝姓姬，炎帝姓姜，二姓之后，子孙昌盛，其家之女美者尤多，遂以姬、姜为妇人之美称。”[1] 近人闻一多《风诗类钞》中也有相似注解。[2] 至此可见，仅凭“娈彼诸姬”句并不能确定作者身份，而诗中又无其他确证可证实作者身份，因而该诗作者的身份并不能认定为前人所称的“嫁于别国的卫诸侯之女”。

由以上考论可知，对于《泉水》一诗的解释，以《毛诗序》为代表的“卫女嫁于诸侯”之说并不可信。

（二）《泉水》一诗的男性视角解读

否定了“卫女嫁于诸侯”的说法之后，便可以从新的视角对《泉水》进行解读。若将该诗作者认定为男性，诗义则会更为通

1　孔颖达：《毛诗正义》，第 377 页。

2　闻一多《风诗类钞》于《陈风·东门之池》中注：“姬、姜二姓是当时最上层的贵族，二姓的女子必最美丽而华贵，所以时人称美女为叔姬、孟姜。”引自闻一多：《闻一多全集》，第 4 册，生活·读书·新知三联书店，1982，第 28 页。

顺可解。

首先，“娈彼诸姬，聊与之谋”二句当为男子求媒之词。“娈彼诸姬”句，前文已有所论辩，当理解为“美丽的妇女们”，这句话出自男子之口，他对“诸姬”进行赞美，当是有事相求。“聊”字一般解释为“且略之辞”，但除此以外，“聊”字尚有其他意思：《史记·张耳陈馀列传》有“财匮力尽，民不聊生”[1]二句，其中“聊”即依赖之意；《汉书》卷五十三“愁莫愁，居无聊”下颜师古注曰：“聊，赖也”，以上二例表明“聊”字亦可理解为“依赖、凭借”之意。“谋”字与“媒”相通，《卫风·氓》中有“匪来贸丝，来即我谋”二句，其中“谋”字即为“媒”意；《说文解字》：“媒，谋也”[2]，也可说明两字有相近之意，可互相训解。如此，这两句诗便可以理解为男子有赖于“诸姬”为其做媒。

其次，作者既已言及做媒之事，自然会接着想到婚礼的相关事宜，因此在二、三两章对迎亲等相关事宜进行了询问与讨论。上文已援举《周南·汉广》证明了男子因非常企慕对方而积极筹划婚礼之事的合理性，此不再赘引。可以推测，因为涉及到迎亲的相关细节，作者考虑到“兹事体大”，所以对“女子有行，远父母兄弟”进行强调，同时，就迎亲途中“出宿”与“饮饯”的地点及送亲者的返还等相关问题向“诸姑”及“伯姊”进行询问，目的在于确保婚礼能够顺利完成。但第三章末尾的“不瑕有害”一句，又表明了作者仍有顾虑，原因可能在于当时尚有战事。由“有怀于卫”可知其欲迎娶之人身在卫国，《左传·闵公二年》对卫国战事有所记载：“冬十二月，

1 司马迁：《史记》，中华书局，1959，第2573页。

2 段玉裁：《说文解字注》，浙江古籍出版社，2006，第613页。

狄人伐卫……齐侯使公子无亏帅车三百乘、甲士三千人以戍曹。”[1] 这表明当时卫国尚处于战事之中，故而迎亲之事无法付诸实践，其“不瑕有害”一句颇为无奈，虽然作者已经知道婚姻之事因战事而无法实现，但仍然为之殷勤规划，最终只是徒增伤悲。因而于末章再次咏叹，表达思念与焦虑的复杂心情。

在否定了“卫女嫁于诸侯”之说的基础上，从男性视角对《泉水》进行解读，其诗义更为通顺，也更合于情理。

三、二诗的唱和特征

分别对两首诗歌进行探讨之后，二者的关系便也越来越明显。两首诗在形式上有着很多的相似之处，诗旨也有很大的相关性，在很大程度上体现出了唱和诗的特征。

（一）形式上的相似性

二诗的唱和特征直观上体现在口吻相对、字词与意象的选择相似、用韵接近等方面。首先，《泉水》首章有“有怀于卫，靡日不思”二句，而《竹竿》则有“岂不尔思，远莫致之”二句，由此已可见对答之意；《泉水》中出现“女子有行，远父母兄弟”，而《竹竿》中则有“女子有行，远兄弟父母”；《泉水》以“驾言出游，以写我忧”二句结尾，而《竹竿》同样如此。其次，《泉水》有“泉水”“肥泉”“淇水”等意象，而《竹竿》中则相应地有“泉源”“淇水”等意象。

在用韵方面，《泉水》首章韵脚为“淇”“思”“姬”“谋”

---

1 杨伯峻：《春秋左传注》，中华书局，1981，第 265—267 页。

四字，属之部[1]；末章韵脚为“泉”“叹”“漕”“悠”“游”“忧”，其中前两字属元部，后四字属幽部。而《竹竿》首章韵脚为“淇”“思”“之”，属之部；末章韵脚为“滺”“舟”“游”“忧”，属幽部。通过比对即可发现，二诗首末两章不仅分别选用相同韵部，且在具体用字上都大致相同。

虽然先秦时期并未见唱和之诗，也无唱和诗创作所应遵守的规则，但《泉水》《竹竿》二诗无论是在意象、字词，还是用韵方面，都有极大的相似性，很难让人相信这只是巧合，且二诗语气相对，在直观上也给人一种一唱一答的感觉。

（二）内容上的相关性

唱和诗更重要的特征是诗旨相关，故而有必要对二诗的诗义进行比较。首先，两首诗都表达出浓烈的思念之情，且二人都无法立即见到思念对象。男子因战事而无法完成婚姻，故而“有怀于卫，靡日不思”，而女子则解释道：“岂不尔思，远莫致之”，两诗作者都是因为不可控的客观原因而不得与所思之人相见。其次，二诗皆言及婚姻之事，上文论及，“女子有行”句为当时陈语，《竹竿》作者引用此陈语可能也只是为了强调婚姻之事，并不一定已经结婚。而《竹竿》第二、三两章反复写到“泉源在左”“淇水在右”明显是为了咏叹两地之远，以空间的距离来代指现实的阻隔，所以作者感慨“巧笑之瑳，佩玉之傩”，意为自己正值青春，却因现实而不得所适。男子急于求媒、迎亲，而女子自伤青春将逝、“轩车来迟”，其原因皆在于现实的阻碍，故而二人作诗相赠答，其相恋却又无奈的心境显而易见。

通过以上比较，不难发现二诗诸多的唱和特征，因此，可以

1　二诗各章之韵部依江有浩《诗经韵读》，中华书局，1993，后文皆依此书。

在很大程度上认为《竹竿》为《泉水》的和诗。

四、结语

朱熹曾说："某向作诗解文字，初用小序，至解不行处，亦曲为之说。后来觉得不安，第二次解者，虽存小序，间为辨破，然终是不见诗人本意。后来方知，只尽去小序，便自可通。于是尽涤旧说，诗意方活。"[1] 虽然朱熹自己在解诗常落入前人窠臼，但这段话却颇有道理。《诗经》从其诞生之后，就背负其文本意义之外的作用，先是被作为一种政治话语资源而用于外交，后孔子又将其作为教化的重要工具，及至两汉之际被尊为"经典"之后，《诗经》便脱离了其文学价值而成为一种"经学"的存在，故而后世对其所进行的研究便皆是从"经学"的高度出发，其间虽多有"形而下"的训诂，但这些训诂在"经学"教化观的影响下，也颇具一些"形而上"的特征。自古以来，学者都有"原道"的传统，故而《诗经》诸篇往往会有合于教化的"异读"与"异解"。这种为合于教化而进行的"异解"可以视为"求善"；以诗为教化，使国人"温柔敦厚"可视为"求美"；而析辨"三百篇"原旨，则是"求真"。对《诗经》价值的探寻应当遵循由"真"至"善"，进而达到"美"的境界，求"真"是至"善"、至"美"的基础，这是一个由始即终的过程，故尔对《诗经》诸篇的本义进行探究是其"经学"研究的基础。

"毛传""郑笺""孔疏"及清代学者对《诗经》所作的训诂工作多是在《诗小序》对诗旨的注解的前提下进行的，是为"善""美"而求"真"，其"真"未必真。因此笔者在对《诗小

1　黎靖德：《朱子语类》，中华书局，1986，第 2085 页。

序》的准确性有所怀疑的基础上，对两首诗进行分别析辨和相互比较，得出了与《诗小序》不同的结论：《卫风·竹竿》不是“卫女思归”之作，而是卫女怀人之作；《邶风·泉水》也并不是“卫女嫁于诸侯，父母终，思归宁不得”之作，而是一首由男子创作的思念女子之作；二诗有着极大的相关性，《竹竿》一诗是卫女见到《泉水》之后所作的和诗，这两首诗也很有可能是我国文学史上最早的一组唱和诗。

作者简介

汪进超（1994—），河南信阳人。同济大学中国语言文学硕士研究生在读。曾发表《雷州半岛文化中的海洋特性》《汤显祖谪宦徐闻考略》等论文若干篇，现主要研习方向为中国古代文学及思想。

朱育琳：一个当代诗歌史上失踪的同济人

张　闳

【内容提要】本文通过文献搜集和考证，挖掘了“文革”期间从事独立诗歌翻译和写作的朱育琳先生的生平材料，这些材料散落在当事人零星的回忆当中。文章还涉及了朱育琳这位同济大学建筑系的毕业生在建筑学方面的论述。这些内容均属于相当珍稀的历史文献，见证了“文革”时期的政治生活状况和诗人艰难的精神处境，以及独立写作的先驱者悲剧性的命运。

【关键词】朱育琳；当代诗歌史；同济人

前不久在评审一篇博士论文的时候，一个意想不到的名字出现在我眼前。

这是一篇建筑学博士论文，论题涉及 20 世纪 50 年代至 80 年代建筑文化和空间话语问题，与我所从事的文化研究有关。这位博士生在论及 20 世纪 50 年代建筑界那场著名的“现代建筑论争”时，提到一个名叫“朱育琳”的人。是的，就是这个人！多年来，这个名字一直让我耿耿于怀，但几乎没有什么相关文献可资参考。现在，这个名字却出现在一篇似乎关系不大的博士学位论文当中，真是一个意外的惊喜！

可是……好吧，我就讲讲朱育琳的故事吧——

最初见到朱育琳的名字是在二十年前。《今天》杂志刊登了一篇陈建华回忆“文革”期间上海地下文学活动的文章——《天鹅，在一条永恒的溪旁——写在朱育琳先生逝世廿五周年》。

哦，等一等，谁是陈建华？

是的，叫陈建华的人太多了，这个也必须交代得更精确一些。这位陈建华是现代文学研究学者，现在香港某大学教书。写这篇文章的时候，他尚在美国师从李欧梵教授攻读博士学位。90年代初的那几年，在海外复刊不久的《今天》杂志辟有一个叫作“今天旧话”的栏目，不定期地刊登一些文学回忆文章，主要是针对60年代中期至80年代中期，那些受到时代主流文化压抑的地下或半地下的文学活动的追忆、钩沉。最有名的一篇是多多的《1970—1978北京的地下诗坛》。这一阶段的文学活动当事人以自身的亲历和见闻，破除了大家习以为常的“文革文化空白论”。这些回忆也证明文学这一事物的强大生命力，即使是在“文革”那样极度严苛的政治高压下，依然秘密地滋生着一定程度上的独立的和自主的写作。

但由于种种原因，这些文章所谈论的基本上集中在北京。而陈建华所写的则是上海。是的，像上海这样一个有着深厚文学传统、庞大文学爱好者人群和小布尔乔亚气氛浓郁的城市，如果缺乏秘密的文学写作的话，是难以想象的。陈建华的回忆文章即是关于“文革”期间上海的地下文学活动。陈建华、钱玉林等中学生所聚成的一个文学小圈子，在“文革”尚未爆发之前就已形成了。这些以光明中学的学生为主体的少年人，经常出没于离他们学校不远的福州路上的大小书店。他们常常去福州路旧书店淘书。

巴黎是西方浪漫主义和现代主义文艺的摇篮，而上海一直以“东方巴黎”自居。自19世纪二三十年代以来，上海一直将自己视作巴黎在东方的一个副本，在外观上和精神气质上，两个城市确实有着相当程度上的一致性。它对于来自巴黎的文艺新潮的接受，是自然而然的事情。在60年代中期，那些被时代所忽略的少年人游荡于发散着陈旧的租界气息的福州路，仿佛19世纪巴黎街头游荡的“浪荡子”，只不过他们追逐的不是苦艾酒和玫瑰，而是搜寻被革命巨浪所淘汰的“腐朽没落”的文艺书籍。旧书店替代了塞纳左岸的小酒馆。

这时，一个男人的声音出现了——

> 那天奇热，旧书店里人不见少。我在店里转，没买到书，也没见钱、王他们，颇为沮丧。朱育琳从书架走向柜台，打了个照面；虽未招呼过，同是书架旁抢书的，已面善心契的了。他不经意地问：
>
> “拣到什么没有？”
>
> “没有，你呢？”
>
> ……

这个人就这样出现了，像一个幽灵，从书架的灌木丛里探出头来，带着迷人而又危险的诱惑。在旧书店里，潜伏着种种危机。朱育琳就这样带着属于旧时代暗夜的气息，出现在新时代的少年面前。日后红卫兵造反派将其定罪为“反革命教唆犯”，倒也恰如其分。

对于朱育琳的生平，我们所知甚少，只有陈建华数篇相关文章中的零星介绍，拼合起来大致如下：朱育琳，1928年生，20世纪40年代末或50年代初就读于北京大学西语系，师从朱光潜先生学习外国文学，可能是法国文学。后来不知何故转入同济大学建筑系学习，学生期间被打成右派，为1959届毕业生（见“同济大学建筑与城市规划学院历届毕业生名录”）。毕业后被分配到偏远的新疆工作，之后又因健康原因，回上海治病，一直在上海逗留。朱育琳写过诗，翻译过波德莱尔，并深得原诗之神韵，对爱伦·坡、陀思妥耶夫斯基等西方现代主义文学了如指掌。曾经出版过一本叫作《砖的故事》的小书。[1]

1968年夏天被人检举为“反革命小集团”的“教唆犯”，遭红卫兵批斗致死。

奇妙的是，除去被“文革”期间红卫兵批斗致死的情节之外，这个人的生平行状与“文革”前夕的电影《年青的一代》中的故事有着惊人的相似。《年青的一代》起初为话剧，1963年首演，1965年被拍成电影。故事讲的是某地质学院毕业生萧继业和林育生被分配到青海某地质队工作。林育生迷恋大上海的温柔舒适，逃避边远地区的艰苦生活，托病回到上海家中，决计要留在学院里做一些理论研究。他还经常从外面的一些可疑的朋友那里借阅一些“思想不健康”的书籍。后来，积极分子萧继业发现林育生寄给地质队的疾病证明是伪造的。林自然被萧等人所教育，最后幡然悔悟，乃返队投身于地质事业。出演林育生的是当时的青年演员达式常，一副穿着洋气、温文尔雅、书生气十足的知识青年的形象。这种被贬低化的上海小资男青年形象，还可以在同时期另一部电影《霓虹灯下的哨兵》中的罗克文身上看到。由此可见，逃避外省艰苦生活而想方设法回到上海，在当时是一种普遍的社会现象。这一现象在日后知青群体中更为普遍，在诸多知青文学中，从不同角度被揭示过。更巧的是，电影主要外景地是同济大学校园和同济新村，仿佛这个故事就是以朱育琳为原型而

1　在网友和学生的帮助下，终于找到了这本书。《砖的故事》，作者何宗，通俗读物出版社1956年出版。从文风和专业性等特征看，何宗应该就是朱育琳。虽然是一本通俗读物，但作者显得非常专业，逻辑严谨，理念前卫，文体简约晓畅，有一种包豪斯式的理性之美。尤其与一般科普读物不同的是，没有那个时代的意识形态和主流文风的痕迹。

作的似的。此间奥妙难以索解。

另一个巧合是，“文革”时期的另一位独立写作者郭世英，其命运与朱育琳甚为相似。郭世英生长在北京，是革命文豪郭沫若的长子，是“文革”时期北京地下文学的先驱者。奇妙的是，北京的独立写作的灵魂人物——郭世英，上海的独立写作的灵魂人物——朱育琳，两人在美学上有所不同：郭世英接近超现实主义和未来主义；朱育琳则类似唯美主义和象征主义。但他们的结局却同出一辙：都于1968年在红卫兵刑讯的时候，坠楼身亡。在“文革”时期，成为失踪者并不困难。但一南一北两位年轻的现代诗歌之魂却有着如此相同的命运，却是奇异。

回到文章的开头，我们继续谈论出现在建筑学中的朱育琳。

朱育琳与建筑学的关系，跟一场建筑学论争有关。论争最初由清华大学学生引发。1956年，清华大学建筑系学生蒋维泓、金志强在《建筑学报》发表文章《我们要现代建筑》，提出“建筑的时代性”问题。蒋、金二氏认为，建筑要符合时代发展的需要，而他们对时代的理解，是进化论的。他们相信共产主义社会必然是吸收了人类文明的优秀成果，包括西方资本主义优秀的科技文明，以高度发达的科技和生产力而创造出来的最新的文化。文章写道：“如果我国出现了装配式壳体的厂房，大玻璃窗的航空站，运动场上能报告比数的大墙以及压制的轻便家具，如果跑到那用钢索做成的大吊桥上，我们一定会高声赞美说：这是我们的时代！”文章还批评了当时流行的迷恋传统的建筑学倾向，如“装配式大屋顶”“空心倒挂斗拱”等古代中国的建筑形式，认为这是“用马车的形式去装饰汽车”。可笑的是，这些僵死的古董风格，至今仍在借种种的名目还魂，飘荡在当今中国建筑“大跃进”的工地上。

蒋维泓等人的文章随即引起了反驳。西安建筑工程学院建筑系的学生王德千、张世政、巴世杰在《建筑学报》1956年第9期发表《对“我们要现代建筑”一文的意见》。王德千等人的文章上来就扣了一顶“帽子”，认为蒋维泓等人是“以技术代替艺术”，“这和资本主义社会的‘功能主义’者的论调几乎同出一辙”，并表示“不能容忍”这种混淆不同社会制度的美学观。王德千等人的文章还引用了毛泽东《在延安文艺座谈会上的讲话》来论证建筑发展的正确方向，并以人民大众和民族特色的名义，反对玻璃幕墙建筑。而论及民族形式等问题时，则指出，“我们认为这个问题有待于当代我国建筑大师梁思成、刘敦桢等先生深入研究”，把决定权交给了学术权威。

这时，朱育琳出现了。《建筑学报》1957年第4期上，朱育琳以同济大学建筑系学生的身份撰文《对“对‘我们要现代建筑’一文的意见”的意见》，这样的标题论辩色彩很重，而且显示出一种逻辑上和修辞上的智慧。朱育琳在文章中给出了一个清晰的“现代建筑”的经典概念——“现代建筑是指这样的一种建筑，它是根据现代生活出发，也就是根据现代人对一个建筑的使用要求出发，根据现代的材料，结构的特性，科学的原理，现代的施工技术而设计的。室内要求光亮，所以用大窗；钢筋混凝土梁的强度高，于是就取消雀替；施工要求快，采用预制板材；有了骨架承重，外墙就用幕墙。这一切都是忠于生活，忠于科学，也就是现实主义的。如果‘功能主义’就是要尊重功能，‘结构主义’就是要忠于结构，那么它们不应该受到反对。”而且，文章还提出了一个相当前沿的概念——“空间”。朱育琳写道：“建筑的艺术性首要的是指‘空间处理’而言，它是一种处理空间的艺术。”我相信，这是当代中国最早以“空间”概念来论述建筑艺术的文字之一。文章还批评了建筑界，尤其是北京的建筑界的官僚主义和反民主的作风，导致虚假的“民族主义”形式成为一种风气，“把中华帝国时代的纹样、装饰和一些早已失去了结构意义的构件硬加在现代的建筑上”，实际上是“否定了我们民族艺术的发展”。此外，文章还顺带讽刺了王德千等人文章中的建筑学上的“个人崇拜”。这在当时的言论环境当中，是意味深长的。

建筑系学生的论争到此结束。但我相信并非因为问题得到了解决，而是当时的政治气候发生变化而导致言论环境急剧恶化的结果。不仅是建筑学论争终止了，其他任何领域的学术论争也统统终止了。因为，“反右”运动开始了。

值得一提的是，清华的蒋维泓日后成为著名学生右派之一。在“大鸣大放”期间，蒋同学不满足于仅在建筑界鸣放，他还发布“万言书”支持南斯拉夫个人自治，上书中共中央，认为“强调领导，强调集中，强调计划，是军事时期过时的管理方法”，它妨碍着人民创造性地发挥，并要求给公民更多的自由，等等。毫无疑问，他成了“右派”，被流放劳改。“文革”期间，人间蒸发，不知所终。

从这场论争中可以看出1956年大学生的思想状况。一定程度上的思想活跃和独立思考，在技术与美学问题上的现实关切，呼应着当时大环境中的“美学论争”，以及相当成熟的理性的学术论争技巧。这一切，在此后多年的思想论争中不复存在。粗暴的政治干涉和扣帽子、打棍子的斗争哲学的影响，使得任何正常的辩论，都被火药味呛人的话语暴力所替代。

另一方面，这三篇学生文章也反映出不同的建筑院校的建筑观念和风格的差别。清华学生的建筑理念是“苏联式”的，他们身上有一种“苏维埃豪情”，将苏联式的社会主义看成是人类历史发展的新阶段。西安建工学生的理念是“特色中国式”的，紧跟形势，崇尚权威，喜欢将技术问题和美学问题意识形态化，以政治权威的言论来代替逻辑论证；而且文风也是“特色中国式”的，有日后风行的大批判文体的先兆。同济学生则是“现代主义式”的，一如同济文远楼，那种包豪斯式的建筑更符合现代建筑的“世界主义”。作为包豪斯传统在中国大学教育的正宗传人，同济大学的建筑学教育即便在20世纪50年代，依旧保持着相当完整的包豪斯主义及现代主义的课程体系。在文风上，朱育琳理性、温和、严谨、精确，而不失批判性。帮助我查找这几篇文章的李远女士表示：朱育琳的逻辑展开真漂亮，表达又那么洋气。这一评价甚为精准。联系到朱育琳对法国文学之熟稔，对“波兄”（朱育琳这样称呼波德莱尔）情有独钟，他的这种观念和风格，也就不难理解了。令人遗憾的是，著名的东南大学建筑系没有学生参与论争。如果参与的话，他们会不会是东南大学所特有的“民国式”的呢？

之后的事我们所知甚少。我曾进行过一些查询，几乎没有人知道这个人的其他情况。朱育琳是否因为建筑学问题而成为右派？或许他在鸣放时期还有其他言论，像蒋维泓那样？他在同济大学建筑系学了一些什么课程呢？听过谁的课？黄作燊？冯纪忠？罗小未？这一切都不得而知。跟他一度甚为密切的陈建华，也没有透露更多的情况。

最近，笔者辗转在互联网上看到一个博客跟朱育琳有关，博客名叫作“永龄的博客”，博主为同济大学建筑系的退休教师。博客中有一段文字提到朱育琳，因为有人提到当年同济大学的一场影响很大的事件，即“反右运动”前夕，有人在学生食堂墙报栏上贴大字报。对此，“永龄的博客”的博主回应道：

> 文中所写到的那个高班同学就是我班上的朱育琳，一个高高瘦瘦的男生，苍白的面容带副眼镜，比我们大

> 好几岁，平时不爱说话，别人问起，他笑笑说，和你们小孩说什么呢。那次是罗小未先生的西洋建筑史课，参观教堂，回来要写报告，一般同学都按照平立面细部来描述，朱育琳却写了教堂的气氛和自己的心情，最后一句是："上帝啊，让唯物主义的市侩们见鬼去吧！"我们那时真的是孩子，还嘻嘻哈哈的传阅，后来在"反右运动"中就因为这个他成为批判对象，58年和另两位同学被发配到农村劳动改造，两年后一个同学回学校了，朱育琳和另一同学再次被发配到新疆，从此失去了他们的消息。91年我们班级聚会，决定千方百计也要查找失去联系的同学，两年后，传来悲惨的消息：朱育琳因病退回上海。但是在"文化革命"中，不知道为什么原因，不知道被一些什么人活活打死……

这一描述跟陈建华回忆中的描述能够吻合。不过，也仅限于此而已。陈建华承认自己对这个"诱惑者"只有一鳞半爪的了解——

> 关于老朱……不知他何处来，何处去。我们不介意这些。他个儿略高，戴一副普通眼镜，眼神机敏、深邃，而藏着怀疑；嘴唇扁平紧抿着严肃，谈笑时不时露出鄙夷和嘲讽；衣着不修边幅，却谈吐优雅，那夹香烟的姿势，令人想起三十年代穿长衫的文人。在昏黄的灯光下，他一边猛吸"勇士牌"香烟，一边情绪投入地谈论陀思妥耶夫斯基《死屋手记》中的细节描写，仿佛亲身经历。只见他略带病容的脸上，皱纹似乎刻着创痛。

这是一个“靡菲斯特式”的人物。他像幽灵一样徘徊在革命的艳阳天的阴影里，带着旧书一般神秘而又诡异的气息，诱惑着革命少年进入一个危险的、不可知的文学城堡。他是陀思妥耶夫斯基笔下的伊凡·卡拉马佐夫，是巴尔扎克笔下的伏脱冷，是波德莱尔笔下浪荡巴黎街头的波西米亚人，也是革命文艺舞台上常常带着暗绿色灯光而出现的反面角色。悲剧，是他无可逃脱的宿命。

今天，玻璃幕墙建筑已不成问题，波德莱尔诗歌也不成问题。在一切似乎都没有问题的时代，那些个有问题的人和事，随着时光的流逝，其留下的痕迹越来越淡，几乎不为人所知。但我们还是知道，在上海这个“世界主义”的现代城市里，在这个“东方巴黎”的废墟上，曾经有过这么一个人，他对现代建筑有着超前的精深理解，他曾出没于福州路旧书店和长风公园的湖面上，在那里教导过几位年轻人关于现代主义文学，关于“波兄”……

参考文献

陈建华：《天鹅，在一条永恒的溪旁——写在朱育琳先生逝世廿五周年》，《今天》1993 年第 3 期。

蒋维泓、金志强：《我们要现代建筑》，《建筑学报》1956 年第 6 期。

王德千、张世政、巴世杰：《对“我们要现代建筑”一文的意见》，《建筑学报》1956 年第 9 期。

朱育琳：《对“对‘我们要现代建筑’一文的意见”的意见》，《建筑学报》1957 年第 4 期。

闵晶、卢永毅：《中国现代建筑“空间”概念的导入与发展简述（20 世纪 20 年代—60 年代）》,《时代建筑》2014 年第 1 期。

作者简介

张闳（1962—），江西都昌人。文学博士，文化批评家，作家。同济大学人文学院教授，兼中国现当代文学研究所所长。主要从事中国现当代文学研究、文化哲学与文化符号学研究。著有《文化街垒》《黑暗中的声音——鲁迅〈野草〉的诗学及精神密码》《感官王国——先锋小说叙事艺术研究》《声音的诗学——现代汉语抒情艺术研究》《文革文学史（1966—1976）》《欲望号街车——流行文化符号批判》等。主编有《21 世纪中国文化地图》多卷。

胡適和新诗的现代性

臧　棣

【内容提要】现代文学史论述和批评界充满了对胡適的新诗创作和新诗观念的误读。这篇文章主要的目的，就是通过重新梳理胡適的诗学观念，通过耙掘寄宿于胡適身上的诗歌现代性的线索，勾勒出新诗现代性的图景中一些新的面貌。进一步地，通过回溯胡適建构新诗时的多重动机，更充分地更恰当地理解新诗作为一种崭新语言实践和诗歌态度所展现出来的伟大的现代性意图。

【关键词】胡適；新诗；现代性；尝试集

绪　论

在新诗历史上，胡適是一个地位特殊而名声却十分可疑的人物。1916 年前后，胡適便独自开始酝酿对新诗的革命性构想，并进行大胆的写作尝试。1917 年 2 月，《新青年》（2 卷 6 号）刊发了胡適的 8 首“白话诗”，标志着新诗正式登陆中国现代文学的历史舞台；1919 年 10 月，《星期评论》（第五号）发表了新诗早期最重要的经典文献：胡適的《谈新诗》；1920 年 3 月，亚东图书馆出版了现代文学史上的第一本个人诗集：胡適的《尝试集》。然而直到目前，连胡適作为中国新诗的奠基者这样一个简单的文学史实，都还不能获得批评界普遍的认同。人们更愿意把郭沫若视为新诗的奠基者，而习惯于轻描淡写地将胡適归位于新诗的先驱者，或称开拓者。事实上，胡適对新诗所做的贡献，不仅是开拓性的，也是奠基性的。人们之所以不愿意坦率地承认后一点，原因当然很多，它们或与艺术趣味有关，或与意识形态有关。但不论是什么原因，如果我们从今天的眼光去解读的话，就发现它们中充满了对胡適的新诗创作和新诗观念的误读。

这种误读情形的出现，在很大程度上，是由于长久以来人们对《尝试集》的误读造成的。作为一个诗歌文本，《尝试集》也许确实存在许多艺术问题，但是也可以肯定地说，它并不像流行的新诗批评想象的那么糟糕、那么幼稚；它所展现的一种崭新的诗歌态度，特别是这种诗歌态度所涉及的现代性意蕴，实际上是新诗历史上最珍贵的艺术遗产之一。和《尝试集》的命运相比，另一个贻害甚广的误读，就是对胡適所提出的新诗观念的普遍轻视。

毫无疑问，对胡適的误解，胡適本人也负有一定的责任。他在建构新诗的审美观念时，尤其是在涉及新诗的审美特征的问题上，常常会显得既天真又专断。比如，在确定新诗的批评标准上，他鼓吹“凡好诗必须清楚明白”，这样的观点就有武断、草率之嫌。这样，等于把作为一种复杂的审美实践的诗歌简化为一种在逻辑意义上的文体实践，并且带有唯理主义的独断论色彩。另外，他虽然敏锐地意识到新诗这一文类所体现的现代性特征，但他的着眼点却更偏重于新诗的文化功能。还有一个原因，胡適对新诗的认识，也受制于那个时代的人文经验的总体水准。

对于胡適在他的新诗批评中显示出的唯理主义的审美趣味，新诗历史上各个时期的诗人批评家都作出了激烈的反拨。在20年代早期，闻一多就称胡適是新诗中恶劣诗风的“始作俑者”，并认为这是一种审美观念上的罪过。稍后的穆木天，更是旗帜鲜明地断言：胡適是新诗的“最大的罪人”。这些批评，都是从纯诗主义的角度和观念出发的。而穆木天的批评的声音里，特别是他从有代表性的象征派诗人到活跃的左翼诗人的角色转换，更是为对胡適的批评引入了一种意识形态批评的色彩。

不过，我认为，问题的根本不在于胡適的诗歌理论有怎样的局限性，也不在于他的某些观点有多么简单和偏颇，而在于我们以前很少跳出一种纯诗主义（时而也以唯美主义或传统主义面目出现）的批评路径，去深究他的诗学观念中所体现的现代性内涵。或许，美国批评家莫瑞·克里格看待华兹华斯的方式，可以为我们提供一点参照。克里格将华兹华斯在《抒情歌谣集·序言》中阐发的诗歌观念归结为一种“诗歌政治”的[1]。在我看来，胡適的《谈新诗》《尝试集》三个序言，以及诸如《文学改良主义》《历史的文学观念论》《建设的文学革命论》《五十年来中国之文学》中涉及新诗的言述，实际上都可以从一种“诗歌政治”的角度来重新注释。而从胡適本人在这些文章经常使用的语汇（如“方略”“正统”“正宗”）中，其实不难体味他的诗学观念所具有的强烈的文化政治意图。当然，作出重新诠释的更主要的原因乃在于，如果单纯从诗歌的角度来理解胡適的观点的话，我们很可能会对胡適的新诗观念中蕴含的现代性标记不明就里。

事实上，在新诗的滥觞期，胡適是最敏锐的诗歌批评家，也是最有文学战略眼光的批评家。他对新诗的文学构想，对新诗的美学特征的阐发，不仅在“五四”时期产生了巨大的影响，而且在相当漫长的文学史时期内，规定了新诗后来的发展路向和历史

---

1 莫瑞·克里格：《批评旅途》，中国社会科学出版社，1998，第171页。

面貌。1935 年，像朱自清这样的诗人批评家在回顾新诗的发生时，还会指出胡適的《谈新诗》是新诗的“创造和批评的金科玉律”[1]，不过，后来这样的声音变得越来越孤立，最终湮没无闻。

而我认为，这种批评的轻视和忽略，不仅反映了新诗批评界本身存在的研究视角和研究方法上的问题，而且更严重地，它们已经妨碍了人们对新诗的理解，对新诗的阅读。不理解胡適，我们就会在什么是新诗的本质、新诗为什么会发生、新诗的自主性、新诗是否成熟，以及什么才是鉴别新诗的最根本的标准等一系列问题上作出不恰当的判断，甚至会犯可笑的错误。这篇文章主要的目的，就是通过重新梳理胡適的诗学观念，通过耙掘寄宿于胡適身上的诗歌现代性的线索，勾勒出新诗现代性的图景中一些新的面貌。进一步地，我也多少希望，通过回溯胡適建构新诗时的多重动机，我们能更充分、更恰当地理解新诗作为一种崭新语言实践和诗歌态度所展现出来的伟大的现代性意图。

一、新诗的时代观念

对时间的现时性的强调，对现时此刻的极端重视，是一种非常突出的现代性经验。这种时间观念往往都会蜕变成一种时代感和历史意识的双重变奏，它的核心是把现代设定为一个隐秘的标准，重新调整现代和古代的关系。在涉及传统的问题上，也可以认为，对时代的强调，实际上是把传统历史化，为传统植入一种相对主义特征。

胡適在酝酿他的“新文学”构想的时候，一个基本的着眼点

1　朱自治：《中国新文学大系・诗集》导言，赵家璧主编《中国新文学大系・诗集》，上海文艺出版社，1935，第 2 页。

就是他对文学的“时代”特征的重视。在写于1916的《文学改良刍议》中，胡適明确表示：“文学者，随时代而变迁者也。一时代有一时代之文学。”应该指出，古典文论中也不乏近似的观点。不同之处在于，胡適为这样的观点引进了一种现代的视角，即进化论的眼光：“文学因时进化，不能自止”，“吾辈以历史进化之眼光观之，决不可谓古人之文学皆胜于今人也”。进一步地，胡適实质上更看重时间的现时性，强调这种现时性包含了独特的文学创造的机遇：“今日之中国，当造今日之文学。”在时代的变迁中，主张把时间的现时性作为出发点，甚至把时间的现时性潜在地看成是把握时代变迁的中心观点，这种视角具有极其鲜明的现代性特征。因为强调此刻，强调现时性，意味着在传统面前提升此刻所包含的人类经验的独特性和重要性。具体到诗歌领域，就是“不作古人的诗，而惟作我自己的诗”。诗歌的发展，不必依据传统的诗歌范式，即“不摹仿古人”[1]。换句话说，在胡適看来，新诗的创造力所包含的一个强有力的动机，就是它对现在、现代、今日这样的时代特征的重视，并相信，在时代这样的时间范畴中包含了独特的文学经验。新诗的“新”，在很大程度上，就在于时代所包含的这种文学经验的独特性上。也可以说，这种经验的独特性，为新诗的变革提供了一种合法性的依据。对新诗和时代关系的强调，实际上，是对新诗所依傍的现代想象和现代经验的强调。

在《文学进化观念与戏剧改良》中，胡適明确表示，时代的变迁对文学最深刻的影响，在于它对文学的经验来源的改变：“人类生活状态随时代变化”。这种变化不仅改变文学的素材领

---

1 胡適：《文学改良刍议》，《胡適文存》卷一，黄山书社，1996，第9—11页。

域，而且不断催生新的想象和体验人类生活的方式。文学应该忠实于这种变化，并努力建构新的表现方式。也不妨说，文学对其时代特征的自觉与张扬，从根本上，促使它对自身的变化日益敏感。这种敏感最后衍生成文学对表达的有效性的焦虑。正是这内在的焦虑，导致了现代文学推崇差异性和革命性的审美意志："文学的生命全靠能用一个时代的活的工具来表现一个时代的情感与思想。"[1] 这里，"生命"一词的使用，也包含了一种现代性的眼光：即认为文学是一种不断生长变化的有机体。要求文学是有生命的，不仅意味着对文学的阅读程式上的改变，更主要的，为文学的批评标准引进了一种现代心理主义的向度。

新诗的"新"如何体现于文学史呢？新诗是如何发生的呢？是通过一个渐进的方式自然演进的呢，还是需要进行激烈的革命？如果是后一种情形，那么，这激烈的革命如何处置新诗与古典诗歌的关系的？它到底是一种变革的策略，还是一种具有诗歌本体论色彩的新的美学特征？

新诗的变革，到底是一种诗歌改良呢，还是一种诗歌革命？在不同的场合，针对不同的文学情境，胡適的表述表面上看常常会有变化。这种变化，也可以理解为一种文学史策略。而胡適本人，也的确喜欢用诸如"方略"等语词。如为《中国新文学大系·建设理论集》写导言时，论及新诗的变革，他就使用了"方略"一词；又比如，1917 年刊发《文学改良刍议》时，他会出于效果的考虑，而用"文学改良"替换"文学革命"。但是，综观他的前后表述，特别是考虑到他在 30 年代前期的措辞，我认为，胡適毫无疑问是认同新诗在文学史意义上所显示的革命性

1　胡適：《逼上梁山》，《胡適文集》卷一，北京大学出版社，1998，第 146 页。

的。也就是说，新诗的变革，不止限于对古典诗歌范式的改良，更重要的方面，在于新诗对古典范式的反叛。

1916年，在写给陈独秀的信中，论及中国文学的未来发展时，胡適认为迫切需要一次文学革命，称“今日欲言文学革命，须从八事入手”[1]。这里，他所说的“文学革命”的内容，即“八事”[2]，都和诗歌的变革指标有关。换句话说，在新诗的萌芽期，胡適是把新文学/新诗所诉求的变革内容视为形式上和精神上的“革命”的。而“文学革命”的对象，针对的是传统的文学程式和审美标准。

在1935年，胡適写到“所以文学革命的作战方略，简单说来，只有‘用白话文作诗’一条是最基本的。这一条中心理论，有两个方面，一面要推倒旧文学，一面要建立白话为一切文学的工具”[3]。而在1933年的《四十自述》中，回顾1915年与梅光迪等友人讨论中国文学的前途时，胡適说“我那时常提到中国文学必经过一场革命”。具体到诗歌的变革，胡適说得更明确：“诗国革命何自时，要领作诗如作文。”从上述的言辞中，我们不难看到：尽管在许多场合，胡適使用“文学进化”的眼光来描述新诗的发生；并且，力图让人们（主要是反对派）相信，新诗的发生是诗歌史内在的自然的进化趋势的产物；但在内心深处，也可以说是基于一种新的文化信念，胡適认为，新诗作为一种应运历史发展的文学实践，它引发的变革在本质上是一种革命。

1　胡適：《寄陈独秀》，《胡適文存》卷一，黄山书社，1996，第4—5页。

2　一曰不用典；二曰不用陈套语；三曰不讲对仗；四曰不避俗字俗语；五曰须讲求文法；六曰不作无病之呻吟；七曰不摹仿古人，语须有个我在；八曰须言之有物。

3　胡適：《中国新文学大系·建设理论集》导言，赵家璧主编《中国新文学大系·建设理论集》，上海文艺出版社，1935，第19页。

这场新诗的革命涉及的主要方面有：反叛古典传统（“推倒旧文学”），建构新的文学能力，以应对现代的历史处境（采用新的诗歌语言，引进新的审美标准）。在论及这种革命的激进程度时，胡適曾将自己与陈独秀对古典/传统的反叛态度进行了比较，进而“检讨”了自己所持有的渐进主义的立场，称之为“太持重的缺点”，认为陈独秀的激进主义反传统立场（不宽容）对推介新文学/新诗更为有效。并充分肯定了陈独秀在《文学革命论》中提出的带有激进色彩的“三大主义”的反传统立场。

用时代来为诗歌的变革作辩护，相信时代会给予文学一种独特的人类经验，并把时代作为评判历史的潜在的标准，胡適在构想新诗的革命时使用的这些视角，都对新诗以后的发展产生了重要的影响。文学研究会的诗人们、中国诗歌会诗人、七月诗派，直至 50 年代以后当代诗歌，都非常突出地强调了新诗的时代特征。诸如：呼吁诗歌在题材上反映时代、要求诗人具有时代意识，等等，都或多或少地与胡適等人在新诗的草创期强调时代的因素有关。从诗歌的文学能力的构成上看，这种对时代因素的推重，在很大程度上，对新诗人的洞察力，对新诗人的素材观念，对新诗和社会的关联，都产生了深刻的影响。

二、新诗和古典诗歌的界限

新诗的发生，无疑是一场意义重大的诗歌革命。但由于这场革命发生在 20 世纪中国历史中非常特殊的一个反传统主义时期，所以对它的评价也一直存在着激烈的争议。近 20 年来，批评界不断有人抨击新诗的“革命”意义，甚至有人认为新诗 80 多年所走的道路就是一条歧途/迷途，还有论者认为新诗的发展历史是“世纪之骗”。而争议的焦点，则集中于一种新诗与古典诗歌乃至于整个传统文化的断裂的问题上。许多论者都认为，新诗粗暴地割断一个辉煌的古典诗歌传统，并认为新诗未来的发展有赖于对古典诗歌传统的承续和发扬。因为新诗迄今都没有建立自己的传统。真是这样吗？

问题不在于这样的观点体现了怎样的保守主义文化立场——它新近由于80年代后期的“国学热”和全球化引发的文化民族主义的勃兴而获得加强，问题在于将诗歌的历史看成是一个没有差异的整体，这样的观点是否恰当？或者，用整体主义的视角看待诗歌史的有效性是怎样的？诗歌的发展真的是一个线形的毫无断裂的历史过程吗？新诗，当然会和古典诗歌发生多重关系，但是，这多重关系是建立在一种诗歌史的同一性的基础之上的吗？新诗对古典诗歌的反叛究竟是否涉及到一种文化范式（审美范式）的差异？这种审美范式上的差异会对我们谈论新诗和传统的关系产生怎样的影响？是否存在着一个建立在同一性基础上的对新诗和古典诗歌同样适用的批评标准？

一个更为重大的问题是，我们是否承认在新诗身上体现出了从古典到现代的范式转移？如果承认存在从古典到现代的范式转移，那么运用古典诗歌的审美标准来评判新诗就显得极不恰当了。

现代性最突出的、也是最有影响的文化势能，就是给人类带来了一种新的想象历史的方式。也不妨说，它给人类带来了一种新的历史意识。这种新的历史意识是否比传统的历史观念更有价值，或许还存在着疑问；然而，在激发人类的创造力方面，它无疑具有无可比拟的说服力。而且，人类自身的求真意志也很难避免这种冲破封闭、打破循环、重视变迁、向未来开放的历史意识的产生。从西方的现代性线索上看，它确实与人对其主体性的建构和探索联系在一起。正是这种历史意识孕育着古典与现代的范式对立，从而在不同的文明形态中招致剧烈的传统与现代的冲突，或称断裂。比如，在中国这样有着悠久而辉煌的文化传统的国度里，古典与现代（新与旧）的冲突，再加上东方与西方的冲突，就显得格外剧烈。但是，换一个角度，我认为，这种范式意义上的冲突，恰好为新文学/新诗奠定了一个既独特又充满生机的文学背景。

在这个问题，我觉得，回顾胡适提倡新诗时阐发的一些观点，梳理这些观点所涉及的新诗的现代性标记，会有助于我们澄清某些疑惑。

胡适对新诗的“革命”特征的强调，究其实质，体现了对新诗的现代性的一种高度的自觉意识。事实上，在很多场合，胡适是把新诗的变革归入一场古典与现代的激烈的范式对抗来考察的。五四新文学的文化目的，就是“推翻向来的正统”，“否认骈文古文律诗古诗是正统”[1]。而新诗则充当了实践这一文化目的先锋。这里，像“推翻”和“否认”这样的词语，都明确地宣示古典与现代的激烈的范式对抗，同时，也标识出了新诗所具有的革命意味。这种范式对抗所产生的断裂，或许称之为界限或差异可能更恰当。它对用整体主义的视角来看待传统与现代的关联这样的观念构成了一种挑战。另一方面，像这样凸显差异，实际上塑造了新诗现代性的自主空间，也表明新诗的传统尽管一开始可能会显得薄弱，但它是有着自主性的文学空间，一种蕴涵着多种可能性的创造领域，一种等待着新的实践将其填满的自足的审美系统。

1916 年，胡适在思考新诗的实践意义时，也确实是把新诗作为崭新的语言空间来感受的，称：“我此时练习白话韵文……似

1　胡适《胡适留学日记》，安徽教育出版社，2000，第 1066 页。

新辟一文学殖民地。”[1] 1919 年又称，运用白话，采取散文的态度（“有什么话，说什么话，话怎么说，就怎么写”）来创作新诗，显示了一种新的“文学可能性”[2]。换句话说，尽管胡適认为白话作诗是古已有之的文学现象，但“真正的白话诗”或说“新诗”是源于对古典的审美范式的剧烈的反叛：新诗对形式自由和艺术创造的可能性的信奉，“就是把从前束缚自由的枷锁镣铐，一切打破”。在《文学改良刍议》等文献中，也隐含地使用了范式转移的观念，多次强调新诗的创作必须废除传统的格律。这些言述，当然不仅只是为了表明一种反传统的审美立场，更主要的，它在范式的意义上刻画出一条新诗与古典诗歌的审美界限：正是这条界限区分了新诗和古典诗歌所依循的不同的诗歌传统。对胡適来说，新诗作为一种新的文学实践，它更重大的文学史意义在于它开辟了一个与古典传统截然不同的创造空间，即所谓的“新辟一文学殖民地”。胡適甚至也使用过“新国”一词，来指称新诗开辟的文学空间所具有的独立性和自主性。[3]

胡適还把新诗的这种空间意识，用于确定某些新诗的想象力范畴，比如在素材问题上，胡適就认为，新诗具有无限的开拓自身的文学题材的能力，“诗材料，有簇新世界，供我驱驰”[4]。换句话说，早在新诗的开拓期，胡適就已敏感地意识到新诗触及的人类经验，是一种烙有鲜明时代印记的现代经验，绝然不同于古典经验。在文学的心理学层面，这种差异也表现得非常突出。胡適曾在多处提到过，新诗比古典诗歌更有能力表现“复杂的情

1 胡適：《胡適留学日记》，第 1067 页。

2 胡適：《尝试集》自序，《胡適文存》卷一，黄山书社，1996，第 144 页。

3 同 1，第 146 页。

4 同 1，第 142 页。

感”，或是“曲折的心理”[1]。

这种空间感，实际上，是新诗对自身的传统、对自身的文学史图景的一种自我意识的体现。从某种意义上说，它深刻地揭示了新诗所具有的文学能力和所涉及的现代经验，在审美范式上是自足的、自主的和开放的。正是这些特性，为新诗的写作和发展前景提供了丰富的可能性[2]。

如何理解新诗与古典诗歌的差异问题，对辨识新诗的本体特征非常重要。从新诗最初的发生动机上看，新诗与古典诗歌当然有很多关联，包括新诗的反传统维度实际上也是新诗与古典诗歌发生关系的一种极端的表现。但是，它们之间最根本的关联，不是继承与转化的关系；新诗作为一种充满自我意识的现代的文类实践，它最根本的文学驱动力不是对古典诗歌的重新阐释，或曰重新发现（当然，这并不排除新诗历史上一些优秀的诗人从古典诗歌中汲取艺术营养），而是在传统诗歌的审美范式和文学空间之外，重新开辟了一个新的艺术创造空间。也不妨说，新诗发生的最根本的原因在于它自身和古典诗歌的差异。这种差异，表面上看，确实意味着一道巨大的裂痕；另一方面，诗歌史的发展，特别是诗歌在现代的历史境遇里的衍变，表明诗歌的变革过程不是线性的，会出现多重断裂。在《五十年来中国之文学》中，胡适对陈独秀在《文学革命论》提出的“三大主义”的大幅引证，非常有意思。这种引证表明，胡适认同陈独秀所刻画的新文学和古典文学的重大的差异。新文学的目标是致力于“建设平易的抒情的国民文学……建设新鲜的立诚的写实文学……建设明了的通

1　胡適：《谈新诗》，《胡適文存》卷一，第124页。

2　而“可能性”也确实是胡適非常喜欢使用的一个词，如在《谈新诗》和《尝试集》自序中。

俗的社会文学”。陈独秀为新文学确立这些美学原则，具有极其鲜明的现代性内涵。在胡適看来，新诗的文学目标也是一样的。不仅从属于前者，而且新诗更是实现这一文学目标的“利器”。尽管在陈独秀的表述中，包含着新与旧之间的对立和反叛关系，甚至包含着先进与落后的对照关系（胡適的引证表明他自己也认可这样的看法），但是，这种新与旧的对立关系，在实质上是一种差异关系。而之所以会产生这样的差异，是两者遵循了不同的审美范式，置身于不同的文学传统中。

而在30年代前期，胡適也意识到了这种差异。他回顾说，早在1916年，他就对古典文学产生了范式意义上的失望，古典文学在文学程式上已经“僵化了”。新的文学实践需要立足于一种新的审美范式，“必须另换新的，活的，这就是‘文学革命’”[1]。这里，我认为胡適使用的“另换”一词，非常值得关注。它实际上预示着对新文学的审美空间和未来的文学史景观一种想象和期待。同样，它也揭示了新文学/新诗所包含的革命性在本质上体现为一种审美差异。这对我们理解新诗的现代性非常重要。新诗的发生，不仅依赖于它和古典诗歌的界限，而且更内在的，它依赖的是这条界限引申出的审美范式意义上的差异，也就是胡適所称的“另换新的”。这里，同样意味作为新诗的奠基人的胡適对新诗的自主性的自觉意识。胡適的“新觉悟”表明，新诗无论是在诗歌范式、审美理念、抒情姿态和文学传统等方面，都与古典诗歌有着巨大的差异。

由于存在着这样的差异，所以我认为，适用于古典诗歌的文学程式，特别是与这些程式密切相关的审美标准，不适合用来评判新诗。这种差异，还表明在传统问题上，保持新诗与古典文学

1　胡適：《逼上梁山》，《胡適文集》卷一，第146页。

的张力关系，可能要比运用一种可疑的整体主义视角来弥合两者之间的对立更恰当些。

三、新的主体性：自由创造，推崇个性

新诗现代性的一个重要的方面，就是新诗对于形式自由的信念。这种信念也和新诗的反传统特征有关。在《谈新诗》中，胡適称“文学革命的运动，不论古今中外，大概都是从‘文的形式’一方面下手，大概都是先要求语言文字文体等方面的大解放”；也就是说，胡適明确地认为，文体解放是基于一种与“革命”有关的现代经验。又称“新文学的文体是自由的，是不拘格律的”。进而，胡適对形式和文体的这般感受，并不是源于一种单纯的文学趣味，而是根植于一种现代的人文体验，一种现代的审美精神：“形式上的束缚，使精神不能自由发展，使良好的内容不能充分的表现。若想有一种新内容和新精神，不能不先打破那些束缚精神的枷锁镣铐”。换句话说，新诗所采用的自由诗体，是对一种现代审美经验的体认。它涉及到现代人对自我的推重，对个性的尊重，对主观性的偏好。

在辨认新诗的主体性时，胡適还把新诗的形式自由观念与诗人对个性的自我意识联系起来。对同代诗人康白情在新诗创作中宣扬的一种极端主观性——凡经过我做的都是对的——胡適表示嘉许，并把这种主观性作为自由表达来认同。[1] 而对创造主体的主观性的高度重视，对诗人的艺术个性的推崇，是现代性审美中最重要的观念之一。这种观念在诗歌的浪漫主义向度上，表现得

1 胡適：《评新诗集（一）·康白情的〈草儿〉》，《胡適文存》卷二，黄山书社，1996，第 611 页。

尤为突出。而浪漫主义，如墨西哥诗人奥克塔维·帕斯所指陈的，是现代性经验最经典的表现方式之一。我认为，新诗的文学能力在很大程度上根植于这种创造的主观性。

在评论康白情的主观性所体现的文学意义时，胡適阐明了这样的观点，主观性尽管会有这样那样的弊端，但它也给新诗带来了创造的机遇，新的艺术实践的可能性，至少它给新诗带来了一种书写/表达的自由。称康白情“自由吐露”，体现了一种更理想的艺术境界：“无意创造而创造”[1]。而在诗歌创作中突出主观性的观念，并把这种主观性与形式自由联系起来，是最富有吸引力的审美现代性观念之一。我以为，这种“自由吐露”，实际上反映新诗在形式上的开放性。换句话说，在胡適等人建构新诗的观念时，就已经在形式观念上确立了一种开放性。正是这种形式上（特别是反映在结构上）的开放性，为新诗的写作带来了一种活力。

在《答朱经农》（1918 年）中，胡適甚至把新诗在形式方面的自由诉求，引申为一种新的审美原则。反对为新诗创作制定任何规则。称新诗的写作就是“有什么材料，做什么诗；有什么话，说什么话”；新诗人应该“不知什么叫作白话诗的规则”。如果仅从表面的表述上看，胡適的说法显得很偏激，也很幼稚，但它们的确体现了一种最深刻的现代经验：就是把诗歌/文学的创造的重心移向形式的自由。

在《寄陈独秀》（1916 年）中，胡適把新文学/新诗对个性的重视，列为“文学革命”的“八事”之一，认为新文学/新诗的作者应该“语语但有个我在”，并且特意注明这一“个我”

1　胡適：《评新诗集（一）·康白情的〈草儿〉》，《胡適文存》卷二，第 611 页。

（诗人的主体性）体现的是“精神上之革命”。这样，胡适就为“个我”添加了一层现代性内容。在《文学改良刍议》（1917 年）里，胡适还更明确地指明了这种主体性所具有的反传统内涵，新诗人应该彻底摆脱对古典诗歌范式的依傍，“惟作我自己的诗”。这里，“我自己”像“个我”一词一样，都体现了一种对新诗的现代性体认：把创造主体对个性的自我意识看成是诗歌发展的原动力。另一方面，对诗人的主体性的高扬，也反映出新诗和古典诗歌在审美范式上的差异。古典诗歌倾向于隐藏诗人的个性，甚至敌视诗人的个性，而作为一种现代诗的新诗，则把诗人的个性尊奉为艺术创造的核心。此外，对诗人的个性的强调，也在很大程度上改变了新诗的想象力的关注对象，使新诗更专注于表现人的自我。而这又引出了新诗的另一个现代性特征：表现自我。值得注意的是，古典与现代的对立关系，始终是胡适强调新诗的个性的一个时代背景。也就是说，对诗人的创造个性的强调，体现的是一种反传统的现代精神。

20 世纪 30 年代中期，从思想史的角度，胡适还进一步地寻绎出了新诗对个性的推崇的另一个现代性线索：“个人主义”。这样，胡适实际上为新诗的个性观念引入了一个更深远的现代性内涵。胡适把这种“个人主义”称之为易卜生式的，即在一个新旧交替充满冲突的历史情境里坚持个人独立的思想情操。并且认为，这种个人主义，这里它又体现为一种现代人格，是新文学/新诗的写作前提；同时，它也是新文学/新诗在素材和主题上要探索和表现的审美领域。胡适非常欣赏周作人在谈到新文学的性质时阐明的一个观点，新文学是表现“人的文学”[1]。这里，又一次涉及到新文学/新诗与古典文学/古代诗歌的差异。新文学/新

---

1 胡适《中国新文学大系·建设理论集》导言，第 18 页。

诗的一个重要的文化目标，就是表现人的自我，一个有着独立人格的自我。也就是说，探索、表现、建构现代意义上的“人”的形象，描绘人的主体性则是启蒙现代性的最宏伟的主题。

对诗人的个性和新诗的主体性的强调，也涉及到一种现代价值观念：厚今薄古。它的现代性视角源于进化论。现代代表进步、正确、希望、好的、理性。新诗的可能性究竟预示了怎样一种价值前景呢？胡適认为，“不可谓古人之文学皆胜于今人也”[1]。这种表述还算婉转，而从他对李商隐等古代诗人的苛评，对古典文学的程式的激烈的抨击，可以推断在审美价值观念上，胡適是倾向于现代的。不妨在这里回顾一下胡適在描绘古典文学时经常使用的一些语词：死的，僵化的，腐朽的，不自然的。这些语词显得非常偏激，但它们却体现了一种独特的现代经验：由于划出了现代与古代的界限，现代相信自己代表了历史的未来发展，也相信寄居在自己身上的理性主义是一种可以主宰历史走向的力量。这种信念，也表现在胡適尝试写作新诗的所具有的一种独特的乐观精神。

我们还可以提及胡適对周作人在此问题上的另一种回应。对于周作人在《人的文学》（1918 年）所描绘的人的古典处境：古代的人处于“违反人性不自然的习惯制度”下，“礼法”限制“人人能享自由真实的幸福生活”。胡適认同这样的描绘，并在撰写《中国新文学大系・建设理论集》的导言时，大篇幅引证周作人的论述。这表明，胡適认为创造主体的个性自由，以及对这种主体性的尊重，不仅是新文学/新诗的驱动力，而且它们更包含现代性经验对自由的强烈呼吁。这种自由，也是一种更自然的人性的体现。而胡適等五四知识分子诗人也的确是这样看新诗人的

1　胡適：《文学改良刍议》，《胡適文存》卷一，第 5 页。

主体身份的：更自由，更自然，更多个性的发挥，更使人感到亲切。

正是基于一种价值判断，胡適在构想的新文学/新诗的主体性时，非常强调它的时代特征，称新诗的主体性必须具有鲜明的时代感，他的创造者身份也是非常明确的，一个“说现在的中国话的人”[1]。十多年后，在给徐志摩的著名的通信里，他仍然重申：新文学/新诗的主体“是用现代中国语言来表现现代中国人的生活、思想情感的诗”[2]。从这些表述中，可以看出胡適对主体身份中的时代标记（“现代”）是非常看重的。换句话说，新诗主体就是一个“用现代中国语言”的“现代中国人”。这是新诗写作的一个前提性原则，也是新诗在主题上致力追求的一个重要的文学目标。

四、想象力的现代性：复杂，深刻，精确，日常性

关于新诗想象力的构想，胡適所采用的最基本的视角，依然是从古典和现代的范式对立出发。尽管他曾把使用白话/现代汉语视为新诗现代性的最显著的标记，但是，胡適实际上认为，新诗在想象力方面所进行的美学变革，具有更深刻的意义。不仅如此，诗歌的想象力方面的革新，也是新诗发生的更内在的原因。

在《尝试集》自序中，胡適写道：新文学/新诗“必须要有新思想做里子”。那么，这“新思想”都涉及哪些具体的审美倾

1　胡適：《答黄觉僧君〈折衷的文学革新论〉》，《胡適文存》卷一，黄山书社，1996，第85页。

2　胡適：《致徐志摩》，《胡適书信集》上，北京大学出版社，1996，第561页。

向呢？在《谈新诗》中，胡適称“新思想”应表现出一种异于古典传统的“新内容和新精神”，具体而言，新诗在想象方式上应表现出“丰富的材料，精密的观察，高深的理想，复杂的感情”。古典诗歌由于受到自身的文学程式的限制，“决不能委婉达出高深的理想与复杂的感情”。直到30年代中期，胡適仍然坚持这样的看法。新诗/新文学的想象力应该“能够应对新时代的新需要”，有能力“传达复杂的思想”[1]，不难看出，胡適对新诗的想象力所具有的复杂性是非常看重的。因为在近20年的时间跨度里，一旦论及新诗/新文学在想象力方面的特色时，他就会用“复杂”来修饰新诗所要表现的思想与感情。这种复杂，也为新诗带来了一种全新的对于现代处境的体验。有趣的事是，胡適为“复杂”一词所设定的语境，是古典与现代的对立关系。所谓“复杂”，实际上与一种理性主义的现代性向度有关。综观胡適在“五四”时期的言述，像其他五四知识分子作家一样，他相信现代人的认知能力比古代人要复杂些，因为现代人可以依据逻辑的力量和科学的精神，思索复杂的经验领域。古典诗人，有时候也会显示出一种想象力上的“复杂”。比如，李商隐的诗歌，但胡適认为从现代性的角度看，那不是“复杂”，而是一种“艰涩”。

此外，“复杂”也指涉着新诗在想象方式上对于现实和社会的洞察能力。在文学的现代性中，最伟大的抱负莫过于相信文本的复杂性可以反映或对称于现实社会的复杂。所以，现代的文学思潮，无论是现实主义，还是现代主义，都致力于建构一种文学想象的复杂性，来捕捉它们所要表现的社会现实或心理现实。确实，比较起来，古典文学的想象力更关注“美感”，而只是到了

---

1 胡適：《中国新文学大系·建设理论集》导言，花城出版社，2013，第73页。

现代时期，作者和读者才表现出对“复杂”文学想象的钟爱。也不妨说，对“复杂”的诉求，反映一种诗歌想象力的现代趣味。

新诗想象力的另一个现代性标记，就是对“精确”的追求。“精密的观察”这一命名，反映出新诗的这种审美倾向。在倡导新文学的变革时，胡適就对古典诗歌的含混和空洞——即他所谓的“言之无物”——感到深恶痛绝。在另一处，胡適还提到，新文学应该“有活泼精细的理想（Imagination）”[1]。这里，“精细”和“精密”一样，都体现了新诗想象力对于“精确”的偏好。在胡適看来，“精确”也意味着富于逻辑色彩的理性倾向。这种倾向尤其反映在对“观察经验的材料”的“组织”上：“从已知的推想未知的，从经验过的推想到不曾经验过的，从可观察的推想到不可观察的。”[2]

像许多五四知识分子一样，胡適认为古典文学从总体上看有一种逃避现实的倾向。如陈独秀在《文学革命论》中所称的：“所谓宇宙，所谓人生，所谓社会，举非其构思所及。”也就是说，古典文学的想象力根本就不能触及的现实人生的层面。这当然是一种强烈的对于古典文学的偏见。但是，在偏见的表述中，也反映出新文学对于“现实”的构想，迥异于古典文学的想象力。在《寄陈独秀》中，胡適对陈独秀的“三大主义”表示了热烈的“均极赞同”。值得注意的是，梁实秋一直到30年代仍然采用这样的视角去评判古典文学，认为古典文学的想象力过分耽于“玄想”，究其实质，体现了一种理性主义的现代经验格格不入的“迷信”色彩。[3]

1　胡適：《建设的文学革命论》，朱正编选，《胡適文集》，花城出版社，2013，第50页。

2　同1。

3　梁实秋：《偏见集》，上海书店，1988，第56页。

正是基于上述不无偏见的判断，胡适主张新诗的想象力，不仅应该关注现时代，关注现实人生，而且应该关注日常经验。在收入《尝试集》的《梦与诗》（1920 年）这首诗中，胡适写道：

都是平常经验，
都是平常影像，
偶然涌到梦中来，
变幻出多少新奇花样。
都是平常情感，
都是平常言语，
偶然碰着个诗人，
变幻出多少新奇的诗句。

这里，所谓的“平常经验”“平常影像”“平常情感”，都反映出新诗对日常经验的重视。它们并非单纯的诗歌趣味，都包含着五四知识分子诗人对古典诗歌的想象力的反叛与矫正，即对“梦”作为一种诗歌想象的反拨。这表明，在新诗最初的传统中，就渗透有对诗歌的日常性的关注。而对于此在世界的关注，对现实经验的重视，如加拿大批评家诺斯普罗·佛莱在《批评之路》中所指认的，它反映着一种对现实的“关怀神话”，是最重要的现代性经验之一。对日常性的关注，也常常被人们用于区别古典和现代在想象力方面的标志性差异。如马克斯·韦伯就认为，现代经验最突出的标识就是“祛魅”。

从偏重幻想到关注日常经验，在胡适看来，确乎意味着一种重要的诗歌想象力的转向。所以，他自信地声言：“简单一句话”，新诗应该“要经验做底子”，并说“这是我的“诗的经验主义”。更进一步地，胡适还把诗歌的日常性作为一种批评标准来运用。偏离日常经验，“做没有经验做底子的诗”，是新诗写作中的“大毛病”。[1] 这里，胡適实际上把日常性既看成是新诗写作的一个想象力前提，又视为新诗想象力追求的一个美学目标。

五、新诗的文学能力：真实，具体性，实验性

对诗歌的日常性的推崇，意味着将新诗的想象力锁定在日常经验领域。也可以把这种观念视为“五四”时期盛行的现实主义思潮在新诗中的一种反应。有意思的是，“五四”时期，胡適也好，陈独秀也好，茅盾也好，很多论者都把现实主义解说成一种“最现代”的文学潮流。当然，从文学史的角度看，现实主义确实可以算作最重要的文学现代性经验之一。

胡適所说的“诗的经验主义”含有两个现代性标记，一是对诗歌素材的时代特征的高度重视，二是对诗歌表现力的写实倾向的吁求。在胡適看来，新诗歌的写实倾向，体现着一种强烈的现代审美，是对古典诗歌的“玄想”气质的矫正。换句话说，“写实”不仅意味着一种风格倾向，更主要地，它意味着一种表达方式。而胡適在谈论新诗的“写实”倾向时，为它设置的语境仍是古典和现代的对立。胡適认为，新诗的文学能力主要反映在新诗比古典诗歌能有力地进行“写实的描画”，声称，新诗的写实能力臻及的“朴素真实”，是“诗体解放后最足使人乐观的一种现象”。[2]

新诗对“真实”的审美诉求，同样，不单纯是一种审美趣味的流露，它还具有鲜明的反传统色彩。缺乏“真实”，被胡適判

1　胡適：《尝试集》，泰东图书局，1923，第 92—93 页。

2　胡適：《谈新诗》，《胡適文存》卷一，黄山书社，1996，第 124 页。

定为古典文学衰落的根本原因："……无真挚之情感，文学之衰微，其此大因矣。"[1] 胡适还把一种心理主义的维度植入到新诗的"真实"观念中，要求新诗在表达效果上展示出"逼人性"，即用"真实"来体现诗歌的感染力。[2]

胡適对文学的界定也带有明显的现代性特征："文学是社会的生活的表示，故那些'与社会无甚关系'的人，绝对的没有造作文学的资格。"[3] 不难看出，从文学与社会的关联来建构文学的本质这样一种现代性视角，是胡適看待文学的基本方式，同样也不难看出，它所流露的反映论带有严厉的独断论色彩。这种独断论是五四知识分子作家在对待传统和现代的关系时最普遍的情绪。而支撑这种独断论的，就是重视现在、强调此刻的对时间的现代体验。

新诗对日常经验的重视，对"真实"的美学诉求，如何体现在诗歌的表达方式上呢？胡適主张，诗歌的具体性可以完成这一任务。在《谈新诗》中，胡適声言：

> 诗须要用具体的做法，不可用抽象的说法。凡是好诗，都是具体的；越偏向具体的，越有诗意诗味。凡是好诗，都能使我们脑子里发生一种——或许多种——明显逼人的影像。这便是诗的具体性。

这里，从"影像"一词的使用上，我们可以看出，胡適对新诗的具体性的强调，受到过英美意象主义诗歌观念的影响。他也

1 胡適：《文学改良刍议》，《胡適文存》卷一，第 5 页。

2 胡適：《什么是文学》，《胡適文存》卷一，第 158 页。

3 胡適：《答黄觉僧君〈折衷的文学革新论〉》，《胡適文存》卷一，第 84 页。

确曾把意象派的诗歌宣言剪贴到日记里。因此，也可以说，诗歌的具体性是胡適的诗学观念中最具现代主义色彩的主张。他认为，具体性可以让诗歌意象变得鲜明生动的想法，也非常具有启示意味。

新诗的具体性，包含了对具体语词的重视和选用。胡適从一开始就明确反对在新诗写作中使用“套语”，并把这观念列为“八事”的革命性目标之一。新诗的文学能力首先要学会“用具体的字的手段”。只有用词具体，才能“发生引起具体意象的作用”。并且，他鼓励新诗人应在具体的写作中多运用“新的具体字”。[1] 胡適进而认为，诗歌的具体性是诗歌写作的最根本的修辞法则。[2] 另一方面，新诗的具体性也有助于实践新诗的“不用典”的创造原则。所以，它也带有鲜明的反传统色彩。而“具体影像”，则反映出新诗对细节的重视。这种倾向同新诗对“写实”的推重有着内在的关联。

新诗的文学能力的另一个现代性向度，就是新诗的实验性。胡適非常看重新诗的实验性，倡导新诗写作中的“实验精神”，主张多多进行文体上的和语言上的“试验”。“试验”（实验）是他在谈论新诗时使用的高频词之一。不仅如此，他还把他的诗集命名为《尝试集》。从思想渊源上看，他倡导的“实验的精神”源于他本人信奉的实证主义，而实证主义是一种影响甚广的现代性思潮。

在诗歌语言上，胡適主张大胆运用白话文（稍后又称“国语”），“要看白话是不是可以做好诗，要看白话诗是不是比文言

1　胡適：《读沈尹默的旧诗词》，《胡適文存》卷一，黄山书社，1996，第 121 页。

2　胡適：《谈新诗》，《胡適文存》卷一，第 133 页。

诗要更好一点。这是我们这班白话诗人的‘实验的精神’”[1]。为什么要选用白话作为新诗的语言媒介？胡適认为，白话的推展符合历史发展的潮流，具有鲜明的时代特色，也是反传统的最主要的文学标记之一。在形式方面，胡適也认同刘半农所主张的增多诗体实验，创设各种各样的诗歌形式。并且，认为新诗在形式方面进行实验的一个原则，就是按照语言的自然节奏来确定诗的句法，组织诗的结构。[2] 自由诗就是这种诗歌文体实验的最彰显的体现。

对诗歌的实验性的推重，也有助于推动新诗在形式方面的独创性。从新诗的主体性的角度看，实验性的现代标记就更加突出了。它实际上是新诗对创造个性的崇尚的一种反映。没有对艺术个性的高度信任，这种实验性就不会被看成一种自由创造的途径。

六、语言的现代性：言文一致，散文化/口语化，风格的明晰

在考虑将白话作为新诗的语言媒介时，胡適充分注意到文学语言的雅俗观念的背后所包含的古典与现代的审美对峙冲突。古典诗歌对文学语言的基本诉求是高雅、优美、凝练，而现代诗歌对文学语言的基本诉求则是真实、自然、精确。胡適曾着意反驳人们对白话的俚俗性质的偏见，他多次提及但丁创作《神曲》的例子。但丁摈弃他所处的时代的正统文学语言——高雅的拉丁语，转而用意大利方言创作伟大作品《神曲》的事例，胡適有意

---

1 胡適：《尝试集・自序》，《胡適文存》卷一，第140页。

2 胡適：《谈新诗》，《胡適文存》卷一，第125页。

将它和白话相提并论，认为通俗语言——比如白话——同样能够创作出伟大的作品。

胡適认为，从文学史的角度看，中国也好，外国也好，文学语言的演变有一个明显的自然趋势，就是“言文一致”。而中国的“言文一致”的进程，受明代的复古主义的阻碍而延缓了演进的速度。[1] 在这一进程中，“俚语”/“俗话”必将取代文言文而成为正统的文学语言。因此，“言文一致”的实质是语言的世俗化。这种语言的世俗化，同现代以来社会的世俗化是步调一致的。世俗化通常也被看成是现代性的标志之一。而文学语言的世俗化，又可以看成是文学语言的社会化的另一种描述。而对文学语言采用社会性的眼光，则属于一种现代的视角。此外，胡適还注意到，对文学语言的日常性的重视，从世界文学史的角度看，是一个非常重要的现代性事件。但丁的写作摈弃了他那个时代正统的文学语言——拉丁语，乔叟的创作也用的是对拉丁语来说是“俗语”的英语，路德使用的德语在他那个时代也是一种“俗语”，但是，他们都创作出了伟大的作品。同时，也促进了民族语言的发展。[2] 值得注意的是，胡適还使用了另一种现代性的视角——语言进化的眼光，来看待“言文一致”。

认识到文学语言的变化存在着的“言文一致”趋向，我以为，是胡適对新文学的最卓越的贡献之一。“言文一致”的现象也许早就见于诗歌史，但把这现象提升到一种语言的进化论的层面，还是需要敏锐眼光的。按古典文学的语言标准，是不会承认“言文一致”的；因为这一文学语言的变化中，语言的日常性（俚俗/通俗）开始居于主导地位。而这样一来，文学的高雅性就

1 胡適：《胡適留学日记》（三），安徽教育出版社，2000，第 864 页。
2 同 1。

不复存在了。如果我们考虑到胡适留学美国期间对“意象派”诗歌理论的关注的话，那么，胡适关于文学语言的“言文一致”的构想里，实际上也包含着一条现代主义的痕迹。因为庞德、艾略特等人在诗歌语言上所持有的一个重要观点，就是现时代的诗歌所采用的语言和散文应该是一致的。诗歌不需要另外一套措辞系统，现代的诗歌应该用普通语言（日常会话）来写作。早在1916年，胡适就明确表示，新诗的语言原则应该是“要须作诗如作文”[1]。这里，其实已经包含了新诗的“散文化”的理论萌芽。胡适关于新诗语言的散文化的看法，尽管遭到了激烈的抨击，但却对新诗的历史走向产生了巨大的影响。30年代，左翼诗人的散文化倾向，艾青的“散文美”主张；40年代，朱自清、闻一多等人提倡的诗歌的小说化、会话化，并把它们指陈为一种“新诗的现代化”。这些文学事例，在诗歌史的线索上都可以回溯到胡适那里。

提倡诗歌语言的散文化，胡适还非常重视诗歌语言的时代特征，多次强调要使用“现代中国话”。“是什么时代的人，说什么时代的话。”[2] 另一方面，他还认为，诗歌语言的散文化的推展，应该以“口语化”为轴心。在《尝试集》自序中，胡适声称，新诗的语言原则就是“有什么话，说什么话；话怎么说，就怎么说”。表面上，诗歌的“口语化”，似乎是一种单纯的语言趣味，一种诗歌风格的偏好。但实际上，胡适的出发点仍根植于一种现代性的审美趣味。首先，在语境的设置上，他丝毫没有偏离古典和现代的对立关系。“口语化”是一种“活语言”的体现，是白

---

1 胡适:《胡适留学日记》(三)，安徽教育出版社，2000，第844页。

2 胡适:《建设的文学革命论》,《胡适文存》卷一，黄山书社，1996，第42页。

话/国语的精髓，和文言文的“僵死”形成了鲜明的对照。“口语化”还有助于在诗歌的语言意识中保持对现实/时代的关注。胡適反复使用同“生命”有关的语词来描述口语化，也很有意思。“口语化”能给诗歌语言带来一种生气、新鲜、活力。这些描述都潜在地使用了一种现代视角——心理主义，有机论。

提倡白话作为文学语言，还有一个现代性线索，就是启蒙主义。胡適像那个时代的大多数知识分子一样，非常注重语言的文化功能，即认为白话可以有助于实现中国现代化的一个迫切目标，白话最适合作为启蒙大众，广开民智的语言手段。30 年代中期在回顾五四知识分子的语言态度时，胡適坦言他对白话的倡导是基于一种启蒙主义的人文立场，白话可以作“开通民智”的工具，白话是唯一适合中国现代化进程的“教育工具”。[1] 这最终影响到胡適对语言风格所持的立场。胡適主张，新诗的语言风格必须是透明的、明晰的。甚至把这种语言的明晰性看成新诗风格的一个总体原则：诗歌应该使用“最能尽职的语言文字”“明白清楚的表出达出，使人懂得，使人容易懂得”；直至使用了这样的表述：“懂得性（明白）”。[2] 胡適一直对新诗语言的晦涩性保持着高度的警惕。1931 年，他曾批评陈梦家的诗有“晦涩”的倾向。稍后，又和梁实秋联袂抨击 30 年代现代派在修辞上的晦涩倾向。胡適对诗歌的明晰性的申明，不是一种简单的风格观念，也不是一种单纯的语言趣味的反映。如果指明它源于实证经验主义所依傍的工具理性主义，那么我们就会发现它实际上一种极其特殊的对语言的现代性态度。但是这种特殊性，特别是它的理性

---

1 胡適：《中国新文学大系 · 建设理论集》导言，花城出版社，2013，第 14 页。

2 胡適：《什么是文学》，《胡適文存》卷一，第 159—160 页。

主义，经由启蒙现代性的话语修正，抹去了它的这一现代性痕迹，仿佛变成了一种带有普适性的语言观念。胡適的语言观念，对后来借助的像梁实秋这样的新古典主义文人和左翼诗人批评家，乃至当代的诗歌批评，都产生了深远的影响。

作者简介

臧棣（1964—），北京人。1983 年 9 月考入北京大学中文系。1997 年 7 月获北京大学文学博士学位。现任教于北京大学中文系，北京大学中国新诗所研究员，《新诗评论》杂志编委。从事的学术研究涉及新诗史研究、中西现代诗学比较、新诗的现代性、当代诗歌批评。出版诗集有《燕园纪事》（1998）、《风吹草动》（2000）、《新鲜的荆棘》（2002）、《宇宙是扁的》（2008）、《空城计》（2009）、《未名湖》（2010）、《慧根丛书》（2011）、《小挽歌丛书》（2012）、《骑手和豆浆》（2015）、《必要的天使丛书》（2015）等。曾获《南方文坛》杂志“2005 年度批评家奖”，“中国当代十大杰出青年诗人”（2005），“1979—2005 中国十大先锋诗人”（2006），“中国十大新锐诗歌批评家”（2007），第三届“珠江国际诗歌节大奖”（2007），“当代十大新锐诗人”（2007），“汉语诗歌双年十佳诗人”（2008），首届“长江文艺·完美（中国）文学奖”（2008），第七届“华语文学传媒大奖·2008 年度诗人奖”（2009），首届苏曼殊诗歌奖（2010）等。

他山有玉

——新诗传统、新诗格律化、新诗语言资源诸问题管窥

董　辑

【内容提要】台湾大诗人余光中认为，新诗的传统应该是中国古典诗歌传统、西方诗歌传统、新诗传统的综合、再造和创生；而新诗的语言资源应该是以现代口语为基础的包容转化了古典语言和西方文法、西诗技巧的具有时代特点的创造性语言。另一位台湾大诗人洛夫认为，新诗难以格律化，但是新诗有其形式，这种形式就是“一诗一形式”，新诗是形式和内容不可分割的一次性艺术创作，其形式因素很难被反复使用和上升、定型为“格律”，本文笔者进而推演出了“自主格律”“一次性形式”等有关于新诗形式的观点。洛夫还谈到，叙事和诗歌本身并无矛盾，但是诗歌中的叙事需要戏剧性的剪裁技巧，以使诗味出现。新诗发明者胡适认为打油诗对新诗写作很重要，能作打油诗的诗人才会是好诗人，胡适这里所说的“打油诗”，非传统意义上的打油诗，而是具有游戏性色彩、能够提供趣味和娱乐效果的写作心态放松、语言自由随意而又有所含蕴的新型自由体、白话打油诗。胡适的这一观点，特别有助于我们思考当下新诗写作中游戏性、趣味性、娱乐性元素的出现、增加及其过度发展，有助于我们对这些元素的理解、使用和控制。胡适、余光中、洛夫都是具有划时代影响的大诗人、学者，对他们的这些说法和观点进行整理、分析、研究和生发，特别有助于我们研究新诗传统、新诗的语言资源、新诗的格律化问题等等新诗研究中的重点、重要问题。

【关键词】新诗传统；格律化；语言资源；余光中；洛夫；自主格律；打油诗；游戏性

引　子

新诗出现至今，已经百年[1]，成绩有目共睹，得到公认的大诗人和经典作品不敢说已经多如牛毛，但确实已经数量不菲，其社会影响更是广大而深入，而且已经形成了自己的历史、传统和学术。可以说，新诗已经成为汉语文学乃至于中华文化的重要组成部分了。但是关于新诗的争议甚至反对之声一直存在[2]，这些争议，五花八门，七嘴八舌，其中有关于新诗的以下争议或曰待解决的问题比较有代表性：

一是新诗到底是哪条传统诞下的麟儿？新诗要沿着哪条传统往下走？

二是新诗是否要走格律化之路？新诗该怎样建设自己的格律或曰有关诗写规矩？

三是新诗的语言资源到底该有哪些？哪些语言才应是新诗语言的重要组成部分？

四是叙事（包括情节）在新诗的写作中该占什么地位？是否新诗写作的本质属性之一？

五是游戏性、趣味性元素是否是新诗的属性之一？该如何将之融入新诗并使之成为诗歌？

1　1917 年 2 月，胡適在《新青年》2 卷 6 号刊出 8 首白话诗，后来的研究者一般多以此时间为新诗正式出现之元年，至今年刚好 100 年。

2　近些年来比较有代表性的是季羡林对新诗的看法和韩寒对当下诗歌写作的“吠叫”。

五个问题，都是大问题，想要说清和说出公认性，都很难。谈论这五个问题，也容易陷入非学术性的争论之中。

但是，这又是事关新诗的五个本质性的大问题，核心问题，回避不了，必须谈，那么，该怎么谈？

笔者觉得，与其自说自话，自己回答这五个问题，不如研究别人的观点，让别人说话，用别人的观点回答这五个问题，然后再根据别人的话，通过对别人观点的分析、归纳和总结，最后以自己的方式，回答这五个问题。

也许，这不失是研究上述几个问题的一种方法。

一

台湾诗人洛夫和余光中是汉语诗界公认的经典诗人，二人各有 60 年以上的写作经历，各出版有诗集、文集、译文集等多部，二人不但是诗人，更是散文家、批评家和翻译家，而且，和许多大陆诗人尤其是 1949 年后涌现出的诗人不一样，二人延续了五四一代诗人学兼中西的特点，不但传承了五四以来的新诗传统，还能接通国外近现代诗歌的传统，更能结合时代和地域发展出自己独有的特点。他们二人对新诗的有关见解和看法，相比于一般诗人来说，兼具学养、经验和个人观点，可能更为公允和具有说服力，完全可以用来回答上述几个有关于新诗的大问题，或者说可以用来研究上述这几个问题。

1997 年 8 月，余光中在吉林时代文艺出版社出版了一部名为《余光中诗歌选集》的诗歌集[1]，该选集共三卷，分别是《莲的联想》《白玉苦瓜》《隔水观音》。这套书可以看成是当时的简体

1　余光中：《余光中诗歌选集》，时代文艺出版社，1997，共三卷，分别为《莲的联想》《白玉苦瓜》《隔水观音》。

字本“余光中诗歌全集”，对读者、研究者、作者、大陆诗界和台湾诗坛，这套书的出版都不能说是小事，影响很大。该选集的前言名为《先我而飞：诗歌选集自序》，是余光中先生 1997 年 6 月在台湾高雄创作的，是专为本选集而作的文章，该年余光中 69 岁，已是名满两岸三地、有近五十年创作经验的大诗人。可以说，此时的余光中已是他笔下的“白玉苦瓜”——“日磨月磋琢出深孕的清莹”，“熟着，一个自足的宇宙”……他对诗歌的一些看法与观点，不但事关才华、智慧，更是学养和经验的提萃和提纯。因此，此文中的一些说法，饶有意味，特别值得分析和研究。

在《先我而飞：诗歌选集自序》中，余光中说：

> 从我笔尖潺潺泻出的蓝墨水，远以汨罗江为其上游。在民族诗歌的接力赛中，我手里这一棒是远从李白和苏轼的那头传过来的，上面似乎还留有他们的掌温，可不能在我手中落地。
>
> 不过另一方面，无论在主题、诗体或是句法上，我的诗艺之中又贯串着一股外来的支流，时起时伏，交错于主流之间，或推波助澜，或反客为主。我出身于外文系，又教了 20 多年英诗，从莎士比亚到丁尼生，从叶芝到佛洛斯特，那“抑扬五步格”的节奏，那倒装或穿插的句法，弥尔顿的功架，华兹华斯的旷远，济慈的精致，惠特曼的浩然，早已渗入了我的感性尤其是听觉的深处。同时我又译过将近两百首英美作品，那锻炼的功夫，说得文些，好像是在临帖，说得武些，简直就是用中文作兵器，天天跟那些西方武士近身搏斗一般，总会

学来几招管用的吧。[1]

余光中这段夫子自道很形象具体，才气横溢而又幽默、豪迈，颇具气场。余在此谈到他诗写所秉持的“传统”，那就是：从先秦经唐宋的中国古典诗歌传统以及西方诗歌传统。对此，余光中说得很形象：“在民族诗歌的接力赛中，我手里这一棒是远从李白和苏轼的那头传过来的，上面似乎还留有他们的掌温，可不能在我手中落地”，以及“……从莎士比亚到丁尼生，从叶芝到佛洛斯特，那‘抑扬五步格’的节奏，那倒装或穿插的句法，弥尔顿的功架，华兹华斯的旷远，济慈的精致，惠特曼的浩然，早已渗入了我的感性尤其是听觉的深处”。

在余的叙述中，似乎中国古典诗歌传统是深入骨髓血液的集体无意识般的根性影响，是主流；而西方诗歌传统则以这样的方式影响余——“无论在主题、诗体或是句法上，我的诗艺之中又贯串着一股外来的支流，时起时伏，交错于主流之间，或推波助澜，或反客为主。”是支流，主要体现在“用”上，如主题、诗体、句法上起着影响，其影响方式是“……时起时伏，交错于主流之间，或推波助澜，或反客为主”。

对余光中来说，这两种源远流长的诗歌传统并不是影响其诗歌写作的全部，还有一个传统，即“新诗传统”，也在影响着余光中的诗歌创作，也是握在他手中的一根诗歌接力棒。对此，余光中说：

对于当代的中国作家，所谓传统应有两个层次：长

1　余光中：《先我而飞：诗歌选集自序》，《余光中诗歌选集》第1辑，时代文艺出版社，1997，第3页。

> 而大的一个是从《诗经》《楚辞》起源，短而小的一个则始于“五四”，只得近80年。80年对一个文艺运动而言，实在不能算长。何况在80年间，中国的新文学在精神上常受政治的左右，在语言上常落入白话的浅俗或西化的生硬，而在另一方面，既失去了古典的精警，又难窥域外的真相，能够传后的杰作并不太多。一位青年作家如果只知向这短小的传统取法，他的天地就未免太窄了。
>
> 不过，这小传统虽然不足，却有需要。如果没有民初新文学第一代的作家，在白话文的荒原上为我们披荆斩棘，多少开出一条路来，我们就得浪费许多精力，从头学起。[1]

对这个小传统，余光中无疑是不满意的，但是，他又很重视这个传统。在余光中看来，当代诗人写作新诗，必须要接纳这三种传统的滋养和影响，缺一不可，这三种传统就是：源远流长的中国古典诗歌传统、西方诗歌传统，以及“五四”前后出现至今的中国新诗传统。后者还在继续中，每一个新出现的新诗作者，都将以自己的诗写，汇入和壮大这一传统，比如，对我们当下这些诗写者来说，余光中已经是传统的一部分了。

对这三种传统，余光中无疑是有深入的认识和切身的体会的，而且，考虑到他是一个成就很高的新诗诗人，有过多年的起起伏伏的写作经历，其经验之谈也许更有价值，值得后学重视和研究。对这三种传统及其接受和发扬，余光中的看法是：

1　余光中：《先我而飞：诗歌选集自序》，第3—4页。

> 古典的影响是承继，但必须夺胎换骨。西洋的影响是观摩，但必须取舍有方。30多年前我早就醒悟，株守传统最多成为孝子，一味西化必然沦为浪子，不过浪子若能回头，就有希望调和古今，贯串中外，做一个真有出息的子孙。学了西方的冶金术，还得回来开自己的金矿。[1]

在此，余光中以其诗人的想象力，形象地说明了自己是如何对待中国古典诗歌传统和西方诗歌传统的，对待前者，要继承发扬，有所发展；对待后者，要有所扬弃，为我所用；而深入西方诗歌传统者，只要能重新深入中国古典诗歌传统，则有可能成就，而西方的东西，更多的属于应用之术，其目的还是创造出真正的好的符合世界标准的中国现代诗歌。这一认识，无疑是全面而且辩证的，其中更饱含了余光中多年来的写作经验和教训，是一个诗歌大师的经验之谈。而且，作为观点说起来可能很容易，真正能做到这几点的，放眼华语诗界的诗人们，又能有几人呢？可能余光中自己也不敢说全部做到了吧。

纵观三卷本《余光中诗歌选集》中的诗歌，可以比较直观和全面的检索到余光中对这三种传统的接纳、吸收、消化和再生，其路径、方法和效果不但体现在每本诗集中，更体现在其大量的诗歌中。

余第一本诗集《舟子的悲歌》中的诗歌，形式和语言上受1949年以前的中国新诗的影响很大，尤其受新月派诗歌的影响较多，比如追求格律性、讲求诗歌的音乐性、词汇美等等。但是其

1　余光中：《先我而飞：诗歌选集自序》，第3页。

题材已经能深入到古中国和西方传统之中，前者如《淡水河边吊屈原》《七夕》，后者如《萨福投海》《别罗莎琳》。本诗集中的杰作《舟子的悲歌》，其语境中既有传统中华的家国情怀和放浪山水，更有西方的“惠特曼”和超现实想象。此时的余光中，诗艺还不免稚嫩，眼界也相对狭小，但是其老年之后所强调的现代诗写的三种传统，却已经具体而微地体现在他的诗歌写作中了。

从第二本诗集《蓝色的羽毛》始，余光中的诗歌写作受外国诗歌的影响越来越多，对此，余光中也有所道及：“我无日不读英诗……在英诗方面，我的兴趣渐由19世纪转入20世纪：浩司曼、佛洛斯特、欧文和女诗人狄瑾荪、魏里夫人、米蕾等的手指一次又一次地为我揭开了缪斯的面纱，让我窥探到新的美。”[1] 这种影响经由《天国的夜市》《钟乳石》到《万圣节》达到了一个较高的高度，以后又在《天狼星》《敲打乐》《在冷战的年代》等诗集的一些诗中获得了长足的进步和风格、技巧上的完整和完美，自此以后，西方影响或曰西方诗歌传统，已经成了余光中手中一件使用熟练的武器，可以随心所欲地融入其诗歌创作中了。《莲的联想》《五陵少年》等诗集则重点强调中国古典诗歌的传统及其影响，也就是余光中所说的他创作中的“新古典时期”和“新古典风味”的诗歌，这两本诗集是余光中在完成了现代化实验后，致敬中国古典诗歌传统，接棒中国古典诗歌历史、美学、风格和技艺的产物。从《白玉苦瓜》开始，余光中的诗写已经做到了融汇中国古典、西方诗歌传统（更多的是近现代英语诗歌包括英美现代主义诗歌的传统）和新诗小传统这三种他所强调的诗歌传统，并在此基础上做到了独铸机杼、自成风格并且走向了诗

1　余光中：《莲的联想》，时代文艺出版社，1997，第98页。

写的自由境界。

二

总体来说，余光中的诗歌写作基本上做到了融汇古今中西，并且能够牢牢把握住现实和他所处的时代，具有强烈的时代特点和个人特征，他的诗写，堪称做到了继承与发展具足，深入传统而又不废当下。但是说起他对这三种传统的取舍，也是不平衡的，对古典诗歌传统，他无疑做到了接受和发展，他的中国气度和风度是丰满和充盈的；对西方诗歌传统，他更多的是撷取了一些写法、技法和风格特征，或者将现代诗歌的诸多元素以及有关的西方故实，为自己所用，以写出自己的中国的现代主义诗歌。对中国新诗传统，他总体上是不满意的，对1949年以前的中国新诗和新诗人，余光中并无更多的敬意和热爱，态度有点“狂”，他曾专文评论过1949年以前中国新诗史中的重要诗人戴望舒，对戴的评价很低，在《先我而飞：诗歌选集自序》一文中，余光中说：

> 当年我写诗，与其说是仰慕新诗，不如说是不满那时流行的自由诗，所以宁可自己动手来写，写出自己满意的一类诗来。
>
> ……离开大陆之前的两年，我把新文学，尤其是新诗，已经有点“看透”了，以后再看不到，也没有太大损失。何其芳、卞之琳、冯至、辛笛等的佳作，我已一一看过，知道那时的新诗最好能好到什么地步。我更清楚，若要更好，得靠自己动手。

其实所谓学习，可分正学与反学两途。正学比较普通，不用多说。反学比较微妙，解人较少。反学，就是把别人的毛病当作反面教材，而引以为戒，勿蹈覆辙。我学早期的新诗，开始是正学，务求见贤思齐，后来觑破虚实，归纳出新诗某些常犯的毛病，便反学了。[1]

这些话，表达的都是对新诗小传统的不满和轻视。

说起新诗小传统，不管余光中自己怎么看，怎么说，其实对余光中的诗歌写作还是有一定影响的。余光中早期的诗歌，不论形式还是语言，无疑深受上世纪二三十年代新诗的影响，其中对余影响较大的是强调新诗格律化的新月派诗歌及其一路诗人们的诗写。余光中的诗歌写作，终其一生，其诗歌或多或少都带有一定的格律化倾向或者说习惯，这和新月派的影响是分不开的，当然，更主要的，是源自于余光中的诗歌观。

关于新月派对其诗歌写作的影响，余光中毫不回避，在《先》文中，他说：

我在厦门初提诗笔，颇受新月前辈的启发，尤其得益于臧克家早年的诗集《烙印》。回顾当年，我庆幸自己写诗是从格律诗入手，而非经自由诗入门。[2]

在此，余光中更是坦陈自己深受臧克家的影响（对一个大诗

---

1 余光中：《先我而飞：诗歌选集自序》，《余光中诗歌选集》第1辑，第1—5页。

2 同1，第4页。

人来说，这并不容易），事实也正是这样，余光中第一部诗集《舟子的悲歌》中，有一首诗《老牛》，内容如下：

> 辣鞭子在麻腿上刷刷地抽，
> 这一段上坡路几时走到头？
> 沉重的大车老不放手，
> 一辈子吊在我的背后！
> 我不怨老主人狠心将我打：
> 生活也拿根鞭子在赶他。
> 有一天他在我脚边躺下，
> 我就给牵进了别的人家！
>
> 1950 年 9 月[1]

这首诗几乎就是臧克家名篇《老马》的“临帖”之作，不但形式、语感几乎一模一样，连内容都是同类题材的。另外，《舟子的悲歌》一集中，类似于《老马》这样的八行诗一共有五、六首之多，在其后的诗集《蓝色的羽毛》《天国的夜市》中更是多达几十首，可见余光中对臧克家的喜爱程度，他对臧诗无疑是下了很大功夫的。

余光中诗写的格律化倾向或者说音乐化倾向，除了来自于新月派诗歌的影响外，更和余光中自己对新诗的认识以及追求有关，下面的这段夫子自道中，余将其重格律化轻散文化的诗歌观表达得非常清楚：

> 新诗的毛病当然不少，散文化是一显例。所谓散文

1　余光中：《莲的联想》，第 12 页。

> 化是指有理而无趣，只会抽象的陈述，不会具体的比喻，言尽意止，略无余味。又指句法平铺直叙，甚或冗赘拖沓，信手下笔，略无波澜。新诗欠缺古典诗的简洁凝练，滥用虚字是一大原因。例如“的”字便无所不在，往往一句之中会出现两次，甚至更多，许多作家写了一辈子，都不知如何化解。[1]

在此，余光中认为新诗的一个大毛病就是新诗的“散文化”，这和艾青的追求完全相反。那么如何让新诗不“散文化”呢？那当然就是“格律化”了，只不过余光中的格律化不是那种呆板教条的格律化，除了早期的一些诗歌外，他的格律化追求和实践比较机动和自由，大致的做法就是自由地押韵而不是机械地凑韵脚，追求语感的音乐性流畅以及语句的大致整齐和节奏感，在分段、行数、字数等方面，余都能做到不拘泥不机械，运用起来比较自由和充满才气。他早期的一些诗歌如《舟子的悲歌》，代表作《乡愁》，著名诗集《莲的联想》中的许多诗歌，以及《公无渡河》《雨声说些什么》等等，都是“余体新诗”（带有一定的格律化倾向，以避新诗“散文化”之病；同时具有现代诗歌的技巧、感性以及想象力并能融汇中西影响的新诗）的杰出作品。

诗歌写作的格律化倾向，贯穿余光中诗歌创作的全部，只是余光中为他的诗歌带上的镣铐，不是一成不变的死镣铐，而是可以伸缩变化的活镣铐，这种活镣铐，无疑助力和丰美了余光中的诗歌之舞。

---

1 余光中：《先我而飞：诗歌选集自序》，第5页。

三

针对新诗是否格律化这一难题，台湾另一位大诗人洛夫的看法和做法，则和余光中迥然不同，对此，洛夫也有明确的夫子自道。

《洛夫谈诗：有关诗美学暨人文哲思之访谈》是江苏凤凰文艺出版社2015年10月出版的一本新书，书中收对洛夫的访谈共18篇。这些访谈内容广泛，涉及到了洛夫的诗歌和其诗写、中国新诗、外国诗歌、台湾诗歌、中国古代诗歌以及与诗歌有关的历史等等，内容非常丰富。因为是访谈，洛夫的回答皆具有一定的针对性和明晰性，因而有所不同于他的诗论和有关理论文章，更易于读者把控或者管窥洛夫的诗观、诗想和与诗歌写作有关的经验之谈。

《从“大中国诗观”到“天涯美学”》是大陆著名诗歌学者和诗人沈奇对洛夫的一个访谈，其中有一问如下，沈奇如是问道：

> 为新诗塑形，是一个乌托邦，还是一个可探求的事，实在有些两难。新诗是一次伟大的创生，如春潮勃发，一发而不可收拾。这个春潮，若无法度拘束，任其横溢漫流，难免会散乱成百湖千沼，难以汇流成海。但若拘束过早或太甚，也会导致一汪死水，生腐而败，但“法度”或“标准”的问题总是存在的，百年过程中，不断被重新涉及，重新讨论，就说明这问题总是悬而未决，悬而待决，不决就生困扰。道成肉身，安身则立命。这个身不安，那个道就总是如幽灵般漂游不定，也

难成正果。国人至今还有不少的旧诗爱好者，恐怕不是一词“传统”或一句“怀旧思古”所能解释的。古典汉诗的那种形式感，那具中国韵味、汉语诗性的肉身，依然在现代审美中具有吸引力和欣赏性，可能是更重要的因素。有如传统的书法艺术在今天仍能生发新的审美效应一样。可新诗的形式美感在何处呢？只剩下分行和一些现代意象的经营。再具体讲，就讲不了多少了。这是新诗的一个“软肋”，始终有人操着这份心。包括先生前些年做“隐题诗”的实验，恐怕也非一时心血来潮玩一把而已，深层心理机制中，还是在寻求形式的可能性。我当时就很敏感，为之大呼小叫了一阵，可惜先生的一番苦心孤诣，又未得以深入理解，不了了之。看来，一心“在路上”奔走的新诗，暂时是不作“回家”的打算了……[1]

总结一下，沈奇在这一问中，主要问了以下问题和作了以下表达，其问题是：

新诗是否需要“塑形”？需要“法度拘束”？需要“法度”或“标准”？洛夫的“隐题诗”是否是在为新诗寻求一种“形式”？言外之意是新诗是否应该“格律化”和追求“格律化”效果。

同时，沈奇还认为新诗“春潮勃发，一发而不可收拾”，但要找到自己的“身”，否则则无“形式美感”，只剩下了“分行”和“现代意象的经营”；古诗的“形式感”、“中国韵味”是古诗

1　洛夫：《洛夫谈诗：有关诗美学暨人文哲思之访谈》，江苏文艺出版社，2015，第160—161页。

“依然在现代审美中具有吸引力和欣赏性”的主要原因。

对此，洛夫的回答是：

我从来没有意愿要去研究、创发一种诗的形式，或诗的格律，前人在这方面的努力，今天看来仍是一种徒劳。严格说来，我的隐题诗不算是格律，格律二字太沉重，隐题诗充其量可称之为一种严肃的游戏。在《隐题诗》这个集子的卷首，我虽说过这样的话：“诗，永远是一种语言的破坏与重建，一种新形式的发现。”但这种形式并不意味着一种格律。我一向钟情于自由诗，我以为一个作品的偶然性是决定其艺术性的重大因素之一，而自由诗的偶然性远远大过格律诗。格律当然也有它的优点，否则不可能流传数千年，但不可否认的是每种诗体用久了势必趋于僵化，不但内在情感变得陈腐，对事物感受的方式也日渐机械化。抒情语言更是带有浓烈的樟脑味。一般人仍留恋旧诗，是出于心理的“固定反应”，读起来和写起来都很方便，就像买鞋子，因有固定的型号，穿上合脚就行了。韵文时代已一去不返，用散文体写格律诗，读起来怪别扭的。语体诗还要押韵，感觉十分做作，很不自然。

不可否认，任何一首诗都有它的形式，它被创作出来的那个样子就是它的形式，每首诗本身就是一种形式，它并不排斥“中国韵味”，它同样可以具有汉语诗歌的优良品质。格律本身是一个机械性的载体，而一首诗的存在是形式与内容不可分割的有机体。我赞成诗应有形式感，但那不是格律。我也承认典律的重要性，但并不以为典律必须依附于某种固定的形式。[1]

洛夫这个回答是相当坚决和明确的，语调铿锵、语义集中而坚定，毫不含含糊糊，这说明洛夫对这些问题有过深入的思考并总结出了成熟的观点，他是成竹在胸的。这个回答所包含的诸多观点，归纳起来就是：

1. 他从来没有做过让新诗格律化这种工作，更无此意愿。

2. 前人所从事的使新诗格律化的工作和努力，多属“徒劳”。

3. 他的隐题诗不是新格律诗。

4. 他的隐题诗是一种“严肃的游戏”。

5. 他所说的诗歌需要的“新形式”不是格律。

6. 他“钟情”于自由诗。

7. 他认为作品的偶然性是决定作品艺术性的重要元素。

8. 自由诗的偶然性远远大于格律诗。

9. 传统格律诗有优点，但是已经“僵化”，情感已经陈腐，对事物的感受已经机械化，抒情语言陈旧。

10. 还有人留恋格律诗，是出于习惯或曰惯性。

11. 诗歌的韵文时代一去不复返了。

12. 散文体写格律诗，语体文押韵，别扭且不自然。

13. 自由诗也有形式，这形式就是它被写出来的样子，每首诗本身就是一种形式。

14. 这样的诗，照样可以有“中国韵味”，有“汉语诗歌的优良品质”。

15. 格律是一种机械的载体。

16. 现代诗是形式与内容不可分割的有机体。

---

1 洛夫：《洛夫谈诗：有关诗美学暨人文哲思之访谈》，第160—161页。

17. 现代诗应有形式，但那形式不是格律。

18. “典律”很重要，但不必依赖于“某种固定的形式”。

这个回答内容相当密集，涉及的面和点都很多，表达得也极其坚决，毫不迟疑和模棱两可，可见洛夫之理论自信。而我相信，这种自信，更多的是出于一个大诗人具体的写作经验，是来自于其亲身体验到的“证伪”与“证确”。因此，就更值得研究者、新诗作者和爱好者们重视。

洛夫在这个回答中明确反对新诗的格律化，并强调新诗的所谓形式非五七言近体诗和词牌子那样的固定、固化的格律，同时极有创见地指出：新诗的格式是一诗一格式，是形式与内容的不可分割和天作之合，其形式因素无法抽离出来再加以利用。这个发现无疑是对现代汉诗本质的一种极具觑破性质的洞见，是只有具备深厚的写作经验和漫长的写作经历的大诗人才能有的认识。

事实上也正是这样，新诗的形式具有某种“一次性”特点，用过一次，就释放掉了其全部的美学能量，这个形式只能和它最初承载的内容合二为一，互为加分，若将其抽离出来，则其美学能量顿减，成为无魂之体，成了无法变成现实的图纸和图样。这一点其实也很符合新诗的“发现”“发明”特点，新诗不但语言是一种发现和发明，形式也是一种发现和发明。这一观点，可以证之以那些因为形式美（格律性）而广为传播的名篇，比如徐志摩的《再别康桥》、闻一多的《死水》、余光中的《乡愁》、穆木天的《落花》《苍白的钟声》等等，这些诗歌，形式优美，是公认的新诗中新格律诗的代表作，其格律之美无与伦比。但是，其形式也都是一次性，用过一次，就再难重复使用了，谁还能用和《再别康桥》完全一样的字数、行数、节奏、押韵方式再写一首杰作呢？根本不可能。无人能够套用这些诗歌的形式而再写出名篇。

纵观至今为止的汉语新诗，其中具有格律美和偏格律、偏形式、偏音乐性的诗歌很多，但是其形式特点基本上都是一次性的，没办法继续被使用并酿成名篇，对新诗写作来说，一个作者，如果只学习新诗的形式的话，那么，他拿到的只能是无表情的面具和无身体的衣服，而无法写出形势和内容高度统一的灵与肉具足的诗歌作品。

任何文学作品，都是形式和内容的统一体，光有形式没有内容不是文学，光有内容没有形式也不是文学。形式过分，则容易流为形式主义；内容很好，但是形式技巧和因素以及艺术性一点也没有，那也绝不可能成为文学。因为旧诗有格律，而这种格律对那些成功的旧诗来说，是加分的，所以后人就天然地以为：是诗歌就要有格律，没有格律的就不是诗歌，诗歌和格律是不可分割的，是不是诗歌先要看有没有格律，并以之要求新诗，并以新诗一直无法建设出标准的格律而中伤和诋毁新诗，甚至想因为新诗没有格律而判新诗的死刑，说新诗不是诗。很多诗人、学者、研究者也特别希望新诗有格律或者有大致的格律，以赋予新诗以独特性和自律性，以使新诗区别于散文等文体，以使大众觉得新诗是诗，以增加新诗的难度，或者以之来弥补创作力之不足。

岂不知，新诗的另一个名字就叫自由诗，自由其形式，正是新诗的本质特点和神魂所在；自由其形式，正是新诗和旧诗的本质性区别，也正是新诗进步于旧诗之处。而且，现代诗中，还有一种诗歌就叫散文诗，不但没有格律，连分行都不分了，但不影响其为杰出的现代诗，比如兰波的散文诗、波德莱尔的散文诗、马拉美的散文诗、洛特雷阿蒙的散文诗、鲁迅的散文诗等等，皆是重要的近现代诗歌。

读洛夫的访谈，可知洛夫对新诗形式与内容以及格律问题认识得比较深刻，这种深刻的认识，无疑来自于他自己的写作实践以及他作为一个大诗人的直觉力。洛夫深刻地指出：新诗无法格律化，自由体式及其所带来的偶然性才是新诗的命脉所在，但是新诗有形式而且新诗的写作还应该追求形式，这种形式就是“一诗一形式”，因为新诗体现为内容与形式的不可分割，新诗是形式和内容的合二为一，新诗也有其格律，但是不是放之四海而皆准的“公共格律”，而是一种一诗一格律的“自主格律”。

其实，新诗的形式追求几乎是和新诗一起出现的，早期的白话诗人，虽然强调白话强调自由，强调新诗和旧诗的断裂，强调新诗是对旧诗的反动，以及强调新诗的西化、启蒙和社会属性等等，但是，诗和音乐的天然关系以及诗歌对形式的高度呈现性，使新诗很快就体现出了很强的形式特点，这些形式特点，甚至可以用准格律和泛格律来形容。有些诗歌，比如胡適的《蝴蝶》《梦与诗》，郭沫若的《炉中煤》《天上的市街》，刘半农的《叫我如何不想她》等等，形式特点是非常明显的，这些诗歌的分段、每段的行数、押韵、每行的大致节奏等，都已经具备了独特的“自主格律”或曰“自主格律性”。

纵观自胡適以降的全部新诗，其中完全自由的新诗和具有“自主格律性”的新诗大致各占一半，甚至后者比前者还要多一点，这是为什么呢？这是因为诗歌天然地倾向和亲和于音乐性和形式，这种对音乐性和形式的追求，稍加用力，就会呈现为一定的格律特点。今天派的几位诗人，北岛、舒婷、多多、芒克，其早期诗歌都是新格律诗或者半格律或者具有格律化特点的诗歌，比如北岛著名的《回答》《一束》《雨夜》《走吧》等，都是具有格律化特点的新诗。纵观新诗历史，大诗人、好的诗人，其成熟后和后期的诗歌作品，往往都具有某种自主格律特点，具有其独特的形式化也就是格律化追求，这方面的例子不胜枚举。比如冯至的十四行诗组诗，穆旦晚期的诗歌《冬》，等等。

新诗写作中，追求诗歌的独特形式感和“自主格律性”，似乎是大诗人的一种集体共识，这种共识，在当下重要诗人的写作中也多有体现。著名诗人、文艺理论家周伦佑2012年曾经创作出两首长诗名《绝对之诗》和《狂草奔马的诗》，这两首诗除题目各一外，内容乃至于文字都完全一样，但是形式截然不同，前者五行一段，每行文字大致接近，后者则自由排列，并有独特的突出图像、画面特点的文字分行和排列，前者形式整饬，后者形式自由，充满画面感和只可意会不可言传的话外之音、画外之音和言外之意。周伦佑用这种写法，神奇地写出了两首内容完全相同但是又各有特点独成篇章的诗歌。周伦佑的这次创作实际上是对新诗形式和自主格律性的一种有意识的体认和追求，他还专门为他的这次写作体验写了一篇文章《一首诗的两种文本》，以强调其“同样的一些诗行，按照不同的排列，竟然形成各自独立、彼此不能替代的两首具有不同诗性意味的诗。这在我的写作经验中还是崭新的，第一次遇到的情况”。这一神秘写作经历，并强调“相信它不仅具有诗歌自身的文本价值在，而且对于探寻现代诗的本质和边界，对于某种诗歌批评标准的建立，也会有某种启示性的意义”[1]。

周伦佑的此次写作经历再次告诉我们：新诗和形式美、形式追求并不矛盾，新诗有形式，新诗可以形式，新诗可以格律，可以将格律之美和力加入到新诗的写作中并且成立，但是，这种形式和格律是“一诗一形式”、“一诗一格律”，是每一首诗的“自主格律”。统观新诗史上的新诗，我们会发现，绝对自由的自由体新诗反而并不多，其成就也并不高，更多的新诗和更多的杰出

1 见“诗生活”网站，http://www.poemlife.com/revshow-76044-1341.htm。

的新诗作品，都是具有一定自主格律也就是自主的形式化追求的新诗。这种形式，有的是诗人有意追求的，有的是写作中的神来之笔，但是，其形式或曰格律，都具有某种一次性和自主性特征。因此，我们也可以说，绝对自由的新诗是不长久甚至不存在的，因为诗歌天然地具有形式感，或者说，文学天然地具有形式感。

而“自主格律”、“一次性形式”也是新诗自由性的一种体现，新诗之为自由诗，正是因为它又有形式又没有形式。每首诗都有形式美，但是每首诗的形式都不能定型化为格律，对新诗来说，更不存在那种凌空蹈虚、人为设定的所谓科学、所谓真理的什么“格律”。

洛夫的一段话，准确而深刻地道出了新诗的形式特征，并搁置了“新诗格律化”这一有悖新诗创作规律和本质属性的诗写追求，值得我们深思、学习以及实践。

四

说到新诗的语言资源问题，这也是有关于新诗的一个大问题，对作家、诗人和读者中的语言洁癖者、语言乏感者和语言清教徒来说，尤其是大问题。

很多诗人、作家和读者因为新诗的语言与他们的阅读习惯、阅读养成、阅读期待和审美修养不同而不满意新诗，而为新诗罗织罪名，进而轻视、鄙视甚至是批判新诗。

新诗的语言问题，是有关于新诗的大问题。它既决定着新诗何以为新诗，更是新诗活力和创造力的晴雨表，更事关新诗传播的基础和可能性以及未来。

新诗的语言应该包容和使用哪些资源？新诗的语言应该是什

么样的？哪些语言应该进入新诗？哪些语言和新诗无缘？哪些语言是新诗创造力的集中体现和载体？

一句话，新诗的语言到底该是什么样的？

这就要先看人类目前所拥有和使用的语言都有哪些，分成多少类型。

目前来看，人类主要拥有和使用如下几种语言：

1. 生活用语，实用性交际性语言，其中口语所占的比例非常大。

2. 文学艺术语言，主要是文学、戏剧等使用的语言和历史积存下来的大量语言。

3. 科学、技术用语，主要用来写作、记录、传播科学技术方面的有关内容，比如科学、科技论文、说明书、教材等等。

这三种语言，第二、第三可以总称为书面语，第一可以称为生活用语。

除此之外，每年都有大量新语言出现，每年都会出现数量不菲的新词汇、新短语、新用法甚至是新语法，随着网络的普及，新媒体的方兴未艾，以及科技所带来的人类生活方式、内容的飞速变迁，新生语言的出现频率加快，近十几年来，网络语言的快速衍生就是一个显例。

另外，对历史悠久的国家来说，还会有古代语言、现代语言之分，古代语言虽然不再出现在生活交际层面，但是并未死亡，还会程度不一的和现代语言、现代生活乃至于现代书面语等发生各类复杂的语用或者语法关系。

这些语言中，书面语尤其是书面语中的文学艺术语言，被大量使用、创作为文学作品，现代以来生活用语、科学用语也会程度不一地进入文学的世界，而古代语言中有生命力的部分，仍然是现当代文学语言中不可或缺的组成部分。

新诗出现时，叫白话诗，以白话文为基本的语言资源和语言基础。白话文，是和文言文相对立的现代语言，也就是以现代汉语口语为基础的现代书面语，虽被称为书面语，但其中很大一部分属于现代生活交际语言。因此，新诗天然地向口语敞开大门。

随着新诗写作的深入，单纯的白话已经无法满足新诗的艺术追求和艺术可能性，因此，在现代白话文的基础上，更为复杂的语言资源开始进入新诗，比如古代汉语成分、新语言成分、翻译语言成分甚至外语词汇，都进入了新诗，新诗也一点点地脱离了白话诗的狭义称谓，成为新诗。

可以说，新诗一开始，其语言资源就是综合式的、开放式的，虽以现代白话文为基础，但是并不唯现代白话文，并不只使用单纯意义上的白话文。其中，既有胡適、周作人这样的白话诗，也有郭沫若那种具有时代气息可以承载革命激情的时代语言，鲁迅那种隐喻、象征和暗示的诗歌语言，还有李金发那种融合了白话、翻译语体和古代汉语的诗歌语言。总的来说，新诗的语言兼有白话文（基本上属于现代口语）、翻译语体、外来语、古代汉语等内容，是书面语、口语、翻译语体、新语言、古代汉语（主要是一些词汇、句子和特殊的语法现象）的创造性使用、融合与再生。

还有就是，新诗的语言是活的，是必须与时俱进的，时代性特点是新诗语言的一个显著特征。这点是有别于以古汉语（文言文）为基础的古典诗歌的。

那么，我们就可以这么总结：新诗的语言资源是综合的，是变动的，其革命性因素主要体现在对各种语言资源的融会贯通和用口语写出诗歌来，并具有高度的时代性，新诗诗人的语言才华和创造力就体现在这里。而一般读者眼中新诗的晦涩问题，问题不出在新诗的语言上，新诗的语言因为以现代白话文为基础，语义上几乎是一目了然的。新诗的难解，主要体现在新诗所表现出来的诗人的智力、思维方式、技巧、语言的特殊诗化用法以及风格上，这一切所构成的新诗的语境、语感、语意、语言的分层现象和语言的隐喻、象征、转喻、暗示现象等，才是新诗难解的部分。

针对新诗的语言资源问题，余光中的看法是：

> 一位当代诗人如能继承古典的大传统与“五四”的新传统，同时又能旁采域外的诗艺诗观，他的自我诗教当较完整。不过这样仍然不足。要真正成就一位诗人，他还需要另外两个条件，那就是，对当代生活的敏感，加上对当代口语的把握。我说“当代生活”而不说“当代现实”，是为了避免过分介入政治或社会，而落入所谓的现实主义。至于当代的口语，本应成为新诗的基本节奏，如能加以提炼，使成诗的语言，并与适量的文言或外来语法冶于一炉，则用以表现当代生活，必然灵活生动。缺了这两个条件而想仅凭中外诗艺来写当代诗，就会露出闭门造车的学究气。[1]

余认为，新诗的语言应包含有当代口语、适量的文言、外来语法资源，并特别强调要对当代生活敏感（与时俱进，时代性），这样的新诗才是真正继承古典、延续五四新诗传统和域外传统的综合意义的成熟的具有历史价值的新诗。这一看法，无疑是综合、辩证和具有历史穿透性的，是一种值得我们学习和实践的事关新诗语言资源的看法。

---

1 余光中：《先我而飞：诗歌选集自序》，第5页。

20 世纪 90 年代以来，叙事性逐渐成为当代新诗创作中的一个关键词，大量具有叙事性元素的诗歌开始出现。其实，诗歌中的叙事或者说叙事和诗歌发生关系，本不是什么新鲜事，《诗经》里就有《氓》这样的叙事诗，以后历朝历代都有形式各一的叙事诗，历朝历代古诗中，沾染叙事性元素的诗歌更是不胜枚举。西方诗歌源头的几首著名诗歌，《伊利亚特》《奥德赛》《埃涅阿斯纪》都是叙事诗，所以说，叙事与诗歌并不矛盾，诗歌完全可以叙事，只是后来小说等文体涌现，诗歌逐渐局限于抒情诗的范畴中，而把叙事等功能交给了更长于叙事的小说、戏剧等体裁。但是，中世纪以后，即便是抒情诗据有了诗歌世界中绝大多数的版图，叙事诗和诗歌中的叙事性元素，并未退出诗歌写作，波德莱尔的《恶之花》中的很多诗歌，都融有和使用有叙事性元素；爱伦·坡的《乌鸦》也是如此。当代汉语诗歌中，北岛的《雨夜》、多多的《蜜周》，都有叙事性元素加入其中，类似的例子可以说举不胜举。

那么，为什么叙事性、叙事元素在 90 年代以后成为了当代新诗写作中的一种写作倾向并作为风格特征被强调了呢？这和多年来人们认为叙事诗、叙事性诗歌的艺术性低于纯抒情诗以及 80 年代先锋诗歌（主要学习西方现代主义、后现代主义诗歌）的盛行有关。因此，我们可以将 90 年代以来中国新诗写作（主要存在于先锋诗歌写作中）中的叙事性看成是对当代先锋诗歌写作技艺的一种丰富、实验、探索、发展和对原有先锋诗歌范式的某种反悖，而且，这种叙事性不指向叙事诗，而只是使用叙事性元素，比如人物、情节、场景、生活片段、生活细节等。具有跳跃性和碎片化特征。

洛夫被称作诗魔，其诗歌写作以超现实想象、深度意象、禅性、幻觉、幻象等著称，似乎和叙事无关，其实洛夫不但思考过叙事性问题，也在自己的诗歌中大量使用叙事性元素，在《洛夫谈诗：有关诗美学暨人文哲思之访谈》一书中，针对诗歌中的叙事，洛夫说：

> 可时下所读到的叙事诗，只见叙事不见诗，即使叙事也多是婆婆妈妈、琐琐碎碎、满纸口水。我以为，要写好叙事诗，得考虑戏剧手法的穿插，即使胡适主张作诗如作文，追求口语化散文化，他也认为好的诗中都有情节，不过这种情节如未经高明的戏剧手法的处理，也就谈不上什么诗味了。[1]

洛夫在此肯定了叙事甚至叙事诗对当代诗歌的重要性，但强调要借鉴和使用“戏剧手法的穿插”，在口语化、散文化的基础上，使诗歌中的叙事性元素甚至叙事诗具有诗味也就是诗意、诗性。他还征引新诗鼻祖胡适的看法，强调胡也认为好的诗中都有情节，但这个情节必须经高明的戏剧手法的处理，也就是要对叙事性元素进行诗意的剪裁、拼贴、放大、缩小、变形等，以使它们成为诗歌，拥有诗意，甚至拥有独特的、充满了新意和陌生化特点的诗意。

洛夫乃至于胡適对叙事性、叙事诗、情节等的看法，对我们当下的诗歌作者们无疑具有很高的参考价值，他们的看法和观点值得我们借鉴，进而反思、批判和扬弃那些只有叙事而没有诗和唯叙事的伪先锋诗歌及其作者。

除了叙事性问题，游戏性元素和娱乐性元素也是新诗写作中的一个问题，这个问题，归纳起来就是：新诗能否容纳游戏性的

1　洛夫：《洛夫谈诗：有关诗美学暨人文哲思之访谈》，第 159 页。

东西和娱乐性的东西甚至提供某种娱乐性？新诗可否有趣？

有关这个问题，胡適的一个看法值得我们深思。

胡適晚年和李敖曾有过一些交往，有一个阶段，李敖也以胡適门生自居，某年胡適过生日，李敖曾送给胡適一首打油诗，诗云：

> 哈哈笑声里
> 六十八岁来到
> 看你白头少年
>
> 一点都不老
> 寿星说话不妨多
> 喝酒可要少
> 不然太太晓得
> 那可不得了[1]

这是一首李敖体的白话打油诗，充满了智慧和游戏色彩。胡適因之回信李敖曰：

> 谢谢你送我的生日诗！我常说，凡能作打油诗的，才可以作好诗。你这首诗可以算是成功的打油诗，可以预测你作白话诗的前途。[2]

李敖当然不是诗人，也无意做诗人，胡適对李敖的期望只是他对后学的善意的期许而已，但是这段话中的一些看法很值得

1 陈才生：《李敖这个人》，新华出版社，2004，第 119 页。
2 同 1，第 119 页。

深思。

胡適此段话，主要含有如下几个看法：

1. 李敖这首诗是打油诗。

2. 能作打油诗的，才可以作好诗。

3. 李敖此诗是一首好打油诗。

4. 如果李敖愿意做诗人，他可能会有前途。

如果我们把打油诗的精神定性为游戏精神、娱乐精神、自由心态的话，胡適实际上是在说：新诗应该包容游戏精神、娱乐性和自由心态，新诗人应该具有游戏精神、娱乐性和自由心态，这甚至是作好诗、成为好诗人的一个前提。

当然，这只是胡適的一个看法，但是考虑到胡適新诗鼻祖以及学问大家的身份，他的看法就不是一般性、一般人的看法了，这里面可能有某种大家才能体味到的本质性的东西。

20 世纪 80 年代以来，新诗尤其是新诗中的先锋诗歌中，游戏性元素、娱乐性因素正在越来越多，温柔敦厚的、沉郁顿挫的、优美抒情的、忧国忧民的、大声疾呼的、美学正确的、思想正确的、政治正确的诗歌正在越来越少，或者说越来越不再单纯化单一化。21 世纪以来，新口语诗歌、口水诗歌以及所谓的网络诗歌、垃圾派诗歌中的游戏性元素、娱乐性元素，都在裂变式地增加，这种增加，使有关读者很不适、很反感；使有关诗人和研究者很恼火、很愤怒，这种不适、反感、恼火、愤怒，成了 21 世纪以来新诗被诟病的一个主要出发点和导火索。

如果我们从胡適的观点出发，如果我们认为胡適的观点是对的话，是不是可以这样理解新诗中的游戏性、娱乐性因素，就是：新诗可以有这些东西，新诗人更是要具备这种游戏性、娱乐性的禀赋，但是不能过分地强调、放大、夸大、变形这些东西，更不能将这种娱乐性游戏性元素粗鄙化、恶俗化、庸俗化、罪恶化、反道德反社会化，这样新诗写作才能不至于走下坡路和偏离正常的航道。

结 语

新诗百年来，有关于新诗的问题、争议、困惑很多，有些人会因之而劣评新诗，但是如果换一个角度看的话，这何尝不是新诗活力的一种体现呢？新诗的传统问题、新诗的语言资源问题、新诗的格律化问题、新诗的叙事性、新诗的游戏性问题等等，都是有关于新诗本质的一些重要问题，事关新诗的写作、研究和未来，对之的研究和实践，都并不简单。余光中、洛夫包括胡適的这些有关上述问题的夫子自道，因此而显得格外重要和精警，因为他们是有成就的大诗人，因为他们就是新诗历史本身，因为他们都是严肃的诗人、学者和批评家，学习他们的观点和看法，可以让我们少走弯路和走在正路上。余光中、洛夫都是台湾诗人，对我们来说，他们的观点可说是他山之玉，这些“玉”，完全可以拿来攻我们的“石”，以使我们的“石”也变成“玉”。归纳、总结、学习、研究别人的看法与观点，从中生发出自己的看法和观点，并进而影响和改变自己的写作与研究，应该是新诗研究的一种重要方法和一条主要路向。

他山之玉，岂止是“管窥”。

作者简介

董辑（1969—），原籍吉林大安月亮泡葛喇嘛屯，现居长春。曾做过教师、编辑、记者等工作，现无业。20 世纪 90 年代开始发表诗歌等作品，在《作家》《花城》《作品》《诗歌月刊》《诗林》《诗潮》《扬子江评论》《原诗》《诗选刊》《非非》等上百家国内外报刊、杂志、民刊上发表过诗歌、散文、随笔、杂文、评论等多篇（首），诗歌自 2001 年以来被多次收入春风文艺出版社、辽宁人民出版社、长江文艺出版社、江苏文艺出版社、海峡文艺出版社、时代文艺出版社、北方妇女儿童出版社等出版的年度诗选和其他选本。他是后非非诗人、中间代诗人、第三极神性写作同仁；民刊《非非》《非非评论》编委、副主编；民刊《第三极》编委、副主编；民刊《流放地》同仁；民刊《红山诗刊》顾问、编委；民刊《吉林诗聚》出品人；《东三省诗歌年鉴》编委。2012 年由福建漳州“新死亡诗派·天读民居书院”出版有诗集《夜晚的超现实》（获 2012 年“新死亡诗派年度奖暨中国诗人免费诗集奖”），2014 年出版诗集《我是我》。2016 年获“诗探索·中国诗歌发现奖”优秀奖。现主要写作诗歌、评论、随笔等。

感觉“现代”的感官自由

——废名的新诗及诗学

李国华

【内容提要】废名新诗及诗学所包甚广，而关键在于对“现代”的纠缠。在经典化意识和古典面貌的背后，废名表现出强烈的获得感觉“现代”的感官自由的愿望。他所写作的新诗及建构的诗学，都是在努力冲破现代器物及时间观念带来的异化，故而表现出非时间性的特点。他的诗歌和诗学世界，乃是自由感觉“现代”的感官世界。

【关键词】现代；感官自由；经典化；异化；拜物教

《谈新诗》既是废名的新诗学，也是废名的新诗史和新诗批评，甚至还是废名的旧诗学、旧诗史、旧诗批评。新旧的分际虽然是废名《谈新诗》的重点，但他的目的倒是在说明分际之后从历史中寻找根据，构建新诗的诗的生命的起点[1]。废名自述某天偶然写得一首新诗，才发现新诗旧诗界线，新诗是诗的内容而散

1　孙玉石说：“废名是代表三十年代现代派诗人群体，超越‘五四’，超越胡適之所代表的新诗的审美原则的历史局限，也超越新月派诗人的过分注重新诗的形式的美学追求，用全新的审美的眼光与价值尺度，在晚唐‘温李’一派的诗人创作中，发现了自己艺术创造所需要的东西，发现了合乎新诗的应该具备的本质的一条道路。这正是新诗的本质和生命追求之所在。”见孙玉石：《对中国传统诗现代性的呼唤——废名关于新诗本质及其与传统关系的思考》，《烟台大学学报（哲学社会科学版）》1997 年第 2 期。

文的文字，旧诗是散文的内容而诗的文字[1]，但他的发现其实自有依傍。周作人对于新诗的意见以及在《新文学的源流》中阐发的“言志载道说”，都是废名建构新诗学的基本资源；而废名的敌人是中国诗会的新诗，对手是新月派的格律诗。[2] 因此，《谈新诗》有相当明显的论辩色彩，且不乏偏颇之处。

然而，尽管陷于论辩和偏颇之中，废名试图推动甚或完成的却是新诗经典化的过程。《谈新诗》不仅是废名的诗学、诗史、诗评，而且是诗选。他评诗时下的考语有着充分自觉的经典化意识，例如他评价郭沫若的《夕暮》：“新诗能够产生这样诗篇来，新诗无疑义的可以站得住脚了，不怕旧诗在前面威胁，也不怕新诗自己再生出别的花样来煽惑。”[3] 他选诗时也受着经典化意识的支配，例如他说：“让我说一句公平话，而且替中国的新诗作一个总评判，像郭沫若的《夕暮》，是新诗的杰作，如果中国的新诗只准我选一首，我只好选它，因为它是天然的，是偶然的，是整个的不是零星的，比我的诗却又容易与人人接近，故我取它而不取我自己的诗，我的诗也因为是天然的，是偶然的，是整个的不是零星的，故又较卞之琳、林庚、冯至的任何诗为完全了。”[4] 话虽说得不免自我作古，但其中经典化的意识确实相当明显。废名如此自觉的经典化意识，源于他对新诗已有成绩的评定，以及他对经典化之必要性的认识。他非常自信地说道：“我们的新诗简直可以与唐人的诗比，也可以有初唐、盛唐、晚唐的杰作，也

1　废名：《谈新诗》，王风编《废名集》第4卷，北京大学出版社，2009，第1629页。

2　冷霜：《废名新诗观念的形成与1930年代中期北平学院诗坛氛围》，《中国现代文学研究丛刊》2011年第6期。

3　同1，第1750页。

4　同1，第1822页。

可以有五代词、北宋词、南宋词的杰作，或者更不如说可以与整个的旧诗比，新诗也有古风有近体，这不能不说是一件盛事。我劝大家不要菲薄今人，中国的新诗成绩很好了。”[1] 废名关于新旧诗的一切讨论，都可说是为了证明自己所言不虚。但饶是如此，正如废名自己意识到的那样，“一切文学都待成功为古典的时候乃见创造的价值”[2]，时间的淘洗有时要胜过人们的积极努力不知多少倍。

虽然废名在《谈新诗》中划定的新诗版图与现在经典化的新诗图景差异甚大，但《谈新诗》其书却已成为新诗理论与批评的经典。新近有研究者重估此书时提出，如果不以“现代”概念为评价标准，而注重废名诗歌理论的创造性，或许能够在文学创作和研究的意义上打破“现代”与“传统”的二元对立。[3] 的确，过于重视“现代”问题，是容易将废名的创造性磨灭在理论和概念的磨刀石上的。而且，在一些细节上，废名对于新诗的品评透露出他对于“现代”的不以为然。例如在点评他许为神品的林庚《沪之雨夜》时，与陶渊明“采菊东篱下，悠然见南山”联系在一起，指出“这种诗都是很不容易有的，要作者的境界高，局促于生活的人便不能望见南山，在上海街上忙着走路的人便听不见一曲似不关心的幽怨”，林庚“目中无现代的上海”，却在上海的夜里写出了新诗的经典之作。[4] 林庚诗写道：

来在沪上的雨夜里

---

1 废名：《谈新诗》，《废名集》第 4 卷，第 1770 页。

2 同 1，第 1714 页。

3 张洁宇：《论废名诗歌观念的“传统”与“现代”》，《南京师大学报（社会科学版）》2008 年第 1 期。

4 同 1，第 1792—1793 页。

听街上汽车逝过
檐间的雨漏乃如高山流水
打着柄杭州的油伞出去吧

雨水湿了一片柏油路
巷中楼上有人拉南胡
是一曲似不关心的幽怨
孟姜女寻夫到长城[1]

废名的意见有点本雅明在《论波德莱尔的几个母题》中提出的浪荡子美学的味道，但旨意各不相同。本雅明通过波德莱尔诗歌生发的是震惊于“现代”的体验，而废名通过林庚诗歌生发的却是古典的幽情，一种陶渊明式的对于现实生活的审美性回避。但这种回避并非对于“现代”的充耳不闻，而是要从“现代的上海”的喧闹市声中解放人的感官，让人感觉其感官所能感觉和所欲感觉的，尤其是所欲感觉的。换言之，废名试图建构的是人对于“现代”的驾驭，从而超越“现代”的物质形态（汽车、柏油路）对人的异化。林庚诗中的古典意境被废名的思古之幽情充分解释为不局促于生活的古典自由，而“现代”于此成为不甚紧要的存在。废名在评价自己的诗时表示，他的诗太没有世间的色与香，未能诉诸感官，故不如卞之琳、林庚、冯至容易与人接近。废名强调说：“诗是应该诉之于感官的。”[2] 以此言之，诗之世界即是感官世界，而不局促于生活地感觉“现代”，也即不局促于“现代”地感觉“现代”，乃是废名意中诗之感官世界的自

1 林庚：《春野与窗》，中国文联出版公司，1998，第 54 页。
2 废名：《谈新诗》，《废名集》第 4 卷，第 1822 页。

由。相形之下，茅盾《子夜》对于上海物象的描摹与叙述，可能在废名看来，都是局促于生活的症状。的确，在茅盾的笔下，当初来上海的吴老太爷父子面对上海大街上的声色繁华，要么非礼勿视，要么只剩下一双震惊的眼睛，都表现出为“现代的上海”所慑服的极端不自由的症状。虽说茅盾讽刺性的叙述语调撇清了作者与吴老太爷父子的干系，但作家在小说开头就表现出的对于“light，heat，power”的向往，还是透露了他与“现代”距离很近的特点。距离太近了，在废名看来，就很难获得对“现代”进行感觉的感官自由。因此，在赏析卞之琳《车站》一诗的文字中，废名说：“现代诗人的梦真应该在火车站上！”[1] 其主旨决非对于现代器物（火车）的肯定，乃是对于诗人卞之琳超越现代器物的发现。卞诗《车站》如下：

抽出来，抽出来，从我的梦深处
又一列夜行车。这是现实。
古人在江边叹潮来潮去；
我却像广告纸贴在车站旁。
孩子，听蜜蜂在窗内着急，
活生生钉一只蝴蝶在墙上
装点，装点我这里的现实。
曾经弹响过脆弱的钢丝床，
曾经叫我梦到过小地震，
我这串心跳，我这串心跳，
如今莫非是火车的怔忡？

---

1 废名：《谈新诗》，《废名集》第4卷，第1779页。

我何尝愿意做梦的车站！[1]

后人认为此诗乃卞之琳的转型之作，是“新的智慧诗”，因为知性和理性的渗入而显出明确的“现代”特征。[2] 废名当然并不否认这一点，但他重视的却是这首诗背后表现出来的“古今同有此情”，“而卞之琳说得太新鲜了，太可爱了，太切实了”。[3] 废名的着眼点并不在于“现代”，虽然他说“现代诗人的梦真应该在火车站上”。他着眼的乃是：一，卞之琳诗背后的古今同情，即某种非古代非现代的，也即超时间性的或非时间性的人情；二，卞表达方式的新鲜。按照奥斯本的说法，“现代性是一种关于时间的文化”，现代人每时每刻都因为关于时间的思想而沮丧或激动。[4] 废名似乎不在此列。卞之琳《车站》谓“古人在江边叹潮来潮去；/我却像广告纸贴在车站旁”，表达了人在等待的状态中对于时间的焦虑感受，废名却说“其实诗情是无我，是美丽，我一点也不替他着急了”[5]，真是视现代人的时间意识如无物也。由此可见，所谓“现代诗人的梦真应该在火车站上”，也不过是一种“无我”而“美丽”的说法，并非真的在强调“现代”之重要，更非强调现代器物对于人类感知世界的重要性。而所谓“卞之琳说得太新鲜了，太可爱了，太切实了”，是指卞之琳面对日常的现代器物（车站）时能够毫不拘

---

1 卞之琳：《十年诗草：1930—1939》（增订本），安徽教育出版社，2007。

2 乔力：《“新的智慧诗”——说卞之琳诗及他的车站》，《名作欣赏》2006 年第 8 期。

3 废名：《谈新诗》，《废名集》第 4 卷，第 1779 页。

4 彼得·奥斯本：《时间的政治——现代性与先锋》，王志宏译，商务印书馆，2004，第 5 页。

5 同 3，第 1779 页。

泥地出入现实与梦境、古代与现代、感性与理性、幼年与成年、回忆与现实，展现出新诗在语词表达的意义上重建秩序的自由而丰沛的想象力。在废名看来，现代器物（车站）只是构成了卞之琳诗歌象征秩序的一点诱因或暗示，而远不可能是方向或束缚，卞之琳感觉“现代”的感官处于充分自由的状态。因此，至少废名不会认为，卞之琳《车站》中涌动的潜意识内容与詹姆斯建立的现代心理学有多少瓜葛。也就是说，在废名的理解中，卞之琳的诗情源于诗人主体的生命冲击，而非现代知识的刺激，不是一种由知识生产出来的次生品。这一点与废名解释自己偶然作出的新诗《笼》所采用的逻辑是一致的。《笼》原诗为：

我把我自己锁了起来，
侥幸我的爱情是最结实的了。
我听得树上的鸟儿叫得怪好听，
原来这是猎人装就的一只笼呵。
我要飞出去我已经是个奴隶，
我再哭也不肯哭了。
关死了我我不要紧，
可怜我身上还背了一个爱情呵。

废名在诗后附文解释道：“这首诗，来得极快，而不是夜半苦口吟成，自己很是爱惜。我相信它是一首新诗，严格的新诗。中国的新诗，如果要别于别的一切而能独立成军，我想这样的一种自由的歌唱，是的。原来它有它的气候呵，自然与散文不同。然而我只有这一回。这决不是自己想夸口，有什么可夸的呢？生命的偶尔的冲击。”[1] 就废名的诗歌理论而言，这段解释涉及的是他理论的核心表述，即新诗的内容是诗的，文字是散文的。文字是散文的，这一点很好理解，就是与韵文相对的、讲求现代语法的文章；内容是诗的，则索解为难。废名在《谈新诗》起首说“什么叫作诗的内容，什么叫作散文的内容，我想以后随处发挥”[2]，后来他确实随处发挥，但内涵外延并没有因此清晰起来。《笼》的大意是爱情变成一种束缚“我”的名教，但这个大意显然不是废名所谓“诗的内容”；此诗所含“诗的内容”或指“自由的歌唱”和“生命的偶尔的冲击”。转换成一个句子，即“诗的内容”在《笼》中表现为诗人对于“生命的偶尔的冲击”的“自由的歌唱”。这种对于偶然性的强调，正是对于必然性的时间锁链的反动，是要将人从爱情这种现代知识的束缚中解救出来，实现个人感觉“现代”的感官自由。废名后来的大部分诗歌创作，都是这一诗学指导下的写作实践。例如广为征引的《街头》一诗，诗谓：

行到街头乃有汽车驰过，
乃有邮筒寂寞。
邮筒 PO
乃记不起汽车的号码 X，
乃有阿拉伯数字寂寞，
汽车寂寞，
大街寂寞，

---

1 废名：《笼》，王风编《废名集》第 3 卷，北京大学出版社，2009，第 1498—1499 页。

2 废名：《谈新诗》，《废名集》第 4 卷，第 1610 页。

人类寂寞。[1]

诗中“行到街头”的主体对于街头喧闹的漠不关心与林庚《沪之雨夜》几乎一模一样，区别是林庚写出了带有古典气息的声色繁华，而废名诗素淡如水，蒸馏了一切可能会影响他自由歌唱“诗的内容”的“世间的色与香”。一如马歇尔·伯曼在讨论大街上的现代主义时所着力引申的那样，“田园诗的图景已成为过去，大街属于车流”[2]，林庚在上海街头幻想的古典之美，与废名的寂寞之思，都是一种恐惧于车流占领大街而田园诗景不再的征兆。林庚《沪之雨夜》在此意义上是中国现代史最后一批关于都市大街的田园诗，而废名《街头》已经流露出一种类似于波德莱尔的挽歌情绪。在这个意义上，废名的诗比他的诗评和理论走得更远，对于“现代”的纠葛可能要比诗评和理论深刻得多。论者或谓废名受禅宗影响，有意“在污秽中寻觅净土，喧闹中领悟孤独”[3]，但废名自己对《街头》的解释倒说明他像波德莱尔一样，尘根未尽。废名说：“这首诗我记得是在护国寺街上吟成的。一辆汽车来了，声势浩大，令我站住，但它连忙过去了，站在我的对面不动的是邮筒，我觉得它于我很是亲切了，它身上的PO两个大字母仿佛是两只眼睛，在大街上望着我，令我很有一种寂寞，连忙我又觉得刚才在我面前驰过的汽车寂寞，因为我记不得它的号码了，以后我再遇见它还是不认得它了。它到底是什么号码呢？于是我又替那几个阿拉伯数字寂寞。我记不得它是什么数

---

1 废名：《街头》，《废名集》第3卷，第1591页。

2 马歇尔·伯曼：《一切坚固的东西都烟消云散了——现代性体验》，徐大建、张辑译，商务印书馆，2004，第213页。

3 王泽龙：《废名的诗与禅》，《江汉论坛》1993年第6期。

了，白白的遇见我一遭了，是我，很是寂寞，乃吟成这首诗。”[1]这种因初见即为永诀的感觉而进行的抒情，与古典的“人生若只如初见”迥异，与林庚的古典悬想也颇有差池，却与波德莱尔在《给一位过路的女子》中表达的情绪有着明显的家族相似性。驰过的汽车让废名感到寂寞，过路的女子则让波德莱尔感到了爱：

喧闹的街巷在我的周围叫喊。
颀长苗条，一身丧服，庄重忧愁，
一个女人走过，她那奢华的手
提起又摆动衣衫的彩色花边。

轻盈而高贵，一双腿宛若雕刻。
我紧张如迷途的人，在她眼中，
那暗淡的、孕育着风暴的天空
啜饮迷人的风气，销魂的快乐。

电光一闪……复归黑暗！——美人已去，
你的目光一瞥突然使我复活，
难道我从此只能会你于来世？

远远地走了！晚了！也许是永诀！
我不知你何往，你不知我何去，
啊我可能爱上你，啊你该知悉！[2]

1　废名：《谈新诗》，《废名集》第 4 卷，第 1828 页。

2　波德莱尔：《恶之花》，郭宏安译，北京燕山出版社，2005，第197—198 页。

废名与波德莱尔都在各自诗歌的首行提起大街上的喧闹，也都在接下来的诗行中将诗人挽歌式的孤独心绪投射到大街上或许与自己相关但可能再不遇合的对象上，废名将自己被汽车触动的寂寞移情到大街乃至人类，波德莱尔也将自己被过路的女子触动的情愫作了悬拟的移情，废名宁静的诗行中翻腾着海底波澜，而波德莱尔郁热的字句中流露着颓丧后的安宁。这是关于偶然的瞬间的抒情，是碎片化的感受，无法将时间组织成存有内在逻辑线索的链条的惶恐。[1] 因此，废名诗是对于汽车所象征的内在化、逻辑化、链条化的“现代”的背离，是对于茅盾、穆时英式的小说拜物教的批判。所谓感觉“现代”的感官自由，即是要从现代器物可能造成的异化中，彻底解脱出来。

在废名随时可能发生延异的用词中，感觉“现代”的感官自由不仅与“生命的偶尔的冲击”绾结在一起，表明着他的诗歌理论与伯格森的哲学、厨川白村的文艺观念之间的亲缘关系，而且与“厌世”“乱写”“美丽”“渐近自然”等词汇相关，说明废名诗歌理论背后有更隐晦的根底，是他在征引李商隐、温庭筠的诗词作为新诗的前身时表露出来的古典趣味所有意地遮蔽的。

作者简介

李国华（1980—），江西于都人。文学博士，同济大学中文系副教授，硕士生导师，同济大学鲁迅研究中心研究人员。2012年毕业于北京大学中文系，师从吴晓东教授。专业研究领域为现

1　因为抒情主体的存在，这两首诗显然都不是后现代语法意义上的碎片感受。

代小说研究及鲁迅研究，出版专著《农民说理的世界——赵树理小说的形式与政治》（上海书店出版社2016年），有数篇论文散见于《中国现代文学研究丛刊》《鲁迅研究月刊》《文艺争鸣》《东吴学术》等。目前除从事鲁迅杂文研究外，悉心于研究旧体诗与新文学之关系。

郭沫若与当代“新台阁体” 诗词创作

付马玲　周于飞

【内容提要】郭沫若是二十世纪文化巨人，无论是作为新诗人还是旧诗人，对于二十世纪的中国诗坛来说郭沫若都是不容忽视的存在。学术界对郭沫若诗词创作的争议也从未间断，争议的焦点主要集中于他在新旧体诗词之间摇摆不定的褒贬态度，本文将从较深层面探索郭沫若对于新旧诗词的喜恶态度转变的原因，并探讨在当代旧体诗坛上形成的以郭沫若为首的“新台阁体”诗词的创作成因及其诗词创作特点，解析二者在创作形式上的关联以及在具体诗词创作上所展现出的差别。

【关键词】郭沫若；新台阁体；诗词

郭沫若是中国现代文学史上的著名诗人，是中国文化战线上的一面旗帜，在中国文化史上具有广泛深远的影响。他的一生是备受关注的一生，也背负了许多争议。从1904年还在念私塾的他写下现存第一首诗到1978年写下最后一首诗，跨越大半个世纪时间，经历了抗日战争、解放战争，再到新中国成立等一系列转变，这些转变都毫无疑问地影响着作为诗人的郭沫若的内心对于诗的最原始最纯粹的理解。诗人有了新旧之分，郭沫若的诗歌创作也历经了由学人之诗、诗人之诗、士人之诗到仕人之诗的种种变化。郭沫若作为这一特殊历史时期的诗人，不仅受到这种历史背景的影响完成了仕人之诗的身份蜕变，还被当作新时期新诗的代表人物，鼓吹新诗才是有未来的。矛盾的是在郭沫若心里对于旧体诗始终是极度迷恋的，他就这样游离在新旧诗之间，正是这种摇摆不定、表里不一的态度引来了许多对于他的批判和争议。本文通过剖析郭沫若对于新旧诗体看似矛盾的态度，解读郭沫若对于旧体诗词的贡献；此外，作为“新台阁体”诗词的领袖人物，通过了解郭沫若旧体诗词创作来厘清郭沫若与“新台阁体”的关系，并将二者在诗词创作上进行较为细致的比较，由此全面客观地认识旧体诗词的魅力。

新旧“台阁体”都是在文坛上曾经风靡一时的文学创作流派，二者在文体特征方面有着很大的相似之处，以馆阁文臣的歌功颂德、应制唱和以及歌舞升平之作而得名，此类作品官方色彩浓重，诗人个人感情投入少，缺乏艺术创造热情，很大程度上失去诗人的“本色”。这一方面透露出台阁体诗人们对于权力的奉承迎合，但更多是处于特殊历史时期的需要和无奈。

一、明初“台阁体”

台阁体，顾名思义是馆阁诗人们具有浓厚的应制、唱和、歌功颂德意味的诗文作品，被认为是代表官方意识形态的文学流派，代表人物有明代大臣杨荣、杨士奇、杨溥，另外还包括胡广、解缙等人，因三杨均为当时台阁重臣，故其诗得名“台阁体”，又因三杨在永乐、洪熙、宣德、正统四个朝代都以馆阁重臣持文柄数十年，天下文风大变，台阁体从此成为独领一代风骚的文学流派。

台阁体诗词多为应和、酬应、题赠而作，题材也常以颂圣德，歌太平为主。杨士奇曾说：“诗以理性清而约诸正，而推之可以考见王政之得失，治道之盛衰。”[1] 他所说的“性情之正”，是指诗歌的创作内容要有关于世教，观得失，合乎礼教，劝善惩恶，行王道。因而台阁体作家在诗歌创作过程中往往采取以歌颂封建帝王功德和赞美太平盛世的方式，这样的创作方式和创作思维虽然满足了儒家追求“雅正”的传统，但是创作过程中摈弃诗人发自内心的真切情怀而只为追求表面上的雍容典雅，缺乏对现实生活的关怀，难以展现出诗人对于艺术创作的热情。

杨士奇凭借其阁臣之尊、文风之正、文学之优而在永乐文坛上处于执牛耳的地位，一举成为台阁体的代表。他的台阁文风被同期的很多文人当作典范来进行模仿，杨荣就是众多效仿者中的一员。古人对于杨荣诗词作品的评价是：“发为文章，具有富贵福泽之气。应制诸作沨沨雅音，其他诗文亦皆雍容平易，肖其为人。虽无深湛幽眇之思，纵横驰骤之才，足以震耀一世，而逶迤有度，醇实无疵，台阁之文所由与山林枯槁者异也。与杨士奇同主一代之文病，亦有由也。”[2] 当然，台阁诗人的作品也不全是呆板僵直的颂扬题材，杨荣的《逸世遗音集序》中对于民歌中所表达出的天趣之真的观念与杨士奇强调的诗歌就是要抒发人的天趣自然式的情感有异曲同工之妙。他们的文学思想及创作心态中也有少数流露出自然性情的，只不过这样的作品数量较少，影响力远不及台阁体作品。

台阁体的出现以及流行有其自身的原因。首先与作家的生活境遇有不可分割的联系，馆阁文臣们身居高位，生活优越，不免对朝廷的恩典发自内心地产生感恩心理，这就极容易形成美化生

1　魏崇新：《台阁体作家的创作风格及其成因》，《复旦学报》1999 年第 2 期，第 47 页。

2　同 1。

活、歌功颂德的创作意向；另一方面，封闭的官僚生活也限制了台阁体作家们的生活视野，致使创作素材相较贫乏。其次，明成祖朱棣上台之后，对士人的政治文化控制更加严格，借以整肃精神领域，与此同时也加强对文人士大夫的迫害……这一系列潜伏在安定社会后面的压力无形中对文人起到了威慑的作用，使得他们不再敢窥视和表现广阔的现世生活，更不敢抒发个人的思想；而永乐年间社会相对安定，百姓生活富足，呈现出欣欣向荣的景象，也客观上给台阁体营造出了一种歌功颂德的创作氛围。

台阁体作家的创作风格在当时文坛上产生了很大影响，台阁体源自于庙堂文学，以粉饰太平为己任，缺少天真之趣。如果说台阁文学在三杨时期还能谈得上雍容大度，到台阁体末期的作家就只说是日渐浅薄。清代诗人沈德潜曾对台阁体做出这样的评价："永乐以还，尚台阁体，诸大老倡之，众人靡然和之，相习成风，而真诗渐亡矣。"[1] 这使得明代文学出现停滞不前的局面，不仅阻碍了明代文学向前发展，更可以看作是文学的倒退。台阁诗人们所进行的毫无艺术生命力的创作之所以遭后人诟病，客观原因只是外因，起决定作用的还是内因，即由诗人们自己的创作意愿所支配。失去对现世社会的关心，没有倾注诗人内心真情实感的作品，很难引起作为受众的读者的共鸣，所以台阁体的诗作很难受到读者的欢迎，台阁体诗词作品在文学史上的评价也不高。

二、郭沫若与"新台阁体"

中国旧体诗坛在 20 世纪 50 年代到 70 年代期间出现了一种具

---

1 魏崇新：《台阁体作家的创作风格及其成因》，《复旦学报》1999 年第 2 期，第 50 页。

有所谓“太平风度”的诗体，因其在诗歌创作形式、目的以及方式上都与明代的台阁体极为相似，被称为“新台阁体”。它产生的背景主要是在经历了八年抗战、新中国成立等一系列的巨大变革后，一部分文人志士从单纯的学者、士人入仕转变为仕人，这种身份的变化直接导致了他们原本诗歌创作形式和特点的变化，开始以抒发对中国共产党以及人民军队的高度歌颂和无限赞美为主。而郭沫若就是“新台阁体”的代表人物。郭沫若的“新台阁体”诗词创作除了其本身身份的转变的原因之外，还受特定政治因素的影响。抗日战争的爆发，国家安危面临极大的挑战，人民军队的英勇抗战需要鼓舞，整个社会的不安与动荡需要正面能量的传递，而郭沫若是位有家国情怀的诗人，也是位紧跟时代的诗人。在这个特殊时期，他凭借自己的文坛地位登高一呼，自然应者如云。

新中国成立之后郭沫若虽然作为新文学阵营的作家之一，但早在他年少时期便对于声韵格律非常熟悉，在新中国成立前已经创作了不少带有个人风格的旧体诗词。新中国成立后，主流文化是推崇新诗反对旧诗的，宣扬只有新诗才是有未来的。而作为中国新诗的创建者之一，郭沫若内心其实一直对于旧诗极其迷恋，这致使郭沫若在诗坛的处境十分尴尬。但是他从来没有放弃过旧体诗的创作，甚至在后期的新台阁体诗词中有不少篇目就是采取了旧体诗的形式。

郭沫若先生的“新台阁体”诗词主要就是借鉴了旧体诗中“赋”和“颂”这两种文体因素，如果就“颂”来说，新中国成立后郭沫若的旧体诗词中以颂为题几乎随处可见，例如《颂延安》《“五一颂”》《颂中国人民志愿军》《颂北京四首》《新华颂》等等。其中值得一提的是《新华颂》，此诗是郭沫若献给新中国的第一首颂诗，也正是它拉开了郭诗转向“新台阁体”的序幕。郭沫若在此之前都是比较倾向于“风”的，从“风”到“颂”正是郭沫若旧体诗转变的象征。“颂”作为中国最古老的诗体的同时也是古代中国宫廷贵族文学的开端之一，也就自然成为当代“新台阁体”的最古老开源。就“赋”来说，相比于“颂”，它对于郭沫若“新台阁体”诗词的创作是有着更深的影响。郭沫若在他的旧体诗中主要采用汉“大赋”的写法，此种“赋”具有夸张、虚构、装饰、政治的特性，在中国古代文学史对于仕人之诗一直有着广泛的影响，这种影响延续到了当代诗坛。郭沫若在他的《百花齐放》中收录的101首新诗全是用的“赋”体。以郭沫若为首的“新台阁体”不妨可以看作是当代旧体诗坛中的“新辞赋体”。

三、“新台阁体”与“台阁体”的差异

虽然郭沫若的“新台阁体”诗词与明代“台阁体”有许多的相似之处，但是存在的差异也是比较明显的。首先创作目的上，郭沫若的新台阁体诗词创作时期主要是集中在抗战时期和新中国成立之初，这两个时期对于中国来说是两个最为特殊的时期。八年抗战的艰难和新中国成立之初所面临的种种挑战，需要一个正面传递能量和信念的工具来激励全国人民团结一致攻克难关，而郭沫若当时在抗日统一战线中担任宣传工作，他有义务采用一定的方式途径来达到鼓舞整个国家取得抗战胜利的气势以及坚定取得抗战胜利的信心。再者，从郭沫若此前的诗词作品中也不难看出他本身就有很浓烈的爱国主义情结，所以更加容易理解他此时的写作目的。对于诗人出身的郭沫若来说，诗歌是他个人最擅长的方式。例如他在1959年1月发表的《颂武钢》：

铁浪奔流似火龙，高温千度映天红。武钢接踵鞍钢后，建设规模气概雄。[1]

简单的四句诗，形象生动地展现出了武钢生产规模之大，气势之恢宏，景象之欣欣向荣，对于成立之初的新中国，这样的诗词必定会大大强化人民群众对于整个国家经济建设的巨大信心，进而增强整个中华民族的凝聚力和向心力。

而明代台阁体诗词创作目的是相对单一的“颂圣德，歌太平”。明朝经过一系列的调治整理后，永乐以来，政权稳定，国力强盛，呈现出“海内晏安，民物康阜”这样一幅安定繁荣的景象。台阁体作家们大多是朝廷的达官显贵，生活上富足安康无忧无虑。在这样环境氛围下，诗人们很容易想要对此种盛世景象以及皇上的恩德进行一番由衷地歌颂和赞扬，以表达他们对于皇恩的感激之情和对于明代盛世祥瑞气象的得意之心。

不管是郭沫若的旧体诗还是台阁体的诗词，若不仅仅是将它们视作一种纯粹的诗体而是一种包含了作者创作心态的无意或有意的创作抉择，这种抉择就完全可以揭露出一种特定的创作心态倾向。抗战开始时，郭沫若已步入中年，这时的他的心态和社会地位及公共评价都已基本稳定了，但他的文坛形象相对于他已定型的身份来说还是显得很模棱两可，像一张没有对好焦的照片，这也使得郭沫若作为新诗人时期的诗人形象显得格外单纯而鲜明。新中国成立之后，郭沫若的身份不仅是“著名诗人”，更是一个“高级官员”，肩负着传播文化的神圣使命，这两种身份刺激了他以自己擅长的方式来完成政治使命，即用诗歌传达文化信

1　郭沫若：《郭沫若全集·文学编（第三卷）》，人民文学出版社，1983，第 412 页。

仰。郭沫若有很深厚的中国传统文化的积淀，他对于旧体诗词的喜爱一直没有磨灭过。抗战时期的郭沫若在思想上是民主的，但是在文化习气上他却从来没有从自小习染的旧式文化中跳脱出来，即使是在他的新诗集《女神》取得划时代意义，旧诗又只能是在“地下”悄悄进行的时候，他也没有停止写作旧体诗词。这些旧体诗重点不在于内容，而是在于形式、韵格的讲究，并且运用了大量典故，显示出郭沫若有较为扎实的旧学修养。此外，郭沫若本人对贤臣名宦十分向往，他在 1938 年写的《长沙有感》中就流露出了这种情结，“苟与伊吕同际遇，何人憔悴做诗人”[1]，表达出了对开国大臣的向往，也是对诗人身份开始感到微妙的不满足。作为诗人的同时，他也想在新中国的发展史上做出自己的一份努力和贡献。

综上所述，郭沫若在抗战和新中国成立这两个关键时期，选择自己最擅长的旧体诗词的方式来达到自己为国贡献力量的理想是在情理之中的。再反观明代台阁体作家的诗词创作，主要是以遵从地域传统和统治者推奖的创作心态为出发点的。从地域文学传统方面来说，明代的翰林官员和阁臣主要是科举出身，而明代江西科举始终居全国之首位，台阁官员们又大多是江西人，如杨士奇、胡广、王直、解缙、金幼孜等人皆是江西人，他们在诗词创作上总是不自觉地受江西特有地域文学的影响，在选择文学典范来进行模仿的时候也是首先想到本地的乡贤前辈们。例如江西诗人刘仔肩曾编写了一本名为《雅颂正音》的诗集，这也是明代文人编写的第一本明代诗歌总集，内容主要就是歌咏太平、歌颂功德，诗风也偏向纯正典雅。杨士奇对刘仔肩主编的这本诗集推

1　李郭倩:《身份的重影——看旧体诗词中的郭沫若心态》,《湖北社会科学》2007 年第 2 期。

崇备至，他曾表示“构国家文运隆兴，诗道之昌，追古作者，选录不啻十数家，然惟刘仔肩、王偁所录为庶几焉”[1]。而对《雅颂正音》里面所标榜的文学风格继承得最为彻底的要数吴伯宗，他也是江西人，他的诗歌中就比较多应制之作，文风富丽典雅、雍容大度，体现出非常典型的台阁气象。从最高统治者的推奖和政治高压来说，仁宗皇帝甚是喜爱文学，尤其偏爱欧阳修的文章。杨士奇在他的文章中记载着“我仁宗皇帝在东宫，览公奏议，爱重不已，有生不同时之叹……”又曰：“三代以下之文，惟欧阳修文有雍容醇厚气象。”[2] 仁宗皇帝看似喜欢欧阳修的文章，其实是看中欧阳修忠君思想和雍容醇厚的文风，认为这种文风与巩固统治相契合。因此朝中官员不得不想尽办法迎合皇帝的喜爱，尽其所能地模仿欧阳修式雍容华贵、歌功颂德的诗文。

总之，郭沫若无论作为新旧诗人，毫无疑问都在中国当代诗坛上占有一席之地。如果说郭沫若对于旧体诗词的贡献得益于先天的禀赋和从小养成的学术涵养，那么，作为新诗人而言则更多的是由于时代的呼唤和需要。而以他为代表人物的“新台阁体”这样一个极具时代特色的风格流派，随着时间的流逝并没有消亡，而是进一步演化为今天的“老干体”，尽管褒贬不一，但仍有着广泛的群众基础，成为当今诗坛上的一种特殊流派。

作者简介

付马玲（1990—），四川乐山人。周于飞（1984—），湖南衡

---

1 魏崇新：《台阁体作家的创作风格及其成因》，第 49 页。

2 同 1，第 50 页。

阳人，文学博士，西南科技大学文学与艺术学院讲师，主要从事现当代旧体诗词研究。本文系2014年度四川省教育厅人文社科类（郭沫若研究）青年项目《郭沫若与二十世纪旧体诗坛》（GY2014C07）阶段性成果。

浪子：一个绝对唯我主义者的艺术追求

何光顺

【内容提要】浪子的诗集《无知之书》可能是这个时代的诗人在一个商业化时代抵抗自我身份被边缘化的文本见证。作为对自我欲望的隐蔽和对荒诞现实的拒绝，诗人选择了漂泊，一种精神上的自我流放，让自己在绝对唯我主义者的道路上构建属于纯粹艺术的坚硬堡垒。于是，艺术的世界和现实的世界，就无可避免地形成严重的分裂，现实的荒诞、生存的荒诞、欲望的荒诞，都被诗歌的筛子自动过滤掉了，而只留下纯形而上化的唯美情感的哀歌，这是一种反向逃离和逆转生成，诗人以诗歌拒绝自我的庸俗和世界的庸俗。从这个角度说，诗歌就成为诗人挣脱欲望的自我圣化的重要道路。

【关键词】浪子；无知之书；漂泊；坚硬；分裂

漂泊者命定漂泊。并无必要
获得，饶恕和怜悯。
——浪子《跌倒》

浪子注定了是一个漂泊的诗人，这根源于他无法改变的顽固执着和拒绝进入世界，拒绝身体和灵魂与他人的对话。浪子的诗集《无知之书》也可能是这个时代的诗人在一个商业化时代抵抗自我身份被边缘化的文本见证。诗人世宾认为：“写作就是裸露自己的灵魂与身体。”[1] 这无疑是片面的，诗人的灵魂和身体远没有他的诗歌来得崇高，这个所谓的裸露不过是隐含着诗人的自我圣化的诉求。浪子认为他的《无知之书》所趋近的，“正是那接近透明的无限蔚蓝”[2]，也同样隐藏了世俗生活中诗人身体的欲望和灵魂的激情部分，是诗人渴望成为或自我塑形为天使的超越性的需要。于是，写作就是构建城墙和栅栏，以将艺术世界和现实世界隔绝开来，这或许就是以东荡子、黄礼孩、世宾、浪子等为代表的完整性诗学写作要为这个浊浪滔天而自己也难免于俗的现实生活所寻找的另一种生存方式。当然，栅栏和城墙也有缝隙和城门，有些微光从现实世界照进了艺术世界。因此，在我看来，完全的裸露和无障碍是没有的，完全的隔绝和自我放逐也是不可能的。在本文中，我们仅以浪子的《无知之书》来着手进行分析身体、灵魂和诗歌所构成的一种有距离的交错和延伸关系。

一、漂泊：浪子对于东荡子的逆向继承

在现实世界，我和浪子原本是两条道上的人。我是属于学院的，浪子是属于民间的。但借助诗歌，我们竟然神奇地相遇了。浪子经常说的一句话是：“诗歌和现实没有一毛钱的关系。”我却觉得，这个相遇，似乎就让诗歌与现实有了那么一点关系。到现在为止，我也就见过浪子两次，但浪子你不用多和他交往，他这个人几乎是你一眼就能看穿的。直率、真诚、粗野、暴躁，或许就是他做人和做事方式的最直接写照，如果你不读他的诗歌，你肯定会觉得他就是一个爱自吹自擂的粗鄙的家伙。这是一个具有

1　世宾：《我的读书生活》，参见“记忆馆”微信公众号 2015-12-17。
2　浪子：《无知之书·前言》，花城出版社，2011，第 1 页。

双重性格的诗人，他有很多朋友，应该也有很多冤家。有时很可爱，滔滔不绝，激情洋溢；有时又很可厌，唯我独尊，有一种要将自己的意志强加于所有人的绝对主义者的执着。

当我在现实生活中遇见浪子的人，又读到了他的诗以后，我觉得真不可思议，这么一个暴躁和粗野的家伙，怎么可能写出这么细腻、深沉而有力量的诗歌？当然，如果你真以为浪子是目空一切，无法无天的，那可能又错了。浪子似乎还是有深爱和敬畏的，这种深爱和敬畏最真切地体现在他对诗歌的热爱和对东荡子的崇敬上面，浪子实在是太喜欢东荡子和他的诗歌了，他几乎是将东荡子看作他的精神的先驱的，我是从浪子这里知道了东荡子的，另外也从梦亦非那里知道，东荡子还被普遍看作广东诗坛的教父。如果说，那种直接从诗歌精神上继承东荡子的，第一个可能要数浪子，他在不遗余力地推进东荡子诗歌的传播，他似乎就是要完成东荡子的未竟的事业，在这里，你又看到了浪子的某种使命和担当。

浪子刚送了我一本他主编的东荡子的《杜若之歌》，以及他自己写的一本《无知之书》。翻看东荡子的《杜若之歌》，就看到了浪子写的前言：

> 为诗人东荡子编选一部诗选，是我多年来的心愿，曾几次与他谈过，亦与一些好朋友提到过。
>
> 然寄居浮世，为稻粱谋，杂事缠绕，可以专门为理想而行的时间自是少得可怜。这件事情，便这样拖了下来。
>
> 我永远不愿意相信，也绝对想不到的是，真正动手

> 编辑这部诗选时，一生热爱诗歌和朋友的诗人东荡子，与我们已然阴阳相隔。[1]

浪子的精神世界和诗歌事业只有放到和东荡子一起来看，我们才可能获得更深切的理解。东荡子是中国当代诗坛的一个奇迹，是广东完整性诗歌写作流派的一面旗帜。如果说，“完整性”写作这个概念是世宾首先提出的，那么，真正的完整性诗歌写作的实践却是从东荡子这里开始的。东荡子的诗歌写作注重“使灵魂和精神消除黑暗，归于光明”[2]，他完全从民间的层面影响了一大批诗人，比如黄礼孩、世宾、浪子、郑德宏等。而浪子可能是他们当中受到东荡子影响最大的一个。浪子在这部东荡子的《杜若之歌》编选的前言中说到：

> 多年来，在人前我从不讳言：东荡子是当代中国最优秀的诗人，没有之一。这样子说话，或者会得罪一些诗人，一些朋友，不过我知道，我只有这样说才能不得罪诗歌，不得罪它自身的纯粹、神圣与光荣。
>
> 东荡子，作为一位长期被有意无意地忽略的诗人，从《九地集》到《王冠》到《阿斯加》，他所书写的，一直是源自卓越而来的卓越诗篇。这样说，完全是基于我自身对诗歌的虔诚和认知，以及我们之间二十多载相交相知、无数次争辩与审视后的知根知底。

1　参见东荡子《杜若之歌》中浪子所作《前言》，海风出版社，2014，第5页。

2　东荡子：《消除人类精神中的黑暗——完整性诗歌写作思考》，参见黄礼孩主编《诗歌与人·完整性写作》，《广州民刊》2003年第5期。

浪子经常说，他还没有找到读懂东荡子诗歌的批评家和读者，这是他的一个遗憾，他经常痛批中国诗坛和批评界对于东荡子的忽略，这也是他在这篇前言中所说的。浪子最喜欢东荡子诗歌中的一首《树叶曾经在高处》，他经常提到，也在这里推荐给大家，并有助于人们理解浪子和东荡子的精神的链接：

密不透风的城堡里闪动的光的碎片
并非为落叶而哀伤
它闪耀，照亮着叶子的归去
一个季节的迟到并未带来钟声的晚点
笨拙而木讷的拉动钟绳的动作
也不能挽留树叶的掉落。你见证了死亡
或你已经看见所有生命归去的踪迹
它是距离或速度的消逝，是钟声
敲钟的拉绳和手的消逝。大地并非沉睡
眼睛已经睁开，它伸长了耳朵
躁动并在喧哗的生命，不要继续让自己迷失
大地将把一切呼唤回来
尘土和光荣都会回到自己的位置
你也将回来，就像树叶曾经在高处
现在回到了地上[1]

浪子说没有人读懂东荡子的诗歌，但在我看来，浪子自己也同样被包括在这个未读懂东荡子的人中。浪子喜欢这首诗，大约

---

1 东荡子：《杜若之歌》，第 69 页。

是源于这首诗所表达的“树叶曾经在高处”的意象牵引，即对那“高处”的向往。奇妙的是，东荡子虽然指出了树叶“曾经”在高处，而其真正的重点却是要告诉我们“现在”树叶“回到了地上”，“尘土和光荣都会回到自己的位置”，“你也将回来”，这表达的是一个人类永恒的回乡主题，也就是东荡子所讲的“人类精神体现在诗歌中的光明”[1]，诗歌的光芒驱散了人类对于死亡和虚无的恐惧。

当然，这首诗篇重在消除黑暗，显现光明，因此它并未展开或者说隐藏了未曾写出的前半段主题，那就是树叶“曾经”从一粒种子在泥土中长成为“大树”而后长出高处的“树叶”的过程。东荡子隐去了“树叶”的前半世的命运，而直接诉说“树叶”的“归去”，这是听从世界和命运之神的召唤，是一种无限宁静的心灵对于世界存在之命运的应答。然而，浪子却并没有进入这首诗中，他所喜欢的是“高处”，是漂泊，是东荡子未曾写出的从种子到树叶的远离，这就是浪子在他的诗歌《跌倒》中所写的：

漂泊者命定漂泊。并无必要
获得，饶恕和怜悯。
码头，异乡人驻留的地方。
“种植者颗粒无收。”当我正要说出的
已被说出，当我在收割后的农田躺下
对我来说，从此无所谓什么跌倒。[2]

1　东荡子：《消除人类精神中的黑暗——完整性诗歌写作思考》，参见黄礼孩主编《诗歌与人·完整性写作》，《广州民刊》2003年第5期。

2　浪子：《无知之书》，第63页。

浪子诗歌的漂泊精神，就注定了他的写作成为了一种精神之陷于孤独与苦难的展示，“漂泊者命定漂泊”，“码头，异乡人驻留的地方”，这种对于漂泊命运的写作，体现着浪子诗歌一贯的唯美化的极致性追求，“并无必要/获得，饶恕和怜悯”，这种对于和他人进行心灵对话和情感交流的拒绝，让浪子的诗歌呈现出一种封闭的结构，也很难让读者看到光明的力量，“种植者颗粒无收”，就是对于某种人们现世努力的悲观和不抱希望的决绝，既然人生难免跌倒，我就先行在辽阔的农田“躺下”，于是，“对我来说，从此无所谓什么跌倒”，这是一个失败者的写作，是本来没有失败，但他却将“失败”的理念先行植入心中，“失败”成为浪子对于这个时代和自我命运的终极性书写，这个世界是没有未来和远方的，也是没有家乡和归宿的。从这个角度来说，浪子的诗歌就构成了与东荡子、世宾、黄礼孩的呈现光明的力量的写作完全不同的另类风格的展示，孤独、冷峻、伤痛、苦难乃至骄傲，就构成浪子诗歌的永恒漂泊主题的纯粹而又复杂的内涵。这种“漂泊”性主题呈现出他对于东荡子诗歌“回归”主题的叛离。某种程度上说，浪子在表达着对于一个现代性冲击的破碎的中国的深沉绝望，他不准备做出拯救。东荡子的诗歌却既着眼于现代性中国的破碎，又瞭望着人类普遍命运的悲怆，而仍旧期望以诗人的写作构建出人类回乡的路。

浪子的诗是苦涩的，某种程度上说，浪子在沿着东荡子的道路前进，却又是逆向地前进，而这又确实让他走出了自己的道路。当我前段时间第一次读到浪子的诗《写下一首你无从读懂的诗》时，我很惊讶，因为在读到他的诗歌之前，我真的以为浪子是一个粗俗的人，一个没有礼貌的人，但当我读到他的这首诗，我写下了《浪子：城市的孤独者》的评论，我写道：“浪子的诗中有一种内在沉默的冲击的力量，那是源自岁月、亲情、沉思、成熟的生命的风华在穿越历史的隧道中，所爆发出的闷雷式的低徊吼叫，亦或从大地母亲该亚深处孕育出的一种向着地面倔强伸展反抗着天宇的力量。”[1] 在这首诗中，浪子写他的漂泊：

“永恒的乡愁，你是多么的短暂。”
短暂得就像少小离家的人，刚刚
还站在你跟前，刹那没了影踪。

“永恒”和“短暂”交织，“离家”和“乡愁”伴随，某种程度上说，浪子并没有真正向远方漂泊，因为浪子没有远方和未来，他的心仍沉浸在古典时代：

哦，它不全是一个人的孤独
在这泪水和落叶的交叉之地
它是一座城市，被村庄养育
而你却不能提供任何的见证
你只是继续操劳：在你的领地，在我童年
游戏的地方，经营残存的荒凉。

“泪水”“落叶”，都是从历史深处向我们飘来，并沉重地覆盖着我们。浪子的诗在拒斥着现代性的冲洗，他要重新唤起古代世界的灵魂，他是活在华夏民族的根柢处的。虽然要唤回，但浪子又无法回去。浪子就成为了一位漂泊在古典和现代之间的流浪者，成为了一片悬浮于心灵和现实之间无法找到归宿的飘飞的

---

1 何光顺：《浪子：城市的孤独者——读〈写下一首你无从读懂的诗〉》，参见“云山凤鸣”微信公众号 2015—12—12。

落叶。

> 你坐在旧居的门前，微笑不语
> 灰白的头发保留着桑葚和石榴的秘密

“旧居”，不再被青春、未来和希望所眷恋，而只是成为即将离去的老人们的留守之地，他们“微笑不语”，“灰白的头发保留着桑葚和石榴的秘密”，秘密只是被旧居门前的老人保藏，但这秘密不会在古老的乡村获得延续，因为现代城市早已洗劫了乡村，带走了青年和未来，古老的故事不会再次被诉说，这是一个乡土中国的缓慢死亡……

> 你藏匿多年的秘密：它一分为三
> 一条通向东莞，大儿子在那里谋生
> 一条通向深圳，小儿子在那里赚钱
> 一条通向我……我做梦的广州

留守的老人或年迈的父亲的隐匿的秘密只能向着已经远离的儿子们无声地诉说，他有三个儿子，但都已经远离古老的乡村，老人的秘密一分为三，“一条通向东莞”，“一条通向深圳”，“一条通向我”，这是乡村秘密的破碎与残缺，不再完整，实际也不再延续，“我做梦的广州”，已经不再是关于古老乡村和父辈历史的储藏，而成为虚幻的荣华的梦……

> 张开的翅膀突然停在半空。我不想
> 让你知道，我和伤风的早晨在一起
> 写下“我们能说的东西是多么少”
> 写下“微笑、阴影、虚无”

写下这一首你无从读懂的诗。

漂泊的浪子并不想让父亲知道他的秘密，他的伤痛，父亲也不会再向他诉说古老乡村的故事，他们如此亲近，他们的血液的脉动中都相互流淌着对方的血，然而，他们又是如此疏远，父亲在“旧居的门前，微笑不语”，而作为儿子的浪子，“不想让你知道”，于是，浪子只能“写下‘我们能说的东西是多么少’/写下‘微笑、阴影、虚无’/写下这一首你无从读懂的诗”。他就是不要世人懂的，他“张开的翅膀突然停在半空”，这就是他的位置，既无法停驻大地，也无法飞向穹苍和神圣。黑色和痛苦的影子深深地纠缠着浪子的诗，而在东荡子诗歌中所呈现的光明却不知道在何处，也未曾被看见。浪子成为一个悬浮的漂泊者。这就是“漂泊者命定漂泊”，没有故乡，没有未来，这拉开了他与东荡子的距离。

二、坚硬：浪子构建起的绝对唯我主义的精神世界

在关于漂泊主题的书写中，浪子向世人呈现出一种坚硬的外壳，以构建起一个绝对唯我主义者的精神世界。在浪子的《无知之书》的组诗《梦痕录》中，他就向世人诉说着自己的坚硬，拒绝一种流动性本当带来的心灵的柔软，就在确立着一个有伤痛但拒绝对话的硬汉的形象，就在构建着一座纯粹艺术的坚硬堡垒，比如在他的这首《构成》中，浪子写道：

明月在上升。我分明看见
另一轮明月在沉没，
并迅疾覆盖我的内心，而不是覆盖
我所走过的乡村和城市。

那儿白茫茫一片，仿佛潮退后的海。

它由我的泪水和我身上的石头构成。[1]

浪子在他的诗中看不到真正上升的和超越的力量，这是一个没有神性和信仰皈依的浪子，这是他对东荡子的同样的叛离，“明月在上升”，明月在古典的华夏民族的文学中，是柔软的乡愁所投射的永恒的牵挂，然而，浪子却写道“我分明看见/另一轮明月在沉没”，古典的世界沉没了，伴随着的是古老的乡愁的无所依归，“沉没”覆盖的不是“我所走过的乡村和城市”而是“迅疾覆盖我的内心”，这是扛着古典性旗帜的浪子向着现代世界的屈服与投降，他的内心“白茫茫一片”，“仿佛潮退后的海”，他被现代性的海浪洗劫了，然而，浪子没有去寻求拯救和希望，那被洗劫和打击的内心却“构成”了一个“自我封闭”的结构，“它由我的泪水和我身上的石头构成”，柔软的泪水被作为身体的石头围蔽了起来，无人能抵达。这种“石头”的坚硬包裹起来的“自我封闭”的心灵之城又构成了浪子拒绝向现代性世界投降的硬汉形象！他又成为现代中国的一个西西弗斯式的反抗者。

因此，当很多诗人朋友说浪子的诗歌和他的生活是分裂的时候，我倒想从学理上来探讨这种生活和诗歌的分裂。实际上，这种分裂就如上面我们所看到的，浪子的诗歌已经呈现出他的拒绝、逃离和坚硬，呈现出在故乡和远方之间的裂变，他只能悬在空中，他无法落地，而这就是批评者所说的浪子的诗篇不能反映现实，看不到他生活的痕迹，因而也就显得似乎不真诚的缘故。然而，在我看来，如果要谈诗歌与现实的关系，我们应当先界定关于“现实”的概念。在柏拉图那里，现实就是现象世界，是假

---

1 浪子：《无知之书》，2011，第61页。

象，是摹本，是应该被摒弃的；在黑格尔那里，现实是理性的自我实现，是存在的现实，只有符合绝对理念的才是现实的；在现实主义作家那里，现实就是生活，就是艺术的源泉，艺术就应当反映现实反映生活。

这样，我们就可以将现实划分出三层：生活的现实，心灵的现实，存在的现实。诗歌写生活的现实，就是所谓的现实主义写作，是再现生活的；诗歌写心灵的现实，就是所谓的浪漫主义写作，是突显主体自我的；诗歌写存在的现实，就是所谓存在主义的写作，是神灵凭附的迷狂的真理的写作。伟大的诗篇会在这三个维度（生活、心灵、存在）同时抵达，并呈现出层次的逐渐上升，其在思想的深度和艺术的完美上也是同时兼具的；优秀的诗篇只将其中一个层次发挥得淋漓尽致。低劣的诗篇，则既无法书写存在，又于现实与心灵方面严重失真，其在艺术上也是粗糙的。关于诗歌的几个层次，我曾经在拙著《玄响寻踪——魏晋玄言诗研究》的最后的余论“什么？诗？”当中有过讨论，在该章节中我谈到诗是自然的清音、道德的理念和存在的回声的三层次，谈到“诗作为语言的守护者，创建着持存，保持着人的存在根基”，谈到诗人的道路当经历在乡的层次（农人）——自然的清音；漂泊的层次（船夫）——道德的理念；存在的层次（诗人）——真理的回声这样三个阶段的逐级实现。[1]

依据这个标准，我们就有了自然之诗人、伦理之诗人、存在之诗人的划分。因此，作为诗人，最终也就必须作为一个哲人。在低层次方面，诗歌与哲学是没有关系的，在某种层次上，诗歌是逃避现实的，在最高层次上，却是诗哲合一并进而抵达最高的

1 何光顺：《玄响寻踪——魏晋玄言诗研究》，暨南大学出版社，2011，第304—314页。

现实的。因此，当浪子在他的诗集《无知之书》前言中说：

> 如果从 1985 年算起，我的诗歌创作生涯已延续了 20 多年。……现在回想起来，依然是那么美好。只是，我深知自己还没有写出对得起那些隐秘岁月的诗篇。
>
> 诗歌是靠文本说话的，我一直如是认为，重要的并不是写什么和怎么写，而是你写下了什么、呈现出了什么。[1]

浪子无法在他的诗篇中袒露他的“隐秘岁月”，他既想对得起这些“隐秘岁月”，又告诉我们“诗歌是靠文本说话”，“重要的并不是写什么和怎么写，而是你写下了什么、呈现出了什么”，这实际暗示我们，诗人并不是要告诉我们有关生活和现实的真相，他不会做第一个层次的自然之诗人，也做不了第二个层次的伦理之诗人，那么，他是否要做第三个层次的存在之诗人，即他不是要告诉我们关于生活的当下或过去是什么样，而是想告诉我们生活或人生本来应该是什么样，或说他希望是什么样呢？或许，他的诗歌期望指向的第三个层次和诗歌的前两个层次的悖离，就“构成”了浪子对于他的“泪水”和“石头”构成的世界的再次重塑和建构。这种重塑和建构的基础和指向就是我们要继续探讨的。

1　浪子：《无知之书・前言》，第 1 页。

三、分裂：一个虚无主义者的现实和他的诗歌

这里我想追寻浪子为何形成了他的诗歌的内在裂痕以及他的生活与诗歌的分裂之间的多重关系。诗人的为人（人格、品格、风格）是缠系着他的诗歌的，有时是直接的，有时是间接的。在浪子的诗歌与为人中，存在着某种深刻的裂变。诗界朋友多批评浪子的诗歌与他的为人不一致，并认为浪子的诗歌不真诚，我却想从这种不一致看到浪子的诗歌和诗人、时代所呈现的某种张力关系。无疑，浪子注定是无法成为诗圣和诗仙的，但他可以成为类似阮籍的诗人。生活中无法寄托无法言诉的痛苦，让他以放荡不羁的洒脱和嘲弄世界的玩世不恭来表达某种深刻的反抗。他的每首诗篇都可以看作一首《咏怀》诗，都在吟咏时代的深刻裂变和个人内心的孤苦彷徨，并以很多具有特征性的意象如“村庄”“旧居”“广州”“城市”“月亮”“落叶”等来渲染某种情绪，表达一种内在精神世界的冲突。这让我想起了王尔德，他以最嬉戏的方式嘲笑这个世界，不管是谁，比他优秀的或是普通的，他都嘲弄，在王尔德的世界，只有他自己，纯粹的自恋，这个世界就有这样一种极其自恋的诗人，非常可爱，却常常以小我之力对抗全世界，弄得满世界讨厌他，但这样自恋的人又常常确实有自恋的资本。这样自恋有缺陷的诗人成为时代的一道风景，而让一个时代变得不那么平庸。

我记得曾经和一位外国文学教授闲聊，他说起，西方文学中有两类人，一类是浪子，一类是圣徒。波德莱尔、王尔德都是典型的浪子形象。唐璜是西方文学浪子形象的文学书写。圣人或圣徒则有苏格拉底和基督教中的圣徒序列。浪子和圣徒都是具有哲学深度的思想者，只不过前者采取了虚无主义的反抗方式，而后

者采用了绝对信仰主义的方式，浪子和圣徒之间只有一步之遥的距离。比如奥古斯丁就从一种浪子的虚无主义的纵欲生活转入信仰基督的宗教生活，并从而被封为圣徒。浪子和圣徒的两种形象一直贯穿在西方文学的始终，并从而构成某种内在的张力。中国社会有圣人和贤人，但缺少浪子形象。如果要寻找，《红楼梦》的贾宝玉可以算一个浪子形象。但在当前中国社会，如果说早已没有了圣人产生的条件，那么，平庸的道德和短视的功利主义却同样阻止了浪子的出现。

作为当代中国诗人的浪子，在做人和做事两个方面，都确实可能是有问题的。想到有意思的事情，就是前天两广诗会朋友们吃饭，作为主办诗会的浪子，竟然是参加诗会的朋友们都要躲着的，都怕和他坐到一起的，几乎所有人都跑到另外三张桌子，只有浪子孤独地一个人坐在一张桌子上，大声地喊着别人过来啊，喝酒啊，就是没有人愿意过去，我心里忍不住地笑，这家伙很好玩，我也听说过他喝醉酒的可怕，但毕竟才第二次见面，还是希望多了解浪子，所以就过去陪着他喝酒了。在我看来，浪子的放浪形骸，或许就是他要在一个堕落和麻木的世界，要以极其撕裂的方式来显示出某种实际无力的抗争。当然，浪子还有一些缺点可能是属于人性的，而非是要反抗社会的，这也同样是他在诗歌中进行回避的。

浪子经常说的话是“诗歌没有未来”，“诗人也没有未来”，这与其说是他在对诗歌和诗人表达着绝望，毋宁说是在对世界和时代表达绝望，当然也可能是自己对于人性的软弱和某种可怕表达着一种不信任与绝望的姿态！然而，我们又要说，浪子实际所做的，却并不是这么一种悲观主义的态度，而反倒是极其入世的行动主义者的风格。他筹划进行的诗会，我虽然不能说做得多好，诗会讨论是热烈的，但资金和条件有限，以浪子的做事和做人风格又会得罪不少很好的朋友。但浪子确实很努力，在他所说的诗歌没有未来和诗人没有未来的时代，却愿意去追求一种当下的精神之光的闪烁，这无疑是具有一种只求当下而不求未来的身在此时此地的存在感和介入感，而这也让他成为一个急进的毛躁的坚定的行动主义者，这也是很多朋友包括我本人喜欢他的坦率又痛恨他的不足的缘故吧。

在我看来，浪子的诗歌呈现出和他的人格形象、行事风格以外的第三种特征，这就是三重撕裂，就像柏拉图说的理念世界、现象世界、画家世界的隔着三层。浪子的行事风格背叛着他的诗歌精神，他的人格形象又背叛着他的行事风格。或许又可往回溯，他的行动者的风格是他的人格形象的某种前进，而他的诗歌世界又是他的行动力量的上升。这种诗的世界，是在反抗麻木时代和妄图洗掉自我缺陷的绝对自我精神的寻求。浪子是一个非常自我的人，这可能是贯穿在他的人格、行动和诗歌中的唯一的东西，这种太过自我可能确实局限了他的诗歌的世界，但他的诗歌的世界因为要摆脱前两种层次（人际关系—人格形象；行动介入—现实社会）的诸多烦恼、缺陷、瑕疵而呈现为一种彻底的甩脱重负的精神的轻盈上升。当然，说“轻盈”是不准确的，我只是表达着浪子诗歌的精神有一种“上升”的力量，我得说，浪子的诗歌的“精神”与其说是“轻盈”的，还不如说同时是“沉重”的。

这两天我读到他的新的未发表的诗篇《经历》，我觉得颇能表征出某种岁月的疮痕所带来的沉重感：

是如此久远一生中的散步
从沉睡莽撞的岁月开始　那笨拙的姿势
在后来的追逐里被重复了无数次

到处拥挤不堪你经过的地方

空无一人村前的河小镇的街道深圳
星罗棋布的工厂和摩天大楼　广州欲说还休的
人情记事簿……人们茫无所视　像幽灵
来来去去　你终于接受内心的警告

在人世的深处　在乡村
失去名字的地方　你独自醒来
写下炊烟　水牛　大碌竹和牧鹅少年
眺望的距离与空想　纵情挥霍

过去和正在过去的美好　卑微的事物
自以为是的卑微　被隐藏的劳动真相
日渐显露　一生中的散步
从此空前辽阔　随你无边地流浪

浪子的诗始终呈现出“现实”力量和“精神”力量的纠纷，浪子是一个能进入现代性的诗人，如果说前面我还刚批评郑德宏的诗集《华容传》[1] 尚未能摆脱古典传统的束缚，在知识结构方面还缺乏现代性转换的话，那么浪子却能够摆脱传统写作套路，而承继着古典精神并让其在现代世界的土壤生长。比如这首《经历》就是将历史人生的苍茫瞬间以不落俗套的语言展现在读者眼前：

1　郑德宏：《华容传》，现代出版社，2015。

是如此久远一生中的散步
从沉睡莽撞的岁月开始　那笨拙的姿势

浪子在写着他生活中所缺少的，写出了那种他渴望和需要的宁静的精神与纯粹的力量，随后他写到这种纯粹沉静的心灵力量在这个繁忙的都市里地被无视：

……人们茫无所视　像幽灵
来来去去

浪子的诗歌始终是最自我的，如果说，东荡子的诗歌显现出用柔和的生命之光浸入粉碎的世界而让世界重新获得生长和生命的话，那么，作为受东荡子诗歌影响极深的浪子却因为太过自我，而显示出在这个喧嚣的闹市里的无所皈依。我不清楚“东荡子”笔名的由来，但感觉他似乎寓意着随性地将自己栖息在任何一个里弄和胡同的象征性意蕴。然而，浪子的诗和他的笔名一样，让人感觉到一种无法返回渊源也无法找到归宿的茫无所归：

在人世的深处　在乡村
失去名字的地方　你独自醒来

浪子始终是沉浸在自我的世界的，他的诗篇都可视作唯我论的精神独白之诗。这样的孤独彷徨的纯粹自我的写作，在他的其他诗篇中处处闪现，比如在《无知之书》的另一组诗《历险与变奏曲》中，有一首《墨水和梦想还在一起》，他这样写道：

穿过空无一人的城市

流失在存在的无垠里。[1]

这里，浪子似乎撇开了整个世界，在追寻我所说的存在的真理，然而，这种存在的追寻是锁闭的，浪子的诗歌阻断了那种和他人交流以及与世界应和的可能，那种在东荡子诗歌中反复出现的心灵与世界应和的复调式交响始终难以在浪子的诗中出现。他的这篇新作《经历》更强烈地渲染那种被压制和被锁闭的世界：

过去和正在过去的美好　卑微的事物
自以为是的卑微　被隐藏的劳动真相

生活中的浪子经常表现出一种在旁人看来的狂妄的自信，然而，这种自信实际是另一种卑微的极度反弹，“卑微的事物/自以为是的卑微”，可能恰好是浪子在这个世界难以找到知音和认同中的一种真实体验，然而，他要活出卑微的事物和个体所本有的尊严，他拒绝和那些与体制距离太近的人，他希望以纯粹的草根方式活出属于体制外的卑微个体的价值。故而，当诗人朋友们批评浪子说他的诗没有他的为人真诚时，在我看来，这可能是一种反向的真诚，那就是浪子希望和期待的纯粹的自我。浪子在《无知之书》的前言中强调“诗歌是靠文本说话的”，就是对他的诗歌的内在指向与自我选择的辩护。广西诗人非亚强调诗要写生活，生活是什么样子，人是什么样子，诗歌就要写出生活和诗人的本样。浪子却不赞同，他是一个作品中心义者，认为诗人最靠得住的就是文本，那个文本展示着诗人希望呈现的样子，或已经呈现给读者的某种被建构的形象。浪子确实是在朝向诗的“存在

1　浪子：《无知之书》，第96页。

之真理”的维度进行写作的，只是浪子的诗歌所呈现的存在的真理是闭合的，是没有光明和温暖的未来的。

显然，浪子诗歌文本的“存在真理”的建构与浪子个人生活的“放浪形骸”让很多诗人觉着一种巨大的分裂。如果我们要为浪子略作辩护的话，那么，可以说，浪子确实在写着一种未曾实现的可能性与精神向度，而这也就远离了他的现实的生活世界，当然，这种现实的生活世界是有着柏拉图所说的欲望、激情和理性的纠缠。浪子的诗歌就是他的灵魂的理性部分的开展，他不会写他的欲望和他的激情，因为那会将他的缺陷裸露在世人面前。世宾说：“写作就是裸露自己的灵魂与身体”，浪子的诗歌恰好不是裸露，而是隐藏，是拒绝裸露。这种隐藏，让他有了一种希望展示自己成为时代先知的自负和自命。因此，他就像一个单子在辽阔的世界孤独地彷徨：

……一生中的散步
从此空前辽阔　随你无边地流浪

我曾经怀疑浪子是否受到苏格拉底式的精神的影响，但阅读他的文本和接触他的人，我知道，浪子是凭借着他的天赋和孤独在写作，他并不是一个有丰富生命阅历和深厚的学术修养的人，然而，他仍旧是在以他的极具才情的写作来进行某种哲学的沉思，并希望“构成”他拒绝生活也没有未来的孤独的精神世界。作为生活中放纵感官享乐的唐璜式的人物，他没有找到向着苏格拉底前行的伦理超越，也更无法找到进入亚柏拉罕式的信仰救赎。他拒绝了伦理和信仰，他只信仰诗歌，一生中的散步，于是只是成为一种纯粹艺术的散步，成为了纯粹精神的内在追求和外化表达。这种单子式的极端艺术信仰限制了他的写作的多维化和深刻化。最后，当他写道，“随你无边地流浪”，其实就不再是跟着“谁”，而不过是自己跟着自己，成为大地的永远的孤独者。这既构成了他的局限，也同时生成了他的某种高度！

2016 年 1 月 4 日写于广州白云山麓碧溪水畔

作者简介

何光顺（1974—），文学博士，广东外语外贸大学中文学院教授，外国文学文化研究中心兼职研究员，硕士生导师。主要从事中国哲学研究、儒道思想比较研究、中西诗学比较研究、中国诗歌批评。在《哲学研究》等刊物发表论文 30 余篇，代表著作《玄响寻踪——魏晋玄言诗研究》。

一个去国商人的“边塞” 情思
——评徐彦平的“新边塞诗”

肖 能

【内容提要】边塞诗是古典诗歌中的重要流派之一，古时或已发展至巅峰，故当代人于此用力者甚少。诗人兼商人的徐彦平去国有时，乃致力于开拓这一题材，其诗以“新边塞”自名，在“一带一路”上凭其商人角色，对传统意义上的“边塞”以及今人独有的乡愁，展开了深广而别样的现代体悟。

【关键词】徐彦平；新边塞诗；商人；乡愁

边塞，是中国古典诗歌的重要题材之一。至唐，边塞诗大盛于时，脍炙人口、传诵不绝的名篇不知凡几。缺少了边塞诗，雄浑壮阔的大唐气象似乎也要为之减色不少。而身为诗人，即使一生从未涉足边塞，如果不写几首与边塞有关的诗，好像与其诗人的身份也不大相衬。诚如宗白华所言：“唐代的诗人们无论著名的作家，或未著名的作家，至少有一首以上的‘出塞诗’。而上至掌握国事的政治家，统帅军队的武人，下至贩夫走卒，以及不知名的鄙人，也会做一两首关于民族斗争的诗歌。他们都以‘出塞曲’为主题，‘出塞曲’在当时诗坛上占着极重要的位置。”[1]大有不到长城非好汉，不写“出塞”枉诗人的架势了。

何谓边塞呢？它本是个军事、地理概念，可有狭义与广义两

1　宗白华：《中国美学史论集》，安徽教育出版社，2000，第 115 页。

种理解。狭义的边塞是指国境沿线的防御工事；而从广义上讲，则泛指与外国、异域相接的边疆地区。当然，诗歌中的边塞自有其特定的指向，是个含义丰富、意蕴无穷的意象、符号。在唐代诗人的视角中，边塞既可囊括尚武精神、英雄主义、侠客意识、报国理想、人道情怀、复仇意志、冒险志趣，犯难豪气，也能容纳征人与思妇的哀怨，以及对战争与和平、休养生息与穷兵黩武的反思。总之，边塞能把理想与现实、个人与国家、功名与正义、文事与武功、侠骨与柔情、戍边与怀乡，异族与本国等一系列激烈的矛盾统统展现、释放出来。所有这些因素的糅合，造就了唐代边塞诗深邃、壮美、雄健、奇崛和苍凉等多样化的意境。所以，说边塞诗在唐代已发展至睥睨古今的巅峰之境，绝非虚言。

诗很难横空出世，很难不受前人的影响。深识其中甘苦的王安石就说过："世间好语言，已被老杜道尽。世间俗语言，已被乐天道尽。"鲁迅也曾经感叹过："一切好诗都已被唐人做完。"边塞诗当然概不例外了。今人若是还想涉及这一个题材，那就必须有所创新，另辟蹊径。如何在前人的陈言旧意之外别开生面呢？诗人徐彦平有意识地做出了他自己的探索、尝试。

徐彦平的本行是商人，且是行走在"一带一路"上的中国商人，投资海外有年，在异国经营开拓，备经艰难，感慨良多。他本就好诗，有《游弋的小屋》《中国商人》（复旦大学出版社2009，署名月光经典）等诗集行于世。尽管生活和事业免不了眼前的苟且，但是诗和远方从未放弃。所以春江水暖之时，他先感先知，转赴海外，那里不仅仅是机遇的召唤，也是诗情的渊薮；所以他把诸多感触付之于笔端，发之为诗。他把他在异国他乡的作品命名为"新边塞诗"。很明显，这一命名，足以说明他的创作精神的指向——并非"照着"而是"接着"传统中相同类型的诗歌而作。

既然以“新边塞诗”自名，那么其诗又“新”在何处呢？

首先，这是商人的边塞之诗。过往的边塞诗，可以说是文士的边塞诗，是军人的边塞诗，是游侠的边塞诗，是旅行家的边塞诗，是政治人物的边塞诗，是兵营里的军士与深闺里的思妇的边塞诗，却罕有商人的边塞诗。这也不是没有缘由。白乐天《琵琶行》诗云：“商人重利轻离别。”离别本来最关情，更何况是揖别故土、远赴边塞。南朝江淹的《别赋》，列举人世间种种黯然销魂的离别，其中一个就是从军赴边，“或乃边郡未和，负羽从军。辽水无极，雁山参云。闺中风暖，陌上草薰。日出天而曜景，露下地而腾文，镜朱尘之照烂，袭青气之烟煴。攀桃李兮不忍别，送爱子兮沾罗裙”。而依照白乐天之理，商人对此应是难动于心，所以怎么会有离别的诗意，更怎么可能有边塞之诗！

徐彦平似乎不然，请看他的《踏出毛边纸走出国门》一诗：

本想春节
回一趟故乡
去看妈妈的坟
去看爸爸的坟
去看爷爷奶奶的坟
去看毛边纸上的家谱　与祖先
然后再到他们坟前
烧一叠叠毛边纸的钱
然后再到“金银山”上
烧一堆堆毛边纸的钱

有爸爸妈妈在

那个地方叫家乡
爸爸妈妈不在了
不知不觉那个地方
叫故乡
……

还是没回得去
故乡的石板路上到处是毛边纸
每个脚印
踩响的都是家谱
都是大山的呼唤
实木圆桌上摆满
邻居和乡亲们
发了烫的方言

还是没回得去
只能拿着航站楼电子机里打出来的机票
踩着毛边纸一样的地毯
一步一步
走出国门

走向陌生的
地图

诗很朴实、平易。当作者经过海关、行将迈出国门之际，恰似昔人所云“西出阳关无故人”之一幕，况且身边更无劝进一杯酒者。而在春节这一个原本是举家合欢、共拜先人的热闹时刻，作者在冷清清的机场独自踩着毛茸茸的地毯，触物生情，联想到春节祭祀所要用到的毛边纸，由此联想到已逝的双亲，进而感受到家乡与故乡之别——父母健在，那就是家乡；父母不存，已然变成了故乡。“故乡”长在，“家乡”却已经永远回不去了。“回不去”“见不到”，很可能就是人最恒久、最普遍的悲哀，是人的不可摆脱的命运。“醉卧沙场君莫笑，古来征战几人回”，以豁达之语发沉痛之情，不就因为意识到了“回不去”！“羌笛何须怨杨柳，春风不度玉门关”，以宽慰之态作悲凉之思，不就因为必须接受“见不到”！作者在走出国门的一瞬间，突然与这种悲哀遭逢。就这样，身为商人的作者以其特有的行动方式领悟、意会到离别所指向的人类共有的命运。荷尔德林诗云：“在贫困时代里诗人何为/你说，但他们如同酒神的神圣祭司/在神圣的黑夜里走遍大地。”[1] 商人，正可谓“贫苦时代”中走遍大地的行吟者，他们既濒临过“深渊”，也更有可能追踪“神迹”。

再者，历史上的边塞诗大半依傍战争而兴，这其中，有帝王好大喜功、开疆拓土的动因——“边庭流血成海水，武皇开边意未已”；也有将士们的反抗不义、矢志报国——“汉家旗帜满阴山，不遣胡儿匹马还。愿得此身长报国，何须生入玉门关”；还有建勋立业、希以斩将搴旗之功封侯的抱负——“匈奴今未灭，画地取封侯”；等等。而徐彦平今时的边塞诗——如果可以这样称呼的话——则是商业活动的结果，请看其诗《我站在出站口等你》：

等你

1　海德格尔：《诗人何为》，载《林中路》，孙周兴译，上海译文出版社，2008，第 244 页。

没有四季
只有旱季跟雨季
只有想你
与没法不想你
……

在异国他乡等你
等你在金边
等你在洞里萨湖
等你在吴哥
在湄公河边等你
在一带一路等你

等你的雪行与马蹄
等你的唐诗与宋词
等你的过剩与资本
等你的出行与我有关

我在出站口
等你与祖国
来看我

等，最是缠绵悱恻。在作者的笔下，“等”从“想”开始，至于去国而居异域的“想”，顺理成章带上了该地所特有的季候特征，在旱季和雨季的交替中，只有想与没法不想。这是典型的诗的表达。“想”既无时间的缺失，自然而然地，“等”也就没有空间的阻碍。所以，在金边，在洞里萨湖，在吴哥，在湄公河……无处不是“等”之所，也无处不留下“等”的足迹。等什么？“雪行与马蹄”，“唐诗与宋词”。本来，这些均是极富于古典诗情的优美意象，但作者笔锋陡然一变，将其与紧接而来的“过剩”“资本”等现代经济的冰冷术语相提，并举，意象的急转隐隐约约传达、反映出作者意识中根深蒂固的商人情结。

作者很在意、很敏感他的商人身份，似乎有为商人“正名”之意。从历史上看，商人之不受朝野待见是传统，对商人某种程度上的“污名化”也是值得关注和深思的社会现象。既要“去污”，一个顺理成章的事实是刻意强化、使用其所认同之身份的语言而不是精心地回避，这是一种傲然的姿态。作者就很偏好在诗中频频使用经济、商业的语言，譬如，“日月潭/我从海峡那边来/无助是我的手脚/导游把我讲成游客/把你的光华/一张张讲成台币”（《日月潭》）。“我说我还要开出一张支票交给你/叫：——G——D——P——”（《千户村》）。这也是“影响焦虑”下一种合乎逻辑的产物。用美国批评家哈罗德·布鲁姆的观点来说，就是：“一个诗人的姿态，他的语词，他的想象力的同一性，他的整个存在——所有这一切却必须为他所独有，而且永远为他所独有。否则，他就会死亡，作为诗人死亡，即使他已在诗的肉身中获得了第二次诞生。”[1] 作者所使用的商业的语词以及想象力，形成了他融商入诗、为商立言的独特性。再回到《我站在出站口等你》，在这首诗中，诗意与功效，美感与实利，情感的逻辑与商业的逻辑等本来相互冲突、对立的矛盾就这样杂糅在“等”的意象之中。这是作者的商人角色所赋予他的边塞书写的新内涵。

---

1 转引自莫砺锋《大家阴影下的焦虑——唐诗人薛能论》，见《古典诗学的文化观照》，中华书局，2005，第 37 页。

第三，世易时移，文质代变，这不能不对情感的焦点以及传达方式有所改变。像诗人岑参于唐玄宗天宝八年充任安西节度使高仙芝幕府书记时所写的绝句："故园东望路漫漫，双袖龙钟泪不干。马上相逢无纸笔，凭君传语报平安。"——诗人在西域路上偶然遇见正要回长安的朋友，只能托他传语给家人报句平安。惯于欣赏边塞雄奇风光及守边将士壮志豪情的岑参，由于故人的偶然出现，触发、唤醒了沉埋于内心中的乡愁，从边塞回望长安，空间的辽远造就了乡思的绵长。乡思、乡愁，是古代边塞诗中一个显豁的主题。但是今天的世界业已处在互联网的全面牢笼和操控下，人与人在物理意义上的空间感、距离感几近消失，只要通讯畅通，手机在身，便可做到笼天地于手上，观万物于机端。今人应该很难体会、理解身处边塞的岑参偶逢回京的故人便泪不自禁的情态。互联网时代，在异国他乡还可能有那种"不知何处吹芦管，一夜征人尽望乡"的情思吗？

请看作者题名为《新边塞》的诗：

把脊梁站直了
天就是故乡

你不用想不用思
不用抬头仰望
不用半夜醒来睡不着
母亲就在天上的村头
在那棵月光树下
编织目光
缠绵地送你
送你远行

把腿站直了
地就是故乡

你不用想不用思
不用低头
不用想天亮了没有早餐
爱情就站在春之头
给几片朝阳滴几滴甘露
亲切地唤你
唤你的小名
赶快上路

把目光伸直了
心就是故乡
……

其实，每个人内心中都潜藏着乡思。人是一种精神性的存在，终究会意识到自身心灵、情感的最终归宿，从而眷顾之，怀顾之，向往之，并皈依之。这种精神性的需求依托、寄寓于家乡这一具体意象，便转化成浓郁的乡愁。物理空间上的距离仅仅是触发乡愁的媒介和机缘，而不是消褪的原因。乡愁是精神性的，精神的距离不会随着近在咫尺、触手可及而缩减分毫，唐人诗云“近乡情更怯，不敢问来人”，不正是这一情态的真实写照么！所以说，互联网的出现、普及，并不会从根本上淡化、消解乡愁，相反，会更强化，并在新的条件下重构起来。游客在海外不大可能产生乡思之感，相反，甚至还可能因踏足异域而兴奋莫名；但是在他乡开创事业的商人则不然，因为其归程是不确定的，是不可控的，是无法随性的。而在一个完全陌生的时空中，从事高度不确定、不可控的商业运营，很容易造成精神上的某种微妙而难言的不安。

不安需要消解。而“母亲”，作为荒漠的世界里最后的温情和可能慈爱的象征，适时而至，出现在情感的渴求中，以抚慰跳荡的心灵。所以，我们在作者的诗中反复读到他不惮冗叙的母亲形象。如其诗集《中国商人》中的几首诗，“一千只手/哪一只是属于我的/是我母亲伸出的轻抚/轻抚这已经花白的少年”（《千手观音》）；“生日是妈妈笑脸下数不完的鸡蛋/一个挨一个排成一连串年龄/就这样把妈妈的鸡蛋孵出了羽毛/在每一个离开妈妈的日子里”（《亲切交谈》）；“我把乡村所有的鸟/都藏在心底/我偷妈妈的糖/妈妈的眼泪被谁偷了”（《自画像》）。这是作者去国之前的诗，很明显，“母亲”还仅仅是情感上的单纯记忆和依恋；去国之后，“母亲”则被注入了更丰富、复杂、深刻的意蕴。从异国回望、回思，“母亲就在天上的村头/在那棵月光树下/编织目光/缠绵地送你/送你远行”；而在作者看来，“有爸爸妈妈在，那个地方叫家乡”，很自然地，乡愁这样被唤发、引导出来。

值得注意的是，被不断唤发、建构起来的乡愁同时也在被宽慰和消解。“把脊梁站直了，天就是故乡/把腿站直了，地就是故乡/把目光伸直了，心就是故乡……”这是人生无处不故乡的豁达。前人有诗句“但使主人能醉客，不知何处是他乡”，这似乎也是达观，不过仔细思量，这种类型的达观追根溯源取决于“主人能醉客”的拟设，属于“有待而然”，并非“无待”。而在徐彦平的诗中，支撑其豁达的不是种种外缘，乃是内因，是根源于自身内心最深处的精神力量。边塞，犹如一条线，在情感上清晰地隔离、划出我者与他者。作者以其商人的身份和活动，触碰到这条线，浑迹于完全陌生的他者之中，势必引发强烈的我者意识，并借助于乡思、乡愁这一传统主题之体来还其魂。

每个人都在寻找他的精神故乡，这是作者的觉醒；精神的故乡最终在自家心里，这是作者的解答。徐彦平说他的诗是“新边塞诗”，走笔至此，倒令人觉得他更像是以诗歌来传达他的“新心学”之思。

作者简介

肖能（1977—），湖北武汉人。复旦大学文学博士，现为武汉轻工大学讲师。研究方向为中古时期文学、文化。编著有《魏晋风度二十讲》，发表论文若干。

惠特曼的民主诗学
——围绕“情本体”的阅读笔记之一

冯　强

【内容提要】1919 年 7 月，田汉在《少年中国》创刊号上发表长文《平民诗人惠特曼的百年祭》，号召“少年中国诸君”以惠特曼笔下呼唤的“民主主义”救起中国：“诸君！像俄国现今试验布尔什维克的社会主义一样，美国若试验‘真正的民主主义’成了功，诸国就可采其制度方法以图改善，不是‘胜利的彼岸是他们的，也是你的’吗?”[1] 历史的风云际会让美俄相争为半个二十世纪打上戳记，而它们都视“民主”为自身的价值，就像奥威尔在《政治与英语语言》中所说：“每一个政体都宣称自己是民主的，并且惧怕民主有一个确切的含义。”即便在今天，惠特曼的“民主”意义仍停留在“展望”的阶段，它蕴藏的巨大意义有待彰显。

【关键词】李泽厚；情本体；惠特曼；民主诗学

1　田汉：《平民诗人惠特曼的百年祭》，载《田汉文集》第 14 卷，中国戏剧出版社，1987，第 13 页。

一、社会主义和资本主义阵营对惠特曼“民主”的不同评价

田汉的理解触及到惠特曼“民主”观的核心问题，他后来易辙左转至阶级斗争的立场上去，从个体到集体，从联合到斗争，这种理解也延续至分享了同一类家族语言的苏联文学评论家，比如密尔斯基批评惠特曼将民主视为“美国特有的东西”，卢那察尔斯基则认为除了当时的苏联，“民主在人类历史的全部时期内都是个人主义的”，而它在惠特曼基于全人类的“全体主义”中看到的是“共产主义和集体主义”[1]。孟德森的矛盾态度更是验证了惠特曼的博大和庞杂：他一会儿表扬惠特曼诗歌中“人民的因素和资产阶级个人主义的因素作斗争，并且终于占了上风”[2]，一会儿批评“惠特曼一般地相信‘民主’有万能的作用，认为它能够拯救一切，他不了解这种民主是资产阶级的民主，具有历史上的局限性”，因为他“不是把社会主义，而只是把抽象的民主和他批评过的美国资本主义制度对立起来，所以他终究被这种或那种资产阶级的幻想俘虏了”[3]。孟德森大量列举惠特曼对金钱和商业势力过度发展的担忧——“金钱的统治在美国带有无耻的、公开的性质”[4]，“寓言里说有一条魔蛇吞食了其它诸蛇。赚钱就是我们时代的魔蛇，它是今天的霸主”[5] ——金钱欲这条“嗜利魔蛇”是《民主展望》中“真正民主”的理想在美国远未实现

1　李野光编《惠特曼研究》，漓江出版社，1988，第 225 页。

2　孟德森：《惠特曼论》，王以铸译，作家出版社，1956，第 25 页。

3　孟德森：《惠特曼评传》，黎维译，人民文学出版社，1958，第 36、227 页。

4　同 2，第 8 页。

5　同 3，第 253 页。

的重要原因。他的结论是惠特曼不是很容易放弃对“资产阶级民主理想”的信仰，“一再回到梦想在资产阶级民主的基础上解决劳动与资本之间的矛盾这一虚幻的期望”[1]。另一方面，孟德森虽然维护惠特曼创作的“民主本质”，但又否认其中的“神秘感受”[2]，密尔斯基也在惠特曼的“民主泛神论”中同时看到“唯物主义和神秘主义的因素”并批判了后者：“惠特曼的神秘的泛神论，一方面表示了幻觉的特性，一方面也表示了他的观念中反对革命的趋向。”[3]

苏联的无神论者无法理解和容忍惠特曼诗歌中的神秘因素。英美比较彻底的个人主义者则不能容忍苏联专家津津乐道的集体主义“一个本体”及其背后的新一神论。典型的要数英国小说家D. H. 劳伦斯：“他一项一项地将自己同整个宇宙结合起来，这种积累的结合就是他所谓的民主、全体、一个本体，等等……惠特曼告诉我们，他是通过不绝的同情和合并而达到全的……为什么不是相反方向的转变呢？为什么不能直接转回到合并开始时的那个点上去呢？为什么不能朝合并的反方向，回到那单一、傲慢的自我去呢？为什么不是向孤立和骄傲的退缩，而偏偏是同情的不断膨胀呢？”劳伦斯的结论是：“他的一个本体一旦实现，那它就会是个监狱。”[4]

1　孟德森：《惠特曼论》，第51页。
2　同1，第3、15页。
3　李野光编《惠特曼研究》，第233页。
4　同3，第188—189页。

二、上帝、大自然和人民的新三位一体与“人类学本体论的美学”

共产主义和资本主义阵营在惠特曼那里看到了完全不同的东西。但总体上，这类意识形态解释缺乏长久的说服力，因为惠特曼既非纠缠于个体也非纠缠于美国，他的“最高民主”（topping democracy）一半是“隔绝的个人主义”，另一半是“爱的黏着性，它融入、捆绑、聚集”[1]，落脚点是人类总体和永久和平。

《民主展望》里惠特曼曾经眺望“新世界”的三个阶段，第一是“全体人民的基本政治权利”，其二是“物质文明”，其三来自前两个，即为美国各州、美国普通人的物质、精神生活所证明的“宗教民主国”，其目的是“重建社会，使之民主化”。类似的表述可在同年《像一只自由飞翔的大鸟》序言中看到，在此惠特曼提出了新的“三位一体”，即“物质和家庭生活用品的不断的来源”“民法上和宗教上的自由”以及“熔合和表达现代政治与科学”的“新的制造意象的创作”，即“美学和精神方面的工作”。[2] 慕礼生（Madison Morrison）《古典印度文化和惠特曼的民主思想》据此概括了三类民主运动，“其一为政治的，其二为社会的，第三者犹有待命名，但可知其为爱默生、惠特曼及梭罗诗中自由、平等、博爱精神的精髓”（方珀译）。这建基于前两者的“犹有待命名”的第三种“民主”正是一百多年前惠特曼赠给我们的宝贵礼物。

1　Walt Whitman, *Democratic Vistas* (1872), http: //xroads. virginia. edu/~Hyper/Whitman/vistas/vistas. html.

2　惠特曼：《草叶集》（下），楚图南、李野光译，人民文学出版社，1994，第1116—1117页。

惠特曼的民主三层次与李泽厚“人类学本体论的美学”[1] 有很高的契合，后者关注历史实践中人类借助工具本体解决了“吃饭”和“活着”问题之后，如何塑造出与已经相当发达的外在物质文明相对应的人类内在的心理—精神文明，如何在此基础上生长出可以范导日常生活的情本体。工具本体造成“自然的人化”，心理本体和情本体的建立则意味着“人的自然化”，工具本体是事功，心理本体和情本体则是立德与立言，二者构成的自然人化论就是李泽厚儒学四期的新天人合一。“工具本体”对应了惠特曼民主的“物质文明”阶段，“情本体”则对应了政治哲学和宗教哲学阶段：“‘情本体’内推为‘以审美代宗教’的宗教哲学，外推就是‘乐与政通’、‘和谐高于正义’的政治哲学”[2]，如何将“情”渗入政治哲学和宗教哲学，这是李泽厚从新一轮“儒法互用”对未来中国乃至世界的一个展望。

“宗教”是惠特曼诗歌中“从来没有背离过”的“根本目的”[3]。我们需要意识到，惠特曼的新宗教虽然还会出现“上帝”字眼，但他拒绝离开民主立场来侈谈灵魂、永恒和上帝，永恒不是彼岸的，就在他所爱的男男女女的日常生活中（《日落时的歌》），他拒绝设想只能有一个上帝，而是“认定能有无数个上帝，而且一个并不与另一个相抵消，犹如一道目光并不抵消另一道那样”[4]。所以，同“情本体”的实质是“无本体”一样，惠特曼新三位一体中的“上帝”其实已经从圣俗二分意义上的一神降解为日常生活的神性，是无“上帝”（两个世界）的“上帝”

1　李泽厚：《华夏美学·美学四讲》（增订版），生活·读书·新知三联书店，2008，第 257—266 页。

2　李泽厚：《李泽厚对话集·中国哲学登场》，中华书局，2014，第 234 页。

3　惠特曼：《草叶集》（下），第 1117 页。

4　同 2，第 1080—1086 页。

(一个世界)。他说,“全面的变革在进行着,对比关系起了变化——普通的、平凡的人出现了,并占有最高的地位。上帝在消失着,甚至各种宗教几千年来所宣扬的上帝这一概念本身也确实在消失着——上帝被抛弃了”[1]。他的民主观念将上帝和普通事物连接到一起,《我自己之歌》里他劝我们“关于上帝不要寻根究底”,他“在每一件事物之中都听见了上帝”,而且诗人本人也是神圣的造物者,“我使触着我或被我所触的一切也都成为神圣的东西”;《横渡布鲁克林渡口》反对超验,认为世界的完美不在彼岸,而在尘世生活的神圣化。《向印度航行》则把“神圣的三位一体”被表述为“上帝”“大自然”和“人民”,而因为被“上帝忠实的儿子”即民主诗人“扣拢和连接起来”,“大自然和人类将不再被离析和分散”,即大自然不仅作为工具本体的对象为人类解决掉了基本的生存问题,人类还可以反过来从大自然汲取非对象化的能量,抵达一种非一神论的、审美的形而上学。犹如《两条小溪》:

为了奔赴永恒之海,
这些涟漪,激荡的水波,
死亡与生命、客体与主体,匆匆趱赶的溪流,滔滔而过,
现实与理想,
白天与黑夜交替,潮涨潮落,
(现今、未来、过去,三者交缠如一股绳索。)

---

1 转引自孟德森《惠特曼评传》,黎维译,人民文学出版社,1958,第139页。

在你身上，无论你是谁，只要在细读我的书，

在我自己身上——在整个世界——这些涟漪在荡漾，

一切一切，奔赴那神秘的海洋。

现实的本质被理解为一个互补性矛盾的过程或事件，此过程或事件无须一个超级主体来进行保障，因而也不存在一个静止的双重现实结构，这恰恰弥合了由犹太人首先实现的大自然与人类精神的分裂状态。而从人类学历史本体论的角度看，如果有“上帝”，那也是“人类总体”过去、现在和未来的生存延续[1]。无数个“你”“我”构成了人类本体，因此，“他在关于上帝和永恒的争论中缄默不语/他看出永恒并不像一出有头有尾的戏剧/他看出永恒就在男人和女人身上，他不把男人和女人看得虚幻或卑微”（《在蓝色的安大略湖畔》）。

三、日常生活的神性：“民主”对“宗教”和“自然”的转换

惠特曼的泛神论是早期人类的普遍现象，布里斯·佩利就认为惠特曼“与其说属于西方，还不如说属于东方”[2]，但他的“民主泛神论”却是他作为美洲诗人的一个突破。从苏格拉底开始，思维主体的重要性在欧洲文化中渐渐浮出，一切存在都需以人类意识为中介进行自我和人类中心主义的反思，通过笛卡尔、洛克最终达到19世纪以黑格尔为代表的德国唯心主义，人的肉

1　李泽厚：《什么是道德?》，华东师范大学出版社，2015，第167页。

2　转引自李野光《惠特曼评传》，上海文艺出版社，1988，第71页。

体、大自然被去灵魂化、去神化，沦落为一台被上了发条的、会流血的机器。在黑格尔，“泛神论”是“精神”缺乏自我意识的现象，是犹太民族首次成功摆脱了东方的泛神论和内在论，因为犹太教的一神论首次将造物者和被造物绝对区别开来，大自然首次被“非上帝化”，在一篇讨论诗歌文章的开头，黑格尔更是把大自然从诗歌主题中排除出去，因为大自然没有资格同精神并列[1]。在欧洲，19世纪下半叶费尔巴哈和马克思、叔本华和尼采分别从内部和外部对这种黑格尔主义进行批判，差不多同期，美国的超验主义嫁接了德国唯心主义和浪漫主义自然哲学以及一些东方思想形成了美国本土对自然的理解，爱默生《自然》（1936）一文将“自然”的首字母大写（Nature）并与灵魂（Soul）并列，强调与自然的接触对精神和道德的提高作用，惠特曼在为《十一月的树枝》撰写的序言（1888）中回顾自己早年在户外阅读但丁和莎士比亚等欧洲经典却“没有为那些声威赫赫的大师们所吓倒”，主要的原因也是“在大自然面前，在太阳底下，面对辽阔的风光和远景或滚滚涌来的大海在读它们”[2]。

与爱默生仍带有黑格尔色彩的“自然”不同，惠特曼虽极为推崇黑格尔，但他祭出了比“自然”更具政治哲学意味的“民主”。《民主展望》中他为“新世界”吁求“一种新的形而上学，特别是一种新的诗歌，在我看来是美国民主政体的唯一可靠而有价值的支持者和表现者”[3]，即他有一个民主政体（政治和社会民主）的出发点，当然，他的长远目标，是建基于民主政治之上

1　托恩·勒迈尔：《以敞开的感官享受世界》，施辉业译，广西师范大学出版社，2009，第67—68、187—188页。

2　李野光编《惠特曼研究》，第523页。

3　Walt Whitman, *DemocraticVistas*（1872），http：//xroads. virginia. edu/~Hyper/Whitman/vistas/vistas. html

的“民主”——它不是体现于封建时代的贵族而是美国的普通民众——是可以比共和政体更为辉煌灿烂的民主灵魂。《民主展望》中这一灵魂（SOUL）就是文学（LITERATURE）。文学尤其是诗歌在惠特曼那里承担着“种种差异仲裁人”的角色（《在蓝色的安大略湖畔》、《草叶集》初版序言），这种平衡体现在“民主”对“宗教”的“自然”转换（这在《草叶集》1876 年序言中看得更清楚），以及反过来，对“自然”的“宗教”转换。比如，惠特曼是“第一位在诗歌中没有将肉体作为‘陌生人’对待的诗人”，现代脑神经科学已经验证了惠特曼《我歌颂带电的肉体》中的诗性假想即情感、感觉乃至于理性源于肉体[1]；李泽厚则早就指出康有为以“电”来比拟“仁”，犹如诗中“我爱的人们拥抱我，我也拥抱他们”，将科学翻转到宗教形而上学的层次。

“来吧，我的灵魂说，/让我们来为我的肉体写几句诗吧，（因我们现为一体）”（最后一版《草叶集》卷首题诗），这种革命性的肉体与灵魂平等的观念最初来源于基督教奠基人所宣布的灵魂平等，如约·默里所说，“民主的基本宗教原则”是“肉体和灵魂是一个，不是两个”[2]。惠特曼说，“我会让诗歌建立在物质根基上，因为我觉得这些诗歌充满了灵魂的气息”，这实际上是取消了灵肉二元，而以一元的连续性观点来看待世界。这种连续性的世界观不仅局限于个体的灵与肉，《草叶集》序言中惠特曼要求我们在“自己的体态和面貌，人物，实体，兽类，树木，奔跑着的河流，岩石和泥沙”中看到“灵魂”。在同一位德国唯灵论者进行谈话之后所作的《持续性》中，惠特曼否认了本体与

1　乔纳·莱勒：《普鲁斯特是个神经学家：艺术与科学的交融》，庄云路译，浙江人民出版社，2014，第 3 页。

2　李野光编《惠特曼研究》，第 338 页。

表象的二元论，提醒我们注意“大自然的各个领域是宽裕的”。

自然科学的发展也并未给惠特曼的世界“祛魅”，相反带来的是“理性的神秘”。《草叶集》1876年序有言：“愉快地接受现代的科学，毫不犹豫地忠实地追随着它，但仍存在着一个众所公认的更高的境界，更高的事实，人类（和其他一切事物的）永生的灵魂，那精神上和宗教上的东西。”[1] 犹太——基督教的一神信仰一度为自然科学所威胁，为科学所吓退的信仰若想在不同的层面上恢复，只能改变以前高高在上的倨傲，改变唯灵论和自然主义二元论——既是西方现代文化的基石也是其分裂的原因——就像《民主展望》中希冀的大诗人“以唯灵主义吸收科学知识，且从它们以及他自己的天才中创作出关于死亡的伟大诗篇来”。也就是说，必须改变西方文化的二元文化心理结构，将彼岸意义上的“永恒”逐出而将此岸的“有死性”重新引入，是“有死性”意义上流动的“永恒”，而非“永恒”意义上静止的“有死性”。

在1857年的笔记中，惠特曼宣称，《草叶集》的使命是“建构新的圣经”，这一新的圣经被惠特曼晚年最信任的理·布克称为“民主的圣经”，它“要如实地向所有无数的普通生灵证实民主的范围和天地是那么神圣”[2]。惠特曼“民主的核心”是“宗教因素”，在新的三位一体中，政体层面的“民主”反过来又与“科学”一道成为“宗教”必不可少的“副手”：“最高最终的科学是关于上帝的科学。”[3] “民主”对“自然”和“宗教”的转换

---

1 李野光编《惠特曼研究》，第234页。

2 同1，第104—105页。

3 惠特曼《草叶集》（下），楚图南、李野光译，人民文学出版社，1994，第1118页。“现代科学和民主政体似乎已向诗歌提出了挑战，要求在诗歌中得到表现，以示与过去的诗歌和神话截然不同”，参《惠特曼散文选》，张禹九译，湖南人民出版社，1987，第191页。

实质上是对灵肉、生死等等宗教问题的重新思考。他将这一重任委托给未来的民主诗人。《草叶集》初版序言主要将这一重任解释为“不多不少地赋予每个物种或每种质量以适当的比例”，这就是“那些宇宙之灵和新型诗人”的“神性”。[1] 此“神性”我们可以对比李泽厚乐感文化的主要焦点即“情理结构”的把握来理解，即“如何使‘情理结构’取得一最好的比例形式和结构秩序”[2]。

四、“死亡”与“形式”：惠特曼的“情本体”

李泽厚的“情本体”是惠特曼“民主”的他乡故知。惠特曼曾声称要“表现人类共有的全部思想感情”[3]，《我自己之歌》也宣称“造化的骨架便是爱”，这个“爱”不是超越于此岸世俗生活的“上帝之爱”，而是普通人（他的灵魂和肉体）和普通人之间的，进而推及到城市与城市、国家与国家之间的，最终辐射到整个人类的普通而神圣的情感。他在《民主展望》中认为民主的最具诱惑力的特点，是“只有它能够团结并永远致力于将无论怎样不同和相距遥远的一切人团结在一种兄弟情谊之中，一个家庭之中”，因为“真正能够对社会和政治领域起平衡和稳定作用的，主要不是法制、警察、条约，以及对惩罚的畏惧，而是人性中潜在和永恒的关于公正、刚直、礼节等等的直观感觉”，这种超功利的绝对道德形式和人生境界之建立是以情感为推动力的。《一切形而上学的基础》最好地体现出这一点：

---

1 李野光编《惠特曼研究》，第479页、第496页。

2 李泽厚：《哲学纲要》，北京大学出版社，2011，第51页。

3 同1，第84页。

我今天回顾并且体会了那些希腊以及日耳曼体系
体会了全部哲学体系和基督教教会以及教义
但在苏格拉底的更深层之下
却很清楚地看到了，在神圣基督的更深层之下
我看到了人对于他的伙伴所拥有的热烈情感
朋友与朋友之间的吸引力
美满的丈夫同妻子之间，孩子们同父母之间
城市和城市之间，国家和国家之间的热烈感情

对参《对于一切的宁静思考》：

无论人们在怎样思考，
在变化纷纭的学派、神学、哲学当中，
在高声叫嚷的新的与旧的陈述当中，
地球的无言而极为重要的法则、实际和模式仍在继续，沿着自己的行程

两诗合在一起堪似李泽厚对中国文化的概括，即“无情辩证法”和“有情宇宙观”：“如果说儒学充分体现了中国‘实用理性’的情感面，那么道家则是中国‘实用理性’的智慧面的展现。一仁一智，儒道互补。”[1] 在1856年致爱默生的信中，惠特曼强调美国诗人需要“在诗中歌颂自然即万物之母永恒爱欲的正当性”[2]，同时意识到“宇宙的基本法则永不请人原谅”（《我自己之歌》），《向印度航行》一诗中，他又能呼唤“整个地球，

1 李泽厚：《哲学纲要》，第225页。
2 惠特曼：《草叶集》（下），第1110页。

这个冷酷、无情、无声的地球，将被承认和证实”。这种乐观精神契于李泽厚的“乐感文化”和“情本体”。

我们已经提及，在惠特曼，诗人就是李泽厚有情与无情之“情理结构”的居间者：“他赋予每个对象或品种以适当的均衡，不多也不少/他是各种事物的仲裁人，他是司铎。”（《在蓝色的安大略湖畔》）但惠特曼的情本体比李泽厚多出一个维度，即死亡。同孔子一样，李泽厚将死亡和鬼神存而不论，惠特曼虽然也宣称要对上帝和死亡置之漠然（“没有言辞能形容我对上帝和死是如何漠然”《我自己之歌》），但他将死亡和“上帝”的紧密连接已经预示了一种新的世俗宗教观，即在一神论上帝“死亡”之后、圣俗二分的世界图景崩塌之后如何重新理解生死问题，犹如《生与死》中阐述的，生死问题“到每个时代都无法解决，被连续向前传递，/今天传到了我们手里——我们又照样向前传去”。又如《那些神话是伟大的》结尾，“生命很有意义吗？——哎，死亡有最大的意义”。“从你们，从睡眠、黑夜和死亡自己，/交织出永恒的诞生韵律”（《纳维辛克遐想》），同李泽厚一样，惠特曼对个体悲观（因为“有死”），对人类乐观（因为“永恒”）。在他那里，死亡和母性紧密联系在一起。生生不息的宇宙法则是“万物之母”（《古老的歌唱》），“妇人身份包含一切”（《想想灵魂》）；另一方面，“在死亡的壮丽远景之中”（《日落时的歌》），“神圣的死亡在为一切作出安排”（《信念》），“死亡”在惠特曼既是人类整体生息的必要前提，也是自身病弱之躯得以安息的最后准备，因此，死亡，“在我新的民主之歌中，留着你作为结尾”（《在以前的歌中》）。

惠特曼最好的诗歌里有明显的海洋气息。有情与无情、生与死等等“一切一切”都像《两条小溪》一样“奔赴那神秘海洋”，有如《草叶集》初版序言所说，“间接的东西一定会随直接的而来，他所做的好事和坏事都会一齐向前并等待着再次与他相会——并且他精神上在任何危险中都既不急躁也不回避死亡”。惠特曼希望大海赋予他以“宇宙的基本情感”，“让海涛成为我创作中的一种无形的力量，一个用来估量一切的标准和筹码”[1]。以一种人类总体的、看似无情的重复来抚慰个体的、有情的死亡，这应该就是他在《秋之溪水》中所说的“神圣的迂回法则”[2]，《民主展望》所谓“第一流的作品最高意义上的伦理原则往往是间接的”。在这种微妙的迂回中，惠特曼同时为人类总体和个体保留了尊严，说出了他对于人类总体和个体的双重真理。最后，以惠特曼的两句诗作结，完成我们这次尝试连接东西两个大陆的旅行：

> 我自己不过替未来写出一两个指示性的文字，
> 我不过向前挺近一步，旋即匆匆退回黑暗之中。
> （《未来诗人》）

> 我把自己遗赠给泥土，好从我所喜爱的草中茁长，
> 若是你再要我，寻我于你的靴底。（《我自己之歌》）

2015/7/15 完稿于桂林

作者简介

冯强（1980—），山东胶州人。文学博士，先后师从耿占春教授和张清华教授，现为广西师范大学文学院副教授。

---

1 转引自李野光编《惠特曼研究》，第 251 页。另参《纳维辛克遐想》。
2 同 1，第 279 页。

让聋哑的宇宙有了听说的能力

——布罗茨基诗学之“形而上”的读解

付立峰

【内容提要】布罗茨基诗学中极为显明的形而上向度引起了争议：形而上这种玄奥之思对诗来说到底是有利的还是有害的？对于布罗茨基来说，其诗学的形而上只是一种“终极视域”，它为语言制造的生命经验所充实，也反过来塑造了生命经验，而非抽象的存在。本文从疏离、偶然性、物视角或死亡视角、语言的离心性及精神加速等四个方面，结合其论诗的散文和诗歌，对其诗学的形而上之维进行了解读。

【关键词】布罗茨基；形而上；疏离；偶然性；物视角

在《祭阿赫玛托娃百年》中，布罗茨基写道：“伟大的灵魂啊，你找到了那词语，/一个跨越海洋的鞠躬，向你，/也向那熟睡在故土的易腐的部分，/是你让聋哑的宇宙有了听说的能力。”（刘文飞译）作诗就是在语言离心力的引领下去捕捉宇宙万物的“声音”，这种诗学观念颇有形而上的色彩。在谈到诗对散文的影响时，布罗茨基强调说：“诗歌促进了散文对形而上的渴望，正是这种形而上将一部艺术作品与单纯的美文区分了开来。”[1]

在诸篇谈诗的散文中，布罗茨基不仅会从“形而下”的角

1 布罗茨基：《悲伤与理智》，刘文飞译，上海译文出版社，2015，第106页。

度提供一种堪为范例的细读（detailed readings），而且最终会把诗的意义引向形而上的观念。在散文集《小于一》中，《文明的孩子》《一首诗的注脚》以及论述奥登的两篇文章，形而上的诗学观已经很明显。在出版于1995年的散文集《悲伤与理智》中，诸如《悲伤与理智》《求爱于无生命者》《九十年之后》《致贺拉斯书》等篇章的形而上色彩极其强烈。两篇与诺贝尔文学奖相关的演说以及《克利俄剪影》亦是如此，而去世不久前所写的《猫的"喵呜"》更是布罗茨基发出的关于诗歌之形而上的"呓语"。

在布罗茨基的诗作中，诸如"*Nature Morte*"（《静物》）、"*Lullaby of Cape Cod*"（《科德角摇篮曲》）、"*Roman Elegies*"（《罗马哀歌》）、"*Axiom*"（《公理》）、"*Anthem*"（《赞美诗》）、"*Ata Lecture*"（《一次演讲》）等，形而上的维度一直存在于语词和意象的建筑术之后。诗中经常出现的意象如石头、雕像、大海、涟漪、鱼、光束、望远镜、镜子、星星、蝴蝶等，都有形而上的意味。西方学界经常将其诗歌的形而上倾向与英国玄学派或俄国阿克梅派关联在一起加以讨论。[1]

通读布罗茨基的诗，不难发现："人的短暂存在和物的长久存在所构成的对比，构成了布罗茨基诗歌中一个常在的主题。"[2]布罗茨基诗学观念的"形而上"往往和"物"相关。诗人为什么对"物"有如此强烈的兴趣呢？最直白的解释是：个体存在的偶然性与个性并不能为"社会性"以及逻各斯化的"历史"所同化而具有"确定性"和"实在性"。对于个体生命来说唯一确定的

1 Burnett, Leon. "The Complicity of the Real: Affinities in the Poeticso f Brodsky and Mandelstam." Brodsky's Poetics and Aesthetics. Ed. Lev Loseff and Valentina Polukhina. NewYork: Macmillan Press, 1990, p12—33.

2 列夫·洛谢夫：《布罗茨基传》，东方出版社，2009，第51页。

是，它最终要成为“物”。诗的生命久于人，因为它是物的声音和思想，它可以像物一样存留下来。

如此看来，布罗茨基诗学的形而上之维似乎并无多少原创性。不过，布罗茨基的诗歌之所以具有巨大的魅力，乃在于诗人在语言离心力的牵引之下，用复杂的意象建筑术去构造丰富的生命经验。因此，形而上的诗学观念并非抽象的存在，而是为语言制造出的生命经验所充实。形而上的观念为诗人提供了观照世界和生命的超越性视角，并且生成为诗歌意义的终极指向。本文即是从四个方面挖掘布罗茨基诗学形而上之维中所蕴含的这种丰富的生命经验。

一、疏离

“在躯壳里，那个被称作‘我’的实体，则永远不变，也永远没有停止观察外边发生的事情。……时间的流逝并不怎么影响那个实体。……在审讯时遭毒打，或在教室里大谈卡利马科斯，在本质上是一样的。这就是为什么当你长大成人，发现你正在应付被假设要由成年人处理的任务时，你不能不感到有点惊骇。一个孩子对父母控制他感到不满，与一个成年人面对责任时的恐慌，在本质上是一样的。你不是这些人之中的任何一个；你也许是小于‘一’个。”[1]

如南希所言，从赫拉克利特到德里达，“一”在西方哲学史上是一个巨大的存在。[2] 若把黑格尔关于“一”的论述作为参照，

---

1 布罗茨基：《小于一》，黄灿然译，浙江文艺出版社，2014，第 12 页。

2 Nancy，Jean-Luc. “More Than One.” Politics of the One：Concepts of the One and the Many in Contemporary Thought. Ed. Artemy Magun. London：Bloomsbury Publishing Plc，2013，p2—12.

对于理解布罗茨基所谓“小于一”颇有助益。“我仅仅是一个普遍的我，好比一般意义上的‘这时’、‘这里’或‘这一个’。……当我说‘这一个这里’，‘这时’或‘一个个别事物’，我实际上说的是：‘全部这一个’，亦即‘全部这时’、‘全部这里’、‘全部个别事’。”[1] 黑格尔强调了“一”的普遍性。具体地说，个体存在的终生任务就是通过斗争而获得承认，实现其“普遍性”，从而达到真正的存在。反过来说，一个孤独的、偶然的个体只是虚假的存在。这种观念可以追溯到柏拉图、亚里士多德。当然，也有这一传统的异类，如克尔凯郭尔和尼采。

作为一个“极端的个人主义者”的布罗茨基颇为亲近克尔凯郭尔，尽管他并没有完成从理性到信仰的一跳，而是执念于“物”。[2] 与黑格尔相反，布罗茨基反感于“斗争”，而试图从现实的“斗争”中后撤，换个说法叫“疏离”。“疏离”这个词在《小于一》这本书中出现了若干次，甚至可以说，只要布罗茨基企图从“形而上”的角度来谈诗的时候，“疏离”就构成了一个基础性的背景。比如，在评论阿赫玛托娃创作时，布罗茨基说：“一位按良心办事的诗人也许可以降低他的音高，或压抑他的措辞，**以便用轻描淡写的态度对待他与真实生活的疏离**。这样做有时候是基于纯粹的美学目的……更常见的是，这（是）种伪装，再次是为了保持清醒。”[3] 在赞美奥登时，布罗茨基说：“自主、清醒、平衡、反讽、超脱——简言之，智慧。”[4] 这几个词显然是“疏离”的另一种表达。在评论里尔克《俄尔甫斯·欧律狄刻·赫尔墨斯》一诗时，布罗茨基又说：“疏离则是每个人的强项，

1　黑格尔：《精神现象学》，先刚译，人民出版社，2013，第 65 页。

2　洛谢夫：《布罗茨基传》，东方出版社，2009，第 27 页。

3　布罗茨基：《小于一》，浙江文艺出版社，2014，第36—37 页。

4　同 3，第 332 页。

此诗之主题就某种意义而言就是疏离。”[1]

在布罗茨基只有十岁或十一岁时，当他听到“存在决定意识”的说法时，却有了相反的思考，即“意识决定存在”；“觉得只有在意识掌握疏离的艺术时，这个说法才是真的；之后，意识便独立自主，并可以决定和忽略存在”。[2] 布罗茨基由此迈开了疏离的人生：“我的余生都可以被视为不停地回避生命中那些最纠缠不休的方面。”[3] 父母控制孩子，是要把孩子推向一个责任和斗争的世界；一个成年人面对“责任”之所以恐慌，则表明他本能上拒绝进入这个斗争的世界。

为什么不愿意进入呢？世界无论是繁华，还是贫困，但恶永远存在，它一直存在于斗争中，存在于势利和虚荣中。故而，布罗茨基并不把这种“疏离”或者“退席”视为懦弱，他为自己的清高而辩解说：“绝不是因为我不会力争，而纯粹是因为我对自己感到恶心：想办法夺取某样吸引其他人的东西，表明你这个选择本身含有某种粗俗。”[4] 恶心乃是对永远存在于现实中不可避免的恶及其平庸面具的反应。在人类历史中，恶或许是个常量，在不同的时刻会以不同的面目，比如以根本恶或平庸的恶交替出现。当面对不可消除的恶时，布罗茨基引述了弗罗斯特的一个说法：“请赶紧从他们当中或他们身边走过，当他们还是黄灯，还没有变成红灯。”[5] “走过”是以“疏离”的形式进行自我保护，其中包含着蔑视。现实世界如此的单调、重复和乏味。诗人疏离于现实的距离感，使得他能够以“反讽”的姿态对现实世界的单

1 布罗茨基：《悲伤与理智》，第 429 页。
2 布罗茨基：《小于一》，第 1 页。
3 同 2，第 4 页。
4 同 2，第 9 页。
5 同 1，第 155 页。

调性加以俯视："气息室人。一群蟑螂聚在锌制/浴盆的赛场上，围绕海绵干僵的死尸，/旋塞转动之间，一只铜龙头/如戴上桂冠的恺撒之首，/给生者与死者灌泻/一柱无情的水，让他们淹死里面。"[1]

疏离于现实，是因为自己既不想做猎人，也不想做猎物。"一个人拒绝变成猎人的愿望……与某种更为本质的东西相关，而不仅仅关涉气质、教养、社会价值、后天获得的智慧、宗教信仰或个人的荣辱观。这关涉一个人的进化程度、整个人类的进化以及人类已经抵达并再也无法后退的进化阶段。"[2] 一个在权势之路上雄心勃勃的人往往是在人类进化的等级上较为低等的人，而成为诗人则意味着疏离于权势和厌倦于斗争。正因为如此，"一谈到诗歌，每一位资本家都是一个柏拉图"[3]。这种"厌倦就是高度发展的物种之标志，如果你愿意的话，也可以将它视为文明的符号"[4]。强调与现实的"疏离""厌倦"，此乃西方现代诗歌的传统，这在波德莱尔的《异乡人》中得到明确传达。这种"疏离"的姿态也使得诗人开始强调美学先于伦理。

二、偶然

当布罗茨基走进诺贝尔文学奖颁奖大厅时，瞬间产生了这样的感受："从这大厅四壁的角度来看，我们的出现，尤其是我的出现，纯属偶然。……任何一个出现在这大厅里的人都是偶然

---

1 布罗茨基：《从彼得堡到斯德哥尔摩》，王希苏、常晖译，漓江出版社，1990，第316—317页。

2 布罗茨基：《悲伤与理智》，第166页。

3 同2，第85页。

4 同2，第167页。

的，除非他的出现具有那种恒久的、通常不具生命特征的风景特性。比如说冰川、山峰和河湾。”[1] 这种偶然性构成了诗人存在的根本意义上的孤独。诗不过是享受这种孤独的产物。“如果艺术能教给一个人什么东西（首先是教给一位艺术家），那便是人之存在的孤独性。”[2]

在布罗茨基并不喜欢的保罗·萨特那里，存在的偶然性为“恶心”所揭示。也许，在布罗茨基看来，这种“恶心”说过于造作。真实的情形如里尔克所言，领悟到存在的偶然性、孤独性，乃是成为一个诗人的前提。不妨借用内格尔对个体存在之偶然性的描述：“令人惊异的是，宇宙逐渐开始包含一个存在物，并且此存在物具有是我这种独特的性质。这样的惊异是一种非常原始的感觉。”[3] 在基督教信仰中，通过“上帝”这一创造者的设定，这种“偶然”的原始感觉被消解了。但对于一个非上帝的崇拜者——如布罗茨基——来说，这种原始感觉让我们产生了以一种本然的观点（Theview from nowhere），一种超越的、无人称的观点来观照世界和生命的视角，由此，世界呈现为一个无等级、无中心、无目的的世界。

布罗茨基所尊崇的曼杰什坦姆曾经如此吟唱：“你要从星星那里习知/光意味着什么。/它不过是一道光，/不过就是那一道光，/可以凭借低语而强大，/凭借絮叨而温暖。”[4] 只有在领悟到“我”出现于世界的偶然性时，这种来自于星星的超越性的光才

1 布罗茨基：《悲伤与理智》，第 60—61 页。

2 同 1，第 47 页。

3 内格尔：《本然的观点》，贾可春译，中国人民大学出版社，2010，第 61 页。

4 曼杰什坦姆：《曼杰什坦姆诗全集》，汪剑钊译，东方出版社，2008，第 248 页。

能闪耀在诗人的眼睛里。一直存在于诗人身体里的那个作为“实体”的“我”，实际上并非欲望之“我”，而是对世界进行“俯视”“静观”的目光：“人俯视生命有如夜观察灯火一盏。/有些时刻，一个念头走出/大脑的半球，如床单一般/从不安的睡眠人身子夹钳下滑落，/揭示出平日不知的一切。”[1] 故而，布罗茨基反对诗歌的主观化、人称化，主张去形容词：“在一首诗中，你应设法把形容词的数目减至最少。……你最好的朋友便是名词。”[2]

诗人以作诗的方式引导我们不要单调地从现实的“目的”去看事物，而是要把我们的目光调解到正确的视力去观看事物：“唯有此方式——睡觉——目光才能调节/到正确的视力。无论贮藏何物，/这种睡眠带来的梦幻，好的或恶的，/都赖于睡眠人本身。一条鳕鱼站立门口。”[3] 静观的目光亦是一种沉思：“百倍长于这一切的/是对生命的思考，对孤独的死亡/思考。而长于一切十倍的/是对虚无奇异、无常的思量。”[4] “望远镜”的隐喻所指示的就是这种被无限拉长的、超越性的对世界和生命的透视方式：“最好用望远镜细察/叶片反面那自我封闭的蜗牛。”[5]

显然，布罗茨基的诗歌并非“移情”式的。概略地说，移情与反移情似乎也是古典诗歌与现代诗歌的分界线。所谓的移情，在这里指的是，诗歌所构造出来的由各类意象组成的世界乃是一个以人为中心的世界。波德莱尔在《腐尸》一诗中对人类的自我

---

1 布罗茨基：《从彼得堡到斯德哥尔摩》，漓江出版社，1990，第319—320页。

2 布罗茨基：《小于一》，第271页。

3 同2，第325页。

4 同2，第325页。

5 同1，第315页。

中心主义进行了嘲讽。在贝克特、罗伯·格里耶等人那里，人类中心主义的视角也被抛弃。布罗茨基理应受益于这一源自尼采的隐秘的文学观念。当然，更根本的则是其切身的经验："或许，正是我早先漫游于中亚的群山和沙漠的那些日子使得这种调性显得极富魅力。在当时，我想，正是我置身其间的风景所具有的非人格特征在我的大脑皮层上留下了烙印。"[1]

如果我们不再持有人类中心主义的幻觉，必然会领悟："世界的创造不为完成/任何目的，/倘若——如某些人会对我们说——/有一个目标，/也绝非我们自己。"[2] 布罗茨基之所以赞美诸位罗马诗人就因为他发现了这些罗马诗人的"物性"，或曰"非人格特征"的视角。他之所以推崇哈代，也是因为"托马斯·哈代的诗歌向一切认知的目标——无生命事物——大大推进了一步。……他的诗歌在主题方面，尤其是音调方面开始获得某种非人类的特征"[3]。

实际上，望远镜式的、超越性的视角只构成了诗歌的形而上的向度，这一向度并非诗的全部。形而上的向度和形而下的向度之间的冲突和争执才是诗要表达的。所谓的悲伤与理智之间的争执，实际上就是外视角（超越性的）和内视角（肉身的）的争执，就是形而上的与形而下的争执，就是无生命者与有生命者的争执。

三、物视角

"关于万物的真理如果的确存在，考虑到我们是这个世界的

1 布罗茨基：《悲伤与理智》，第512页。
2 同1，第261页。
3 同1，第425—426页。

后来者，这个真理也一定是非人类的。”[1] 类似的表述在散文集《悲伤与理智》中出现了不止一次。在摆脱人类自我中心主义之后，布罗茨基并没有像海德格尔那样走向至高的存在，而是走向了物。“每个地方都有尘土、被侵蚀的土地、废铜烂铁和烂尾楼，都有大量皮肤黝黑的当地人口，对于他们而言你毫无意义，一如对于你自己而言。有时，在很远的地方，你能看见大海的蓝色光芒。”[2] 也只有当我们的视线离开人类火热的斗争生活及其产生的垃圾，我们才能从“很远的地方”看见“大海的蓝色光芒”。诗意并非产生于自恋，而是产生于对自恋的拒绝。这是一种后浪漫主义时代的诗学。

不过，抒情诗、尤其是爱情诗能拒绝自恋吗？“一首爱情诗最终仍是一种自我陶醉的情感。无论它怎样虚构，却仍然是作者个人感情的表述，这与其说是他所爱的人或是她的世界的画像，不如说是一幅自画像。”[3] 不过，在一首真正的爱情诗里，在词语的牵引作用下，爱情已经超越了最初的情欲动机。“爱情是一种形而上的情感，其目的既在于美化人的灵魂，也在于解放人的灵魂，亦即使人的灵魂脱去生活的谷壳。这就是、而且始终是抒情诗歌的核心。”[4] 对于诗人来说，爱情诗实际上是一种自我的扩展，或者更确切地说，是对“自我”的超越。

这就是自画像的本质。/从自己的肉身走开，/脚蹬的侧影踢向你，/当费用结清，远望生命。/这就是“精

1 布罗茨基：《悲伤与理智》，第 341 页。
2 同 1，第 83 页。
3 同 1，第 92 页。
4 同 1，第 91 页。

通”，/径直将其从生命中提取，/无惧于走向非存在的旅程——如同/另一种形式的自身缺席。[1]

严重的心脏病及其所引发的死亡意识基本贯穿了布罗茨基的诗人生涯，而他也找到了摆脱死亡焦虑的魔法——诗。诗的魔法，或者说诗的智慧、诗的形而上之维让我们意识到了个体乃至生命存在的无足轻重，相较于一个无人世界中永恒存在的物而言。诗并不是对凡俗之人、事、物的记录，假如它提及这些凡俗之物，也必定是以反讽的态度。更为紧要的是，诗人和诗乃是对无人世界中永恒之物的看和听，这一看者和听者已然将自身视为尘埃。所谓的生命，终极之处不过是物。“我们大家的构成与构成世界的物质并无二致。因为我们就来自这个世界。因此我们全都含有水、石英、氢、纤维等等，只是比例不同。……自有生命转化至无生命，这是我们人类的一个倾向。”[2] 物的终极则是尘埃。“你们关于自己的尺寸知道得越多，你们就会更谦恭、更同情地面对你们的同类，面对那粒尘土，它或是仍在阳光中飘飞，或是已静静落上你们的桌面。唉，有多少生命都变成了这样的尘土啊！不是从你们的角度，而是从它们的角度看。”[3]

布罗茨基曾经戏仿苏格拉底说，作诗就是练习死亡。流逝的时间不断侵蚀着生命，但当诗人将自身安放在“物质”这一万物的终点之处时，诗人已经站在死亡的门槛上，从这一超越性的位置俯视有生命者，时间的腐蚀性就被解除了。诗人以“精神加速”的方式让时间在意识中崩溃，失速。由此也克服了死亡。从

---

1 Joseph Brodsky, *Collected Poems in English*, Farrar, Straus and Giroux, 2002, p335.

2 布罗茨基：《悲伤与理智》，第 520 页。

3 同 2，第 116 页。

作为一切生命的最高形式——物——的位置来看，在生和死之间本来就不存在绝对的区隔："至爱的，不存在不幸，/没有死和生。/一切不过是辅音字母/弯着腿游行。"[1] 诗人不是一种职业，而是一种睿智的生活方式，其本质不过是："一个原子/对着长眠的物质/唱着理性的赞美诗/后者应该被取悦。"[2]

正是作诗让诗人能够忍受生命的"乌有"，接受一切皆尘土的命运："忍受乌有/我们不能失去它的陪伴/岩石和心脏都要变硬，后者更快/但岩石更长久。"[3] 再比如："学着适应荒漠/如同适应命运，/以免发现它的无所不在/太迟。"[4]

所谓的作诗法，也就是诗的语言制作。"语言自非人类真理和从属性的王国流入人类世界，它归根结底是无生命物质发出的声音，而诗歌只是其不时发出的潺潺水声之记录。"[5] 语言是物质发出的声音，而这种声音需要诗人来捕捉，故而诗人乃是为物质及其声音——语言所驱使的工具。作为工具的诗人并非创造者，而是制造者。"由于制造者（以及与他站在一起的整个人类）是物质中的一颗极微小的颗粒，后者表达自我的尝试便会十分罕见。其罕见呼应了找到合格代言人的困难性，而这种合格的资质，亦即感知非人类真理的能力，就是我们所谓的天赋。"[6] 说到底，诗人作诗的心智能力可以还原为身体内部的物质运动。诗人这种身体内部的物质运动是对其他物质存在的一种反应，也即其他物质存在在诗人的身体内部激起的涟漪，是"一粒沙子对地平

---

1 Joseph Brodsky, *Collected Poems in English*, Farrar, Straus and Giroux, 2002, p152.

2 同 1，p434.

3 同 1，p447.

4 同 1，p426.

5 布罗茨基：《悲伤与理智》，第 374 页。

6 同 5，第 346 页。

线作出的反应”[1]。“因此，同样是那装饰在纸帽里，/察看海洋的身体。它没有本体，平板/如一面镜子，立于黑暗，/脸上，正如脑中，/唯有涟漪四处波动。”[2]

为何读诗？“一首好诗能在一个非常小的空间里覆盖一片巨大的精神领地，最终常常能使人获得一种顿悟或启示。”[3] 诗能够让进入其领地的人得到精神上的进化，其标志就是厌倦“斗争”，不是因为怯懦和懒惰，而是因为精神上的成熟，因为经验到存在的偶然性而领悟到存在的“乌有”。“物视角”乃是一种“终极视域”，当诗人将自身设置于这一终极视域中，他（她）就洞悉万物的命运，蔑视恶和拥抱死亡。“为何快乐：因为我们是零；是被山峰和锐利的地平线蔑视的/多斑的毛孔……”[4]

四、离心性与精神加速

也许是因为缺少同情的理解，库切曾将布罗茨基诗学的“形而上之维”称为“奇谈怪论”，似有不以为然之意。[5] 这让布罗茨基很是伤心。布罗茨基的下述论断听起来确实有些怪异，似乎完全不顾及语言学的常识：“语言就是无生命者向有生命者提供关于自己的信息时写下的第一行文字。……语言就是物质的一种稀释形态。诗人将语言置入和谐，甚或置入不和谐时，他往往会

1　布罗茨基：《悲伤与理智》，第 346—347 页。

2　布罗茨基：《从彼得堡到斯德哥尔摩》，第 323 页。

3　同 1，第 219 页。

4　Joseph Brodsky, *Collected Poems in English*, Farrar, Straus and Giroux, 2002, p278.

5　库切：《异乡人的国度》，汪洪章译，浙江文艺出版社，2010，第 173 页。

不自觉地使自己步入一个纯物质领域，你们愿意的话，也可称之为纯时间领域，步入的速度之快会胜过其他任何一项活动。”[1]

布罗茨基此处所谓的“语言”显然并非普通意义上的、作为交流工具的“语言”，而是特指“诗”。如上所述，诗是来自物的声音，诗人要在缪斯的引导下才能听得到物发出的声音。缪斯并非神灵，而是关于语言之“离心性”的比喻。“只有诗人才永远清楚，我们行话中称之为缪斯之声的东西，实质上就是语言的操纵；诗人清楚，语言不是他的工具，而他倒是语言延续其存在的手段。……这种依赖性是绝对的，专断的，但它也会解放你。因为，作为一种永远比作者更为古老的东西，语言还具有其时间潜力——未来的全部时间——赋予它的巨大的离心力。”[2]

语言的离心性会让诗的写作超出作者的控制。一个韵脚，一个词的词形、读音所触发的想象都会让诗人不断地在语言中漂移、流放自己。“诗学语言拥有自己的特殊动力，并赋予心灵运动一种加速度，把诗人带往比他开始写诗时所想象的还要远得多的地方。不过，这事实上是创造性活动的基本机制（或者诱惑）……语言助推诗人进入他在别的情况下不会接近的领域，不管在写诗以外他拥有多大程度的心灵集中或精神集中的能力。这种推进以非常快的速度发生：以声速——快过想象力或经验可以提供的。”[3]

这并非玄学，一个稍稍具有诗歌写作经验的人往往都会有这种切身性的体验。如果一个诗人出于生命的需要而写诗，这不过是因为他受到了语言离心性的牵引而陶醉其中。在布罗茨基看

---

1 布罗茨基：《悲伤与理智》，第 347 页。

2 同 1，第 57—58 页。

3 布罗茨基：《小于一》，第 171 页。

来，诗人天生就是一个感觉到个体存在的偶然而疏离于现实斗争的人，一个怀疑主义者和不确定论者，一个思想的游牧者。孤独的诗人只能在离心性的语言中找到居所，沉迷于语言将他带到未知地带。游牧者不相信逻各斯的历史，不相信宇宙万物存在的目的性，不接受人类中心主义，对人类发明出的各种思想抱有警惕的态度："如果无法在肉体上成为游牧者，那也至少应在思想上成为游牧者。你无法拯救你的皮肤，但是你可以拯救你的思想。"[1] 一旦游牧者发现了语言离心性的秘密，他立刻明白，语言能够引导他摆脱地球的重力和庸俗世界的羁绊。只有语言能够持续不断地给诗人提供一种能量，让他保持住一种无人称的、超越性的视角。没有这种超越性和形而上学，诗人何为？

语言的离心性又会给诗人提供一种"精神加速"。"精神加速（度）"这个说法不时出现在布罗茨基的诗论中，比如在谈到曼德尔施塔姆（曼杰什坦姆）的诗学特点时，布罗茨基说："可怕的精神加速。这种加速度首先影响他诗歌的性格。他诗歌那崇高性、沉思性、有音频的流动变成了迅捷、猝然、啪嗒响的运动。他的诗歌变成一种高速和暴露神经、有时候隐秘的诗歌，带有多少有点缩略的句法，以无数飞跃越过不言自明的东西。"[2] 作为诗人的"精神加速"的结果，它显现为诗歌的"跳跃性"。缪斯对于诗人的诱惑力就在于此："一个人若有一次体验到这种加速，他就不再会拒绝重复这种体验，他就会落入对这一过程的依赖，就像落进对麻醉剂或烈酒的依赖一样。一个处于对语言的这种依赖状态的人，我认为，就可以称之为诗人。"[3]

---

1 布罗茨基：《小于一》，第 143 页。

2 同 1，第 112 页。

3 布罗茨基：《悲伤与理智》，第 58—59 页。

正是因为诗人降服于缪斯的诱惑，为语言的离心性所牵引，不再以笛卡尔式的“主体”自居，不再以“我”为据点去构造世界，不再让物沦为主体目的性的注释，相反，而是要忘记“自我”，去倾听来自生命之终端的“物”的召唤，精神加速度才会在诗人身上产生，死亡之惧怕才能被消解。“自我忘却并非美德/而是必须，愈近死亡领悟愈深。”[1]

在精神加速的作用下，物发出的声音不断涌入诗人的身体，在其中引起涟漪。诗人谦卑地接受这种涌入，并让此涟漪生成为词语。这种“涌入”并不遵守人强加给世界的“逻辑构造”，而是“纷乱”的。两个或若干个看似无关的事物，在诗中以语词的方式关联在一起，这就构成了诗的隐喻性。诗人在精神加速中充分地实现了其存在，再次回到曼杰什坦姆：“啊，我多么希望，/成为默默无闻的人，/追随光束飞翔，/完全隐没在其中。”[2] “精神加速”虽然极其微妙，但在现实世界里却是无用的，近乎是一种精神病症：“在只看重行动/目的和手段的共和国/诗歌只代表/死者的少数。”[3]

诗人正是以“精神加速”来“质疑整个生存秩序”。[4] 布罗茨基甚至断言：“在某些历史时期，只有诗歌有能力处理现实，把它压缩成某种可把握的东西，某种在别的情况下难以被心灵保存的东西。”[5] 诗歌之所以是语言最高的存在形式，就是因为它能

---

1 Joseph Brodsky, *Collected Poems in English*, Farrar, Straus and Giroux, 2002, p449.

2 曼杰什坦姆：《曼杰什坦姆诗全集》，东方出版社，2008，第248页。

3 Joseph Brodsky, *Collected Poems in English*, Farrar, Straus and Giroux, 2002, p148.

4 布罗茨基：《小于一》，第114页。

5 同4，第41页。

够“以最特殊的引力，来安排文字”[1]。词与词之间的特殊引力乃是“精神加速”的作用所致。诗人在写作时不再听从一种人为强加给事物的逻辑性的支配，而是服从于语言离心性牵引，由此，一般意义上的句法失效了，诗行与诗行之间、词与词之间失去了明显可见的逻辑性。我们读不懂一首诗，常常因为我们不明白“精神加速”的作用在这首诗中是如何发生的。在现代诗的文本中，并不存在现实的严格对等物。

所谓精神加速，实际上也是对时间的驯服。“作诗法无非是语言内部一个装着时间的容器。”[2] 在流俗世界中，生命是受时间摆布的。唯有诗人能够凭借着离心性的语言穿越时间的山谷，站在生命的终极之处——物，去透视世界和生命。诗的本质也可以说是“语言为了重构时间而玩的游戏”[3]。诗能够聚拢时间和空间。在布罗茨基的“静物”中，时间安静下来，无限的，空虚的空间聚拢为物。无生命的、静静的石头就在告诉我们关于生命的真理。“石头，仿佛鱼儿巨大的眼睛，/石头，把我们的脚步碾成粉末，——/永恒谷物之永恒的磨盘。”（《泥土中的石头》，汪剑钊译文）

结　语

我们不能在“逻辑假象”的支配下去空洞地、抽象地谈论布罗茨基诗学的形而上之维，而是要从其散文化的、形而上的絮叨、呓语中领会到“诗意”。一个包容的世界要给予“诗意”和

1　布罗茨基：《小于一》，第157页。
2　同1，第41页。
3　同1，第314页。

诗意生存的个体以空间。断定不愿沾染尘世斗争的个体“逃避”现实，夸大其政治、道德的后果，不过是带有“权利意志”和暴力性质的道德、政治审判。实际上，生命的深度往往来自于形而上的、超越性的诗意经验：

> 气息室人。只有仰天平卧/你方能，带一声叹息，对上方那些沉默、/无限的地区发出枯燥的演说。一声轻叹。/但陆地之广，你相比之渺小/这样的认识，让你荡来荡去，/从墙到墙，像聆听一首摇篮曲。[1]

作者简介

付立峰（1978—），安徽灵璧人。2006 年毕业于南京大学文艺学专业，文学博士。研究方向：文学理论、文学批评、美学。现为云南大学文学院讲师。

---

1 布罗茨基：《从彼得堡到斯德哥尔摩》，第 324 页。

下潜至低音区的诗歌声带及其他

——漫谈臧棣诗集《燕园纪事》

李海鹏

【内容提要】进入20世纪90年代以来，当代新诗在发声机制和美学趣味上的一个重要的转变在于，充斥于80年代的高音式写作受到广泛的反思和质疑，而一种更为贴近地表的、更亲近日常经验的低音式写作日渐兴起。这固然带来新诗美学观念上的革新、容量的扩大，但由此而来的问题，如叙事的弊端泛滥、低音区的诗意上的犬儒化等，也不容忽视。在此背景下，本文以臧棣创作于90年代的诗集《燕园纪事》为谈论对象，从诗歌发声学意义上的高音、低音之辨入手，结合充分、精细的文本分析，深入考察臧棣在90年代诗歌创作上的表现，力图呈现出面对90年代的诗歌语境，臧棣诗歌所具有的独特的诗学面貌和诗学价值。而作为一本诗集，在高音、低音的辩证法中，《燕园纪事》也展现出其在90年代诗歌乃至更长的诗歌史脉络中间的有效位置感。

【关键词】臧棣；燕园纪事；低音；梦境；想象力

一

在极具启发性的《格伦·古尔德——最低限度的巴赫》中，欧阳江河说出了这样一句话："古尔德减少了巴赫，但他的少是如此之多。”[1] 作为一位异端式的巴赫演奏家，古尔德并没有沿袭巴赫音乐中被奉为圭臬的宗教性声音，而是离经叛道地对此作了减法，可以这样说，古尔德的演奏，在发声学意义上放逐了巴赫音乐中一贯至高无上的神的声带。他降低了巴赫，但这并不意味着由此招致灾难性的匮乏，恰恰相反，古尔德用手指间倾泄而出的大洪水冲走了神的陈词滥调的桎梏，释放出此前一直被囚禁的诸多潜在的声音可能性——古尔德将巴赫降至最低限度，恰恰意味着他打破了巴赫音乐认知中“将怠惰不思提升到严密精确之列”[2] 的同义反复（神话）；最低限度，也因此意味着声音不断自我呈现的欲望和最大的自我丰富。事实上，上述观念犹如某种典型寓言，映射了从上世纪 90 年代延续至今的中国语境中，一种影响日深的文化心态。简单来讲，就是取消一神论式的高音的束缚，转而俯下身子，努力从并不高于肉身的诸多可能性出发，在与必然、整饬、崇高相绝缘的偶然、矛盾、世俗之中制造出更为丰富、具体的美的现实。

这样的多少之辨同样存在于 90 年代以来新诗写作的变化之中。对于诗歌自身的精神演变来说，最重要的减法就在于 90 年代以来的诗歌减少了空洞的抒情和廉价的永恒之音，在一种低限度状态下增加了诗歌的容量，纳入了社会历史、日常生活的嘈杂中蕴含的平凡琐碎与波澜壮阔。在受此观念影响下的最优秀的诗人那里，包罗万象的现实被成功转化为一个个有效的、充满创造性的词，加入到诗歌可能性的大爆炸之中。钟鸣曾批评过的充满语言洁癖和诗意乏力的“词具”或被驱逐，或被改造，生活的丰

---

1 欧阳江河：《黄山谷的豹》，辽宁人民出版社，2013，第 170 页。

2 罗兰·巴特：《神话修辞术·批评与真实》，屠友祥、温晋仪译，上海人民出版社，2012，第 108 页。

富被发明为词的丰富，诗歌中的词汇量扩大了令人难以置信的倍数，很大程度实现了张枣意义上“万象皆词”[1] 的丰饶。在90年代以来诸多诗人诗作中，如此丰富的诗歌面貌清晰可辨。

然而，当诗人们的写作渐渐都钟情于“人之境”的丰盈，满足于诗歌中对真实生活无差别的叙述和捏紧肉身的抒情，是否就真的一劳永逸地实现了诗的丰盈？是否诗歌就真的由此抵达了心灵慰藉的极限？在这个意义上，我十分欣赏刘小枫的一句发问：“问题是，在迷雾中前行，过不寻求有意义的人生的生活，是否真能心实理得？自慰的自由是否真的舒服的很？”[2] 把这句话转换到对上面诗歌问题的思索之中，即是说，当诗人们把生活的现实与诗的现实完全等同，放弃了在诗歌中营造某种对称的可能，这样的写作是否足以慰藉诗人的灵魂？或者说，诗人是否还相信自己肉身中灵魂的存在？当然，这里所说的灵魂并非来自神义论[3]伦理意义上的神的规定，也绝非虚无主义式的道德冷漠，而是说，当现代社会中的人的可能性不再被神所规定的情况下，人的可能性究竟是什么？是沉湎于肉身的感官享乐而陷于精神上的犬儒主义，还是从生活的现实出发去追寻一些独特的现实，一些生命不能承受的轻盈？[4] 这实际上是现代社会为人类设下的一个巨大圈套，诗歌同样承受着这样的圈套。而我所感兴趣的往往是诸

1 张枣：《朝向语言风景的危险旅行》，见《张枣随笔选》，人民文学出版社，2012，第176页。

2 刘小枫：《沉重的肉身》，华夏出版社，2007，第183页。

3 “所谓神义论伦理，就是过去的文化生活形式，在那里，神的现实性规定了人的可能性。”见刘小枫《沉重的肉身》，第162页。

4 当然，这样的思考方式其实紧密相关于西方人的历史宗教背景与时代的精神状况，它并不与中国人的状况完全契合。中国人没有经历如此笼罩性的宗教神学历程，但面对现代社会造成的人的精神困境时，这样的思考对陷入高度现代化状态的中国人来说同样是有极大意义关联的。事实上，这在普遍意义上已经是现代化造成的人类的共同问题。

如此类的问题：当诗人既承认上述意义上的灵魂之存在，又无法盲视肉身所居的现实生活，他将如何借助写作，从后者中发明，或者说对称出前者？我相信，“万象皆词”的诗意丰饶只有在这样的意义维度上才是真正有效的，在这丰饶中呈现的既是诗性的可能，也是人性的可能。

二

对我个人而言，臧棣完成于90年代的诗集《燕园纪事》为上述疑问提供了一种几近完美的解决方式。这是我最喜欢的汉语新诗集之一，虽然距今已拉开了一段时间的距离，但我相信这册薄薄的诗集绝非一种短暂的诗歌现象可以覆盖，它值得、也经得起持续的谈论。或许拉开一段距离的谈论更能突显出某些重要的东西。这本诗集蕴含着极大的复杂性，值得谈论之处颇多，我的谈论将从其中诗歌的发声学角度展开。

在一篇文章中，汉娜·阿伦特曾这样评价莱辛：“莱辛的伟大，并不仅仅在于‘人类世界中不可能有唯一真理’这一理论性的洞见，而在于他能为这种真理的不存在而高兴，在于他欣喜于随之而来的人类谈话的永无止境，只要还有一些人存在的话。假如存在一条唯一的绝对真理，就会造成所有争论的死亡；而正是在争论中，这位德语辩论术的宗师感到如鱼得水，并总是采取一种彻底清晰和明确的立场。争论的终止，或许就意味着人性的终结。”[1] 绝对真理，就意味着一种与神义论伦理性质相同的存在，它将导致对人类可能性追问的噤声。对于诗歌来说，只有关闭这

---

1 汉娜·阿伦特：《论黑暗时代的人性：思考莱辛》，收于《黑暗时代的人们》，江苏教育出版社，2006，第24页。

一话语权势刺耳的高音，人类才能在谈论的狂欢中远离语言的空洞和虚无，进而呈现出丰富的语言可能性，诗歌也将在低音的丰富中抵达罗兰·巴特意义上的“文之悦”。臧棣的诗歌就呈现出与此极其相似的论辩性面貌，而且，臧棣也对高高在上的绝对性声音表示出清晰的批判性态度，比如在《低音区》（这一标题就在发声方式的选择上表明了立场）中，有这样的诗句：

避免朝上，那早已是虚无主义者
热衷的势力范围，修辞的无底洞。

“朝上”即意味着对低音区中的声音复杂性扭过脸去，对高音笑脸相迎，但诗歌并不能由此获得欢愉，而是落入虚无之中，跌入“修辞的无底洞”之中。“朝上”将导致声音刺耳的匮乏和虚弱的高音，或者说，诗歌的声音将由此落入话语权势的秩序性规训和控制之中，丧失了在低音区的无尽谈论、争论乃至辩论的矛盾性中抵达诗意敞开的可能。事实上，臧棣在诗歌中塑造了几个典型的具有“朝上”意味的能指，并进行了富有诗意的解构甚至戏谑，比如：

所有的翅膀都不合我的身体。
——《结束》

那像鸟一样飞出的东西
并不能在任何意义上结束悲剧
恰恰相反：它的渺小与可见的无限
所构成的比例失调是一桩蹩脚的喜剧
——《内部》

接下来的日子。所有的问题
就像一个个漏洞。而最大的漏洞
则是眼前的天空。

——《结束》

它一定能证明自己比天堂的水
更清甜些，但不会更进一步地
献出自己。

——《蓄水池》

诸如“天空”“天使”“天堂”之类的大词，在早些时候是诗歌中的高频词，作为蕴含着超越性维度的表意能指，它们能够轻易帮助诗歌在最短的时间内飙升到最高的音调。然而在臧棣的处理中间，我们可以清晰地看到，这些词汇被禁止了发声，它们在臧棣的诗中是作为某种疑虑性的存在，而非真理性的存在。事实上，这本诗集展现了广阔的现实之声，这些声音中也充满了低音区的市井气和腥膻味：

也许我将很快习惯你和生活
已相互剥离，像习惯自由市场里

肉铺的味道。生活的片断
赤裸裸地吊挂在那里：没有兑入
啤酒，没有加放香料和枸杞子，
大小就如一整扇羊排骨。

——《结束》

值得注意的是，这首诗中出现了一个极其重要的人称："你"。作为诗歌中"我"的倾听者，"你"与其说是指某个他者，不如说是另一个"我"，是平日里隐藏在"我"的肉身之中，只有在与"我"以诗的名义展开丰富的谈话时才倏然显现。可以这样说，"你"构成了"我"的一种诗意性的高音，只是这种高音的抵达，并不是通过忽视"我"的肉体偶在性及其所在的现实生活的低音而完成的，恰恰相反，正是"我"以低音的方式叙说着所经历的现实，并在叙说中把生活的现实发明为一种特殊的现实，"这样的现实给我们带来无穷无尽的乐趣，而另一种现实使我们无聊"[1]，这样的现实是我们所生活的现实的高音，它并不脱离后者（如果这样，那么它也必将沦为与"朝上"同样空洞的存在），而是对称于后者，它构成了后者的梦幻，或者说，"你"构成了"我"的梦幻，而诗歌正是对这种梦幻的有效记录，这种梦幻昭示着人类存在的可能性，这正如汉娜·阿伦特对诗意作出的定义："我们经常会产生出'诗意'，在这个词最宽泛的意义上，它是一种人类的潜在的可能性；可以说，我们经常在期待着它从人类身上喷涌而出，而当这种诗意出现时，对已发生之事的叙述便成为一种对时间的中断，一个成形的故事作为新芽就被嫁接到世界的树干之上。通过诗人和史家的具体描写，对历史的叙述便获得了持存和不朽。因此叙述在世界中有它自己的位置，在那里它比我们活得更长久。"[2] 无论是诗意、梦幻还是特殊的现实，在终极意义上都是同一件东西，其存在价值就在于让人们看见自身存在的可能性，并以此提供人们以至高的慰藉，只不过这种慰藉

---

1 马塞尔·普鲁斯特：《一天上午的回忆——驳圣伯夫》，沈志明译，北京燕山出版社，2006，第 191 页。

2 阿伦特：《论黑暗时代的人性：思考莱辛》，第 19 页。

的达成并不能通过如今已然失效的宗教性高音来实现，而必须通过认真地聆听生活的低音，并从中艰难地寻求对称来实现。这种对称尽管具有声音上的崇高性，但并不具有权势性的暴力，而是呈现为一种叙事的呢喃温情，在给人以慰藉的意义上，现代生活中“呢喃叙事的时间和空间，就是过去教堂里喃喃祈祷的时间和空间”[1]。

事实上，臧棣并不是一位满足于使自己的诗歌落入日常现实的肉身偶在性窠臼之中的诗人，正如他在几行诗中所表达的：

生活的肺自以为在
呼进呼出我们，就像死亡
企图使我们麻木于
尘埃所能说出的最大的真理。
——《书信片段》

肉体必须有俯视的姿态
必须有足够的业余时间
与生活保持某种距离：就像苍鹰的翅膀
即使在电视画面里也能让人感到

它强劲的上升。它把一种饥饿
带到了接近天堂的高度。而正是由于
天堂的存在成为疑问，所以我说：必须
——《自由的另一面》

1　刘小枫：《沉重的肉身》，第 155 页。

臧棣既不满足于空洞、虚无的“天堂”，沦为现实的犬儒；也不满足于对“尘埃所能说出的最大的真理”感到麻木，沦为诗意的犬儒。而是为生活之肺的低音对称出真正有慰藉性的高音，这种对称意味着身体与影子的平衡[1]，意味着“我”与“你”之间永无止境的交谈，而“你”正是我一直试图寻找着的自我，“你”给“我”以至高的慰藉：

现在谁是倾听者？在哪里倾听？
对我来说已并不重要。或许
我只是对自己诉说：一种失传的技艺
一种人和他的自我之间的语言交易
——《哑剧的轶事》

不在“朝上”式高音的虚无中作茧自缚，而是把身体下潜至充满世俗性嘈杂的低音区之中，认真倾听低音中包含的矛盾与混乱；与此同时，又不麻木于被生活的肺呼进呼出，而是时刻警醒，在必要的时候与生活拉开一段距离，从生活之肺发出的低音中寻找到与之对称的高音，在声音的对称中制造出美妙的诗意和声。更重要的是，和声的达成并不意味着永无止境的谈论将从此停止，这更可能是新一轮谈话的开始；和声不是噤声，而是高低音错落成的有效交谈。正是这样的诗歌发声学，促使臧棣写下了这样一行震撼人心的诗句：

可以想见，救护车的鸣笛
不止一次引诱过

1 刘小枫：《沉重的肉身》，第121页。

天神手中的雷霆。
——《低音区》

三

臧棣诗歌中还经常出现对两性情爱关系的处理，这对理解臧棣诗歌的发声学也十分重要。恋人之间的话语方式通常是充满矛盾性的，既冲突难缠，又温情愉悦。恋人之间永远发生着无穷无尽的谈话，这用罗兰·巴特的一本书名来概括最为恰当：恋人絮语。这絮语既可能是一个人在幻想中长时间的絮叨："一旦絮叨起来，反反复复，颠来倒去，怎么也刹不住"[1]；也可能是两个人面对面的争吵："争吵就像个句子。从结构上讲，并不一定要在什么地方打住话头，没有内在的羁绊可以止住它。因为像句子一样，只要给一个核心，它便可以无穷无尽地衍生下去。"[2] 仔细想想，恋人之间的话语方式与臧棣诗歌的发声学之间有相当契合之处。无论是低声的絮叨还是高声的争吵，都显示出鲜明的论辩性意味，前者面对自我，后者面对他人。如前所述，臧棣诗歌的发声学正是以无尽的谈话和争论的形式而展开的，其论辩性意味和恋人絮语的论辩性意味最本质的共同之处就在于二者都不承认绝对真理的存在：恋人之间从来不存在截然的对错，因此恋人的絮语同臧棣诗歌一样意味着谈话的无休无止。事实上，臧棣认为"诗歌是一场自我之战。这是一场秘密的战争，目的是把我们从

1　罗兰·巴特：《恋人絮语》，汪耀进、武佩荣译，上海人民出版社，2012，第 152 页。

2　同 1，第 196 页。

混账的生活里解救出来”[1]，也就是说，诗歌构成了臧棣寻找那个隐藏于肉身之中的内在自我的艰苦跋涉，因而从本质上来讲，臧棣诗歌中作为“我”的谈话对象的情人与其说是一个实在的女性身体，不如说是内在自我的投射，“我”不断在谈话中努力渴求的情人，实际上“渴求的是自己的欲望”[2]。比如《访友》这首诗，讲述了“我”坐公共汽车去看望一位多年不见的女友的事情，整首诗就是由“我”在途中不断以白日梦式的絮语来幻想抵达女友时各种可能的情景展开的，“我”不断与自己的内心争论着，仿佛在不断说给自己的絮语中，“我”已完成了与女友的会面。然而吊诡的是，在全诗的结尾，臧棣并未给出女友的肉身，而是给出了一个抵达的空址：

> 而当我爬上电梯停开的十层楼
> 敲响一个门牌；透过紧锁的防盗门，
> 里面的新面孔，莺声似地宣布：
> 我要找的人已搬走多年，新址不详。
>
> ——《访友》

“被隐藏的东西使人着迷。”[3] 女友的不可见就像被蒙上了一层“波佩的面纱”，其真正魅力所在不在于肉身的呈现，而恰恰在于身体的空址化：像一个悖论性地，“我们偏爱它所掩盖的东西，即它阻止我们达到的远方，而在它呈现出来的那一刻，我们

---

1 臧棣：《可能的诗学：得意于万古愁——谈〈万古愁丛书〉的诗歌动机》，载《名作欣赏》2011 年第 15 期，第 12 页。

2 巴特：《恋人絮语》，第 23 页。

3 斯塔罗宾斯基：《镜中的忧郁——关于波德莱尔的三篇阐释》，华东师范大学出版社，2012，第 161 页。

是达到不了这远方的”[1]。因此，在这首诗中，真正重要的与其说是“我”要抵达以及我最终能够抵达那揭开了面纱的女友，不如说是“我”在一路上迷恋于“走调的白日梦仍在继续”，它可以让“我”在这恋人絮语的无休止中抵达无限远，它把“我”从这一路庸常的旅途中解救出来，在这场自我之战中，“我”长久呼唤的内在自我正是在这絮语中被完成。

有的时候，恋人在臧棣的诗歌中不呈现为一种不可抵达，而是恰恰相反，呈现为一种对日常生活的温情思考的想象力落脚点：

几乎谈不上有什么高度
很容易攀登。它的山顶有一座小凉亭
坐在那里：虽然无法眺看生活
但可以在没有人打扰的情境中
用思考的包装纸将生活卷裹起来
好像那是一件可以赠给情人的礼物
——《柳荫公园内的圣迹》

公园里一座并不高的小山，没有超过日常生活的高度，甚至，它也是我们日常生活之低音的一部分。但其圣迹意味正在于，它顶部的小凉亭虽不能让我们眺看生活的全貌，却为我们思考生活提供了一个绝佳的位置，在这个位置上，生活内部的复杂性、矛盾性、偶然性被一种温情的思考卷裹起来，成为一种可与情人分享的东西，想象力因此精确地降落在情人身上，诗歌在这种精确中呈现出某种温暖的幸福感，正如赵汀阳所说，“有意义

1　斯塔罗宾斯基：《镜中的忧郁——关于波德莱尔的三篇阐释》，第163页。

的生活必然引起幸福感”[1]，借助对情爱关系的幸福想象，臧棣在这座小山顶的绝妙位置上实现了一种可能生活，也领受了一份独特的在世负担。

四

臧棣也是在诗歌中制造梦境的高手。关于梦，波德莱尔曾说过：“做梦的能力是一种神圣和神秘的能力：因为通过梦人才能和包围着他的黑暗世界进行交流。但是这种能力需要孤独，才能自由地发展。人越是全神贯注，就越能广泛地、深刻地做梦。”[2]这段话揭示出一个关键点，即梦不是个人主体性声音的消隐，而是与世界的持续交流，是个人独自面对整个世界时交谈的总和。在发声学意义上，梦不是对交谈的打断，而是持续的交谈本身，而且个人越是能够长久地做梦，这种交谈就随之越发持久、深入。梦境中存在着另一种现实，它对称于我们醒着的日常生活的现实，或者说，梦的现实与醒的现实之间构成了一种和声关系，二者在既错落又相关的关系中发生着持续的交谈。正如尼采所说：“艺术上敏感的人面向梦的现实。他聚精会神于梦，因为他要根据梦的景象来解释生活的真义，他为了生活而演习梦的过程。”[3] 按照尼采的分析，作为日神精神的代表性状态，梦的现实指向了个体化原理的显现，也就是说，个人在梦境中抵达他的内在自我。创造梦境“也是一大部分诗歌的前提”[4]，臧棣的诗歌发

1　赵汀阳：《论可能生活》，中国人民大学出版社，2010，第 20 页。

2　夏尔·波德莱尔：《人造天堂》，郭宏安译，上海译文出版社，2011，第 152 页。

3　尼采：《悲剧的诞生》，周国平译，上海人民出版社，2009，第 90 页。

4　同 1，第 89 页。

生与梦境之间有着紧密的关联：

一个白天接着一个白天
夹在中间的黑夜，像是用尼龙兜
递过来的：有的异常难熬
——不论你往里面倾倒多少沸水；
有的却在梦里送来最美妙的礼物。
——《低音区》

被抽象的天空，被运来运去的情感；
像是夹在一个不断超重的信封内
我做梦，并感受到邮政的颠簸。
——《书信片断》

在《低音区》的开头，“最美妙的礼物”，作为诗的信物，在梦境中获得了发生，礼物作为中介，让做梦的诗人触摸到了那久等的内在自我的皮肤：“礼物是接触、感觉的途径：你会触摸我摸过的东西；这第三者皮肤将我们连接在一起。”[1] 在梦境中，内在自我的身体显现出来，并与诗人的肉身相接触，仿佛诗人和他的影子之间达成了某种平衡。有对照意义的是，在《书信片断》的结尾，诗人再次制造出梦的外观：盛装着交谈的信封，像一件语言的容器，在梦境的现实中不断超重，而这种超重最富诗意的效果恰恰在于让交谈的主体，即做梦的诗人在梦的现实中感受到了颠簸，这意味着交谈的重量与内在自我语言跋涉的艰辛，以及个人生命中米兰·昆德拉意义上的“生命不能承受之轻”。在梦

1　巴特：《恋人絮语》，第65页。

的现实中，个人感受到了醒的现实中难以感知的重量——驿车颠簸的车轮之声激荡着诗人的灵魂。

有时候，梦境作为一种特殊的现实，允诺了某些想象力的合法性，这构成一种诗歌道德：

是否一些事情只有在午夜
才变得讲究道德？比如
可以合法地猜想：一颗巨星
是这巫歌般的蝉声的插座或图腾。
——《午夜蝉鸣》

醒的现实中，聒噪的蝉声只能作为一种混乱的低音存在；而在午夜的梦境中，蝉声与高高夜空中星斗的交谈获得了合法性。有时候，臧棣诗歌中的梦境也呈现为白日梦，或者短暂抽离出时空之流的幻想：

我听说湖里有一条美人鱼
我想试试自己的运气。如果抓住她
我不会据为己有。我只想证实一下
然后放生。糟糕的是，我竟忘了
带鱼漂。而机不可失，我只好脱光
衣服，纵身扎进湖中。湖水清凉
让我省悟这一切只能在想象中进行
——《未名湖》

其实，臧棣的诗歌中屡屡出现对湖水的抒写，臧棣写下了大量的未名湖诗，仅在《燕园纪事》中就有四首。在我看来，在臧棣的处理中间，当高位的天空沦为“最大的漏洞”后，低位的、深嵌土地的湖水就被发明为一面“对称于人之境”的镜子，成为与现实生活相对称的梦境，在俯身面对湖水时，诗人与他的内在自我蓦然相对。湖水很平静，从不发出高声的涌动，却具有着连天空都难以企及的对称的智慧。古语云“仁者乐山，智者乐水”，臧棣就在对水的喜爱中抵达了智者，即使他所面对的不是湖水，只是住宅楼顶一方给居民供水的蓄水池，臧棣仍然智者般地赋予了它超越性的清甜：

它一定能证明自己比天堂的水
更清甜些，但不会更进一步地
献出自己。它将用一面镜子让天使
惊异于她们的面庞和我们所爱的女人
有多么相像。顺着那纯洁的喉咙
它还将下潜到一个我们无法分享的世界。
——《蓄水池》

在下潜中抵达某种超越，正是水的智慧所在。我想，这也同样可以用来概括臧棣的诗歌智慧：臧棣并不是对至高的灵魂慰藉无动于衷的诗人，但他并不满足于用升高音调的方式轻易抵达廉价的高空，而是选择像水一样，嵌入地表，奋力下潜，在把自己的诗歌声带下潜到现实生活的低音区的过程中实现不断超重的、颠簸的、但也同样轻盈的超越。这是水的智慧，也是诗的智慧，这样的智者之诗值得永无止境地谈论。

作者简介

李海鹏（1990—），辽宁沈阳人。曾在中央民族大学完成本科、硕士学业，现为中国人民大学文学院中国现当代文学专业博士研究生。写诗，主要从事新诗研究、诗歌批评，兼事诗歌、诗学文章翻译工作。

新旧诗之我见

杨启宇

诗有新旧之分，始于“五四新文化运动”。当时胡適之、陈独秀辈以“文学革命”为旗号，提倡白话文、自由诗，主张废除文言文、旧体诗。经过近百年的历史检验，从文化角度审视，这一运动从理论到实践都是错误的，给中华文化带来的后果是负面的，尤其在诗歌领域，更是灾难性的。盖文学的演进不同于王朝的更替，是继承发展而非革故鼎新，甚至也不同于科技之日新月异，后来居上。文学作品的价值评判也与新旧无关，《离骚》《史记》、李杜诗篇、莎士比亚戏剧、巴尔扎克小说，虽为旧作却历万古而不减其光芒；今人随口之咏，虽为新创而转眼澌灭。故古今中外成功的文学运动皆有两大特点：一是继往圣之绝学；二是开后世之繁荣。远如唐宋古文运动，韩柳欧苏皆倡复古而后创新；近如西欧文艺复兴运动，远绍希腊而启近世文明。而“新文化运动”诸公却以与传统作最彻底决裂的方式登上历史舞台，其主张之偏激，令人瞋目。这，自有其特定的历史背景。

从鸦片战争开始，尤其是甲午战败后，中华民族面临亡国灭种之危机。在列强的坚船利炮面前，老大中华帝国不堪一击。只有改革政治体制、学习西方科学技术才能救亡图存，这成了当时志士仁人的共识。危亡的忧虑、对旧制的绝望，加上戊戌变法的失败、辛亥革命之蜕变引起的愤懑情绪，在接触了西方文明的青年知识分子中产生激烈的批判者是顺理成章的事。但他们在对现实和传统进行激烈批判时，却忽略或根本没有意识到文学与政治、经济、科技本质上不同的特征，采取了一锅烩的简单粗暴做法，用推翻打倒这样反文化的方式来推行文化运动，其后果只能是失败。

唐宋以降，我国书面文字历来是文言和白话双轨并行。尽管文言文占统治地位，但至少在小说写作上，白话文却占主导。如宋元明话本纯粹是采用当时的市井白话；除开《三国演义》采用文夹白的语言叙述，其他长篇名著如《水浒传》《西游记》《红楼梦》《儒林外史》等都是采用当时白话文描写。因此“新文化运动”诸公提倡白话文、废除文言文在小说、散文领域的影响，主要体现在以数典忘祖的蔑古意识对待本民族优秀的文化传统，将传统文化与腐朽落后的封建体制等同起来，必须打倒消灭而后快。尽管以创新为号召，以现代意识相标榜，以与世界接轨为目标，但割断了与源远流长、博大精深的本民族文化传统的血脉联系，这么多年来中国人创作的文学作品对世界文学几乎不产生什么影响。无本之木，枝叶难茂；无源之水，流派易竭，这难道不值得我们反思么？对照印度，尽管曾沦为英国殖民地，但印度知识界在对本民族落后的封建土王体制批判反思的同时，对本民族的传统文化从未丧失信心。泰戈尔即使使用英文进行的诗文创作，骨子里仍透露的是印度古文明的气息，为印度文学争得了世界的尊重。这难道不值得我们借鉴么？

至于传统诗歌，也就是一般人所谓的旧体诗，无论是相对自由的古风歌行，还是格律严谨的近体（包括词），都是以浅近文言文为语言载体的。这自然成为“新文化运动”诸公必欲彻底打倒的对象。除开封建落后的劣根外，还加上束缚思想，妨碍自由表达情感的罪状。取而代之的，便是用白话文的不受任何约束的自由体。这里“新文化运动”诸公除了混淆政治与文化本质上的差异外，还犯了两个常识性的错误。一是绝对自由的文体是不存在的，就是写检讨、借据也得遵循一定的范式，不受任何约束的文字只能是自说自话的呓语。二是对思想和感情的束缚与文体和格律无关，真正束缚自由思想和真实情感的是专制教条和自身心灵的困乏。而要打破这种束缚的有效方法恰恰是向古今中外的优秀人文传统学习。

把旧体诗词格律看作束缚和负担的论点，经过长期的灌输宣传，积非成是，即使在传统诗词爱好者中也有一定市场。这可以说是当今对传统诗词认识的第一大误区。首先我们应该弄清楚的是，旧体诗词格律不是哪一位封建统治者为了束缚诗人的思想情感而钦定的戒律；也不是哪一位大诗人为了矜才使气炫耀本领而发明出来的清规。它是从先秦到六朝一千多年时间内历代诗人对单音节汉语、方块字汉字为基石的汉诗内在音乐节奏的探索中总结出来的规律性的东西。单音节汉语，最宜吟咏的基本句式是五七言；为音调铿锵，句末押韵母发音相近的字为韵；为节奏抑扬，两三字一组平仄交错；方块汉字因其义形可以构成对仗……韵律、平仄律、对仗律就是这样产生的。

要想废除诗词格律的人，就算你们有一种魔法，不但能将人们头脑中对诗词格律的记忆消除，而且能将所有典籍中关于诗词格律的记载也全部抹去。但只要中国人还讲单音节的汉语，还写方块字的汉字，要不了一千年，又会出现同样的诗词格律来。部文学史不就是这么走过来的么？除非你能废除汉语汉字！唐朝诗人们一接触到六朝总结出来的格律，马上就给中国文学史一个大惊喜，创造出了前无古人的辉煌。我们要感谢唐诗，也要感谢诗词格律，因为它给唐人提供了新的诗歌文本范式。

这里附带谈一谈诗词创作的另外两大误区。一是口语入诗的问题。持此论者，打着通俗化的旗号，认为只要坚持口语入诗，便可人人能懂，人人会作。诚然口语（包括外来语）不是不可入诗，但由于诗歌的语言特征是精练，完全口语化是不可能的。论者津津乐道的“床前明月光”等口语化的名句，只要查查在全唐诗中这样的作品所占的比例之少得可怜就知道，实属妙手偶得，非刻意追求所能为。事实上口语入诗是增大诗词创作（这里是指真正艺术性的诗词创作，非“大跃进”民歌之类的莲花落顺口溜）的难度。这好比限定只用萝卜白菜，即使是厨艺高手也难做出一桌适口的菜肴；而任取猪牛鸡鱼，则中等厨师也可烹调出丰盛的筵席。

另一大误区则是与口语入诗紧密相联的所谓的诗词大众化问题。持此论者打着为多数人服务的旗号，提倡诗词应为大众能懂、大众能作。然而文学作品之价值评判并非由其受众之多寡决定，一味强调以大众喜恶为标准，必然导致庸俗轻薄之风泛滥。诗词作为民族文化之精粹，本质上属于精英文化。无论鉴赏或创作，首先须对文学有特殊的敏感，同时对相应的文学语言艺术应有基本的训练，古今中外，概莫能外。敏感关乎天性，训练大有难度，非人人所能，亦非人人所愿。正如大众从来也没有要求人人能跳芭蕾弹钢琴一样，大众从来也没有要求人人能懂诗做诗。打大众招牌者，其实未经大众授权代言。即便是大众真的授权，我们要问：大众能选总统，但大众能选李杜么？

以史为鉴，中国文学史上有两类发人深省的现象。一是历代大师都是只有创作而无创体。例如屈原是学习和采用楚地祭祀祷辞和民歌的体裁而创作出《离骚》《九歌》《九章》等名篇；李杜是学习和采用汉魏乐府、六朝近体的形式而创作出各自的经典。二是一种文学体裁的兴起，旧有文学体裁并不随之消亡。例如词产生于唐时民间唱曲，五代两宋文人学士加以提炼改造，创作出辉煌的词章。但即使在宋词创作最繁盛的年代，诗歌还是以古风歌行、近体为主流。设想当年宋词的创作者们如果是高叫打倒唐诗登上历史舞台，那么他们留给我们的只会是千古笑柄而非一代辉煌。这两类现象，雄辩地说明了文学艺术的演进只能是以继承创新为特征的，各种文学体裁应该是互衬共荣的。

“新文化运动”诸公背离文学艺术本身的客观规律，倡言打倒旧体诗，“挥剑自宫”，割断了与自己文化母体的血脉联系。但又无法凭空自创新体，便用分行的欧化散文来代替，并以自由体、散文诗相标榜。殊不知诗、文的分家是文学发展的必然，中国在先秦就已实现了这一进步，遥遥领先于世界。苏东坡的《赤壁赋》是最有诗意的文章，但只能编入《古文观止》而不是《全宋诗》，道理就在于此。混淆诗、文的区别，恰恰是文学发展上的一种反动，倡言革新但因其理论和实践上的谬误而走向反动，不能不说是种悲哀。注意我这里讲新诗不是汉诗文本范式，与讲小说不是汉诗文本范式一样，是一种分类判断，而不是涉及作品好坏的价值判断。分行的欧化散文，写得再好，最多也只能成为精警的格言或抒情的美文。却不可能成为单音节汉语方块字汉字的汉诗新文本范式，自然也创作不出传世的经典，而产生不出传世经典的文体在文学史上是永远没有地位的。哪怕你，铜墙铁壁；哪怕你，皇亲国戚，历史在这一点上是公正无私的。

那么一个自然的问题是：既不能提供汉诗文本又没有产生经典作品的新诗何以会风行开来呢？前面已提到民族危亡的忧虑及对旧制的绝望之历史背景，加上青年人喜好标新立异的天性，在“新文化运动”诸公的大力鼓吹下，新诗首先在青年学子中传播开来是很自然的。当时科举已废而主持新式学堂的骨干多为新派人物，各类文学团体和刊物也多为新派掌握，这些都为新诗的风行提供了坚实的基础。尽管曾有海归派的梅光迪、吴宓、胡先骕等创办《学衡》以昌明国粹、融化新知为旗号与之抗衡。但学衡派诸公尽皆纯粹之文人，不谙挟众争论之术，以正面提倡切实整理为宗旨，是无法与善于煽动造势，放言高论的“新文化运动”诸公竞争的。当时之旧体诗坛，作手云集，同光体、湖湘派、唐宋派、诗界革命派、南社……极一时之盛。然而旧诗营垒的代表人物，恪守“贵和尚中，不与人辩”的士大夫传统，却没有一个人出来与之一较短长。大概是感到冷落，钱玄同化名王敬轩出场著文痛诋新文化运动；再由刘半农上阵予以驳斥，导演出一场双簧戏以凑热闹。因此新诗的兴起，并没有经历真正意义上的理论辩难和挑战。随着时间的推移，旧诗营垒的代表人物纷纷逝世。失去了学校阵地，尽管家传师授自学的方式仍不乏后继，但阵营和声势都有所缩减。而随着新式学校和文学刊物的发展，新诗阵营和影响日益扩大，骎骎乎有凌驾于旧诗之上的势头。即便如此，当时的文坛仍以旧体诗为正宗。而新诗的优势是非文学因素造成的，不具备汉诗文本资格和没有也不可能创作出传世经典是它永远解不开的死结。

新中国成立，按行政体制建立的第一次文代会以及后来的文联之主持领导者都是新文学派中人，自然对旧诗进行了彻底的排斥。由此开始，旧诗被完全逐出了体制内的文坛。大中小学教材上尽管也选有少量古人的传统诗词作品，但那是作为文学遗产展示的。凡现当代诗歌，清一色都是新诗。报纸、刊物、电台等宣传媒体，清一色登载播放的也都是新诗。就连外国的诗人和诗歌团体（包括研习中华传统诗词的诗人和团体）与中国诗坛的交流，也由新诗包办。在政治权力的支持下，新诗独霸和统一了诗坛。然而政治权力无论具有怎样的强势和权威，却无法把泡沫和垃圾打造成精品。如果真能这样，文学史上就只该有帝王之作了！此时的新诗尽管风光无限，但不具备汉诗文本资格和没有也无法创作出传世经典的死结仍然没有解开。

更有甚者，在改革开放前的“极左”路线时代，被纳入行政体制内的文坛是按文艺是为政治服务的工具之模式进行运作。本来完美社会只存在于理想之中，任何现实社会都有其弊端和缺陷。以忧患意识和悲悯情怀为特征的诗人对社会弊端和缺陷有超乎常人的敏感。对于社会弊端和缺陷的批判成了诗人的天职，因此文学从本质上讲是批判而非歌颂的。即使在文景之治的封建盛世，贾谊抒发的却是太息和痛哭。专制时代，开明的统治者也会容忍诗人的批判；更不用说民主体制下言论自由乃天赋之人权了。但在当时“极左”路线行政体制内的文坛上，新诗享受权力之庇护同时又拜倒在权力之下，放弃了内心的自省和对现实的关怀，异化为权力的驯服工具。面对“反右”“大饥荒”“文革”等民族大灾难，新诗集体失语和缺席证明了这种异化之彻底。

改革开放后，新诗界仍有不少人迷恋权力庇护下的霸主地位，时至今日谈到传统诗词还扬言：“我不同意（旧诗）写入中国现代文学史，不同意给它们与现代白话文学同等的地位。这里有一种文化压迫的意味，这种压迫是中国新文学为自己的发展不能不采用的文化战略。”不思以创作出能经受历史考验的经典作品来求发展，而以压迫他种文体为生存的战略，专制打手的横蛮背面，透露出对新体诗彻底丧失信心后的极度空虚。当然新诗界也有不少人对异化为政治工具进行了反思，但他们继承和发展了“新文化运动”前辈们对民族传统文化的蔑视和对西方文化的膜拜，乞灵于现代派、后现代派思潮。什么朦胧派、抽象派、意识流……甚至恶搞到“梨花体”，令人眼花缭乱地解构了过去新诗的铁板一块。另外还有一些新诗人也认识到新诗文本意义上的缺陷，提出创造新体格律诗的口号，并进行了各种尝试。但这里有一个逻辑前提上的谬误，中国诗歌的格律是单音节汉语方块汉字内在音乐节奏的体现，只能发现不能创造。诗体可创，古人创之久矣！总之，改革开放三十年来，新诗一统金身既破，而致命的死结仍未解开。

再看被判为“谬种”打入阴山之后的当代传统诗词。按一般人的看法，旧体诗词兴盛于封建时代，创作主体为士大夫阶层，随着这二者的消亡，加上现行体制的彻底排斥，其灭绝应该是顺理成章的事。就连一辈子靠旧诗吃饭的柳亚子也公开表示，最多五十年，就没有人作旧诗了。然而一九七六年“四五天安门事件”声讨“极左”路线的大量诗文中，占多数的却是旧体诗词。尽管“天安门诗词”不是一次文学运动，其总体水平仅限于标语口号层次，但却展示了在行政体制新诗的一统天下外，旧体诗词以民间形式的客观存在。改革开放以来，各地诗词组织纷起，诗词刊物涌现，旧体诗词作者人数以百万计。网络兴起后，在互联网上创作旧体诗词的作者（以青少年为主）之数量，远远超过新诗作者之数量。这恐怕不能用封建遗老遗少的骸骨留恋来解释吧？

那么旧体诗词何以会具有不死鸟般的神力呢？这是因为体现单音节汉语方块字汉字内在音乐节奏的格律；历代前贤创作出的传世经典作品；源远流长、博大精深的中华传统人文背景，这三者有机构成了中华诗词遗传基因的 DNA。对传统文化敏感之人，受前贤经典作品的吸引，对格律文本的认同，加上传统人文精神的感召，哪怕并无师承，以自学方式也会自觉加入到旧体诗词传承者的队伍中来。所谓异代相知、会心千载，指的便是这种跨越时空的心灵感召。

由于旧体诗词被彻底排斥在行政体制文坛外，旧诗的传承者们少了世俗的功利，免除了充当工具的义务，更能以纯粹的文学追求抒情言志，表达自我，反映现实。相对新诗在民族灾难面前的集体失语和缺席，旧体诗词作者却自觉地以多方位艺术性的创作给出了对历史负责的答卷。仅此一点，真伪高下立判！诚然，当代旧体诗词创作中并非不存在危机和缺陷，例如标语口号“老干体”及无病呻吟“假古董”便是突出的两大弊端。但这些缺陷和危机并非是旧体诗词本身固有的，恰恰是违背了中华诗词优良传统而衍生出来的。通过对传统更好的学习继承，会得到逐步的克服解决。

由于长期被排斥封锁，丰富多彩的现当代旧体诗词作品很难公开与广大读者见面。笔者曾参与从事一项文化工程：收集整理现当代的旧体诗词作品并编选出版。现已编定一九四〇年后出生诗词作者作品第一辑十册共一万一千七百六十六首，由巴蜀书社出版发行。另征集到一九四〇年前出生诗词作者一千二百余人的大量作品，拟陆续整理出版。这一系列的作品，以传统形式，抒当代情怀，词章或未逮于古人，境界则不逊于前修，众籁齐鸣，汇成波澜壮阔、大声镗鞑的交响乐章，雄辩地证明了旧体诗词不废江河万古流的生命力。

透过百年喧嚣，历史尘埃落定，我们惊喜地看到人间自有真诗在。我虽不是一个乐观主义者，但却坚信，只要汉语汉字不灭绝，旧体诗词绝不会消亡。中华文化倘有复兴之日，必是传统发扬光大之时！最后以旧作端午感怀二首作为本文之结束语：

江河万古总滔滔，代有才人续雅骚。
一自欧风来异域，竟将呓语作新潮。
横行后蟹输前蟹，群殴无招胜有招。
此日灵均应避席，让他瓦缶领时髦。
百年人物递登台，各领风骚逞霸才。
谁信激扬新白话，终归浮躁旧尘埃。
几番雷电摧乔木，如此江山付劫灰。

四顾苍茫歌当哭，悠悠天地独徘徊。

2009. 09. 16

作者简介

杨启宇（1948—），四川自贡人。下乡插队多年，后毕业于成都大学数学系。当过教师、编辑，现为自由撰稿人，诗社社长，四川省诗学会会长。

为“新诗” 的一辩/辨

朱钦运

诗是声音和文字的寺庙，有着无比古老的血统、尊贵的出身，支配着语言的祭司。同时，它却自立艰难，从诞生之日起，就面临着来自各方的责难。最大也最原始的对手，是哲学——尤其是其中的形而上学、政治哲学和伦理学。希腊大哲柏拉图挑起了这个争端，他在教化和德性养成上，选择了戏剧而丢下了诗。孔子则将先民活泼的心声，经过删改和驯服，纳入/收编到自己学说的轨道上来。但诗歌之流依旧奔腾，大家在警惕它对“德性”的败坏的同时，享受着它，或试图改造它。直到16世纪，在欧罗巴，锡德尼（以及更为晚近的雪莱）声称要为之辩护。在17世纪的东方，叶燮给出了他的谅解方案，由诗教、诗法而审美，开始了诗的独立之路。因为无时无刻面临的责难，以及因责难而起的危机，部分人“为诗一辩”的努力，遂成人类文明史的一大景观。这也算得上是“意外收获”，虽然他们辩护的是具有整体意义和文化判断的“诗”，而不是具体的诗。

这种情况似乎在近世得到了和解。当旧日被视为不入流的小说的地位开始变得显赫，一直处于危机中，同时又获得了危机给予的重要地位的“诗”，当然也水涨船高，哪怕开始稍稍“门庭冷落”，却依然是那位容颜不老、风韵犹存的名姬。虽然如此，更加残酷的事实是：在诗内部，尤其是在汉语诗的历史上，不同的诗体之间，一种诗体对另一种诗体的责难也从来没有停止过——雅俗之争、正淫之论、高卑之分、古近之别，几乎构成了半部诗学观念史。但随后，所有的争议都可以搁置到一边，因为这个半老的“徐娘”居然“无玷受胎”，诞下了“新诗”这么一个“宁馨儿”。更严重的是，自一百年前汉语新诗诞生以来，它几乎以一身之力，集结了人类诗史上所能面临的所有批评和责难。古典诗歌内部分散的矛盾调转枪头，开始一致对外。这使得新诗的境遇变得格外吊诡——这个新生儿，只是一个假的“宁馨儿”，实际上面临着真正的窘境：缔造艰难，守成不易，合法性危机无时或离。

造成“窘境”的原因，首先是新诗缔造者们“不由自主”又“不得不如此”的判断和选择。欲立必先破，或者出于“矫枉必先过正”的考虑，旧世界的“逆子”们搞起“文学革命”或“文学改良”，将矛头对准了汉语古典诗歌。事实上，其间的牵扯非常复杂，用如今的后见之明来看，在面临现代性冲击的古老帝国面前，在承受着新旧观念夹击的汉语内部，新诗的敌人不是古典诗歌，但又不得不变相地借反对古典诗歌以自立。这就导致了这一百年来，新诗在无形中的树敌。

朱自清《〈中国新文学大系·诗集〉导言》提到催生新诗的两种影响，即清末“诗界革命”在观念上的推动，以及对西方诗歌的译介——这就意味着，新诗固然是舶来之物，也并非与汉语诗歌既有传统全无关联，在某一程度上而言，它甚至是古典诗内部自我变革的间接产物。邵洵美则认为胡適等人最早的白话诗无非文化革新运动（具体到语言上则应是白话文运动）的孳息，只是从一个方面辅助了当时的白话文运动，在文学上“不过是尽了提示的责任”（邵洵美：《〈诗二十五首〉自序》）而已，并将新诗的最初来源归结到西方诗歌上去。——这个说法则正本清源，明确了汉语新诗在“诗体”上的真正出身，是从形式到文化基因皆与汉语古典诗歌截然有别的西方诗歌。那么，从这个角度来看，即使同为“韵文”（自由体甚至连传统意义上的“韵文”都不能算），西方诗歌在诗体上呈现出的面貌，和汉语古典诗歌也不可能完全一致。更何况，新诗在西方诗体的基础上，又多增加了一道历经“翻译”而借由现代汉语来呈现的曲折，而现代汉语本身又混杂着多重面貌。

我曾在一篇长文中提出过这样一个问题：POETRY 这个词汇与中国既有传统中的“诗歌”并不等同，缘何到了汉语的领地，便被自然而然翻译成了“诗歌”，而不是其它的特殊名称？为何不该被看作是两种不同的文类？将之翻译成“诗歌”的做法一旦成为事实，那么汉语古典传统中的“诗歌”以及关于这类诗歌的既有观念和审美系统，便不可能不对之施加干扰。——这种干扰，几乎见诸于所有来自古典诗歌领域的攻击。更严重的是，哪怕是新诗早期的践行者们也难以避免这种干扰的侵蚀，甚至他们自己也未必意识到它对于新诗的“诗体自立”而言存在的负面作用。胡適在给汪静之的诗集写序时，便不自觉地说“五六年前提倡作新诗时”的那些作品“远不能比元人的小曲长套，近不能比金冬心的自度曲”，并且在评价汪诗之“露”，拿来参照举例的也是李商隐和吴文英。（《〈蕙的风〉序》）这种下意识的比附，不正“自曝其短”，将之置于古典诗传统的压力和阴影之下吗？那么当代的旧体诗词作者将之用来作为攻击新诗“诗味不足”的口实，不正也其宜么？

当然，胡適的贡献原本也不在新诗的诗体建设方面，提倡“白话诗”的深心也并不安放在诗学内部。用荣光启在《“现代汉诗”的发生：晚清至五四》第一章中的分析，胡適借助对“白话诗”的提倡，目的在于探索一种新的言说方式，选择从诗歌这种汉语最坚固的壁垒入手，“改变的不仅是诗歌的语言形态，而是突破了汉语的传统的‘文法’”，使得它能够为“在历史转型期如何接通现代性的思想、文化，成为现代性的便利通道，知识分子言说方式的现代转型”提供一个契机。至于胡適本人在新诗创作方面的浅陋，或者他们那代人在为新诗辩护时，于言说方面的粗疏之处，不是重点所在。换句话说，旧体诗词的对新诗的批评，专注胡適他们的立场、言论和作品作为切入点，固然颇有奇效，但实在是有点没找准命门。

虽然存在各种各样的误会和模糊之处，但相对于汉语古典诗歌以及依然富有活力的当代诗词创作而言，新诗是一个独立的艺术门类，不是从旧体诗词中分离出来的支流或叛逆——虽然两者之间依然充满着千丝万缕的联系。那么，将古典诗学传统中的那套审美和判断系统加之于新诗的创作和批评，看上去固然威猛无俦，事实上则有点“关公战秦琼”的味道。另外，有了百年间在观念、修辞和风气方面的变化，也并不是所有的新诗作者都如早期的缔造者们那样，将旧体诗词作为一个天然的对立面来看待(虽然并不将它们视为有紧密关联的门类)。众多的批评和误会其实来自于双方的不了解和缺乏沟通，来自于诸多偏见。就旧体诗词与新诗之间的下意识的纠葛而言，闻一多在《文学的历史动向》（此文刊载于《当代评论》1943 年 12 月第 4 卷第 1 期）中的言论就是很好的辩护：

> 要把诗做得不像诗……说得更准确点，不像诗，而像小说戏剧，至少让它多像点小说戏剧，少像点诗……这是新诗之所为“新”的第一也是最主要的理由。

这几句话中的第一个“诗”，指的是新诗，而第二个“诗”无疑指的就是旧体诗词。新诗之为“新”，在于它从一开始就应该被视为和古典诗歌/旧体诗词不一样的一种艺术体裁，来被创作、辨认与批评。我们未尝不可将新诗当作一种特殊的戏剧或小说，为什么非得要将之纠葛在传统诗学的框架下呢？当代的旧体诗词作者们对新诗在这百年来（借由新的权力和话语格局，借由特殊的时势）获得的“主流”地位愤愤不平，不正是因为他们总是试图让“（新）诗做得像（旧）诗”，下意识地觉得新诗不是“逆子”就是“异端”吗？按照闻一多的这个说法，倘若真要为旧体诗词争主流和地位的话，矛头应该指向在我们这个时代真正占据了主流地位的小说（甚至电影艺术）才对。把新诗当作一个天然的假想敌，和新诗早期的开创者（策略性或实质上）把古典诗歌当成造反的对象一样，未免有点可惜。

汉语新诗面临的第二个“窘境”是，它没有像古典诗歌那样，造就足够具有说服力的经典。或者干脆就说，汉语新诗要么失之浅陋，要么就是“深奥”得令人费解。类似的质疑，从新诗诞生开始就从未断过。哪怕是新诗作者，譬如于赓虞这样的早期诗人，也说“自所谓新诗运动以来，我们尚未看到较完整的诗篇”。写出《野草》这样被视为汉语现代性开端的散文诗的鲁迅，20世纪30年代在和埃德加·斯诺的访谈中对发展了二十年的新诗依然嗤之以鼻，认为它“还是在交倒霉运”。季羡林直接认为新诗“是一个失败”，大概也是因为，他认为新诗里没有出现他所认可的、足堪称为经典的作品。最令新诗的作者痛心的指责，可能来自于“九叶”之一的郑敏，作为新诗史上已被经典化而尚在人世的“活化石”，她对新诗自身传统的源头性的否定，最为致命。堡垒似乎正在从内部被攻破，而不及等待外部的责难。

作为兼事新旧两种诗体创作的作者，我其实非常理解新诗面临的这种窘迫的状况，明白为何就连新诗领域内的“自己人”，都会发出如此动摇根基的质疑。这其实是民族文化心理模式使然。新诗是一种充满活力而富有开创性的文体，与极具文化向心力的旧体诗词系统有着本质的不同，这种新而未稳的艺术形态，并未进入到一般的文化层面，亦无能融入到民族文化心理的基本意识中。另外，堪满百年的新诗，还是一个相当年轻的文体，由于现代汉语和近世中国社会的特殊性，从它的内部尚未生长出一种高度成熟的意识形态来与整个大的文化系统进行对话，它的作者们也难以从中获得依托于大的文化体系的安慰。它可谓是得之于“新”，也失之于“新”。富有进取心的青年人一旦进入暮年，创造力衰退后，精神上那个守成有余而又足以在强大的古典诗歌传统中获得慰藉的前辈们，自然容易倒向旧体诗词。

但新诗和旧体诗词两者之间的关系真的就必须如此二元对立吗？一颗曾向最新鲜的文体敞开过的心灵，为何最终依然拜伏于我们的传统之力？我觉得，一方面是因为，他们停止了对新诗内部更新鲜力量的观察，停止了跟进它的动态。由于缺乏了解和理解而导致误解，从而损伤了自己曾为之努力过的精神事业；另一方面或许是，我们似乎需要换一个角度来理解何谓新诗的“经典作品”——它的参照系如果还是古典诗词所缔造的审美标准和样态的话，是不是可以说明新诗之“新”得不彻底呢？事实上，至少在20世纪30年代到40年代、80年代、90年代到新世纪，新诗中都不乏有足够说服力的“经典”作品出现，只不过这种“经典”并不是既有理解力下的“经典”，是配合着新诗之“新”而成就的“经典”。我们为什么不拿拉斐尔前派的标准来衡量抽象主义绘画呢？这之间的道理其实是一样的。觉得新诗尚未有足够说服力的作品出现，不过是因为，大家还是在拿古典诗词的美学标准来衡量新诗的成就罢了，或者干脆是对新诗领域缺乏真正内行的了解——总不能拿那些司空见惯、被大众接受得最广泛的新诗“代表作”视为它最高成就的代表吧？如果是那样，那么来自当代旧体诗词界的批评，其实和真正内行、专业的新诗现场毫无关系。

说到这里，有一点需要再次强调的是，对新诗的创作、阅读、鉴赏和批评，以及因此形成的理解模式，其实和我们对古典诗歌（以及当代人创作的旧体诗词）的理解模式是完全不同的。（最好的）新诗的创作与批评，已经是一种相当内行的行为了，和对旧体诗词的接受不一样，它并不是一种天然容易适应普通人的理解力的艺术样式，而需要专业的训练才能进入。我们现有的教育系统给予了古典诗歌最基础的理解训练，我们的民族文化生态对古典诗歌有着天然的亲和性，但它并没有给予新诗足够多的机会，让专业的理解训练得以进入到一般文化生态当中。而大众传媒所塑造的当代新诗的形象，往往是歪曲的，是新诗文化中的糟粕而并非精华。但是，对新诗的批评却往往揪住了它被歪曲的那部分，这也实在是很冤枉的。我们不会因为自己所掌握的高中物理学知识，而对最为精深的理论物理嗤之以鼻，认为它不能被理解（因而有问题）吧？我们弄不懂相对论，却能对它抱有起码的敬畏，那么又为何总觉得自己有足够的视野和理解力，因着对旧体诗词的专业认识，便足够两相参照、对通过一般领域而非专业了解到的“新诗”发起“致命的”批评呢？

新诗的第三个“窘境”来自当代文化的刺激。这种刺激，包括大众对新诗的漠视和“费解”的指责，也包括加速变化的当代社会对人类思想（及其产物）所提出的挑战。新诗诞生于汉语世界面临“三千年未有之大变局”的历史拐点，复因其欧风美雨的出身，而天然需要面对现代性这个当代世界最为核心的命题——但这也是新诗的历史性契机。挪用艾略特在《玄学派诗人》里头的说法：“……在我们今天的文化体系里，诗人们写的诗肯定费解。由于我们的文明变得极其多样和复杂，作用于诗人精细的感受力上，也产生多样和复杂的结果。诗人必须变得越来越全面，越来越隐曲，越来越间接，以图挤迫语言，必要时搅乱语言，去就他的意思。”

那么，这种对语言本身的复杂作用，是在具有相当稳固性的文言系统中更容易配对和实现，还是在具有无限可能性与活力的现代汉语中更具有实现性呢？是抒情言志的古典诗词传统更能具备对这个复杂纪元的理解力，还是一切并无定论、充溢着可能性的新诗更能包容如此异质多元的现代经验呢？阿多诺在《谈谈抒情诗与社会的关系》中，借由评论里尔克的《拜物狂》，谈论了现代诗（新诗的实质是现代诗）和古典时代诗歌作品的根本不同之处。他文章中提及的过去的诗与现代诗固然都是西方传统中的产物，但“东海西海，心理攸同”毕竟也不是空话：

> 里尔克的《拜物狂》在审美意义上看是贫弱的，它具有一种诡秘的味道，把宗教与艺术杂糅在一起，但同时它也显示了物化世界的真正压力。没有任何抒情诗的神力能够赞美这种物化世界，使之重新变得有意义。

我们所处的时代，已经不是一个田园牧歌的时代了，而是真正的、比里尔克的时代更甚的“物化世界”，传统的“抒情诗”（广义）能够赋予它如古典时代那般的稳固意义吗？当代文化的刺激，大众传媒的娱乐，我们该如何面对？

从新诗和旧体诗词面临的当代文化的挑战说开去，实质上我们能看到，两者其实是一对“难兄难弟”。只不过，诗词文化对这种时代境况的态度，可能比新诗更为消极一些。这当然和它们所植根的话语形态有关。传统诗词从精神实质和文化样态的方方面面，都与古典时代的社会和人事结成了稳固关联，它们是文化精英的教养的自然延伸，是他们心智流露的产物，而古典时代（尤其是近古）也是以文化精英为核心构建的社会，两者之间体现着法国哲人罗兰·巴尔特所说的那种“语言的统一性”。巴尔特说，“语言的统一性是古典时期的一个信条”，而旧体诗词所根植的古典语境（哪怕当代社会已然不具有这种语境了），正依赖于建立在语言之上的统一性。它所依凭的文言话语，是一个对文化精英开放、对大众进行教化的循环系统。精英内部的审美共识即意味着大众在文化上必须接受驯化。

但新诗不是这样，它既不是文化精英的文体，也不是大众的话语，类似于当代艺术，它其实是一种“特殊的知识”（臧棣语），是专业话语。——这也是一些旧体诗词界的人士用以批评新诗的一个口实，认为它占据了学院研究的主流系统，而排挤了当代诗词应有的位置。事实上，这是由新诗自身的话语形态所决定的。新诗最好的那部分（同时也是最艰深的那部分）只有在学院中尚得容身之地。因为深厚的民族文化传统，旧体诗词虽然不再居庙堂之高，却依然能处江湖之远，有特定的生态圈子足以构成一个丰富的共同体，而（最好而又无法为大众文化理解吸收的那部分）新诗则只能处学院之深，进行一个相对合理的循环。但是，这种“各得其所”的方案，还时时遇到“友军”的责难。事实上，当代旧体诗词创作在学院中的不待见，固然有新诗占位的因素，却不是最根本的原因——君不见，小说研究乃至电影艺术，才是这个时代学院系统的真正主流么？没有新诗的占位，当代旧体诗词的创作（成就不菲，这点我并无偏见）就能从古典诗歌研究的既有格局中争得一席之地、杀出一条血路？我看倒也未必。

更进一步讲，就两者在当代文化中的所处的境遇而言，新诗和旧体诗词也实在应该惺惺相惜，而不是互相误会。即使在汉语新诗诞生的最初，作为打破旧文学既有格局的角色而出现，它的“白话诗”前身，为现代汉语的转型和解放大众的理解力做出了贡献，但时至今日，这份使命已经完成。就作为一种艺术形式的汉语新诗而言，其实和旧体诗词一样，并不属于大众文化。从这个意义上来说，植根于精英文化的旧体诗词，和植根于专业话语的新诗，在我们这个属于大众文化的时代，都不可能如大家所愿的那样跻身于主流文化，更不可能复制诗歌在过去时代的荣光。所以（无论新旧）诗人们的失落是必然的。但意义自在其中。这也是诗人们之所以愿意兢兢业业为之开垦的原因，因为这两种独特的艺术样态都有它相当的迷人之处。譬如旧体诗词，它自始至终便不是一种自外于生命本身的东西，而是个体生命经验的附属物和自然延伸，言志抒情兼有教养与自娱的冲动。严肃的现代诗则更像是悬隔了生命涵咏的受造物，是人类在古典整全性/神性自世上消隐之后，自我确立起来的一个新神，一个需要人类创造力不断充盈进去、不断灌注意义的外壳。

2017 年 4 月于姑苏城

参考文献

阿多诺：《文学笔记》第一卷，蒋芒译，据 U. Heise 编《文艺理论读本》，1977。

艾略特：《艾略特文学论文集》，李赋宁译，百花洲文艺出版社，1994。

陈仲义：《新诗百年，如何接受，怎样评价?》，《人民日报》2017 年 4 月 18 日，第 14 版。

李春阳：《白话文运动的危机》，生活 · 读书 · 新知三联书店，2017。

罗兰 · 巴尔特：《符号学原理》，李幼蒸译，生活 · 读书 · 新知三联书店，1988。

荣光启：《“现代汉诗”的发生：从晚清到五四》，中国社会科学出版社，2015。

茱萸：《临渊照影：当代诗的可能》，《当代诗Ⅱ》，文化艺术出版社，2011。

作者简介

朱钦运（1987—），笔名茱萸，江西赣县人。诗人，青年批评家；哲学博士。出版《花神引》《炉端谐律》《浆果与流转之诗》《千朵集：集李义山句》等新旧体诗集、文集、批评集及编选集计十种有余。曾于东京大学（日本）访学，兼任同济大学诗学研究中心研究员。现供职于苏州大学文学院，主要从事新诗史、当代诗及比较诗学诸领域的研究。

“我只汲取属于我的那份儿渺小和伟大”
——读《森子诗选》

黑　女

拿到这本《森子诗选》时，我想起的是他在诗会上讲的两句话，第一句大意是说：我接下来要做的，是要让生活和诗接轨。他说的意思当然不是说要让生活诗意化。还有一句是这样的：说我是诗人，这不再是僭越行为，而是基本的职业道德。对于这样的诗人来说，写作已被提升到生命意义的角度，诗学也变成了个人精神学。我想，从这个角度来考察他的诗应该会抵达更多。这本诗集按时间排序，使观察一个人的写作史成为可能。

当下中国诗人的精神生活比以往任何时代都复杂。一面是西方诗学及现代性的斜坡，一面是体制和现实的逼仄，素有“天线”之称的诗人站在被考验的前排。里尔克《给青年诗人的十封信》充分阐述了人与生活的关系。在森子这本诗集中，我深深地看到了这一点：对时间的信赖建立在二者关系的有效发生上。

1990 年之前，年近而立，他的声音是这样的：“灰色的鸟站在想象的尽头/像个井边打水的孩子/看见水中幽明的景象。”（《生活》）在诗的观照下，生活并非它本来的样子，它多少带有被一个人的精神改写的味道。“这时，我铁青的脸埋入/一本书页，怀念那场过山的小雨”（《布谷鸟途经一座城市》）“沿着雨水冲刷的河床，我寻找/神的踪迹”（同上）。这种沉静的腔调隐含着对于生活的期望和感情。

稍后，到了 1990 年，他的《一代人》猛然加重了怀疑和反诘："作为高大全下破土的一代，/一块红砖就是立场，/垫高我们的阶级觉悟。//当我们坐进土坯教室，/面部紧张，小腿活泼，/懵懂书本上的一切，我们才知道，/烟囱对天空所说的全是屁话，/但幸福感犹在，庆幸我们没有成为一代暴徒。"这首诗所代表的那个阶段完成了一个男孩向男人的转变，诗性向批判性的转变。当然批判性并非不诗性。

A1：我

多数时候，诗人对生活的了然与对自我的审察同时进行，不分你我。诗人们基本有这样一个共识：诗与人是一体的，人借写诗向高处走。那么一个诗人和自己的关系也是诗学中的一个重要部分。起初他可能看到的是单个的物或我，然后才是二者的关系。

"看微暗的火裹住树叶舞蹈/我只能是身处灰土中的人"（《烧树叶》），批判者当然不是那个活得花繁叶茂者，他的力道在生活的深处，因此形成得晚一点。

《踏雪：插话三种》写于 31 岁。在超现实的大雪中，他对自己的审视招来了超现实的效果，整个气氛像一幅印象派油画。"踏雪者离我们很远，他由三个人的/心脏组成，有六条大腿，三张脸。""一小时前，他从三个屋子里出来，/带着不同的气味走近雪；/一小时前，他的三个情人抛弃了他，/多声道的责骂风一样刮过去；/一小时前，他是分裂的，没有理由和借口。"果然，这里出现了"分裂"，于是聚拢自己就成为可能。"三"在中国人眼中是一个概数，泛指多。一个人有多面性虽然可能是分裂的，但也是丰富的前提："我有过一次被完成的感觉，/好像是偷了人家的自行车。"这种反常态的体验近似于一种生活实验。在第 5

节又忽然露出了他的自我的另一角：

> “家已不是从前的了。”“家被连根拔起。”
> “我坐在火车上。”这一切如同游戏，
> 在大脑的魔方中反复拼凑：地名。时间。亲人。
> 小学。动物园。方言。温度。椅子。火炉。
> 同学。绰号。瓜果。河流。照片。感冒。
> 樱桃树。大洋马。北斗星。车站。断断续续的
> 呼声似招魂“回来吧——回来吧”。

诗人在生活中的“软肋”不是单独的，而是那一代人的“众声合唱”。但是在感情和思考的维度上，他往往因承担得更多而成为“孤独者”。令人欣慰的是——我们在看到一个诗人的“软肋”时也大体知道了他的“小径交叉的花园”。在这本书的《自述：种过牛痘的人》中，他讲述道，从1岁到16岁，全家搬来搬去，“离别、伤感、眼泪，泪水在我的青少年时期几乎已经用完”，于是他用诗触摸故乡，还乡也就成为可能。

《平顶山一季·动物园》延续了他的“丰富性”，这一次是关于“困兽的自由”：

> 那是下雪的前一天，
> 光明路一派光明
> 杨树叶存进附近的银行
> 人们去交易所炒股票
> 你走进动物园的北门
> 躺在石凳上想
> 爱情贬值是不是要罚款

形容词泛滥该不该收税

没人能回答那些没有发芽的野草

你晃动着算盘珠似的脑袋
精打细算的主意砂砾般
铺满弯弯曲曲的小径
当动物园关上大门
你下意识地想到
翻越一次人生的墙头
也许是出于困兽的自由

生活的考验无处不在，当察觉到太多困境，空气也变成了牢笼，形容词泛滥的写作就像同谋者，遮蔽和掩盖了真相。“翻越一次人生的墙头，也许是出于困兽的自由”，想翻越，但它并非人的，这是另一重困难。怎么办呢？“消失在未名状态/消失在液体中/这是我回家的钥匙”（《抒情》），消失也许是避免被异化和虚假化的好办法。这时期使用的是讽喻和象征，还有冷叙述，对生活形成巧妙的、出人意料的对应或揭批。比如《废灯泡》：“灯线断了，它从光明的位置退休/它最后的一眨眼解除高烧/回到寒冷而透明的废品博物馆。”结尾：

两年前，城里的灯泡厂关闭了
厂区地皮卖给房地产开发商
生产线上的女工被安置到医药商店
调侃的人也许会说：现在
我们需要的是药，不是光

《夜布谷》所描述的世界如同《荒原》的邻居。人病难医，吃药也难解其痛，但是没有光，光已被挪作它用。诗人在《在变异中创生：新诗写作的当代性特征》中说："也不要忘记诗歌是心灵的解毒剂，这也是当代性诗歌写作应该负起的责任，更是净化人们看不见的政治的、经济的、文化毒素的灵丹妙药，虽然有些人不相信，但诗人必须为之而努力工作。"这本书中"药"字几次出现，可见诗在作者心目中的位置。

2000 年之前的写作在这本书中以一首《面对群山而朗诵》结束。它恰好对应于世纪末的某种情结和情绪，但就现实来说，这种情绪是超现实的。它的声腔浩大，甚至豪迈。朗诵本身是有气场的，面对群山更有一种荡气回肠的意思，这里既有对万物的邀约、召唤，也是表白、倾诉或宣告。

每一个词都渴望消失，离开字面上的意义
每一个词都不甘于搬运工的角色
每一个词都渴望嘴巴烂掉，置入空气
如果它能变成一株草，一滴露，一粒沙石
我愿意和它呆在一起，以它的方式感受或消失

这里有他的诗学观念，即词学观。诗中的词非固定，非单一，既是（使）有，也是空。或者说，非空非有，超越空和有。

面对群山，我再说一遍
我的生命一半由废话构成
一半是火焰和空气。我朗诵的同时
听不到自己在说什么，张开的嘴露出机械的

牙齿，舌头也是橡胶做的。看见的字
如长翅膀的蚂蚁爬来飞去，读出的音瞬间分离
我感到腹腔里藏着一个旧喇叭
它在唱着过时的戏，电压不稳，思路老化
需要一只梯子爬出自己的身体
我竖起野兔一样的耳朵，想抓住这一感觉
抓住它，我的生存就有保障了
稀拉拉的掌声、咳嗽在山谷间回荡
像树下的蝉壳毫无意义。这是第一次
面对群山而朗诵，下一次，我将邀请
豺、狼、虎、豹、蛇、蝎、鼠、兔做我的听众
如果是在夜间，还将邀请归巢的群鸟和繁星

初次面对群山朗诵，感到局促、卑微。在群山面前的微不足道使喉头发紧，声音低微。万物的丰富和层次使诗人怀疑自己的内存。然而还好，他发现“需要一只梯子爬出自己的身体”，终是有了可喜的收获：“抓住它，我的生存就有保障了”。这种朗诵还将继续，下一次，他不再是孤独的表演者，而是和众兽、繁星一起，在词的声波中彼此呼应。这种朗诵令人动容，这是一个诗人的大气场。

B1：物

雨滴，瘦小的脚趾
踢玻璃。一天或多一点，
纸糊住面孔，终于

找到了失散的眼神。
它多么适合于柏拉图，
篝火旁挂着蝙蝠的衣服。

当我试图用口哨
征服空气，雨点就以
进行曲洗我的胃。
啊，一座银灰的城市
裸浴，可我却没勇气裸奔。
它有着星光的麻脸，
稠密的排水系统，
它有蟾蜍跳过我的河南。

这是2002年《用旧的一天》，虽然短小，但词语产生了火焰式的跳跃。动词不安分地组合，每一句都尽力地越出本身。这样子排列需要很大的功力，就像达利发现的旋转楼梯，它当不再仅用意义来结构全篇，声音和色彩就突显出来，空间与神秘感就获得了呼吸。这种诗的旖旎像太阳光下的河面，你捕捉不到具体的哪一个亮片，但它们在闪烁中传递出一种耀眼的明灿。

写于2005年的《闪电须知》也类于此：

垄葱绿如共青团，
偷开的小菜园茵勤，
恰似邻居李二嫂。
傍晚，向日葵低垂，雨燕
在肚皮上行酒令；
豆娘和蜻蜓熠熠生辉，

目光停向湍湍激流中的一艘皮划艇。

名词鳞次栉比，无异于对世界及其组合的深度发掘，或者更具体地说，是用属于自己的词与世界互相唤醒。名词来说话，作者自己就可以隐身其后，置于一个相对隐秘的位置专注地观察。比如《地雷阵》：

路灯下，一群西瓜像带引信的地雷，
他闷坐着，还未爆炸。

街头是枕头，蚊子是老婆，
他的血液在不知情的情况下被掉包了。

我在灯下黑里揉眼睛：他是如何
将他的愤懑通过他的手艺培育成西瓜？

有人以为，诗不过就是摆弄修辞，事实上修辞只不过是观察世相的力道。这首诗是语言修辞和社会修辞的结合。农民的愤怒没处去撒，向谁申诉呢？付出的劳动土地都给了回报。西瓜呢？它的因果关系当然是那样的，但被诗人这样子来看，另有一种味道。反讽继续向前走，冷就跟着升温，“田野多美，美德其所，／拖拉机像莽汉他表哥。细翻旧账，盘算麦种，／七个鼻孔出气舒服很多”（《美德其所》），从此后语言有了打秋千的味道，弦外之音加上玄。这种玄近似阴阳先生手中的罗盘，或者希尼所写的用树枝找水，细节具有不确定性，方向也会随时调整，唯有一样不变：诗本身的质地。它按照自己的潜规则忽悠作者，但这种失控常带来柳暗花明。写得轻松，读起来就感到自在。这种轻快是否意味着诗人对生活的某种“放下”？审视到高处才会达致和解。对语言的开掘进一步拓展了人与词语的巧遇：

她的自由是自助游，
卧室像开口控诉的灯泡，
四分之三液体溶解悔恨。
她的缺氧状态路人皆知，
汪探长做案卷分析时说，
她具备自溺条件，
却死于无人指控的他杀。
你的脸写满姑苏，像一船判决书。

（《时装店里的金鱼谋杀案》）

捕捉和分析事件像一把手术刀，精确，巧妙，见血封喉，充满戏剧性和张力。阅读快感如影随形。这种俯视式的批判是深刻的，但当人与现实完全变成观察与被观察，便拉开了距离，这时，技巧的成份更易给人留下深刻的印象。因为这种跳脱从情感上来说，比沉陷其中少一点感染力。

A2：我

《自问自答》延续了在动物园里想要翻墙的“我”：

我为什么不疯狂？
我有理由，我有自己的药剂师。
我克制，在被允许的范围内，
偶尔越界也是快活的。
不然，我怎么会与你们在一起，
不然，我会和他们在一起，
——我的兄弟姐妹。
当我还会说“我们”这个词；
当我还在说“我”这个词；
只要我还能分辨
“我们、你们、他们、自己”，
我就不会幸福，也不会疯掉。
我不得不生活，不高于生活。
我写作不因为我快乐，
也不因为我不快乐，
就像“快乐”这个词无知无畏，
它和“痛苦”源自同一洞穴。
而我并不开凿山洞，
我只汲取属于我的那份儿渺小和伟大，
然后，将空药瓶留下。

他写出人对自己的分辨和持守。虽然困难，但有药剂师在场，或者说自己即是自己的药剂师。写作的疗治并非是安抚或宽慰，而是通向渺小或伟大之“大业”。

他这样《自省》：

缺少一次行动，在爱中仍缺乏爱，

全部失败中仍缺乏失败。（缺少一次行动，无论爱或失败都是不彻底的？）

愧疚不是码头上的风景，

后悔是从泥土中冒出的银行。（前者往深处走，且不可展览。后者无穷无尽。）

你是自己的省份仍然化名。

也可能是一群自我，写匿名信的波浪。（存在的处境荒诞。）

自省即是自知，这是一个严肃诗人写作和生活的出发点和尊严。

成熟诗人能戒掉自我标榜和自恋，至多是在关键时候瞄上一眼。比如《山中》：你问我，怕过吗？/我没有免于恐惧的自由，/用过的纸杯丢进垃圾筒，/斜视。唉，/我也是客观主义，“没有物就没有思想”。

比如《有生之年》：“在我有生之年，我也要像它们一样，/更加挺拔，更加无用。”在扭曲和利益横行的时代，挺拔不易被用，无用即近于善。《恶》：“我不希望被戴表的人理解。/我小心守护泉眼，别喷涌，/我憋闷，受够了，/说过多次，就好受一些，可还是不行，/此道不通，我的远方在施工。”“借用麦田集体的单簧管，/我想吹奏出最后一个音：恶，/秦腔里的‘我’在壮大。”这首诗中的“泉眼”和道路让人深究。守护泉眼意味着源远流长，但一直“别喷涌”，泉眼就成了憋闷源。“说过多次，就好受一些”，能说出来当然好，可是“我的远方在施工”，这个远方有多远？是自己的工队，还是别人的？一连串短句就像一个人在不断地换气。《上行索道》：我就这样松开自我，抓紧一颗虚心。虚心纳万物，是这个意思。

也要注意他变形的“我”的真身：“每一座不吭声的碑都忽略了生活琐碎；/对无意义保持敬畏，由衷的。”（《敬畏》）当意义被提升到一切价值之上，无意义就有必要重新打量。而其实无意义真是无意义的吗？就像琐碎的生活？

我坐在理想的副驾驶位置甜蜜过（那是一个令人怀想的时代。）

我咬着轰鸣的车辙，（它裹挟着一切，而人也唯恐被它拉下。）

自我教育的积雪正在发黑，（当意识形态深入人的骨髓，人对自我的认识也发生扭曲。）

被铲除的意识如侧滑的苹果，（甜蜜是那么短暂。）

摔向弯道上的共和国。（一个侧滑的苹果摔向弯道，会怎么样？）

（《雪，一记耳光……》）

B2：物

读森子的诗集，你发现这个世界不过是他隐喻的餐盘。“伤口一直养育着钉子，用最好的补品，/就像人民养育她的仇敌，/不仅仅是好吃好喝地供着，/每天还要念叨，你小一点了吗？/更舒服些了吗？还是昏死了过去？……”（《拔钉子》）“走在大风中，没脸/还是见识很多人。很多人没脸/也不戴面罩，很多人有头有脸还戴着面罩，/……没脸，还是安全的，/少吸多少毒，少见多少见识啊！”（《迎面走在尘土中》）“收割后的麦地/集体的单簧管等待/二次觉悟。”（《黑管》）见物赋形，给事物穿上灵魂的外衣，就变成了讽喻。讽喻再向前走一步，全都穿上了带刺的作战服。“自由的思想在牢笼内，而不在天上，/鸽子从不承认被解放。”（《泥瓦匠》）观察的深度和想象的广度，也是灵魂之思的力度：“活着就要向大地缴纳投影税，/养活牛鬼蛇神。”（《沙溪，一些倒影》）“你同意这个世界由疯子领导，/傻瓜们去奉献。/你曾经是走在前面的那个瘦子，/黑影一闪就进了墙体，/你追不上他，第三人称已经跑远。”（《锻炼的人》）“‘我已经变成客体，不用寻找了。’/根在飞，许多人丢了户籍，/最短的路在单杠上挂了半个小时。”（《两只燕子》）

森子的诗中没有如里尔克的《豹》或《古代阿波罗神像》之类的纯物诗，他手下的物都成为喻指而通向审察和批判。从某种意义上说，中国现代诗人是目中无物、心中无景的。因为现阶段的生存和存在问题逼迫他们将语言当作投枪，在批判中释放积郁的能量。但另一方面，他们也警惕着将诗工具化，试图通过高度的技能来实现对诗艺的抱负。他们对自我的认识也因此打上了深深的现阶段的烙印。

因此，轻易的超越就像奥斯维辛之后还如从前般写诗那样，对诗是一种冒犯和不诚实，但人是具有超越特性的，因此超越性也是当代性的一部分。就好像从时间来说，当代也是未来的一部分一样。它们之所以有区别，是因为超越性的地基是深深地建立在当代性之上，否则便是伪超越。同理，如果把当代性仅看作是一个时间段的产物，那它也是伪当代。

这类“物诗”和“风景诗”，或者纪游诗已经不同于古典诗人的欣赏性视角，而变为对生活和现实的针灸。现代诗的现代性也体现于此。

A3：我

时间到了2014年末：

风勒得越紧，树就越放松
如同责任——谁还在寻找失去的打结的责任？
真想大哭一场，没有录音……
没有人，没有窗口
拍打着我和轴心
我做不到，做不到，结果可能是一场大笑
失真的笑
我想好了我飘零的耳朵
那么多的满意在褶皱中收卷着小世界
嘘，我已经把边界藏好

（《风紧树松》）

一个诗人，一方面忍受着写诗的“无用”（可以被读为虚无），一方面却珍视着语言赋予的责任。无论出于对世界的信任还是非议，他都不能像树那样在风紧时卸下。“我做不到，做不到，结果可能是一场大笑/失真的笑”，违背自己当然不可能当诗人，那么结果是“我想好了我飘零的耳朵”，还有“那么多的满意在褶皱中收卷着小世界”，并藏好自己的边界。为什么要藏好？因为它不合时宜。

诗人在语言的哪个向度可能完成自己？如这些诗所示，它一开始是痛苦、自省式的，但随着语言的深入，它使表达者重新获得自己，或者说得到了“自新”。又如《农历腊八》：“不想起床，劝过自己多次，痛苦的/不痛苦的都站在一旁等你，/关键是没意义还要继续。”“预报今日有小雪，也没见下来，/天空宛如一锅腊八粥，没那么甜蜜。/写首诗吧，只能如此。”写首诗，正是一个诗人对生活所能做的正确而有效的克服，在无用中赋予它意义。

“老之将至，不再把苦涩兑换为资历/分发给写小楷的蜜蜂/一只蚂蚱在岩壁上攀爬，树阴下，蛱蝶打开手电筒/浩然的字迹，没有保险绳//作为文字的希望，我愿意和长有关节的动物相处/在一个野蛮的世界中实践微妙的一跳。”（《鹿门山》）鹿门山是汉末名士庞德公和唐代诗人孟浩然、皮日休隐居的地方，诗人在这里与他们产生了穿越时空的亲近。“长有关节的动物”这个隐喻的妙在于举重若轻，化大为小，近于戏谑和自嘲。这也是言志，但在易被人接受的同时体会到一种微妙的轻松。

如果对于一个诗人与物（世界）的关系的考察是有效的，那么我们可以认为，他在观物、述物之中正在建设一个“日日新”的自己。借助于表达的炉火，他烘烤了被淋湿与被质疑的事物，使模糊的变得清晰，使清晰更加深广。至此，他的诗完成了第三步转变：由自为到自在，走到了自由。在自为阶段，写作有方向，或者说，这个方向是提前就定好的，语言按部就班地行进。在自在阶段，语言内部的苏醒带来了自发生，它会出现偏离和意外，造成惊喜，诗作为诗的玄妙也不时闪现。而在自由阶段，玄妙变成了神迹。创造的魅力成就了艺术的最高审美本质。

AB：物与我

对词语的敏感和诗思之深共同营造出一些戏剧性效果，比如“事件的棉花喜欢倒叙”，这里“叙”显然来自“絮”。“针在心尖上刺绣”，这里是尖对尖的隐晦说法。《自省》一诗则生出这么一句：“你是自己的省份仍然化名”，标题和诗句产生映照。“她的自由是自助游”由谐音造词。“饮用自然，口吃最有发言权”，运用两件事的关联造境。《半生句》：“这些年写了很多‘不’诗，/连自己都讨厌，/就是说非要和讨厌鬼拉上关系。”讨厌变成讨厌鬼，一个人两种角色。“什么逻辑？不，不生气，/生气了生个蛋，回侏罗纪。”这是由声音而来的灵感。“你知道，你是不知道的道友，多年了，/你甚至认为羞愧也是蓝色的。”“知道”本是一个合成词，拆合中造成的悖谬十分戏剧化。这种结构方式表面上散，实则每个房间都通向一个拢火的暗室，多少有点自动写作的意思，任词自己去衍生、流动，分析出另一些词，组成另一些句子。在他的譬喻或象征中，当两种物、事发生联结时，一方虽是为另一方服务，但二者同时担负起了拓展意义或者造境的责任，近于有神无迹，首尾呼应而相掩，正如他说的：“诗歌呈现的不是真实，而是真实的异常反应。图像不是画好的图形，而是正在显现和形成的东西。”（《札记》）

对于森子这样对语言孜孜以求的诗人，人们喜用“语言的冒险”来形容，其实这是一个自负重责的诗人对这个世界独特的远征。现代诗的语言强度和火力似乎更是以这种智性思维来表现的，说它智性，是因为不动声色的讽刺和高度精准而陌生化的比喻，但仅以智性思维来考量又失之偏颇，因为它不但没有排斥诗应有的形象，反而加强了它。从一首诗的内部结构来看，它并不全是用前面的句子修台阶，使读者顺利走到分量最重的结尾，而是将每个句子甚至词语看作是一次自完成。这样的写作是要将诗人自己不断导向高处，完成阶段性的修正，也正因为这样，他反而向读者提供了一个诚实和可信的阅读范本。也许有人会对这种密集的脑力活动感到疲劳，但正像叶芝说的：一种致命的美已经诞生。

作者简介

黑女（1970—），河南灵宝市朱阳镇人。出版有诗集《桃之夭夭》《黑女诗稿》。2012 年获首届北京文艺网国际华文诗歌百优作品。

历史与现实的宗教诗写
——读孙谦《新月和它的反光》

刘阳鹤

【内容提要】整体上讲，通过对诗人孙谦的诗集《新月和它的反光》与诗人江河的《太阳和他的反光》进行互文性的双向开掘，笔者觉察到孙谦以其迥异于当代诗坛的伊斯兰宗教诗写，在历史与现实的双重维度下极力纵横于伊斯兰文化内外，与诸多文化建立联系、进行交流，为当代诗歌的创作实践提供了独特而丰富的思想资源和语言资源，无疑这也将是伊斯兰教在当今社会寻求对话的一次重要诗学实践。

【关键词】孙谦；历史维度；寻根；伊斯兰；宗教诗写

以时光盟誓，一切人确在亏折之中，惟信道且行善，并以真理相劝，以坚忍相勉者则不然。

——《古兰经》第 103 章

他们解开万物的网结抖散了光芒/太阳慈祥如镜复归圆满/照着他们在神秘的时刻清澈结缘/四个季节的水同时涌入金色的葫芦/悬挂在庭园

——江河《太阳和他的反光·结缘》

引　言

著名思想家别尔嘉耶夫在《历史的意义》一书中曾论及："历史不是客观经验的赐予，历史是神话。神话亦并非杜撰，神话是现实，只不过是在另一序列上，是比所谓客观经验的赐予更现实的现实。"[1] 倘若以上述历史观作为探讨历史与现实关系的衡量依据，我们无论如何都绕不开"神话"这个介乎其间的诗意元素。事实上，我们对于客观经验的书写是极其有限的，而此间的"神话"却在某种意义上，打通了我们处理历史与现实问题时的屏障。20 世纪 80 年代中期，著名朦胧派诗人江河凭借其带有中国上古神话色彩的组诗《太阳和他的反光》（以下简称《太阳》）一举成为了当代诗歌现场中不容忽视的一股话语力量，似乎这种自觉顺应"文化寻根"热潮的话语呈现，自然会在介入"文化大革命"后造成的历史断裂与现实幻灭的社会语境时显得尤为深刻。然而，随着世纪更迭间文化生态的复杂变动，我们所处时代的精神困境仿佛就在于：在历史与现实的不堪情形下，我们是否需要重构那股被政治、经济浪潮所猛烈冲击而渐趋瓦解的神话力量？最终，短暂的启蒙在理想主义惨遭破败后走到了尽头，我们

1　别尔嘉耶夫：《历史的本质・形而上学的和历史的》，《历史的意义》，张雅平译，学林出版社，2002，第 16 页。

也不可避免地被困囿在了诗人孙谦[1]所写下的诗句“神话与生存纠结的地带”（《新年的焰火》）之中。

时隔20余年，当孙谦以个体经验置身于历史回望与现实观照之间，无疑“生存”的意义在他看来要远比“神话”的价值来得更迫切一些，尤其是借此对“巴以冲突”这一国际政治背景下巴勒斯坦人的悲惨命运加以考量时。照此缘由，这俨然为孙谦新近出版的诗集《新月和它的反光》[2]（以下简称《新月》）提供了国际视野下可供探讨的社会语境，其及时之处或许可与江河的《太阳》在改革开放后所呈现出来的精神价值相提并论。如果说，以《太阳》的诗学定位作为考察点，江河一开始便明确立意要以史诗的形式书写中国这个古老大陆上的神话，他所理解下的“古代中国神话蕴含了中华民族的精神气质和文化性格，透过神话即可解读出这尘封已久的历史文化讯息”[3]。相对来看，孙谦的《新

1　孙谦（1953—），回族，祖籍河南洛阳，生于陕西宝鸡，曾做过翻砂工、企业文化干事和园艺师等职业。自上世纪80年代初开始投入诗歌创作，分别在新古典主义、艺术诗学和伊斯兰诗学三个界面进行写作，试图在汉语诗歌创作中注入伊斯兰文化语境，建立伊斯兰神性诗学。迄今出版有诗集《风骨之书》《新柔巴依集》《新月和它的反光》，以及与邱光平合著的诗画合集《人马座升空》等。曾获台湾“蓝星诗社”屈原诗奖（1992年）、台湾淡江大学暨“蓝星诗学”第一本诗集奖（2003年）、澳洲“国际汉语文坛”首届国际汉语文学大奖（2011—2012年度）、“新死亡诗派”年度奖暨中国诗人免费诗集奖（2012年度）、北京文艺网第二届“国际华文诗歌奖”（2014年）。有部分诗歌作品入选多种选本，并被译成日语、英语和波斯语介绍到海外。

2　《新月和它的反光》，孙谦著，于2015年5月由宁夏人民出版社出版发行，全书共辑录有六个部分：新月和它的反光、让石头说话、犹太人的国、秋日的者那则、雪的忧郁、大地与天空之间的生活。其中涵盖了诗人孙谦在1994年到2009年之间所创作的百余首作品，并附录有一篇作者本人为自己的诗《雪的忧郁》所写的解析文章。

3　陈大为：《江河“现代神话史诗”的英雄转化与叙事思维》，《江汉学术》2014年第2期。

月》则偏重于把更多注意力投入到纷繁复杂的历史与现实生活中去，然而因其个人具备信仰伊斯兰教的穆斯林身份，他的诗歌写作（以下简称“诗写”[1]）从上世纪90年代起就蒙上了极为浓重的宗教色彩，这为中国当代诗歌注入了一股朝向伊斯兰宗教诗学进行思考与发声，并以边缘和民间立场进行边界拓展的特异力量。总体上讲，江河的《太阳》是建立在中国上古神话体系下以史诗的形式化追求通过诗意阐释所展开的一次文化解读，而孙谦的《新月》也相应在很大程度上成了宗教诗写在多重文化场域内介入历史与现实的一种表达途径。

从互文性的角度来看，《新月》的部分文本价值还在于它与《太阳》存在着巨大的互文空间。首先，这两部作品在诗题上的相仿明显表现出其互为指涉的文本关联。其次，它们的书写范畴虽各异但却有着相同的历史向度，都将笔触伸展到了古代文明的文化体系当中，进而为不同文化的交流与对话搭建了必要的诗意空间。而后较之《太阳》中着力泼墨的神话书写，孙谦在《新月》中对构建家国神话的话语，实则持有存疑和警惕态度，他将追本溯源式的宗教诗写植入到盘根错节、虚假凌乱的生活图景中，为我们呕心沥血地呈现了人道主义危机下历史与现实交替时的生存境遇，并且还通过与古代圣贤们进行精神上的交流和思想上的融合为我们“在灵思与智慧中过滤世界的本质”（《伊本·西那》）。

1　诗写，即诗歌写作（书写），系孙谦在阐发诗论时习惯性使用的学术缩称，考虑到文中语言在使用上的一致性，本文将在行文中沿用“诗写”一词作为贯穿全文的学术用语。实际上，“诗写”一词在学术意义上已生效多年，诸如评论家陈仲义、董迎春等人均对该词的学术界定有所实践，如情欲诗写、孤寂诗写、神性诗写、网络诗写等学术词汇的使用。

历史的骨殖：从人物志到地理志

“一个真正生活着的人，不仅在他建立历史时（他绝少从事这件事），而且在其生命的许多精神活动中，都在通过历史回忆，通过内心的传说，通过其内心个体精神命运归向历史命运的行为，寻求着伟大历史世界中的真实现实。”[1] 诚如别尔嘉耶夫所言，孙谦便是这样一个切实体悟生活的人，他通过“追忆难以掩饰的沧桑刻痕”（《化觉寺》），通过“辨识遥远岁月的遗迹”（《耶路撒冷》），通过“寻找那一颗/在新月与十字架之间求得和解的金星”（《萨拉丁》），希冀着能够在拥有庞大历史遗产的现实生活中，探寻出真正永恒的价值和意义。

所谓“历史的骨殖”，亦即我在上一段所提到的“历史遗产”。依我之见，“骨殖”可被视为肉体生命在自然状态下的最终形态，它是裸露于时间长河中被不断冲刷的物质遗产，其可贵之处在于自身动态的生成过程会在岁月明证前赋予历史考察者以代入感，这完全符合我们时常站在博物馆里的一堆骸骨前想象历史的情境。在《新月》中，作为出现有五处却印象极为深刻的“骨殖”一词，它与骨血、骨髓、骨骼、颅骨、腿骨、枯骨、骨缝等词以不大的密度贯穿于整部诗集的始终，共同铸就了孙谦具有骨头般“坚韧而硬朗”（《致普希金雕像》）的诗写品质。

2014 年 9 月，孙谦凭借其长诗《苏菲绝唱——西御街十四行》斩获了由北京文艺网主办的第二届“国际华文诗歌奖”，而后他在接受主办方专访时曾谈到：“……作为一个穆斯林诗人也应担当起伊斯兰文化复兴的责任。而我在诗写中对伊斯兰文化的

---

1 别尔嘉耶夫：《历史的本质·传说的意义》，《历史的意义》，第 15 页。

表述，可说是天命所致。”[1] 早在十多年前，孙谦就写下了一系列伊斯兰文明史中颇具影响力的历史人物，这些篇什分别以不同的人称将叙述对象的历史遭遇、生平轶事进行诗意的描摹，其中大多以能够拉近与被叙述者之间关系的第二人称“你”展开叙述，如他在《安萨里》中写到：“在万物中，如斗转星移的时间追随着你/你用拼读的阿拉伯语告诉世人/被见证的行知与认知是称量灵与肉的天平。”由此可见，诗中的“你”即叙述客体“安萨里”，通过对其个人命运、心灵诉求的有效呈现，实为叙述主体在精神交流与思想融合间，依靠人物塑型所完成的一种自我体认。此外，诸如《萨迪》《伊本·阿拉比》《伊本·西那》《哈菲兹》《郑和》五首作品均采用了同样的叙述策略，但在《贾拉尔丁·穆罕默德·穆拉维》《杜文秀》《白彦虎》这三首诗中，孙谦以第一人称“我”将自己代入到历史叙事的人物情境中，使得类似诗写的主体参与彰显出“那是光阴重新复活的见证”（《杜文秀》），进而令我们对历史的认知增添了几分必要的真切感。

自“9·11事件”后，随着以美国为主导的西方世界与伊斯兰世界之间发生冲突的日益加剧，孙谦把更多的笔墨浸染在了当今国际时政中受地缘政治影响而备受瞩目的战争策源地：伊拉克、巴勒斯坦。这里是《羊群与坦克》间的暗中博弈之地，是《和平颂辞》中鸽子找不到的盘旋降落之地，是《“用土地换和平”》时真主的凝视之地，是《犹太人的国》用喜爱烧炙的、噬血的《武器》《屠杀》巴勒斯坦人的施暴之地等。不过，在这些饱尝战争苦难的土地上，虽然孙谦未能有置身其中的在场经验，但他仍凭其具有诗人本性中的良知需求，难能可贵地本着人道主

1 参见“北京文艺网”相关网页，http：//www.artsbj.com/Html/interview/wyft/zj/98918.htm。

义关怀的“心灵在交错的时空中旅行”（《经历——致加沙》），并通过对战争场景中受难者生存状况的想象与审察，为我们披露了国家机器在面对利益诱逼时浸淫着邪恶且残忍的暴力手段。

“不在沉默中爆发，就在沉默中灭亡。”（鲁迅语）整体来看，“沉默”与“死亡”是《新月》中两个颇为常见的关键词，它们共同构成了孙谦诗写中深沉而冷峻的美学特质，套用其在《隔离墙》中的诗句“为苦难作证，为暴行存照”，我们兴许可以说：正是他用类似这样充满寂静的语词，才能更有力量地在无声的控诉中记录战争迫害者的历史罪行，这让我想起了诗人西川曾写下的诗句“寂静也是一种暴力”（《南疆笔记》）。然而，孙谦意识到一味地沉默难以求得生存，所以他决定《让石头说话》以示抗争：

让被抛出去的石头说话
让击在铁甲上的石头
和落向空无的石头说话
让说话的石头复归无言

让羊怒吼
让永远沉默的羊怒吼
让被拉上祭坛的羔羊
和失去了草地的羊怒吼
让怒吼的羊复归沉默

让说话的石头和沉默的石头
落进心的海底
让羊痛苦、悲哀的眼泪

和石头一起沉入海底
让浑浊的心变回海水的蔚蓝
让羊走进青草地
吃草

让祈祷的人
有完整的仪式

“石头”是孙谦诗写中较为频现的象征符号，他笔下的石头大多是没有生命的、冰凉的、燃烧的、血与泪浸透的、脆弱的，但在被抛出或击打他物时却又该是呐喊的、坚固的、有控告力的。在这首诗中，孙谦通过命定式的言语表达演绎了“石头”与“羊”，实际上是“人”进行抗争的整个过程，而最后一节也恰恰在以宗教诉求的方式生发出对巴勒斯坦人悲悯般的生存寄寓。另外，在《抛出石块》中，孙谦还写到：“神创造了石块/也创造了抛扔石块的人/人的痛苦与激情各有所在/抛扔石块的人，生者追随死者/抛出石块的人/就像在阿拉法特山上投石打魔鬼/是庄重的人的礼仪。”从某种意义上讲，我们似乎可以将“石头说话”拟声地理解为它被抛扔时的呼啸，而在这一呈弧线飞进的动态过程中，其神性之所在却需以实践一种宗教仪式（即穆斯林朝觐时有在麦加与阿拉法特山之间的米纳村投石打魔鬼的仪式）方可完成。当然，这种仪式的践行在巴勒斯坦人身处的战争情形下，亦可被看作是一种象征性的正当回击，正如作家张承志在散文《投石的诉说》中写到：

使用石块难道能进行战争么？不，这不是战争手段，而是心情的传达。巴勒斯坦人用这样的语言，呼喊着公正，呼喊着最古典和最低限的良心。投石的语言是神奇的：它超越了障壁唤起了良知和同情，也为非武装的民众反抗，作了痛苦而警醒的定义。[1]

张承志在这里所说的“战争手段”，我们从《新月》中便可发现其诸多痕迹：“坦克上的兵士武装到牙齿/头顶钢铁的头盔”（《羊群与坦克》）“在游鱼翻身、海龟栖息的地方/沉睡着炮弹的弹片/沉睡着冲锋枪和尚未爆炸的炮弹”（《大海又会恢复平静》）“用坦克和轰炸机对准手无寸铁者/轰击的人”（《疯狗》）“钢铁的履带刚刚从那可怜的街区碾过/烧焦的椰枣树倒在尘埃中呻吟”（《头缠绷带的孩童》），等等，凡此种种关于战争迫害者对受害者施加暴力的记录在案，无不表现出孙谦在悲愤的灾难书写中所感受到的无助、疑惑、沉重、惊惧与绝望。在这样的心境下，孙谦还追忆了人类好战者在二战期间的残暴行径，他在《想到奥斯威辛》中写道“我”与时间的晤谈，通过描绘犹太人受难于纳粹统治的历史情景，以超验的方式深化了对于生命与死亡的宗教认知。

单就孙谦以战争为题材的诗进行观察，其内在所凸显的宗教精神因介入间接经验的传达，使得诗写本身在极具张力的情况下显现出深刻的笔触。归根结底，这牵扯着人类社会卷入战争时的生存问题，而宗教话语下的神性书写似乎能在绝境之中给人以生的希望，并能在最大程度上起到弥合战争创伤、抚慰人类心灵的作用。除战争诗写外，孙谦此前还将生存问题的思考倾注给了同样是绝域的，并被联合国粮食开发署认定为最不

1　张承志：《投石的诉说》，《一册山河·谁是胜者》，上海文艺出版社，2015，第 329 页。

适宜人类生存的西海固地区，他在组诗《大地与天空之间的生活》中将我们带进这片干裂、枯涩、焦灼、荒芜、旱渴、寒冷的土地，以个体姿态下的“我”和共同体意义上的“我们”作为抒情主体，深入到生存在这土地上居于多数的回族人群中，不但在文化寻根的家园意识驱动下表现出了对民族命运及现状的殷切思考，而且也从不同的生活场景中提炼出了宗教体察后的种种经验，更是对人与真主的关系、人与世界的本质所进行的神性思考和终极追问。

结合上述文本的展开，我们大抵能够梳理出孙谦在《新月》中占据重要地位的两大书写范畴，即人物志、地理志。无论是对历史人物的书写，还是对国家政治地理兼及部分地域的书写，都毫无保留地为我们朝向历史之维提供了及时的精神遗产。现在看来，这不仅仅是对历史情状的必要还原，也是我们站在现实的镜像前需要借助其获得永恒价值的思想资源。的确，孙谦以其独特的、自内而外的诗学实践迫切渴望通过对话，消除伊斯兰文化与西方文化、汉文化之间的隔阂与障碍，就像他曾在《石头》中写道：“石头被砌进清真寺的地基/是石头的幸运/是人说不清的石头与人之间的机密/在那儿，它可以触摸到/屋的穹顶上发着荧光的金属的新月/与天际间萦回的新月的对话。”借用这节诗，我们似乎可以理解为：这里的“石头”与前面所提到的、在战争语境下的象征性意义完全不同，它在此处指涉着孙谦以伊斯兰教作为根基的诗学追求，从而表达了其试图在如此幸运的实践中，通过对话“新月”探寻出与人之间存在的机密。

现实的反光：新月下的见证与想象

在现实生活中，孙谦是一个善于观察却不善言谈的人，这反而赋予了他“在显示心性的岁月里”（《斋月感思》）以敏锐的洞察力用于见证，并记录那些被正义与良知所唤醒的事件真相：当面对一位因报道“车臣战争”中人民的苦难及其背后的罪恶而不幸惨遭谋杀的女记者时，孙谦在《见证——致安娜·波利特科夫斯卡娅》中以第一人称“我”的口吻化身为女记者，如他在最后一节写到：“现在，我躺在电梯间冰凉的地板上/血流了一地，我心里的血流正变得和地板一样冰凉/可怕的国家的谋杀，使人类的智力退回到野蛮时代”，这一通过对特定情景的主体介入极大地再现了整个事件的来龙去脉，进而在立场坚定的悲痛表达中为我们揭露了罪恶事件中隐蔽的真相。据此文本，我们有必要对其进行一次理论意义上的阐释，波兰著名哲学家、文艺理论家罗曼·英加登在《再现客体的层次》一文中谈到：

> 如果一部文学作品中的再现客体的内容是“现实”的，如果它们的实体只有一种类型，那么就一定要把它们的时间再现出来，使它们处在一个空间里……它一定是我们最先看见的那种东西，是在对唯一的现实空间的观察中出现的一种低级的构建层次，依从于观察的主体。[1]

所谓的“再现客体”亦即这起谋杀事件，然而孙谦并不满足于可以用一种全知的视角，置身于事件之外进行观察，他把自己想象成再现空间里的身份主体，实际上是作为再现的叙事者身份，依凭其经验述说对现实空间的想象性构建。这似乎是孙谦见

1　罗曼·英加登：《再现空间的层次》，《论文学作品》，张振辉译，河南大学出版社，2008，第 223 页。

证现实的独特方式，而诗人史蒂文斯也曾谈及“想象是让我们能够在反常中感知正常，在混乱中感受秩序的力量”[1]。是的，孙谦在最后以“在邪恶与善良之间，在温暖的呼吸和绝望的呻吟之间/人类文明真的愚笨到无话可说了吗/唉，上帝请告诉我：究竟什么是人类文明”这样的结尾，使我们充分感受到了近乎决绝般的、对人类文明秩序的本质发出质问的呼吁力量。那么，与其以第三人称“他”展开叙事的少量文本相比较，他习惯以一种在场的、真切的感知方式，融自己的思想情感、精神追求、价值判断于这些现实空间之中，于是“我”就成了孙谦在直面现实的反光时所采取的、最得心应手的叙述视角。

当然，无论是以哪种视角呈现，我们都不难发觉孙谦诗写中无处不在的神性观照，如他在《斋月感思》中写道：“而新月已经升高/新月正成为一个蒙恩者的镜子/另一个有着水晶本色的感恩者/目睹了月亮的破裂/他说，你看那显现的光/和隐匿的光/你看那复活的迹象/在生死之中/也在生死之外。”由此观之，这是孙谦在实践宗教功修时所萌发的思想感悟，而在他“温习饥饿和干渴的艺术”（即斋戒）时，那现实生活所反照出来的不堪光景——“生者的豪宴，死者的奢华”，造成其内心世界产生了极大的失落感，但“新月已经升高”的迹象又为他追问生死注入了一股神性的力量。此外，孙谦还写下了许多含“新月”这一意象在内的诗句，如下所示：

在此岸与彼岸的边缘，
我得再次抚摸

1　史蒂文斯：《想象作为价值》，《最高虚构笔记：史蒂文斯诗文集》，陈东飚、张枣译，华东师范大学出版社，2009，第384页。

废墟之上烛照的新月。
那是光阴重新复活的见证

（《杜文秀》）

新月的尔德之夜
神迹与尘世相容之夜
新月散布最初的辉光之夜

（《尔德之夜》）

如此清洁无染的光芒
仿佛普照世界的天堂的致候
它将随同生命和巨流
共赴大海的呼吸与脉搏
它给清真寺穹顶上镀银的新月
浸染了温暖的光

（《黄河上空的新月》）

“新月”是伊斯兰教的标志，其象征含义为上升、新生、幸福、吉祥、初始光亮、新的时光，无疑孙谦在《新月》中使用最多的意象即为“新月”，这在某种程度上可以被视为其诗写体系的精神象征，也可以说这使得他的诗歌创作镀上了一层“银色的辉光”（《密约》）。假设我们摆脱“象征”在修辞学意义上的诗意解说，转而以法国著名哲学家、社会学家让·波德里亚的观点：“象征不是概念，不是体制或范畴，也不是‘结构’，而是一种交换行为和一种社会关系，它终结真实，它消解真实，同时也就消解了真实与想象的对立。”[1] 作为参照，亦即从社会学意义上加以引申，“新月”似乎在这里完成了孙谦介入社会场域的某种表达，其意图在《杜文秀》中表现出见证了历史维度下真实与想象的统一。更明确地说，“新月”在非穆斯林看来是根本没有此类象征意义的，然而孙谦以穆斯林身份介入“他者”的社会行为，在诗写中把“新月”还给伊斯兰教这一象征操作，实际上是对实体“新月”的终结和消解，从而实现了其作为象征意义的价值交换，如同他在《黄河上空的新月》中通过给“清真寺穹顶上镀银的新月/浸染了温暖的光”所表现出来的意义追寻。

《古兰经》云：“天地原是闭塞的，而我开天辟地，我用水创造一切生物。难道他们不信吗？”我们知道，“水”是宇宙生命之源，亦是造物主创造人类的物质材料，而其可用于洁净身体的清洁本质，更是在穆斯林的信仰生活中占据着举足轻重的地位。从关联的意义来说，当看到孙谦在《尔德之夜》中的“从水中之月或月中之水/我观察，尔德的新月之夜”这句诗后，我们自然应当将“水”设定为继“新月”之后需要重点关注的第二个意象。事实上，早在上世纪 90 年代中期，他一开始涉足宗教诗写时便写下了以《水》为题的得力之作：

从瀚海的沙砾中拧出水
从迎面吹来的干热风拧出水
从风中的灰烬
也从百年的惶惑

1　让·波德里亚：《原始秩序中的死亡交换》，《象征交换与死亡》，车槿山译，译林出版社，2006，第 206 页。

那漂浮的灰烬是多么虚妄
那惶惑的躯壳是多么脆弱
一掬水，挥霍一个暴君的王冠
也哺育一位少女的品貌

一掬水湿润百灵的舌尖
也点燃毒蛇的信子
一掬水启发天仙的心智
也搅动魔鬼的血脉

一掬水有枯萎拿不走的鲜花
瑕疵掩不住的镜像
一掬水高山的水或地心的水
载舟的水或覆舟的水

捧在我的手心
捧在信仰的手心
将洗亮尘世和死亡的孤独
也洗亮见证复活的眼睛
一掬水，我仍在岁月的阴影里行走
一掬水，我仍在主的问题里回答
拧出水，从干燥的柴薪里
也从骨头的品质里

在这首诗中，孙谦迷醉于自己无限的想象力设想出水的诸多情境，这勃发的想象力在他看来正是一个诗人生命力强盛的表征。从诗的开头到结尾，我们所面临的是“拧出水—使用一掬水—再拧出水”这一动态的循环过程，而关键在于“一掬水”成了牵动孙谦心智趋向的精神需求，他通过两极化而相互对应的意象组合：暴君的王冠/少女的品貌、百灵的舌尖/毒蛇的信子、天仙的心智/魔鬼的血脉、高山的水/地心的水、载舟的水/覆舟的水，很分明地为我们呈现出了“水”在不同情境下的能力显现。然而，拥有“一掬水”仿佛并不足够，它能够带给我们的人生及宗教感悟和认知似乎是有限的。所以，孙谦在最后一节写到了他“仍在岁月的阴影里行走”，同时也“仍在主的问题里回答”，这实际上是在启发着我们需要一直在生活的历练中，拧出更多的水用以洁净我们的精神与灵魂。

“为什么没有水?”这是孙谦在《水的宗教》中做出的发问，他无法理解如何在一个不适合生存的地方寻找最终归宿，但其凭借信仰的力量写出“这明确的、一成不变的祈求中/并没有任何特殊的东西，只有水”这样的诗句，足见“水”对于求生者来说是无比珍贵的。接着，他也恰恰写到了“从躯体上流淌的每一滴无比珍贵的水/都可使我们走进清凉的教义里/去努力想象与水有关的情境”，仿佛会有一种直觉思维在砥砺我们去深入理解“与水有关的情境”，那就是孙谦的宗教诗写并没有狂热且生硬的说教色彩，他已将“水”一般的宗教性糅合在了符号丰富的诗意表达中，令我们感受到其诗写经验里包含有宏大的气象、广博的学识、根性的哲思、悲悯的情感等，甚至还包括了他自己所谓的三种情结：永恒的内省、美妙的冥想、感悟的觉察。

无论是时刻的见证，抑或丰腴的想象，孙谦在面对现实的反光时所激昂起来的饱满情思，以诗的形式得以呈现，不仅仅折射出了他诗写中神性光芒显露的一面，而且还在追问生死及命运的哲思中，显示出了其独特而敏锐的诗思感悟。这与他在《新月》附录中对其《雪的忧郁》的解析文章《被追寻的雪》里所提到的，有关对诗写的认知问题存在着一个有所契合的印证关系，他认为："诗的写作，更是作者一瞬间所捕捉到的直觉、幻觉及思绪的神秘组合与呈现，它与写作者当时的心境及精神状态有着密切的关系。"[1] 可以说，对这一关系的建立，也就意味着孙谦在见证与想象中完成了他所直面的现实书写，而最为迫切的其实是我们在此之后也同样需要参与其中。

结　语

新中国成立以来，中国当代诗歌在社会主义意识形态的建设过程中，历经了颇为复杂且难以言说的政治境遇。在此期间，我们不但能够看到诗歌参与政治灌输的话语构建，也能够在政治解绑文化所迎来相对宽松的社会环境下，以"非诗的时代"的告终从而看到诗歌对政治话语的极大消解。值得说明的是，所谓"非诗的时代"这一论断是杨炼提出来的，他认为："如果把八十年代之前概括为'非诗'，那么从八十年代初的朦胧诗开始就有了诗。"[2] 事实上，孙谦也正是在八十年代之初就开始了真正意义上的诗歌创作，那是一个"用诗代替信仰"（阿诺德语）重塑诗歌精神的黄金时代，而当我们面临"诗歌与政治的关系"这一命题的时候，布罗茨基在《第二自我》一文中曾谈到："每一种社会形态，无论是民主制度、专制制度，还是神权制度、意识形态制度或官僚制度，都怀有一种欲缩小诗歌权威的本能愿望，因为诗歌除了能与国家构成竞争以外，还会对自己的个性、对国家的成

1　孙谦：《被追寻的雪——〈雪的忧郁〉解析》，《新月和它的反光》，宁夏人民出版社，2015，第 185 页。

2　张学昕：《"后锋"写作及其他——诗人杨炼、唐晓渡访谈录》，《当代作家评论》2009 年第 4 期，第 53 页。

就和道德安全、对国家的意义提出疑问。”[1] 由此说来，我们完全可以从孙谦的组诗《犹太人的国——2009 年新年祝辞》中觉察到，他将诗歌的敏锐触角延伸到国际政治的舞台上，以“我否认”（《破碎的还要破碎》）这样裹挟有解构意味的话语介入，给了其在面对“犹太复国主义”的历史情形下以巨大的政治指涉力量。同时，这组诗与《想到奥斯威辛》之间存在着一种互文关系，也就是说孙谦试图要通过在其间形成某种历史对质，从而暗指“犹太人的国”（即以色列）对巴勒斯坦人殖民下的种族迫害，实则是在借尸还纳粹主义不散的阴魂。

在诗学价值上，较之整部诗集中的其它作品而言，该组诗无疑扮演着无可比拟的重要角色。除了在内容表述上的倾心和用力，孙谦还在语言形式上做出了积极的探索，如他在《你和我》中运用了颠覆语言结构的“回环往复式”的语言策略呈现出“你”与“我”之间所存在的权利困境，以及在《五个犹太人》中运用“依次接续式”的形式表达呈现出参与国家神话建构的历史言说，甚至他还在《自由》中写到：“应当有跨越一切障碍的凝视/聆听与运思，应当/在灾难与痛苦降临时/有用以充饥、疗伤的花朵和祈祷/在书籍被空洞的文字填充/现实以谎言的浓云密布时，应当/保留对星空、大海、草地和生活的阅读/保留那阅读对心灵的唤醒/应当在生命消亡的过程中/有与生命同步前行的历史/当死亡追赶上来/应当有死的尊严”。在这里，反复使用“应当”一词似乎成全了这首诗节奏平稳、结构严谨的整体性框架，而以“自由”为题也似乎给了我们一种关于权利的切实想象，其

1　布罗茨基：《第二自我》，转引自刘文飞《布罗茨基的矛盾》一文，《文明的孩子：布罗茨基论诗和诗人》，刘文飞等译，中央编译出版社，1999，第 4 页。

实像这样的形式考究在孙谦的诗写中均有着不同程度的呈现。此外，类似的作品还有《三个人》《天使在哭泣》《怜悯》《我记得蓝色的鸢尾花在墓园开放》《以后》等，这其中的一部分作品自然也有对中国现当代诗歌形式资源的借鉴与运用。

前面对《自由》的阅读终结于“当死亡追赶上来/应当有死的尊严”，在我看来这“应当”成为我们理解孙谦诗写的一个重要突破口。作为《新月》中笔墨较为浓重的“死亡”书写，除了他在战争诗中以灾难的描写呼唤正义与良知外，这俨然照应了诗人马雁所谓的“死亡是最大的政治”，其在《秋日的者那则》《在义地》中也触及到了“殡礼”这一伊斯兰教的丧葬仪式。另外，孙谦还在《早春祭》中表达出了对父亲病逝的哀悼之情。那么，关于生死的追问，似乎到此已经有了最终的归宿，即“其实万物无常、万物如故/每个人身上都携带着真主的意图/穿过时间和世事/因宽恕一切才拥有一切”（《退让》）。

综上所述，孙谦凭借其在《新月》中迥异于当代诗坛的伊斯兰宗教诗写，极力地通过纵横于伊斯兰文化内外，与诸多文化建立联系、进行交流，并有效地采用诸如色兰、者那则、邦克、克尔白、哈迪斯、卧尔兹、主麻等具有伊斯兰特色的经堂语词汇，为当代诗歌的创作实践提供了独特而丰富的思想资源和语言资源，这也将是伊斯兰教在当今社会寻求对话的一次重要诗学实践。诚然，至于在引言中把《新月》与《太阳》并置展开探讨，最根本的意图是要建立起与上世纪80年代进行对话的互文空间，从而为我们理解孙谦的《新月》打开朝向“寻根”之路的历史维度。

作者简介

刘阳鹤（1991—），甘肃人，曾在《民族文学研究》《星星·诗歌理论》《甘肃文艺》发表评论若干，现为陕西师范大学文艺学专业硕士研究生，目前主要关注并研习的方向为：文艺美学、宗教文学、民族文学。

曾永义先生祝寿文集推荐序

洪国樑

曾院士永义先生为一代戏曲宗师。其戏曲研究，兼理论与创作，又广及俗文学，为当今戏曲、俗文学研究不祧之祖。

戏曲为文学美极致之呈现。王静安先生于其《曲录·自序》中曾说："追原戏曲之作，实亦古诗之流。所以穷品性之纤微，极遭遇之变化，激荡物态，抉发人心，舒轸哀乐之余，摹写声容之末，婉转附物，惆怅切情。"惟前代学者，多视为闾巷谈余之资，未遑专力于此。自静安导夫先路，扃途既开，钻研者众，乃跻学术之林，寖而蔚为显学。至院士曾先生，穷毕生之力，撷芳曲苑，衡古鉴今，探赜发秘，灼照幽微，溯源循流，别白疑似，然后波澜始阔，流衍愈广，金声玉振，允集斯学大成。

先生之治学，植基于朴学，而益以新观念、新方法。其学术精神与方法略为：主实证，戒臆说，辟蹊径，融古今，精分析，善裁断，察流变，观会通，倡调查，重传扬。每著一说，辄论断精核，方法新颖，如黄钟工声，振聋发聩。其学术成就，可以四目概之：一、解决戏曲理论与戏曲史之根本性、争议性问题；二、开发戏曲研究之新领域，并揭示研究方法；三、开启俗文学资料之整理与研究；四、引领台湾乡土传统艺术之调查与研究，并将民族艺术文化传扬国际。

昔隋末大儒王通，曾于河、汾之间设帐授徒，其门人甚众，均一时瑜亮，房玄龄、魏征、李靖辈皆出其门下，时人誉为"河汾门下”。先生敷教上庠五十载，其陶熔鼓铸之功，化育人才之众，不让王通。孟子说：“大匠诲人必以规矩，学者亦必以规矩。”先生教学，除传授知识外，尤重精神与方法之传承，经其口授指画而斐然成章者，屈指难数。昔有“河汾门下”之美誉，今有“曾门弟子”之盛称，洵杏坛之伟业，千古之佳话。清人郑板桥《新竹》诗说：“新竹高于旧竹枝，全凭老干为扶持。明年再有新生者，十丈龙孙绕凤池。”先生经年累岁、苦心孤诣所扶持之“曾门弟子”，均已成“十丈龙孙”，拔地擎天而“绕凤池”矣。

先生才气纵横，除学术研究外，又雅好创作。其作品，兼及戏曲、古诗与散文，质量丰硕，内容多元，独树一格，允称大家。于戏曲，则帝王将相、英雄美人、贞妇烈士、民间传奇，要以彰显情义无价、真理不爽、众生平等之旨，声情词情兼至，气势磅礴，酣畅淋漓。计撰京剧、昆剧、豫剧、歌剧、歌仔戏等剧本十八种，于两岸各大城市演出，众口交誉，盛极一时。于诗，则游踪旅次，名山胜迹，触目兴怀；悲欢离合，把酒论交；生活随感，辄诗思泉涌，形诸吟咏；即席口占，浑然天成，警句迭出，机趣横生，境界高远，风调醇雅。于文，则旅游见闻、生命感悟、生活情趣、人物忆往等，皆其性情襟抱之发露，多彩人生之写照，真率潇洒，清新脱俗，文思细腻，气象博大。

先生之名山著作，固已驰声当代，而其性行狷介，孤标劲节，如山峙渊渟而不可及。其刚正不阿，有为有守，直言无隐之风骨，于当今社会已邈乎难寻。又特重情义，于师长、友朋甚至后生晚辈，莫不如此。而此“情义”二字，即其长年所倡“人间愉快”生命境界及生活情调之基石。

先生于二〇一四年荣膺“中央研究院”院士之殊荣，为史上首位戏曲院士。万卷楼图书公司所属《国文天地》杂志社为庆祝此一中文学界盛事，于二〇一五年、二〇一六年先后出刊两专辑，集录先生门人所撰先生之学术研究成绩及师生情缘文章二十八篇。二〇一六年，台湾大学中国文学系举办“曾永义先生学术成就与薪传国际学术研讨会”，计发表论文九十六篇，国内外参与学者数百人，分两天、两场地、共十四场次举行，其规模之大，参与之热烈，为历来此类研讨会所仅见。万卷楼图书公司长年致力于学术、文化之弘扬，又特尊崇硕学鸿儒，思辑《国文天地》旧刊文章二十八篇，并选录台大中文系所办研讨会论文二十三篇，另特稿一篇，都五十二篇，总为一集，为先生寿。书名《醉月春风翠谷里——曾院士的学术薪传与研究》，实能妙喻先生之平生志业与精神风貌。所收录文章，或论述先生之学术成就，或文化工作，或文学创作，或师生情缘，内容既典重厚实，又缤纷多彩。

犹忆四十余年前曾受教于先生，四十余年来，有幸时闻謦欬，侍坐追陪。承先生荣宠，命为序。余于戏曲，懵无所知，于先生学术惟仰之弥高而已，不能妄赞一辞，但师命不可违，虽不敏，又焉敢辞。谨赘数言，并感念此受教因缘，恭祝先生福寿康宁。

二〇一六年十二月洪国樑于台北剑潭

作者简介

洪国樑（1949—），台湾人著名学者，经学专家。台湾大学中国文学博士。曾任台大中文系教授、世新大学中文系主任、世新大学人文社会学院院长等职。曾追随国学大师孔德成先生研习经学。主要研究领域为经学、小学、古籍辨伪学，尤长于训诂学、《诗经》学及治学方法论研究。著有《诗经训诂之“亦通”问题》等专著。

该来的迟早会来

——《中华少儿诗教亲子读本》总序

刘　强

一

这是一套“亲子共读”的诗歌读本。我们希望，在您的孩子七八岁甫就小学时，就可以拥有这套书，并且，能在已经“为人父母”的您的陪伴下，循序渐进、兴致盎然地快乐阅读。

如果您足够耐心，这套书可以和孩子一起读到十八岁。您会发现，不仅孩子在成长，您，也在成长。您还会发现，您不仅重新体验了做学生的快乐，而且，一不小心，您还做了孩子的家庭教师！

更重要的是，因为有诗，您的家充满了爱。又因为有爱，您的家洋溢着诗。

——什么叫“家教”？这就是“家教”。什么叫“家学”？这就是“家学”。

我们敢断定，这套书会更新您以往对诗歌的理解和情感，因为，如果您不是大学中文系科班毕业，这套书中的绝大多数作品，您可能终其一生，都无从问津，而失之交臂。

所以，这套书不仅是给孩子的成长的“福利”，更是馈赠给您的迟到的“福音”。

二

不过，在说明本套丛书的编选缘起及宗旨之前，有必要先解释一下“诗教”二字。

在著名的传统文化经典《礼记·经解篇》中，有这么一段话：

孔子曰：“入其国，其教可知也。其为人也，温柔敦厚，《诗》教也。……《诗》之失愚，……温柔敦厚而不愚，则深于《诗》者也。”

孔子说，如果你到一个国家走访，这个国家的教化程度是可以大体了解的。如果一国之人给人以“温柔敦厚”的印象，那么一定是受到了“诗教”的影响。“诗教”的偏失在于，可能会使人过于仁厚而愚痴。所以，如果一个人既能做到“温柔敦厚”，而又不至太过愚痴，那一定是深刻领会到“诗”的精华，并能从善如流的人了。

请注意，这里的“诗”，并非广义的诗歌，而是专指《诗经》，而“诗教”，则是以《诗经》为核心的一整套人文教化。我们知道，春秋末年，孔子力矫时弊，兴办私学，有教无类，培养了众多弟子。而在孔子的教育中，最为重要的内容便是：诗、礼、乐。孔子说：“兴于诗，立于礼，成于乐。”言下之意，一个人的人格，正是在《诗》的熏陶中渐渐兴起的，也是在“礼”的践行中有所树立的，又是在“乐”（才艺）的演习中得以完善的。孔子还对他唯一的儿子孔鲤说：“不学诗，无以言。”——人若不学《诗》，简直无法开口说话啊！可见，在孔子的时代，关于《诗经》的教育和教化，差不多是塑造人格、养成君子的必修课。

如上所述，“诗教”最初固然是指“诗经的教化”，但是，放在今天的语境下，也可以将其扩充至整个诗歌教育。举凡古今中外的经典诗歌作品，皆可作为今天的“诗教”内容。

遗憾的是，在应试教育及格式化教育的指挥棒下，今天的孩子，能够接受到全面、系统、持续、优质的“诗歌教育”的可能性极为渺茫，语文课本中零星散见的古今诗歌作品，实在无法承担“兴于诗”的责任。我们看到，如果不是基于个人的喜好或者特殊的缘分，受过今天中小学语文教育的年轻人，不仅极难成为一个优秀或者合格的诗人，甚至也难以成为诗歌的“理想的读者”——真实的情况是，读诗、写诗渐渐成为一种曲高和寡的“专业”，不写诗的人大多不读诗！

这与我国古代一般受过教育的读书人，即使并非诗人作家，也总能填词度曲、写诗撰赋的情况，相去实在不可以道里计！

所以，作为诗歌的欣赏者、创作者和研究者，我们总要做点什么。

三

我们之所以编选这套给孩子们看的诗歌选本，正是基于以下几个基本判断。

第一，和西方注重“诗艺”“诗论”“诗学”的传统不同，中国古代更为注重诗歌对人的人文化成和精神塑造作用，以至于把《诗》提升到了“经”、甚至是“教”的高度。这在整个人类文明史上，都是十分罕见的。上个世纪初，蔡元培先生曾提出过“以美育代宗教”的说法。这里的美育，当然离不开“诗教”。林语堂先生也说：“吾觉得中国诗在中国代替了宗教的任务。”言下之意，诗歌在中国，差不多具有宗教的功能和作用。一个人如果没有宗教信仰，至少也该读读诗歌——经常读诗的人至少不会变得冷漠、麻木、没心没肺和唯利是图。

第二，中国是个诗歌的国度，诗歌发展的历史堪称悠久，古今诗歌作品浩如烟海，诗歌的读者数量一度极其庞大。在古代，一个牙牙学语的孩子在古典韵律的氛围中成长，出口成章且不说，甚至略通文墨后便可出口成诗、提笔作诗！初唐四杰的骆宾王七岁时写出的《咏鹅》，已经是今天七岁孩子耳熟能详的经典，便是最好的例子。更重要的是，这样的诗歌土壤孕育、培植出了中国人的诗意心灵，也使整个民族沐浴在诗歌的阳光普照之中。即便今天，一个受过基本教育的中国人，在其人生初始的那几年，大抵都接受过来自家庭和幼儿园的“诗歌熏陶”。只不过，进入中小学之后，这种诗歌熏陶渐渐失去了灵性和耐性而已。仔细想想，世界上没有哪个民族像我们这么“温柔敦厚”“脉脉含情”，这一切，无不是拜诗歌所赐！

第三，就目前随着商业文明的发展而日益功利的文化生态而言，诗歌，甚至整个文学都似乎进入到了“偶像的黄昏”。我们不得不说，近百年以来，在古与今、新与旧、中与西的文化对撞和现实博弈中，诗歌，成了莫名其妙的“重灾区”。我们看到，无论学校还是社会，诗歌教育都异常薄弱，诗歌与大众的生活渐行渐远，早已是一个不争的事实。究其原因，恐怕与低水准的语文教材对诗歌教育的长期垄断分不开。真正的好诗，学生读不到，选进教材的诗歌，虽然不乏经典作品，但数量极其有限。而入选教材的现当代新诗，质量参差不齐，大多不能代表新诗的最高水准，展现新诗的创作实况。更有甚者，延续千年的旧体诗歌在近百年被人为遮蔽，似乎新诗一出现，旧诗便已死亡。这与当代旧体诗词的创作成绩是极不相称的。久而久之，民众的诗歌欣赏能力全面下降，诗歌，已经成了可有可无或者略显奢侈的精神补品，越来越乏人问津。

如何改变这一现状，使在中小学接受教育的 8—18 岁的孩子们，能早一点系统、高效、持续地享受到古今中外的诗歌盛宴呢？我们的关切点和着力点正在于此。

这套丛书的编著，就是想要打破现行中小学语文教材对于诗歌教育的垄断，以“静水流深”而非“截断众流”的形式，让古今中外的更多的好诗进入孩子的视野，走进孩子的心灵，在他们心中种下“诗美”的种子，让好的诗歌像阳光雨露一样滋润着他们的心田，成为他们永远的“精神的行李”。

我们深信，孩子们总会长大，有诗歌相伴的成长与了无诗意的成长，终究会有不同。

四

本套丛书从酝酿、策划、编著到正式出版，历时将近五年，编写团队近二十位同仁孜孜矻矻，日就月将，终于使这套丛书以今天的面目问世。我们虽不敢说完全实现了当初的理想，但至少，我们的努力有了成果，犹如一粒种子埋于地下，终于发了芽，开了花，其中的喜悦自不待言。

大体说来，本套丛书的特色有三：

一是编选团队阵容齐整，特色鲜明。丛书的编委主要以同济大学诗学研究中心的顾问专家、高校学者、当代中青年诗人为主，大家通力合作，疑义与析，不仅保证到了丛书整体的学术性、时代性、可读性，也避免了时下诗歌选本常见的弊端——诸如小视野的崖岸自高、小题材的故步自封、小圈子的捉襟见肘，都是我们深闭固拒，不屑为之的。

二是编选思路清晰明畅，体例谨严。丛书以时间和空间两个维度展开，通过对“古—今”“中—外”经典诗歌作品的系统梳理，精选出适合8—17岁孩子学习和“亲子共读”的诗歌作品近千首，分正文、作者简介、注释、赏析等体例，加以整理和导读，使广大青少年读者对古今、中外的诗歌发展史、诗人、流派、佳作等有一个相对全面的把握，对古今诗歌的艺术创造过程有一个相对深切的体会，也对诗歌的现状及未来有一个基本的审美观照与憧憬。

三是编选格局客观大气，独树一帜。同济大学诗学研究中心自2012年创办以来，始终秉承兼容并包、会通古今、涵摄中外的“大诗学”理念，致力于突破学科壁垒，推进新旧融通的诗歌创作与诗学研究，我们相信古与今、中与西、新与旧，完全可以在“爱诗”和“诗爱”的基本共识下，沟通和交流，切磋与借鉴，相辅而相成。因此，我们不仅以《诗经》《楚辞》、汉魏、六朝、唐、宋、元明清等七个段落，系统反映中国古典诗歌发展的辉煌历史，同时也将现代、当代、外国诗歌与中外童诗作为重要焦点，以时空交织的形式，立体、多元地展示中外诗歌的交流、互动及演变历程。尤为值得一提的是，在《现代诗歌选》《当代诗歌选》的编选中，我们以尊重事实、平允公正的态度，分新诗和旧体两部分，既反映新诗百年间的创作实绩，更将目光对准古典诗歌的当代现场，将数十家现当代著名旧体诗人的佳作择要选编，以飨读者。我们自信，如此宏通大气的编选理念，在同类诗歌选本中即使不是绝无仅有，至少也是极为少见的。

五

我们的一个信念是：该来的迟早会来！

紧接着的一个信念是：该做的必须去做！

我们希望，此套《中华少儿诗教亲子读本》的编辑和出版，能够承接中国古老的“诗教”传统，为全面提升青少年诗歌修养，改良日益固化和板结的精神空间和文化生态，贡献一份绵薄的才情和心力。

德国诗人荷尔德林说：“人充满劳绩，但还诗意地栖居在大地上。”

每一个生命都是人类总体生命的一次轮回，人类，不仅配得上太阳的照耀，也配得上诗歌的滋养。

是的！从今天起，让我们一起读诗，一起“诗意地栖居在大地上”！

2017 年 1 月 13 日

作者简介

刘强（1970—），字守中，别号有竹居主人，河南正阳人。复旦大学文学博士。现为同济大学教授、诗学研究中心主任、博士生导师。台湾东华大学客座教授。主要从事魏晋南北朝文学、古典诗学、先秦经典、文言笔记小说的教学与研究。著有《世说新语会评》《曾胡治兵语录译注》《有刺的书囊》《竹林七贤》《惊艳台湾》《世说学引论》《有竹居新评世说新语》《魏晋风流十讲》《清世说新语校注》《论语新识》《古诗写意》《世说三昧》《论语（吟诵版）》等十余种。

稿约

《原诗》是同济大学诗学研究中心创办的大型学术辑刊，设有古典诗学、新诗研究、比较诗学、诗人观点、访谈新书评等栏目。【古典诗学】侧重于汉语古典诗学理论、诗人、诗歌流派等的专题研究，兼及与诗学相关度较大的美学及文艺学研究；【新诗研究】侧重于百年来汉语新诗之作品、史料、流派及现象之研究，兼及对当代汉语诗歌现场之观察、批评和探讨；【比较诗学】更多关注中西方诗歌多角度的比较，以及当代汉诗与古典诗歌承传的关系研究；【诗人观点】以刊发当代诗人（不拘新旧体）的诗学观点及诗话诗论为主；【诗访谈】主要刊登学者、诗人、诗论家的诗学访谈与对话；【新书评】致力于对国内外汉语诗学著作的独立批评，同时译介欧美学界诗歌研究之最新成果。本刊坚持和而不同、百家争鸣的办刊方针，欢迎言之有物、言之成理并恪守学术规范的各类文章。文章一经采用，即致稿酬。

来稿要求：

1. 请在文章后附200字以内作者简介并通讯地址及邮编、联系电话、电子信箱等。

2. 请拟300字以内的中文提要与3—5个关键词。

3. 注释为页下脚注，具体格式参考本辑论文。

4. 投稿邮箱：dubbleblade@ hotmail. com。

同济大学诗学研究中心

《原诗》编辑部

附录

《原诗》第一辑目录

同济大学诗学研究中心

图书在版编目(CIP)数据

原诗.第二辑,古今与新旧的对话/刘强主编.
—长沙:岳麓书社,2017.12
ISBN 978-7-5538-0790-4

Ⅰ.①原... Ⅱ.①刘... Ⅲ.①诗学—诗歌研究—中国—文集
Ⅳ.①I207.22-53

中国版本图书馆 CIP 数据核字(2017)第 229357 号

YUANSHI GUJIN YU XINJIU DE DUIHUA

原诗:古今与新旧的对话

主　　编:刘　强
责任编辑:饶　毅
责任校对:舒　舍
封面制作:吴　希

岳麓书社出版发行
地址:湖南省长沙市爱民路 47 号
直销电话:0731-88804152　0731-88885616
邮编:410006
岳麓书社网址:www.yueluhistory.com

2017 年 12 月第 1 版第 1 次印刷
开本:880mm×1230mm　1/32
印张:12.625
字数:305 千字
ISBN 978-7-5538-0790-4
定价:35.00 元

承印:湖南众鑫印务有限公司

如有印装质量问题,请与本社印务部联系
电话:0731-88884129